VINGT MILLE LIEUES
SOUS LES MERS

海底两万里

[法] 凡尔纳·著　邓月明 郭丽娜·译

北京燕山出版社

图书在版编目(CIP)数据

海底两万里 / (法)凡尔纳(Verne,J.)著;邓月明,郭丽娜译. —北京:
北京燕山出版社,2010.10(2021.9 重印)
(凡尔纳科幻三部曲)
ISBN 978-7-5402-2460-8

Ⅰ.①海… Ⅱ.①凡… ②邓… ③郭… Ⅲ.①科学幻想小说-法国-近代
Ⅳ.①I565.44

中国版本图书馆 CIP 数据核字(2010)第 202359 号

海底两万里

[法]凡尔纳 著

邓月明 郭丽娜 译

责任编辑/张红梅 王 然

装帧设计/小 贾

内文制作/张 佳

北京燕山出版社出版发行

北京市丰台区东铁匠营苇子坑 138 号嘉城商务中心 C 座 邮编 100079

全国新华书店经销

北京市松源印刷有限公司印刷

开本 880mm×1230mm 1/32 印张 13 字数 320,000

2013 年 9 月第 2 版 2021 年 9 月第 7 次印刷

定价:168.00 元(全三册)

目录

下　部

序

　　儒勒·凡尔纳是法国作家,被誉为"科幻小说之父"。他出生在法国南特市的一个律师家庭,从小便表现出了强烈的探索欲望和丰富的想象力。他二十岁时到巴黎学习,正值欧洲的科学技术开始出现飞跃发展的时期,年轻的凡尔纳在科学精神的感召下,对当时的各种学科都发生了强烈兴趣。他广泛涉猎各类书籍,积累了大量资料,为他日后的创作打下了坚实的科学知识基础。一八六三年他的第一部科幻小说《气球上的五星期》出版,受到读者的热烈欢迎,并迅速传播到国外。从此他专门从事科幻小说创作。他一生创作的作品卷帙浩繁,有六七十部之多,收入一套名为"在已知和未知世界中奇妙的漫游"的丛书。由于他的科幻小说十分畅销,使他成为世界上拥有读者最多的科幻小说家。

　　凡尔纳作品中的幻想都以科学为依据,许多作品中所描绘的科学幻想在今天大都得以实现。更重要的是他作品中的幻想大胆新奇,并以其逼真、生动、美丽如画令人读来趣味盎然。他的作品情节惊险曲折、人物栩栩如生、结局出人意料。所有这些使他的作品具有永恒的魅力。

　　《海底两万里》写于一八七〇年,是凡尔纳著名的三部曲的第二部(第一部是《格兰特船长的儿女》,第三部是《神秘岛》)。这部作品叙述法国生物学者阿龙纳斯在海洋深处旅行的故事。这事发生在一八六六年,当时海上发现了一只被断定为独角鲸的大怪物,他接受邀请参加追捕,在追捕过程中不幸落水,泅到怪物的脊背上。其实这怪物并非什么独角鲸,而是一艘构造奇妙的潜水船。潜水船是船长尼摩在大洋中的一座荒岛上秘密建造的,船身坚固,利用海洋发电。尼摩船长邀请阿龙纳斯作海底旅行。他们从太平洋出发,经过珊瑚岛、印度洋、红海、地中海,进入大西洋,看到许多罕见的海生动植物和水中的奇异景象,又经历了搁浅、土人围攻、同鲨鱼搏斗、冰山封路、章鱼袭击等许多险情。最后,当潜水船到达挪威海岸时,阿龙纳斯不辞而别,把他所知道的海底秘密公布于世。

书中的主人公尼摩船长是一个带有浪漫、神秘色彩,非常吸引人的人物。尼摩根据自己的设计建造了潜水船,潜航在海底进行大规模的科学研究,但这好像又不是他这种孤独生活的唯一目的。他躲避开他的敌人和迫害者,在海底探寻自由,又对自己孤独的生活深感悲痛。这个神秘人物的谜底到了三部曲的第三部才被揭开。

这部作品集中了凡尔纳科幻小说的所有特点。曲折紧张、扑朔迷离的故事情节,瞬息万变的人物命运,丰富详尽的科学知识和细节逼真的美妙幻想熔于一炉。作者独具匠心,巧妙布局,在漫长的旅行中,时而将读者带入险象环生的险恶环境,时而又带进充满诗情画意的美妙境界;波澜壮阔的场面描绘和细致入微的细节刻画交替出现。读来引人入胜,欲罢不能。

编　者

上　部

第一章　飞逝的巨型怪礁

一八六六年,给人印象深刻,令人难以忘怀。这年间,曾经发生过一起稀奇古怪的事件。对于这起尚无得到解释的奇异现象,想必谁都仍然记忆犹新。其时,海员们的心情尤为激动,更不用提那些搅得港口全体居民都心神不宁,以及使内陆舆论沸沸扬扬的各式传闻了。欧洲和美洲的大商贾、船主、船长或是各类船只的掌舵人、世界各国的海军官员,乃至后来上述两大洲的各国政府,都极为关注这一起事件。

其实,事情的起因是这样的:不久以前,有好几艘船在海上碰见了一个"庞然大物",一个长长的梭状物体,有时泛出磷光,它的体积比鲸鱼大得多,行动也比鲸鱼快得多。

各种航海日志所记载的与它出现有关的事实,诸如这个物体或是这个生物的形状,它行进时快得出奇的速度,它运行中显示出的令人吃惊的能量,它那种像是天赋的个体活力,严格地讲,都还是相当吻合的。如果说这是一种鲸类动物的话,它的体积却大大超过了该学科科学曾经加以归类的鲸鱼。居维埃、拉塞拜德、杜梅里和卡特法日先生等人——除非他们见过,也就是说,除非这些学者本人亲眼所目睹——是不会承认有这样的一种巨大怪物存在的。

将多次观察的结果折中一下——排除那些不敢断言的估计,即把这个物体确定为二百英尺长,同时也不赞同那些过于夸大的看法,即谓其有一海里宽三海里长——我们可以完全肯定地说,要是这个与众不同的生物确实存在的话，那么，它的体积却是大大超过迄今为止鱼类学家们所认同过的各个体积。

然而，这东西却是存在着，存在现实本身再也不可否认的了。因此，对于它这般神奇的出现给整个世界带来的激情或骚动，我们凭着人类所固有的好奇心理便不会觉得这一出现是不可思议的事情了。至于那些谓这回事为无稽之谈的论调，则是完全站不住脚的。

因为事实上一八六六年七月二十日，加尔各答——布纳希汽轮航运公司的希金森总督号，在澳洲东海岸五海里处，曾经遇见过这个巨型游动物。起初，船长巴克还以为是一座无人知晓的巨礁；当他正准备测定它的准确方位的时候，只见两道水柱从这个怪诞的物体中喷射出来，呼啸着直冲云天，蹿了一百五十英尺高。这么说来，要么是这座巨礁上面有一间歇热喷泉，要么希金森总督号所面对的就是一种尚不为人所知的海洋哺乳动物，它从鼻孔中喷出的是两道气热混合的泡沫水柱。

同年七月二十三日，在太平洋海面上，西印度——太平洋汽轮航运公司的克利斯托巴尔·科伦号也观测到同样的事实。可以说，这个奇特的鲸类动物能够以惊人的速度从一个地方运行到另一个地方，而且行动十分敏捷，因为希金森总督号和克利斯托巴尔·科伦号曾分别在相距七百海里的两个不同地点见到过它，而间隔的时间仅有三天。

十五天之后，在距上述两地两千海里处，当国立轮船公司的海尔维蒂亚号和皇家邮船公司的山农号在位于美国和欧洲之间的大西洋海面上迎面近舷对驶之时，它们分别在格林尼治子午线北纬四十二度十五分、西经六十度三十五分的地方同时看见了这个怪物。从两条船同时观测到的结果来看，既然山农号和海尔维蒂亚号两船都首尾相连一百米，都还不及它的长，既然最长的鲸鱼，像那些时常出没于阿留申群岛的久兰马克岛和翁居里克岛附近海面的鲸鱼，从来没有超过五十六米的——甚至没有达到这个长度，因此，可以约略估计出这个哺乳动物至少有三百五十多英尺长。

这类报道接二连三而来：横渡大西洋的贝莱尔号所做的种种新观测，伊斯曼舰队的埃特那号跟这个怪物的一次相撞，法国大型驱逐舰诺曼底号军官们所做的笔录，分遣舰队司令官弗兹-詹姆士手下的高级船员在克利德勋爵号船上进行的极为可靠的方位位置测定。这一切在当时确实轰动过一阵。在民族性浮躁的国家里，大都把这件事当作笑谈，而那严肃务实的国家，如英、美、德等国,则对这件事情深为关切。

　在各大中心城市,这怪物变得家喻户晓,人们在咖啡馆里赞叹它,在报刊上嘲弄它,在舞台上戏演它。报纸正好有了机会来制造各色奇闻逸事。在那些发行量不大的报刊上,还出现了关于各种巨型奇异动物的报道,从白鲸、北极海中可怕的"莫比·狄克"①直到庞然大物"克拉肯"②(它可以用触须缠住五百吨重的大船,将其拖下海底)都一应俱全。有的人甚至搬出古典文献,其中有亚里士多德和蒲林尼的看法(他们都承认这些怪物的存在),有彭图皮丹主教的挪威童话,保罗·埃纪德的记述,此外还有哈林顿先生那些不容置疑的报告,报告上说他于一八五七年在加斯迪兰号上曾见到一种大蛇,这类特巨型蛇直到目前只在旧时北极探险船立宪号所经过的海面上出现过。

当时,在学术团体中和科学报刊上,轻信的人与怀疑论者两派之间展开了无休无止的争论。"怪物问题"使得人们情绪激动。自以为是内行的新闻记者同一些自命不凡的文人交起火来,在这场值得纪念的论战中泼洒了大量笔墨,有一些人甚至还为此付出了少许血的代价,因为他们的矛头所向不是海蛇,而是弄到最为冒犯人的人身攻击上。

在这场论战中,双方都互不相让,公说公有理,婆说婆有理,战事此起彼伏,持续了六个月。流行小报全都滔滔不绝地驳斥着巴西地理学院、柏林皇家科学院、不列颠学术联合会、华盛顿史密森协会发表过的那些论文,回击着《印度群岛报》、摩亚诺神父的《宇宙》杂志、皮德曼的《消息报》里的讨论报道,以及法国和其他各国大报上登载的科学专栏传闻。这些才华横溢的作者故意引用对手曾引用过的林奈的一句话"大自然不制造蠢东西",其实,这一戏谑模仿意在恳求当代人不要造大自然的谣,去相信什么"克拉肯"、大海蛇、"莫比·狄克"和头脑发热的海员们臆造出来的其他海怪的存在。最后,是一份言辞尖刻的讽刺小报的一位最受读者欢迎的编辑,他草草写了一篇概述文章,像伊波利特那样给了这怪物致命的一击,在人们的普遍笑谈中将其结束了。才智终于战胜了科学。

在一八六七年的头几个月里,这个问题显然被人遗忘了,看起来不会有人

① "莫比·狄克":美国诗人、小说家赫尔曼·麦尔维尔的《白鲸》中那条可怕的白鲸。——译者注
② "克拉肯":北欧斯堪的纳维亚地区传说中的庞大无比的海怪。——译者注

再提它了。可就在这个时候，人们又了解到了一些新的情况。此时此刻，这已不再是一个有待解决的科学问题，而完全是一桩必须加以避免的严重的现实危险。问题显示出了完全不同的一面。这怪物变成了小岛、岩山、巨礁，而且是飞逝的、行动莫测的、逮不住的巨礁。

一八六七年三月五日，蒙特利尔海运公司的摩拉维安号夜间行驶至北纬二十七度三十分、西经七十二度十五分的海面时，船的右舷后半部撞上了一座礁石，而在任何航海图上都没有标示出这一带海域有这样的一座礁石。其时，摩拉维安号凭着风力及其本身四百匹马力的推动，船速达到了每小时十三节①，要不是船体质地特别坚固，被撞之后，无疑会连同它从加拿大载来的二百三十七名乘客一起沉到海底去。

这起事故发生在清晨五点钟左右，正值天快亮的时候。出事的当儿，值班高级船员们迅即朝船后部跑去。他们认真仔细地观察海面。他们什么也没有发现，只看见在距离三链②处有一个波涛碎成浪花生起的巨大漩涡，似乎该片洋面方才受到过猛烈的冲击。当时，出事地点被准确无误地记录了下来。摩拉维安号没有明显的海损又继续它的航程。它是撞上了一处海面下的岩石呢？还是撞上了一遇难船只的残骸？这在当时是无从知道的。摩拉维安号直到进船坞检查船底的时候，才发现它的一部分龙骨已经破裂。

这事实本身是极其严重的，要不是在三个星期之后，在类似的境况下发生了同样的事件，它恐怕会同其他事件一样被人忘却。新发生的那次撞船事故，不过是由于受损船只的国籍及其所属公司的声望，才使之引起极大的轰动。

没有人不知道著名的英国船主卡纳德的名字。早在一八四〇年，这位英明的英国企业家用三条轮式木船、四百匹马力和一千一百六十二吨位的规模，开辟了利物浦与哈利法克斯之间的邮路。八年后，其公司设备扩充到四条、六百五十匹马力、一千八百二十吨位，再过两年又增加了两条马力和吨位都更加大的船只。一八五三年，刚刚获取继续快寄邮件运送特权的卡纳德公司相继添加了阿拉伯号、波斯号、支那号、斯戈蒂亚号、爪哇号、俄罗斯号等船只，全都是第一流航速的船只，而且是继大东方号船之后在海上航行的最为宽敞的船只。这样一来，到了一八六七年的时候，这家公司拥有船只十二条，其中八条

① 节：航速单位，等于一海里/小时。——译者注
② 链：旧时计量距离的单位，约合二百米。——译者注

是轮式的,四条是螺旋桨(式)的。

　　我之所以要将这些情况三言两语地介绍一下,是为了让读者适当了解这家海运公司的重要性。它的杰出的管理是举世闻名的。没有任何一家横渡大洋的海运企业比这家公司经营更得法,搞得更有成效。二十六年来,卡纳德公司的船只曾经两千次横渡大西洋,可却从来没有取消过一次航行,没有发生过一次延误,没有丢失过一封信件,未曾损失过一人一船。因此,尽管法国同它竭力竞争,但旅客们还是偏爱卡纳德公司,喜欢搭乘它的船只,这从近年来官方的统计资料中看得出来。如此说来,这家公司最豪华的客轮中的一艘出事,引起了那样巨大的轰动,对此,谁都不会觉得奇怪了。

　　一八六七年四月十三日,海上风平浪静,是一种适于航行的气候。当时,斯戈蒂亚号正在西经十五度十二分、北纬四十五度三十七分的海面上行驶。它在一千匹马力发动机的牵引下,时速为十三点四三节,船的机轮在海中运转得十分正常。此时,船的吃水深度为六点七米,排水量是六千六百二十四立方米。

　　下午四时十七分,乘客们正一起在大厅里用餐,就在这个时候,斯戈蒂亚号的船侧后半部,稍后一点靠左舷机轮的地方,感到发生了一次轻微的撞击。

　　斯戈蒂亚号并没有撞上什么,而是它被别的东西撞了。撞它的与其说是一种致挫伤的器具,还倒不如说是一种尖利的钻孔器械。这次碰撞感觉非常轻微,如果不是货舱监装员跑到甲板上面叫喊:“我们的船要沉了！我们的船要沉了！”恐怕船上谁也不会对这起碰撞感到不安。

　　初时,乘客们异常惊恐,但安德森船长很快便稳住了他们。事实上,这种危险也并非是迫在眉睫的。再说,斯戈蒂亚号船的七间船舱是由水密舱壁分隔开来的,它应能不受损害地顶得住个把漏水洞。

　　安德森船长迅即跑到底舱。他发现海水已经浸入了第五间船舱,而且浸入速度相当快,这说明漏水洞是很大的了。非常庆幸的是,这间舱里没有蒸汽锅炉,要不然的话,炉火就会突然熄灭掉。

　　安德森船长命令立即停船,并且叫其中一位水手潜水查清楚船体受损状况。不一会儿,便查明轮船船体机身(水线以下部分)处有一个两米宽的大洞。这样的漏洞形成的水道是不可能堵住的了。因此,斯戈蒂亚号船就不得不在它的轮处于半淹状态下继续行驶。它当时距离克利尔海峡还有三百海里,在延误了三天以后才驶进公司的船坞。这次延误使得整个利物浦都人心惶惶。

斯戈蒂亚号船被架了起来,工程师们对它进行了检查。他们都不敢相信自己的眼睛。船体吃水线下两米半的地方展现出一个规则的等边三角形裂口,铁皮上的裂痕整齐划一,就连打洞钳也不能轧得那般精确无误。轧穿这个洞的穿孔器械肯定不是普通钢材制作的,因为它在以神奇的力量向前冲撞,戳穿了四厘米的铁皮之后,还能做出一种真不可思议的倒退动作,使其自身得以逃遁消逝。

最近这次事件的经过情形就是这样,结果它又使得公众的情绪重新亢奋起来。因为从今以后,先前那些原因不明的海难事件现在全都归到了这个怪物上。这个神奇的动物负起了所有沉船事故的责任,不巧,沉没船只的数目是一巨大数字。根据监督委员会统计年鉴记载,在每年受损的三千只船舶中,因下落不明而判定失踪的汽轮或帆船,其数量不少于二百艘!

此时此刻,这个"怪物"便因船只失踪受到了人们公正或不公正的谴责。由于它的存在,各大洲之间的航行变得越来越危险了。大家都毫不含糊地纷纷表态,坚决要求不惜一切代价把这条令人生畏的鲸怪清除掉。

第二章　赞成与反对

当这些事件发生的时候,我刚从美国内布拉斯加州的贫困地区从事一项科学研究工作回来。我作为巴黎自然史博物馆的客座教授,受法国政府委派,参加了这项科研。我在内布拉斯加州度过了六个月之后,带着一些珍贵的收集品,接近三月底到达纽约。我启程回法国的日期定在五月上旬。于是,我便趁此逗留的机会,对我收集的那些矿物和动植物标本进行分类整理,而斯戈蒂亚号船出事刚好是发生在这段时间。

我当然完全了解时下那个时髦的话题,再说,我怎么会不了解这个事呢?我反复阅读欧美各类报刊,但对此事的认识却未曾更进一步。这个谜让我感到困惑。我拿不定主意,当时只好在两种极端的见解之间徘徊。这个事终究确实存在,这一点不能含糊,谁要是怀疑,就请那些怀疑者们指出斯戈蒂亚号船那个创口是怎么造成的吧。

　　在我到达纽约的时候，这种问题正是热门话题。某些不学无术的人提出的诸如浮动的小岛、逮不住的礁石之类的假设，已经遭到了绝对的否定。而实际理由非常简单：除非这礁石腹部有一台机器，不然的话，它怎么可能以一种这般神奇的速度四处移位呢？

　　说它是一只浮动的船体，是一遇难船只的巨型残骸漂流物，这种论调也一样站不住脚，原因依然是移位速度太快。

　　那么，问题就只剩下两种可能的解释，而人们也由此分成了两个观点截然不同的派别：一派认为，这是一种力大无比的怪物；另一派则说，它是一艘功率绝顶的"潜水艇"。

　　然而，这后一种假设尽管可以成立，但经过在两大洲所进行的调查之后，它便不攻自破了。因为，到底有哪一个人拥有一种这样的器械呢，这在当时几乎是不可能的。再说，他在何时何地制造出这种器械？他又怎么能够保守住这般秘密制造？这些都是无从考知的事儿。

唯有一个国家的政府才可能拥有类似这样的一种破坏性器械，在人类为增强武器威力而绞尽脑汁的可悲时代，一个国家是可能会瞒着其他国家去制造这种可怕的武器。继机枪之后是水雷，水雷之后是水下撞锤，然后又会有各种各样的对抗性武器。至少我是这么想的。

但这种战争器械的假设，在各国政府的声明面前又不能自圆其说了。因为这件事关系到公共利益，既然海上交通遭到破坏，各国政府的坦诚自然不容置疑。此外，又怎么能够说这艘潜艇的建造可以瞒得过大众的眼睛呢？在这种情形下，个人要想保守住秘密尚且非常困难，而对于一个行动往往受到敌对势力密切监视的国家来说，就更加是不可能的了。

因此，根据在英国、法国、俄国、普鲁士、西班牙、意大利、美国，甚至还有在土耳其等等这些国家所做的调查情况来看，潜水艇的假设便理所当然地最终遭到推翻。

尽管当时的小报对这个奇异怪物进行冷嘲热讽，进行挖苦，可是，它还是又漂浮出现在海洋中。这样一来，人们的想象力便很快转向到一些同鱼类学有关的荒诞不经的传说。

我一到纽约，就有好几个人特意来向我征询对于这件怪事情的看法。此前我曾经在法国出版过一部名为《海底的秘密》的著作，八开本，共两卷。这本书受到了学术界的青睐，而我也因此成了博物学中这一颇为神秘的支系的专家。人们询问过我的意见。想知我能够否定这个事件的真实性，而我却总是给予断然的拒绝。可过了不久，我出于无奈只好明确表示了自己的见解。况且，巴黎自然史博物馆教授、尊敬的皮埃尔·阿龙纳斯先生，他接受了《纽约先驱论坛报》的邀请，已经就此事表示出一点看法。

我阐述了我的观点。我说话了，是因为我再不能保持沉默。我从政治上和学术上讨论了这个问题的方方面面。现将我发表在四月三十日该报上的一篇材料极其丰富的文章节录如下：

"在对各种不同的假设和所有不可能成立的猜想一一认真研究之后，我们不得不承认确实存在着一种其力量大得惊人的海洋生物。

"我们对海底深层一无所知。探测器也无法深入。海洋最底层究竟如何呢？海面下一万二千米或一万五千米的地方有什么或者可能有什么生命存在呢？这些生物体的机体构造又是怎样的呢？这一切实在难以预测。

　　"但是，我们眼前的这个问题可以用二维推理的方式来解决。

　　"生活在我们这颗星球上的各种各样的生物，我们或许认识，或许不认识。

　　"要是我们都不认识所有这类生物，而大自然又仍将对我们保守着某些鱼类学中的秘密的话，我们就不能不承认某些鱼类或鲸类新类型甚至新品种的存在，而它们具有一种基本上'不可漂浮'的器官，生活在探测器不能达至的海底深层。出于某种原因，一时心血来潮，抑或是情兴所致，它们偶尔也会浮出水面。这种说法看来比较合适。

　　"反之，倘若我们认识所有这类生物，那么就必须从业已分类的海洋生物中找出我们讨论的这只动物。在这种情形下，我就不会否认有一种巨大的独角鲸的存在。

　　"一般的独角鲸即海麒麟身长通常只有六十英尺。将这一长度加大五倍，甚至十倍，再给这只鲸类动物以同它的身材成比例的力量，同时让其进攻型武器的性能得到增强，这便成了我们讨论的这个动物。它就具有山农号军官们测定的长度，有能够戳穿斯戈蒂亚号船的触角和洞穿一只轮船船壳的力量。

　　"事实上，据某些博物学家所言，这条独角鲸有一柄牙质利剑或一把骨质的戟，那是一根钢铁般坚硬的大牙。有人曾经在鲸鱼身上发现过这样一些牙齿，说明独角鲸总是能成功地用牙齿向鲸鱼发动进攻。也有人从船底费力地拔起过类似的牙齿，这些牙齿凿穿船底就像利锥钻透木桶一样。巴黎医学院陈列馆时下就拥有这样的一根巨齿，它的长度是二点二五米，底宽为四十八厘米！

　　"那么，假设那武器的威力还要强十倍，那动物的力量还要大十倍，它以每小时二十海里的速度前进，这样一来，用它的速度乘以它的重量，即得出要求的制造那种海难事故所需的撞击力。

　　"因此，在获得更多的材料之前，我倾向可以把这动物说成一条独角鲸，它体形巨大，身上长有的不是一把剑戟，而是如同铁甲船或战舰那样的真正的冲角,而且还同时具备战舰的那般重量和动力。

"于是,这种不可解释的怪现象便得到了说明——抑或相反,不管人们瞥见、看到、感受或者觉察到什么,而这一切都纯属子虚乌有,这也并非不可能!"

最后这几句话说明我没有定见,我之所以这么说,是想在一定程度上保持一名教授的尊严,同时也不愿让美国人笑话,因为他们笑起来是很厉害的。我给自己留了一点余地。实际上,我并不否认这只奇异怪物的存在。

我的文章激起了热烈的讨论,产生了巨大的反响。有许多人赞同这篇文章。而且文中的结论可以引发人们无拘无束地幻想。人类总是喜欢沉湎于种种奇异怪诞生命的伟大遐想之中,而海洋正是这般幻想的最佳媒介,是巨型动物——与之相比,陆地上的动物,大象或者犀牛,简直小得可怜——赖以产生或成长的唯一环境。汪洋大海里游动着有为人所知的最大的哺乳类动物,因而也有可能隐藏着某些体形巨大无比的软体动物和看似令人生畏的甲壳动物,譬如一百米长的大虾或二百吨重的螃蟹!为什么不可能有呢?从前,与地质纪年相应的陆上动物,四足兽、四手兽、爬虫类和鸟类等动物,都是依照巨大的模式来真实塑造的。造物主用巨型模具将它们制造出来,随着时间的推移,模具渐渐缩小了。既然海洋是永恒不变的,而地核却几乎处于不断变化之中,那么,在深不可测的海底,为什么就不可能贮藏着另一时代的巨大物种样模呢?在海洋深处,为什么不可能隐藏有那些巨大生灵(对它们来说,一年等于人间一个世纪,一个世纪等于人间一万年)呢?

我让自己沉浸于种种幻想之中,而现在是停止这些幻想的时候了!因为在我看来,时间已经把这种幻想变成令人可怕的现实。我再次重申,当时的舆论对那只奇异怪物的种类的看法是,人们确认存在着一种神奇的东西,而这东西与硕大的海蛇却无任何相同之处。

有些人只是把这件事情看成一个有待解决的纯科学性问题,而另一些人则是比较讲究实际,注重实效,尤其是英美两国的这类人士,他们主张把这个可怕的怪物从海上清除掉,以保障海洋交通的安全。工商界的报刊主要是从这后一种看法的角度来讨论问题的。《海运业商情杂志》《莱伊特公司航海杂志》《邮船杂志》《海洋殖民杂志》,以及为那些声明要提高保险费的保险公司做宣传的各类报纸,在这一点上全都保持一致。

　　舆论一经传播，美利坚合众国迅即率先发表声明，让纽约做好准备，组织一支远征队去清除独角鲸。一艘大型高速驱逐舰林肯号开始紧锣密鼓地筹备，并决定尽可能早地驶出海面。所有兵工厂都为急欲装备驱逐舰的法拉古舰长网开一面，提供种种便利。

　　事情往往是这样，正当人们决心要追逐这个怪物的时候，这只怪物又销声匿迹了。两个月间，谁也没有听到与它有关的消息，也没有任何一艘船只或舰艇遇见过它。这条独角鲸似乎知道大家都已经准备好了要算计它，因为有关它的话题谈论得太多了，甚至还有通过大西洋越洋海底电报谈论的呢！所以，一些爱打趣的人说，这个精明的家伙真会从中得益，一定是它中途截获了电报，现在已经有了防备。

　　这样，这艘用于远征并配有威力强大的捕鱼器械的大型驱逐舰，竟不知道应该驶往何处。此时，人们的心情便因此变得越发生烦。直到七月二日，才有消息说，从加利福尼亚州的旧金山开往上海的一艘轮船，三个星期前在太平洋北部海面上又看见了这个怪物。

这消息引起的震动是极其巨大的。大家一致要求法拉古舰长马上出征，一天也不能耽搁。食物全部装上了船，煤舱也载满了煤。全体船员都到齐了，他们都已整装待发，无一例外，只在等生火，加温，起锚！真可谓刻不容缓，哪怕是半天也不可迟延！再说，法拉古舰长也希望立即出发。

在林肯号驶离布鲁克林码头之前三小时，我收到了一封信，内容如下：

纽约第五大道旅馆，巴黎自然史博物馆教授阿龙纳斯先生启

先生：

如果您愿意加盟林肯号远征队，合众国政府将会荣幸地看到有您代表法国参与这项事业。法拉古舰长已准备了一个船舱供您使用。

顺致

敬礼！

海军部书记官何伯逊敬上

第三章　悉随先生尊便

在收到何伯逊来信之前三秒钟，我想要去追逐那条独角鲸的念头没有试图要穿越美国西北部的念头那般强。读了这位尊敬的海军部书记官的来信之后三秒钟，我最终明白了自己的真正意愿，我平生的唯一目标，就是要捕获这个令人不安的怪物，把它从世界上清除掉。

可是，我刚刚历经旅途艰辛，疲惫不堪，急需休息。我只期望返回我的祖国，与朋友重逢，看看我那在植物园内的小屋和我那些心爱的珍藏。然而，没有什么东西可以阻止我。我忘却了一切，疲劳、朋友、珍藏，全都被置之脑外，我毫不犹豫地接受了美国政府的邀请。

"况且，"我曾想过，"条条道路通欧洲，独角鲸兴许非常可爱，能把我引回

到法兰西海岸边去呢！这只神气十足的动物是会让我在欧洲海域里抓住它的——这是为了博得我的欢心——而我可是要为自然史博物馆带回去不少于半米的牙戟。"

可是，目前我必须到太平洋北部去寻找这条独角鲸，这同我回法国的道路恰恰相反。

"康塞尔！"我不耐烦地喊道。

康塞尔是我的仆人。这个忠实的小伙子始终陪同我出外旅行。他是一位正直的佛兰芒人。我喜欢他，他也对我好。他生性冷淡，但循规蹈矩，待人热情，对生活中的突发事变极少大惊小怪。他两手灵巧，什么事情都会做。虽然他的名字叫康塞尔①，可别人不问他，他绝不会出主意、提建议。

由于同我们这些植物园里的学者经常接触，康塞尔渐渐学会了一些东西。我觉得他简直可称为一名专家。他对于博物学的分类相当在行。他具有杂技演员般的灵巧，能够将门、类、纲、亚纲、目、科、属、亚属、种、变种等等分得一清二楚。不过他的学问仅限于此。分类，就是他的生活，更多的东西他就不知道了。他对分类的理论很倾注，但缺乏实践，我想，他恐怕分不清抹香鲸同一般鲸鱼的区别！可是，这毕竟是一个诚实正直的年轻人！

迄今为止，十年以来，凡是科学吸引我前去的地方，康塞尔都追随我去。他从来没有考虑过旅途的漫长和劳累。不管路途多么遥远，不管去哪个国家，去中国还是去刚果，他都总是毫不迟疑地提起行李箱就走。他去哪儿都一样，连问都不多问一声。此外，他身强体健，肌肉结实，不在乎任何病痛；而且，他不会冲动，不会恼火——总之，他心地好，与人关系随和。

这小伙子三十岁了，他的年龄同他的主人的年龄之比是十五比二十。读者诸君，原谅我用这种方式来说明我此时的年龄是四十岁。

不过，康塞尔有一个缺点，就是过分讲究礼貌。他总是用第三人称跟我说话，有时甚至让人听了不舒服。

"康塞尔！"我又喊了一声，此刻我正手忙脚乱地准备着出发的行装。

当然，我非常信任这个忠心耿耿的小伙子。平常，我从来不问他是否愿意跟我一道去旅行。可这回情况不同了，这是一次期限可能会无限延长的远征，

---

① 康塞尔：根据法文"Conseil"一词音译而成，其普通词义中含有建议、主意、劝告等。——译者注

是一次危险的行动,是去追逐一只撞沉驱逐舰就像敲碎核桃壳那么容易的动物! 就连世界上最不敏感的人,对这件事情也得考虑考虑! 康塞尔会怎么说呢?

"康塞尔!"我第三次喊他。

康塞尔出来了。

"先生叫我吗?"他进来时问。

"是的,我的小伙子。快给我准备,你自己也准备。我们两小时后出发。"

"悉听先生尊便。"康塞尔心平气和地说。

"一分钟也不要耽搁。我所有的旅行用具——衣服、衬衣、袜子,都不必数了,尽量拿,放好在我的大箱子里。快点儿!"

"可是先生的标本呢?"康塞尔问。

"以后再整理好了。"

"什么? 先生那些奇形怪状的动物、植物以及其他骨骼,又怎么办呢?"

"寄放在旅馆里吧。"

"而先生的那只活鹿豚呢?"

"我们不在的时候,托人喂养,另外还要让人把我们那群动物运回法国去。"

"那我们不回巴黎了吗?"康塞尔问。

"不……一定……"我支支吾吾,"不过得绕个弯。"

"先生喜欢绕个弯?"

"啊! 没事儿! 只不过稍稍走点儿弯路。我们要搭林肯号去。"

"先生觉得合适就成。"康塞尔平静地说。

"朋友,你知道,这同那个奇异怪物有关……就是那条有名的独角鲸……我们要把它从海上除掉……两卷八开本著作《海底的秘密》的作者,是不能不随法拉古舰长一道出发的。这是一项光荣的任务,但是……也是危险的任务! 我们不知道要上哪儿去找! 这些动物可能非常任性! 可我们还是得去! 我们有一位目光锐利的舰长……"

"先生怎么做,我就怎么做。"康塞尔回答。

"好好想想吧,因为我什么也不想瞒你。这次旅行说不定就回不来了呢!"

"悉听先生尊便。"

一刻钟之后，我们的箱子收拾好了。康塞尔做这个易如反掌，我担保他不会忘了什么，因为这个小伙子对衬衣、服装的分类，就像对鸟类或哺乳类动物的分类一样在行。

旅馆电梯把我们送上二楼大堂。我沿楼梯走了几级，来到底层。在通常有一群人围住的大柜台前，我结清了账目。我托人把一包包用稻草填塞的动物标本和风干后的植物标本寄往（法国）巴黎。我还留下一笔足够的钱，请人喂养我的鹿豚。然后，康塞尔跟我一起跳上一辆马车。

这趟车费是二十法郎。马车由百老汇大街直到团结广场，又经第四大道与包法利街的交汇路口，驶入加特林街，停在三十四号码头。在那里，加特林号渡轮把我们连同车马一起送到布鲁克林。这是纽约的大区，位于城市的东方河的左岸。几分钟后，我们便抵达林肯号停泊的码头，而林肯号的两个烟囱正喷出团团黑烟。

我们的行李立即被搬到了这艘战舰的甲板上。我赶紧上了船，问法拉古舰长在什么地方。一名水手领着我上到该舰的艉楼，在那里，我见到一位气色很不错的军官，他向我伸出手。

"是皮埃尔·阿龙纳斯先生吗？"他问我。

"正是，"我回答说，"您就是法拉古舰长吧？"

"是的，欢迎您，教授先生，您的舱室早准备好了。"

我还了礼，让舰长去做起航准备。我让人领我到为我准备的舱室。

林肯号是为了它的新目标而特别选定和装备的。这是一艘高速驱逐舰，配有高压蒸汽机，能达七个大气压。在这个压力下，林肯号的平均时速可达十八点三海里，这个速度很可观，但仍不足以同那只巨大的鲸类动物搏斗。

战舰的内部准备合乎这次航海的性质要求。我十分满意我住的那间舱室，它位于舰艇后部，它的对面就是军官们的休息室。

"我们住在这儿挺不错。"我对康塞尔说。

"先生不要见怪，"康塞尔回答说，"如同寄居蟹住在蛾螺壳里一样舒服。"

我让康塞尔用绳索把我们的箱子加固，自己则登上甲板，这样可见起航的预备情形。

这时候，法拉古舰长正要下令松开布鲁克林码头上拴住林肯号的最后几

　　根缆绳。如此看来,哪怕是我迟到一刻钟甚至更短的时间,船便会舍我而去,我也就不能参加这次特别的、奇妙的、令人难以置信的远征了。而有关这次远征的真实记录,将来可能还会有人怀疑。

　　为了赶紧驶往先前人们示意过的那只动物所处的海域,法拉古舰长连一天甚至一个小时也不想耽搁。他叫来了船上的机械师。

　　"船的压力够了吗?"舰长问道。

　　"够了,先生。"机械师答。

　　"开船!"法拉古舰长大声喊道。

　　这命令通过压缩空气话筒传入机舱,轮机员接到命令后,立即让机轮转动起来,蒸汽呼啸着涌入半开半闭的进气阀内。横向排列的长长的活塞发出嘭嘭的声响,推动着机轴杠杆。螺旋桨的叶片不断加大力度,搅动海水,于是,林

肯号舰艇便在上百只满载前来送行的观众的渡轮和小艇之间,庄严地向前行驶了。

布鲁克林码头和纽约东方河沿岸整个地区遍布好奇的人群。五十万人发自内心的三次欢呼声惊天动地。成千上万条手帕在密布的人群头上挥动,向林肯号致敬。此般情景一直延伸到林肯号驶进哈德森河口,纽约城所处的长形半岛边缘地带。

于是,船便沿着新泽西州海岸行驶,那奇妙的右岸上遍布别墅,从炮台中间经过时,礼炮齐鸣,向林肯号致敬。林肯号则将美国国旗连升三次作为答礼,旗上面的三十九颗星在船的后桅斜桁上空闪烁。接着,船变换了方向,驶进设有航标的航道,这些航标一直延伸至桑迪·霍克沙洲顶端所在的内港。船掠过沙洲,那儿有数千名观众,欢呼声再次响起。

　　渡轮和小艇一直尾随大船行驶,直到灯船附近才离去,那里有两道灯光标出纽约航路的出口处。

　　这时正是下午三点。领港员登上一艘小艇,朝停在下风处等待他的一只小帆船开去。火生猛起来了,机轮螺旋桨更加快速地搅动着水波。战舰沿着长岛低矮的黄色海岸行驶,晚上八点的时候,长岛的灯光从西北方消失了,舰艇便在大西洋阴沉沉的海波上全速前进。

第四章　尼德·兰

　　法拉古舰长是一名优秀的海员,他指挥这艘战舰完全称职。他的船同他融为一体,而他就是船的灵魂。至于那个鲸类动物的问题,他内心毫无点滴生疑,他不允许人们在他的船上讨论这个动物是否存在的问题。他相信它的存在就如同许多诚实的妇人相信海怪的存在一样——这完全是一种信仰,而非出于理智。这怪物存在着,他要把它从海中除去,他曾经为此发过誓。他就像罗德岛上的骑士,像那个迎击骚扰他海岛的大海蛇的狄厄多内·德·哥森一样。要么是法拉古舰长杀死独角鲸,要么就是独角鲸把法拉古舰长杀死,此外别无选择。

船上的官员都赞同他们上司的观点。他们时时都在谈论、探讨、争辩以及预测着各种同怪物相遇的机会,时刻都在注视着辽阔的洋面。不止一人争抢着要到顶桅横木上去值班,要是换了别的情况,这般苦差事是不会招人喜欢的。只要太阳还挂在天上,船桅边总是挤满了水手,尽管甲板烫得他们的双脚生疼,可是,他们却仍连动都不动一下。其实,林肯号的艏柱其时尚未接触到会让人生疑的太平洋海水呢。

至于船上全体船员,他们都希望碰上独角鲸,捉住它,将它拖上船来,切成碎块。他们全神贯注地监视着海面。况且,法拉古舰长说过,不管是练习生抑或水手,水兵还是军官,只要他发现了这个动物,便可以领到两千美元的赏金。因此,不难想象,林肯号舰上会有多少双眼睛在忙碌地监视着。

至于我,也不甘人后,我不会把属于自己分内的日常观测工作事儿让别人去做。这战舰确实有许多理由称得上是"多眼号"。在所有成员中,唯独康塞尔不一样,他对我们共同关心的问题显得冷淡,与船上众人的热情显得不怎么协调。

我说过,法拉古舰长为这条船做了精心配备,将各种用于捕捉巨大鲸类动物的设备都带上船来了,即便是一条捕鲸船恐怕也不会比它装备得更完善。我们船上拥有各种有名的捕捉器具,从手投鱼叉,直到用铳发射的倒钩箭,以及供鸟枪使用的开花弹。前甲板上装有一尊功能完备的后膛炮,炮身厚,炮口窄。这种炮的模型大概在一八六七年的万国博览会上展出过。这种名贵武器是由美国制造的,它能毫不费力地发射四公斤重的锥形炮弹,平均射程为十六公里。船上的捕捉器具,真可谓应有尽有,样样俱全。

因此可以说,林肯号上的歼灭性武器是一件不缺了。然而,最为美妙的还是,船上有鱼叉大王尼德·兰。

尼德·兰是一名加拿大人,他身手不凡,在他所从事的危险性职业中还从来没有碰到过对手。他冷静灵活，机智大胆，本领高强，除非是一条极其狡猾的大头鲸，或是一条特别诡诈的抹香鲸，一般的鲸鱼是很难逃过他的鱼叉的。

尼德·兰四十岁左右，身材魁梧——有六英尺多高——体格健壮，神情严肃，不苟言笑，他有时一惹就火。他的外表特别引人注目，尤其他那炯炯目光，使得他的容貌更富有特征。

我认为法拉古舰长把这样一个人请到船上来确是明智之举。从眼神及臂力来看，他一个人就顶得上全体船员。我找不出更为恰当的比喻，只能说他是一架高度望远镜，同时又是一门随时准备发射的大炮。

说尼德·兰是加拿大人，不如说他是法兰西人。尽管他很少同人沟通，但我应该承认，他对我存有某种好感。这大概是我的国籍吸引了他吧。对他来说，这是一个机会，可以说说加拿大某些省份目前仍然通行的拉伯雷时代的一种古老语言，而我呢，也同样可以有机会听听这种语言。这位鱼叉手的祖籍是魁北克，在这个城市还属于法国的年代，他们一家就已经成为勇敢的捕鱼人了。

渐渐地，尼德·兰对谈话有了兴趣，而我也喜欢听他谈他在北极海中的冒险经历。他经常用诗一般的言语讲述他的捕鱼和战斗故事。他的叙述如同一首史诗，我觉得自己像是在听一位加拿大的荷马正在吟唱北极的伊利亚特。

这里，我之所以要尽我所知地将这位胆大的同伴描绘一番，是因为我们已经成了好朋友，是在最恐怖的环境中产生和结成的始终不渝的友谊把我们连在了一起！啊！勇敢的尼德！但愿我再活一百年，好让你更长久地驻留在我的心中！

然而此时，尼德·兰对海怪问题的看法是怎样的呢？我应该承认，他几乎不相信有独角鲸的存在；船上的人，唯独他持有不同的看法，他甚至回避这个话题。但是，我想总有一天他会谈到的。

七月三十日那个美妙的夜晚，即我们出发后三星期，船到达巴塔戈尼亚海岸下风处三十海里海面，跟勃朗岬同一纬度的海域。那时我们已经过了南回归线，麦哲伦海峡就在朝南不到七百海里的地方。不出一星期，林肯号舰艇就可以劈波斩浪地航行在太平洋海面上了。

尼德·兰和我一同坐在艉楼甲板上，我们一边闲聊，一边看着这神秘的大海，其深处直至今天人们还不能抵达。我极其自然地将话题引到了巨大的独

角鲸上面,并且分析了我们这次远征成功或失败的种种可能。后来鉴于尼德·兰只是在一言不发地听我说话,我便干脆直说,叫他说上两句。

"怎么了,尼德,"我问他,"你怎么会不相信我们正追逐的这只鲸类动物的存在呢?你这样怀疑,难道有什么特别的理由吗?"

鱼叉手在回答之前,注目了我一会儿,以一种习惯的姿势用手拍拍他那宽大的前额,像是沉思似的闭了闭眼睛,然后说:

"兴许有的,阿龙纳斯先生。"

"不过,尼德,你呀,一个职业捕鱼专家,你很熟悉海里的大哺乳类动物,你应该不难想象出巨大鲸类动物的存在,可既然如此,你还要去当怀疑这件事情的最后一人!"

"这是因为您弄错了,教授先生,"尼德·兰回答说,"普通人可以去相信有横越天空的奇特彗星,有居住在地球内部的太古时代的怪物,可天文学家、地质学家,绝不能接受这类无稽之谈。捕鱼人也是一样的。我追捕过许许多多的鲸类动物,使用鱼叉叉过不少,也杀死过好几条,但是,不管这些鲸鱼怎样有力,怎样凶猛,它们的尾巴或者长牙,绝不可能将一艘轮船的钢板弄坏。"

"可是,尼德,我们可以列举出一些被独角鲸牙齿戳穿的船,且是从一边穿通到另一边。"

"一些木船,是可能的,"这位加拿大人回答说,"不过,就连这我也没有见过。所以,除非有确凿证据,不然的话,我是不会承认长须鲸、抹香鲸、独角鲸它们会做出这等事情的。"

"听我说,尼德……"

"不,不,教授先生,除了这事,我什么都可以听您的。兴许是一条巨大的章鱼呢?……"

"那就更不对了,尼德。章鱼是一种软体动物,单从这个名称就表明它的肌肉一点都不坚硬。章鱼不属于脊椎动物,哪怕它体长五百英尺,也不会对斯戈蒂亚号,或者林肯号之类的船只有任何的危害。因此,同'克拉肯'或其他这类怪物有关的壮举,都应当视为天方夜谭。"

"那么,博物学家先生,"尼德·兰略带取笑的口吻说,"您是坚持认为有一种巨大的鲸类动物存在的喽?……"

"是的,尼德,我再说一遍,我的信念是有事实根据的。我相信有一种哺乳动物的存在,它躯体组织坚强,属脊椎动物门,就像长须鲸、抹香鲸或海豚一样,它还有一只角状长牙,钻凿力很强。"

"嗯!"鱼叉手哼了一声,摇了摇头,表现出一种未被说服的神态。

"请注意,我诚实的加拿大人,"我继续说,"如果有这样一种动物存在,如果它生活在海洋深处,如果它又时常出没于离水面几英尺深的海底,它非得有一个无比坚强的机体。"

"那为什么要有这么坚强的机体呢?"尼德·兰问。

"因为要生活在海洋深层,要抵抗海水的压力,就必须具有一种无可估量的力气。"

"真的吗?"尼德眨眨眼睛,看着我。

"是真的,有些数据会很容易令你信服。"

"啊,数据!"尼德答道,"人们可以随心所欲地生造出一些数据!"

"这是事实,尼德,而不是纯数学的数据。听我说,应当承认,一个大气压力相当于三十二英尺高的水柱压力。实际上,这水柱的高度是最小的,因为这里指的是海水,其密度要大于淡水的密度。好吧,尼德,当你潜入水中,你的上面是数倍于三十二英尺高的水,在这种情形下,你的身体就得支撑同等倍数的大气压力,也就是说每平方厘米的面积上要承受相同倍数公斤的压力。如此推算,在三百二十英尺的深度为十个大气压,三千二百英尺为一百个大气压,三万二千英尺即两里半左右的海洋深处则为一千个大气压。这就等于是说,如果你能到达海底的这个深度处,那你身上每平方厘米的面积上就得承受上千公斤的压力。可是,我诚实的尼德,你知道你身上的面积有多少平方厘米吗?"

"我猜想不出,阿龙纳斯先生。"

"大约有一万七千平方厘米吧。"

"就那么多吗?"

"事实上,由于大气压力略微低于每平方厘米一公斤的重量,因此,你身上一万七千平方厘米的面积现在就受到一万七千五百六十八公斤的压力。"

"我怎么感觉不到呢?"

"你感觉不出来,是因为你没有被这样强大的压力压垮,是因为进入你体内的空气一样具有同等压力。这样一来,内部压力与外部压力相互抵消,达至平衡状态,你才会毫不费力地承受这些压力。但是,要与在水中比,可又是另外一回事了。"

"噢,我明白了,"尼德·兰回答,他变得更加留意地听我说了,"因为水包围着我,而水又并没有进入我的体内。"

"正是这样,尼德。因此,在海平面下三十二英尺,你要受到一万七千五百六十八公斤的压力;在三百二十英尺处,这压力增加十倍,就是十七万五千六百八十公斤;在三千二百英尺,压力增加一百倍,就是一百七十五万六千八百公斤;在三万二千英尺处,压力上涨千倍,就是一千七百五十六万八千公斤了;也就是说,你会被压扁,压至变得如同水压机铁板下拖出来的那样!"

"好家伙!"尼德·兰喊道。

"好吧,我诚实的鱼叉手,如果某些脊椎动物,身长几百米,体宽与身长成比例,它们生活在这同样深处的海洋底层,身体面积加起来就有好几百万平方厘米,那么它们所承受的压力就得以上十亿来计算了。那现在你就来算一算它们的骨架和躯体要顶住这等压力所需要的抵抗力吧!"

"那它们的身体必须用八英寸厚度的钢板来制作,犹如铁甲船那般喽。"尼德·兰答道。

"正像你所说的那样,尼德,那么,你想一想,一个同样的巨大物体,以一种快速列车的速度撞向一艘船的船体,会造成什么样的毁坏性后果。"

"是的……因为……或许……"这位加拿大人回答,这些数字使他动摇了,可他还是不愿意服输。

"好了,你信服了吗?"

"你向我证实了一件事,博物学家先生,那就是,如果海底有这样的动物,那它们一定是像您所说的那样强大。"

"可执拗的鱼叉手,要是没有这等动物,那么斯戈蒂亚号船所发生的事故又该做何解释呢?"

"兴许是……"尼德·兰迟疑地说。

"说下去!"

"因为……这不是真的!"这位加拿大人答道,他不知不觉地重现出那种有名的阿拉哥①应答。

诚然,这般作答只能说是这位鱼叉手的固执,别的什么也说明不了。这一天,我没有同他再进一步深谈。斯戈蒂亚号船的事故是不容否认的。船体真的有一个洞,那是非得堵上不可的了。当然,我并非认为有一个洞存在便能将问题说得更加清楚。可是,这一个洞绝不会是无缘无故造成的,既然它不是暗礁或者潜艇撞的,那它就一定是某种动物的锋利怪家伙洞穿的了。

因此在我看来,根据以上所列的种种理由,这动物属脊椎动物门,哺乳动物纲,鱼类,鲸鱼目。它与长须鲸、抹香鲸、海豚同属一科;至于它应当列入的"属"、归入的"种",则是日后才能弄清楚的问题。要解决这个问题,就必须解剖这个尚不为人所知的奇异怪物,而要解剖它,就得逮住它,要逮到它,就得叉

---

① 阿拉哥(1786—1853):法国著名的学者和政治家。——译者注

住它——这就是尼德·兰的事——要叉住它,就得看见它——这是船上全体船员的事——要看见它,就得碰上它——这就是机遇问题了。

第五章　觅寻奇遇去

在最近这段时间里,林肯号舰的航行并没有碰到过任何意外的事件。其间,倒是发生过一种情况,它让尼德·兰表现出了高超的技艺,同时也证明了我们应该给他如此的信任。

六月三十日,在马露因开阔的海面上,我们这条舰的人向一些美国捕鲸船上的人探听消息,然而,他们对这条独角鲸的情况一无所知。不过,其中一条叫孟禄号船的船长知道尼德·兰在林肯号上,他便请求尼德·兰帮忙捕捉一条已经发现了的鲸鱼。法拉古舰长想见识见识尼德·兰的本事,就准许他到孟禄号船上去。我们这位加拿大人真是吉星高照,他所刺中的不是一条,而是两条鲸鱼,一叉正中一条鲸鱼的心脏,另一叉又刺中另一条,在追逐了几分钟以后,这一条鲸鱼也被捉到了!

显然,如果那一只奇异怪物真的撞上尼德·兰的鱼叉,我不敢打赌说它没事。

我们的战舰以惊人的速度沿着美洲东南部海岸行驶。七月三日,我们来到了与贞女岬同一纬度的麦哲伦海峡出海口。可是,法拉古舰长原来就没打算走这一条曲折的通道,因此,他现在就要从合恩角绕道了。

船上全体船员都一致赞同舰长的主张。的确,在这条狭窄的海峡里又怎么可能碰得上独角鲸呢?大多数水手也都肯定这怪物过不了海峡,"因为它的身体太胖了!"

七月六日,接近下午三时时分,林肯号在海峡南面十五海里地方,绕过了合恩角这座孤岛,这岩岛延嵌在美洲大陆南端,一些荷兰水手将自己家乡的城市名字硬送给了它,合恩角便由此得名。这个时候,船正在朝西北方向行驶,翌日,我们的林肯号舰艇的螺旋桨就将搅动太平洋的海水了!

"注意!注意!"林肯号船员们一遍又一遍地喊道。

他们全都双目圆睁。这样说一点也不过分,那些似乎受到两千美元奖金诱惑的眼睛和望远镜,是有点着了迷,连片刻都不愿停歇。大家夜以继日地注视着洋面,夜视者们具有在黑暗中眺望的功能,他们获得这笔赏钱的机会自然会比其他人多出百分之五十。

至于我,金钱几乎可说毫无点滴魅力,然而在船上,我的注意力却同样是不敢松懈。除了用几分钟吃饭,花几个钟头睡觉之外,不管日晒雨淋,我都不离甲板。我时而伏在艏楼舷墙上,时而依在船尾栏杆上,用贪婪的目光盯着海面上延伸至天边的那棉絮般洁白的航迹!有好几回,当一条任性的鲸鱼把浅黑色的脊背露出水波的时候,我便会同船上的顾问人员以及全体船员一道激动起来。

战舰的甲板上立即挤满了人。水手和军官们从进口塔中涌了出来。每个人都心潮起伏,目光闪烁,注视着这条鲸类动物的一举一动。我非常留意观测,直看得视网膜生疼,眼睛都快看瞎了,可康塞尔却总是无动于衷,他用一种沉着的语气对我一再重复地说：

"如果先生愿意把眼睛眯细一点儿，先生兴许会看得更清楚些！"

林肯号于是变换方向，朝发现的动物冲去，原来却是一条普通的长须鲸或抹香鲸，不一会儿，它便在一片咒骂声中消失了。结果，白白激动一阵！

不过，天气很好。航行一直处于最佳状态。此时是南半球气候恶劣的季节，可这一带的七月份却酷似我们欧洲的一月份。海上风平浪静，视线容易达到很远的地方。

尼德·兰他那种不轻信性格表现得最为固执，除非是轮到他值班，否则他就故意不去看一看水面——这至少在鲸鱼尚未被发现的时候是这样。他那神奇的眼力本可以派上大用场，可是，十二小时中有八个钟头，这个执拗的加拿大人仅是躲在自己的舱里看书或睡觉。曾经许多次，我对他的冷漠都颇有微词。

"啊！"尼德·兰有所反应地说："什么都没有，阿龙纳斯先生，就算有什么动物，我们能有机会碰上吗？我们难道不是在这儿瞎碰乱撞吗？传闻说有人在太平洋北部海面看见了这没法找着的怪物，这一点我承认。可是从那次遭遇以后，两个月的时间过去了，而且依您那条独角鲸的脾气，它是不会长时间地待在同样的海域里的！它移动起来快极了，一点儿也不费力。何况，您比我更清楚，教授先生，大自然做事是不会自相矛盾的，它不会给一种生性迟缓的动物以一种迅速移动的能力，因为这样的动物并不需要这种能力。因此，这怪物即便存在，也早早就走远了！"

听了这一席话，我不知该怎样回答。显然，我们是在盲目行驶。可这又有什么办法呢？当然，我们的机遇相当有限，不过，还没有人对成功产生怀疑，船上的水手们没有一个人敢打赌说没有独角鲸，敢说它近期内不会出现。

七月二十日，我们抵达南回归线与经度一百零五度相交这个交叉点海域；同月二十七日，我们越过了西经一百一十度上的赤道线。位置测定之后，我们的舰艇便坚定信念地朝西行驶，开进了太平洋中部海面。法拉古舰长思考有理，船最好朝深水处航行，离开那动物似乎始终不愿意靠近的陆地和岛屿。"因为接近这些地方的海水，对这家伙来说想必还不够深！"水手长如是说。于是，船便经过波莫图群岛、马尔吉斯群岛、夏威夷群岛附近的海面，穿过东经一百三十二度上的北回归线后，朝中国海驶去。

我们终于来到了那个奇怪动物最近嬉戏活动的场所了！说实话，船上的日子真让人没法过。人人都心跳过速，弄不好将来还会出现难以治愈的动脉瘤。全体船员神经极度紧张，紧张得我都无法形容。大家不想吃饭，也不睡觉。凭栏远眺的水手的判断错误和幻觉，每天都不下二十次，每一次都会引起人们难以承受的恐惧感，而由此曾发生过二十次骚动，这都使我们一直处在一种极其强烈的紧张状态之中，因此不能不导致一种直接的反应。

其实，这种直接反应并非是突如其来，一下子发生的。在三个月的时间内，在那一天等于一个世纪的三个月期间，林肯号的航迹遍及太平洋北部整个海面，时而朝发现的鲸鱼冲去，时而突然偏离航线，时而猛然掉转船头，时而一下停止不动，它冒着机器被毁坏的危险，不停地全速前进或者紧急刹车，从日本海岸到美洲海岸，每个角落都搜寻过一遍。可是什么也没有发现！只有荒凉浩瀚的海洋！除此之外，什么巨大的独角鲸、水下的海岛、遇难的船骸、飞逝的礁石，还有什么超自然的东西，统统都没有！

那么，反应便随之发生了。首先是大家心灰意冷，这给疑虑心理打开了一个缺口。船上产生出一种新的情绪，它由三分羞愧和七分愤懑构成。人们因囿于一种幻想而觉得自己蠢透了，但更多的则是恼怒！一年以来积累起的一大堆理由，一下子就变得站不住脚了。每一个人都只想好好地吃顿饭、睡睡觉，把自己因愚蠢而浪费掉的时间补回来。

由于人类本能地具有动摇性，大家便从一个极端走向了另一个极端。当初这项事业的最强烈的支持者，现在却变成最激烈的反对者了。这般反应是从底舱发生的，由司炉工的岗位传到官员们的座舱。要不是法拉古舰长特别固执己见，这艘舰艇定会挥师南移，这一点不容置疑。

然而，这种不能带来效益的寻觅也不可以持续更长的时间了。林肯号是完全无可指责的，它已经尽了自己最大的努力。一艘美国海军舰艇上的全体人员，从来都没有表现得具有这么大的耐性、如此这般的热忱。失败不能归咎于他们，时下除了返航之外就别无他途了。

这一返航建议向舰长提出来了。舰长不予接受。水手们并不掩饰自己的不满，船上事务因此受到影响。我不想说船上会发生哗变，但相持了一段时期之后，法拉古舰长便像从前的哥伦布那样，请大家再忍耐三天。如果三天期限一过，怪物还不出现，舵手就将舵轮转动三次，林肯号便即刻朝欧洲海域驶去。

这个许诺是十一月二日做出的,结果首先是鼓起了全体船员的信心。大家又再次留心观察起洋面来了。人人都想向这片包容着全部记忆的海洋投去最后的一瞥。望远镜一刻都没有闲着,这是在向巨型独角鲸发出最后通牒,独角鲸对于这张出庭传票,是没有理由置之不理的!

两天过去了。林肯号低速向前行驶。在可能同这只动物相遇的海域里,人们想方设法地来吸引它的注意或者刺激其麻木的神经。大块大块的肥肉被拖在船后——我应该说,鲨鱼对此是极其满意的。林肯号一抛锚,便放下许多小船,这些小船朝四面八方各个方向驶去,不留下一处不被搜索过的海面。可到了十一月四日傍晚,这一个水下奥秘仍然没有被揭露出来。

第三天,十一月五日,正午时分,规定的期限快要到了。原约定时间钟点一过,法拉古舰长就要履行诺言,让船朝东南方向开去,最终地驶离太平洋北部海域。

这个时候,林肯号正处于北纬三十一度十五分、东经一百三十六度四十二分的海面。日本国本土就距离我们下方不到二百海里。黑夜临近了,此时船上的时钟刚敲过晚上八点。团团乌云遮住了月面,显现出新月至上弦月间的月相。舰艇艏柱下面,大海平静地泛着波涛。

这时候,我倚靠在船头右舷舷墙上,康塞尔待在我旁边,凝视着前方。全体船员都俯在船桅支架上,注视着渐渐变窄且又昏暗的天际。军官们拿着夜间使用的小型望远镜,朝那越来越变得阴沉的夜色监视、搜寻。在月亮透过两团云层之间泛出的一丝亮光的映射下,黑沉沉的海面不时闪烁着点点亮光。过了一会儿,亮光又在黑暗之中消失。

我察看康塞尔,发现这诚实的年轻人多少也感受了一点船上普遍情绪的影响。至少,我是这么认为的。也许,他的神经第一次在好奇心的驱动下震动起来了。

"哎,康塞尔,"我对他说,"现在是获得两千美金的最后时机了。"

"请先生允许我对这事说上两句,"康塞尔答道,"我从来没有指望过得到这笔赏钱,即便合众国政府可以做出十万美金的许诺,而它恐怕也不会因此变得更穷。"

"说得对,康塞尔。总之,这是一桩蠢事,我们参与这件事情真是太轻率了。消耗了多少时间,白白倾注了多少的激情呀!不然的话,六个月以前,我

们早就该回法国了……"

"在先生的小套间里，"康塞尔回复说，"在先生的博物馆里，我恐怕早就将先生的化石分好类了！先生的鹿豚也早关进'植物园'的笼中了，而它也兴许会把首都巴黎市所有好奇的人吸引来参观呢！"

"正如你所说的那样，康塞尔，而且，我想，我们还没有考虑别人会怎样嘲笑我们呢！"

"可不是，"康塞尔平静地回答，"我想一定有人会嘲笑先生的。那么我该不该说……"

"说吧，康塞尔。"

"那么先生将只会得到这样的报偿！"

"说得是！"

"如果一个人有幸成为先生这样的学者,那他就不该冒……"

康塞尔没有说完他的恭维话。在沉默之中,响起了一个声音。那是尼德·兰的声音,他喊道:

"喂!那东西在那儿,在下风的地方,就在我们的斜对面!"

第六章　全速前进

一听到这叫喊声,全体船员都朝鱼叉手跑去,其中有舰长、军官、水手长、水手、练习生。机械师也都离开了机器,连锅炉工都抛下了锅炉不管了。于是,停船的命令下达了,战舰只在靠余力行进着。

可是,那时的天色沉黑,就算这位加拿大人的眼睛再好,我也得考虑一下他是怎么样看见的,以及他能够看见什么。其时,我的心跳得都要裂开了。

然而,尼德·兰并没有弄错,我们,所有的人,都看到了他手指给我们看的那个东西。

在距离林肯号右舷后部二链的地方,海水好像是被下面发出的光照亮了。这不是普通的磷光,这一点谁都不会搞错。正如一些船长曾经在报告中所指出的那样,这奇异怪物潜伏水面下一段距离,而且发出一种非常强烈而又奇怪的光。这等神奇的辐射一定是从一种大功率的光源中产生的。发光的部分在海面上形成一个很长的巨型椭圆,圆心有一个炽热的焦点,放射出刺目的光芒,离焦点愈远,光度愈弱,直至消失。

"这只不过是许多磷分子的组合体。"其中一位军官大声说道。

"不,先生,"我自信地反驳说,"海笋或沙尔巴等含磷生物绝不可能发出这么强烈的光。这种光基本上是电光……瞧!瞧!它移动了!它朝后移,向前动!它向着我们冲过来了!"

战舰上响起一片呼喊声。

"别吱声!"法拉古舰长说,"掌稳舵,迎着风,倒车!"

水手们朝船舵跑去,机械师们跑到机器旁边。船被紧急刹住了,林肯号向左舷偏离,划了一个半圆。

"右舵,前进!"法拉古舰长喊。

命令执行了,林肯号舰迅速躲避开光源。

我弄错了。船是要走开,但那神秘的动物却以加倍的速度朝船冲将过来。

我们气喘吁吁,惊愕更甚于恐惧,呆立着说不出话。这动物毫不费力地逼近我们。它以时速达十四海里的速度绕着我们的战舰兜圈子,并用它像光尘一样的电光网将船罩了起来。然后它开出两三海里远,留下一长条磷光闪闪的航迹,好像火车头喷出的朝后的滚滚烟雾。突然,这怪物从昏暗的天际发起冲刺,以一种惊人的速度猛烈地向着林肯号扑将过来,它在离船外侧二十英尺的地方又蓦地停住,亮光熄灭了——不是逐渐消散,由此可见,它并没有潜入水中——是突然熄灭的,仿佛强烈的光源一下子耗尽了似的!随后,它又出现在战舰的另一边,可能是绕过来的,也可能是从船底下溜过来的。每时每刻,冲撞都有可能发生,那将把我们置于死地。

然而,我对战舰的行为颇感惊奇。它在逃跑,而没有进攻。它被怪物追赶着,而它本来是应当追逐怪物的。于是,我向法拉古舰长提出意见。舰长的脸上通常是毫无表情的,可是现在却显得惊恐万状。

"阿龙纳斯先生,"他回答我说,"我不知道我所面对的是一个多么厉害的怪物,我不愿意在这一片黑暗之中拿我的舰只随便去冒险。再说,怎样攻击这个尚不明底细的家伙,又怎么来防御它呢?等到天亮后再说吧,到那时角色会改变的。"

"舰长,您不再怀疑这只奇异怪物的种类了吧?"

"不怀疑了,先生。这显然是一条巨大的独角鲸,且同时又是一条带电的独角鲸。"

"也许是,"我又说,"我们不能接近它,就像不能接近一条电鳗或者一条电鳐一样。"

"不错,"舰长回答,"如果它身上具有雷电般的力量,它一定是出自造物主手中的最令人生畏的动物了。正因为这样,先生,我必须小心行事。"

全体船员都在警惕地守望着。没有一个人想到睡觉。林肯号在速度上不能与那怪物匹敌,于是便缓慢行驶,保持低速,而独角鲸则模仿战舰,任由自己随波逐流。它仿佛还不打算离开竞技场。

但是,在午夜即将来临时,它却不见了,或者,用一句更为确切的话来说,它如同一只大萤火虫一样"不发光了"。它逃走了吗?大家所怕的就是这一着,都不希望是这样。然而,到了凌晨一点差七分的时候,只听见一声震耳欲聋的呼啸,如同极强的压力压迫的水柱所发出的呼啸声一般。

法拉古舰长、尼德·兰和我当时都在舵楼上,正朝着深沉的夜色在凝神眺望着。

"尼德·兰,"舰长问,"您经常听见鲸鱼在叫吗?"

"常常听见,先生,但我从来没有听见过像我发现的这条给我带来两千美金的鲸鱼那样的叫声。"

"不错,您有权得到这笔赏金。不过,您得告诉我,这声音是不是那鲸类动物鼻孔喷水时所发出来的呢?"

"正是这样,先生,不过这个声音不知道要大多少倍。因此谁也不可能弄错。在我们所处的这片海域里的一定是一种鲸鱼类动物。"鱼叉手接着说道,"请您允许,先生,明天天亮时我们对它说几句话。"

"它恐怕没那耐性听你说话,兰师傅。"我用一种不太相信的口吻答道。

"我让它离我只有四鱼叉远,"这位加拿大人抗争着说,"那时它就非听我说不可了!"

"不过得要接近它,"舰长说,"我将要为您准备好一艘捕鲸艇吧?"

"那当然,先生。"

"这会不会是在拿我的船员的生命去冒险?"

"还有我的生命呢!"鱼叉手回答得更利落。

早晨两点钟左右,在林肯号上风处五海里的洋面上,又出现了先前看到的那般强烈的亮光。尽管隔着相当的距离,尽管有风声和浪涛声,但是这动物尾巴搅水时发出的巨大响声和它喘息时的声响仍然清晰可辨。这条巨大的独角鲸蹿出海面上来呼吸的时候,空气似乎是吸入到它的肺部,如同蒸汽送进两千匹马力的大汽缸里那样。

"嗯!"我考虑道,"一条力量抵得上一个骑兵团兵力的鲸鱼,它肯定是一条很不得了的鲸鱼。"

人人都在严阵以待,直至天亮。大家都做好了战斗准备。沿舷墙边上摆放着各式各样的捕鱼器械。舰艇上的两副喇叭口短铳让人装填好了,它们可以将鱼叉射至一海里远处,此外还让人给长枪装上了开花弹,被其击中便是致命伤,就连最强大的动物也不能幸免。尼德·兰只是在磨自己的鱼叉,这鱼叉握在他手上那可是一件令人生畏的武器。

六点，天始破晓，曙光初现，这时候，独角鲸的电光却黯然失色了。七点，天已经大亮了，可是一团浓密的晨雾使得视野变得很窄，就连最上乘的望远镜也无济于事，这时人们失望和懊恼的情绪便油然而生。

我攀上了舰艇后桅杆。一些军官们早就站在桅头上了。

八点，浓雾在海波上沉重地滚动着，它那浓厚的雾气渐渐地散开了。天际在扩大，在明朗。

突然间，尼德·兰又如同昨晚上那样大喊了起来。

"那家伙，就在左舷后面！"鱼叉手喊道。

大家的目光都朝着他的手所指的方向望去。

在那边远处，在距离战舰一海里半的地方，有一个长长的黑黝黝的躯体浮出水面有一米高。它的尾巴，激烈地抖动，搅出一个巨大的漩涡。任何一种动物的尾巴都不可能如此有力地拍打海水。这只动物走过之处，便留下一条巨大的、白晃晃的属于它的行迹，并且描画出一道长长的弧线。

战舰靠近了这一鲸类动物。我于是随意观察了它一下。山农号和海尔维蒂亚号船的报告是有点夸大了它的体积，据我看，它顶多只不过是二百五十英尺长。而至于它的宽度，我就难以估量了；但不论怎么说，我都觉得这动物的躯体各部分的尺寸比例般配得真令人赞美。

正当我留意观察这只与众不同的动物的时候，两道水与汽交融的射柱，自它的鼻孔里喷涌而出，哺乳纲，单一豚鱼亚纲，鱼类，鲸鱼目……到此，我便不能再往下数了。鲸鱼目共分三科：长须鲸、抹香鲸和海豚，独角鲸划归最后一科。这些科包括好几种属，属又分种，种又分变种。它应归入何变种、种、属、科，等等，时下我还不是很清楚。但是，我相信，有上天和法拉古舰长的帮助，我会完成这个分类的。

船员们都在焦急地等待着上司的命令。舰长认真仔细观察了这只动物，然后叫来了机械师。机械师跑来了。

"先生，"舰长问，"压力够了吗？"

"够了，先生。"机械师答道。

"好，加大火力，全速前进！"

迎接这道命令的是三声欢呼。战斗的号角响起来了。不一会儿，林肯号舰的两个烟囱喷吐出道道黑烟，甲板在锅炉的震动下也同时出现阵阵颤动。

林肯号战舰在其螺旋桨猛力推动下向前疾驶,径直朝那怪物冲去。怪物显得满不在乎,且让战舰接近它有半链距离,然后略作逃跑状,假装着潜入水中的样子而只限于自己与林肯号保持一定的距离。

如此这般的追逐持续了三刻钟左右,林肯号要想接近这只鲸类动物二度子①的距离都不可能。显而易见,照这样的追法逐鹿下去,林肯号是永远也追不上这只怪物的。

法拉古舰长烦躁地手捻着下巴下面的蓬蓬胡须。

"尼德·兰!"他喊了一声。

这位加拿大人遵命来到了。

"好吧,兰师傅,"舰长询问道,"您觉得是不是还要把小船放下海去呢?"

"不,先生,"尼德·兰答,"因为这家伙是不会让人捉住的,除非是它心甘情愿。"

"那怎么办呢?"

"如果您认为可能的话,就尽量加大马力,先生。至于我,在得到您允许之后,我就爬到艏斜桅支索上去,等我们到了鱼叉能够得着的距离时,我就将鱼叉投出去。"

"行啊,尼德。"法拉古舰长回答说。他于是喊道:"机械师,加大马力。"

尼德·兰到了他的岗位上。火力在不断加大,螺旋桨每分钟转动四十三圈,蒸汽从阀门中冒出。测速器抛下去后,测得林肯号舰此刻的时速为十八点五海里。

然而,那只可恶的动物却也同样以每小时十八点五海里的速度疾行。

在此后的一个小时内,林肯号舰都一直保持这样的速度,它想多进一度子都不成! 对于美国海军中速度最快的战舰之一的舰艇来说,这真是一种耻辱。全体船员人人都憋着一肚子气。水手们都在咒骂眼前这只奇异怪物,可怪物对此显得不屑一顾。法拉古舰长不是只在捻他那撮胡须,而简直是在扯自己那山羊胡子了。

机械师再次受到召唤。

"您已经将压力增加到极限了吗?"舰长问。

---

① 度子:据法文 toise 音译而成,为法国旧时长度单位,一度子相当于一点九四九米。——译者注

"是的，先生。"机械师答。

"那您的阀门载荷怎样？"

"六点五个大气压。"

"将负荷增至十个大气压。"

这纯粹是一道美国式的命令！恐怕在密西西比河上与人打赌的船只都不会这样做！

"康塞尔，"我对站在我身旁的忠实仆人说，"你觉得我们的船会不会爆炸？"

"悉听先生尊便！"康塞尔答道。

嘿！我承认，这个奇遇机会，我不妨去碰一碰运气。

阀门已处于载荷状态。炉中添加进大量的煤炭。风机已将炉中的炭火吹得旺旺的。林肯号的速度又加大了。舰桅颤动之甚及至桅座，由于烟囱过窄，使得滚滚的浓烟几乎都排放不出去。

第二次投落测速器测速。

"舵手，现在如何？"法拉古舰长问。

"十九点三海里，先生。"

"再加大火力吧。"

机械师照办了。气压表上标明十个大气压。然而，那只鲸类动物似乎也已加速了，因为它以十九点三海里的速度行进，竟然显得毫不困难。

多么精彩的追逐！不，我无法将使我全身都在为之颤动的那般激情描述出来。尼德·兰手中握着鱼叉，守候在他的岗位上。有好几次，这动物让人接近它身旁。

"我们追上它了！我们追上它了！"这位加拿大人喊道。

接下来，就在我们准备攻击的时候，那鲸类动物又跑掉了，它这时遁逃的速度我难以估算清楚，时速至少有三十海里。甚至，当我们的船速达至极限的时候，这只鲸类动物竟然还可以围着我们的船兜圈子，耍弄我们！此时此刻，大家胸中都不约而同地迸发出一声愤怒的呐喊！

中午，跟早上八点时一样，我们没有取得丝毫进展。

法拉古舰长于是采取一些更直接的措施。

"啊！"他说，"那动物比我们的林肯号还要快！那么好吧！我们倒要看看

它能不能避过锥形炮弹。水手长,叫炮手们都到前面大炮边来。"

艏楼上的大炮立即被装上炮弹并且发射了出去。炮声响起来了,可是,炮弹却从相距半海里的那只鲸类动物的上方飞跑了。

"换一个好炮手来!"舰长喊,"打中这恶魔的,赏五百美金。"

一位胡子灰白的老炮手——他的形象如今仍然浮现在我眼前——目光镇定,神情冷静,他走近大炮,摆好炮位,瞄了许久。只听得一声巨响,内中还夹杂着全体船员的欢呼声。

这发炮弹击中了目标,打在那动物身上,但奇怪的是,炮弹却从它圆溜溜的身体上滑过去了,落入了两海里远的海中。

"怪事!"老炮手说,他气得发昏,"这无赖身上定是披有一层六英寸厚的铁甲。"

"该死的家伙!"法拉古舰长吼了一声。

追逐又开始了,法拉古舰长俯身对我说:

"我要追逐这动物,直到船爆炸为止!"

"对,您说得对!"我答道。

大家只能寄希望于这动物精力耗尽,它总不能跟蒸汽机一样不在乎疲劳吧。可是它一点也不疲倦。时间过去了许多,而它却丝毫显不出疲惫的样子。

不过,林肯号舰艇是应该受到嘉奖的。它同这只奇异怪物进行了一场坚忍不拔的战斗。我估计,在十一月六日这不走运的一天中,林肯号的行程不下五百公里! 夜幕降临了,阴暗笼罩着波涛汹涌的海洋。

这时候,我以为我们的这次远征结束了,我们就再也看不到这只神奇的动物了。可是我错了。

晚上十时五十分,电光又出现在战舰上风三海里的洋面上,而且跟前一天夜里出现的电光一样的澄净,一样的强烈。

独角鲸好像是停止不动。兴许,它白天跑累了,现在睡着了,正随着海波漂荡呢。机会来了,法拉古舰长决定利用这次机会。

他下达命令。林肯号舰减低速度,谨慎行驶,为的是不惊醒对手。在大海大洋中碰到熟睡的鲸鱼,成功地袭击了它们,这样的事例并不罕见。尼德·兰就曾不止一次地在鲸鱼睡眠时叉中了它们。这位加拿大人于是又回到他在艏斜桅支索上的岗位上。

战舰在静悄悄地逼近那只动物,在距离它两链远的时候停机,全凭余力滑行。全船人员都屏住呼吸。甲板上一片寂静,我们离炽热的焦点处不到一百英尺了,此时,亮光渐渐增强,刺得我们连眼睛都睁不开。

这个时候,我伏在艏楼的栏杆上,看见尼德·兰就在我下面,他一只手抓住支索,另一只手挥动着他那柄极其锋利的鱼叉。他与那只一动不动的动物相距还不到二十英尺距离。

突然间,他的胳膊猛地一伸,鱼叉投了出去。我听到鱼叉发出响亮的声响,像是碰到了坚硬的躯壳。

电光忽然熄灭了,两个巨大的水浪同时扑上林肯号战舰甲板,急流般地自船首冲向船尾,冲倒了船上的人,折断了船桅上的缆绳。

紧接着发生了一起令人惊恐万分的撞击,我还来不及站稳脚跟,便被从栏杆上抛了出去,摔落入大海中了。

第七章　无名类鲸鱼

尽管这一次意外落水使我感到惊恐,然而,我对当时的感觉仍然有着十分清晰的印象。

我首先沉入约二十英尺深的水中。我虽然不能同拜伦和埃德加·坡相比,他俩是游泳大师,但我也可是游泳好手,我并没有因为自己这般沉入水中而吓昏了头,而是使劲蹬了两下又浮出了水面。

我最为关心的第一件事情,就是看看我们的战舰现在何处。船上有没有人发现我失踪了?林肯号是不是改变了航向?法拉古舰长有没有往海里放了一只小艇?我还能不能指望得救呢?

夜是黑沉沉的。我隐约瞥见一团黑黑的东西渐渐地自东方消失,它的航标灯在远方消失了。这就是我们那艘林肯号驱逐舰。当时,我真是不知所措了。

"救救我!救救我!"我不顾一切地朝林肯号游去,同时一面大声喊道。

我穿着的衣服非常碍事,湿淋淋地贴在我身上,影响着我的动作。我要沉下去了!我连气都喘不过来了……

"救救我!"

这是我发出的最后一次呼喊。我嘴里尽是海水。我挣扎着,慢慢地沉向海洋深渊……

忽然间,我的衣服被一只有力的手抓住,我感觉到自己被猛地拖出水面,我听见,没错,我听到耳边响起这样几句话:

"如果先生乐意靠在我肩膀上,先生就能更自在地游。"

我一把抓住了我那忠实的康塞尔的胳膊。

"是你!"我说,"是你啊!"

"是我,"康塞尔答道,"我来为先生效力。"

"我俩是同时被撞到海里来的吧?"

"不是的。我是为了侍候先生,就跟来了!"

这位忠厚的年轻人倒觉得这是很自然的事！

"那么战舰呢？"我问。

"战舰？"康塞尔转过身来答道，"我看先生不要对它抱有太大的希望好了！"

"你说什么？"

"我是说，在我钻进海中的时候，我听到舵手们在喊：'螺旋桨和舵破裂了……'"

"都坏了？"

"是的！都被怪物的牙齿咬坏了。林肯号虽然只是受了一处创伤，可是我想，这情况对我们非常不利，船无法掌握航向了。"

"那么，我们完了！"

"或许是的，"康塞尔平静地答道，"不过，我们还可以坚持几个小时，在这几个小时之内，还可以做不少的事情呢！"

康塞尔如此沉着冷静，对我可是一种鼓舞。我更加使劲地游着，但我的衣服却如同一层铅似的将我裹得紧紧的，妨碍着我的动作，我觉得很难支撑下去了。康塞尔把这都看在眼里。

"请先生允许我把衣服割掉吧。"他说。

他在我的衣服内放入一把打开了的折刀，一下便将我的衣服从上至下割开了。随后，他敏捷地替我脱掉了衣服，而我则拖着他一起游水。

接着，我也帮他除去衣服，于是，我们俩便交替着在海面上"航行"起来。

可是，我们的处境仍然很危险。别人可能没有发觉我们失踪，也许发现了，但战舰的舵坏了，不能掉转头来救我们。现在唯有指望船上的那只小艇了。

康塞尔冷静地做了这样的假设，并且制订出了相应的计划。多么奇怪的性格呀！这个冷漠的小伙子在这里就如同在家里一样。

毫无疑问，我们唯一的获救机会，就是得到林肯号上小艇的接应，这样，我们就必须坚持下去，坚持愈久愈好，以等待小艇的到来。于是，我决定节省气力，不要把两人同时弄得筋疲力尽，这自然就是我们要采取的措施：我们两人中一人平躺，浮着不动，双臂交叉，两腿伸直，而另一人则游着，并将前者往前推，两个人每隔十分钟轮换一次，交替进行。这样的话，我们便能漂浮好几个钟头,也许能够支撑到天亮。

这就全凭运气了! 而且,希望在人心中又是何等的根深蒂固! 况且,我们还是两个人在一起。最后,我要重申——虽然这似乎不太可能——哪怕我要使心中的一切幻想破灭,哪怕我想"绝望",我都不可能做到的了!

林肯号与那只鲸类动物冲撞发生在夜间十一点钟前后。据此,我们还得游上八个小时才能挨到日出。我们交替地游着,是完全可以游到日出的。海面相当平静,我们几乎不感觉到疲劳。间或,我还试图使自己的目光能够刺破那黑沉沉的夜幕呢。可是在这般黑暗之中,我却只见得我们游泳之时自己动作所激起的星星闪光。我看到明净的水波在我手下破碎,镜子般反光的水面上泛起许多多银白色的碎块。我们仿佛浸泡在水银之中。

凌晨一时左右,我感到极度疲乏。我的四肢剧烈痉挛,变得僵直起来了。康塞尔只得拖住我,保全性命的重担便落在了他一个人身上。过了一会儿,我听见这位可怜的年轻人的喘息声;他的呼吸变得短促了。我明白他也不能支持得太久了。

"别管我,丢下我吧!"我对他说。

"抛弃先生? 绝对不能!"他回答说,"我主意已定,我死也要死在先生的前头!"

这时,风把一簇厚厚的云团朝东吹去,月亮透过云层露出脸来了。月光照耀在海面上,洋面波光粼粼。慈祥的月光又重新激起了我们的力量。我又抬起头来了。我的目光在朝向天际各处搜索。我看见了林肯号战舰。它距离我们有五海里远,漆黑一团,看得不很清楚。至于小艇,则不见踪影!

我是想呼喊。这又何必呢,这么远的距离! 我双唇肿胀,一点声音也发不出来。康塞尔还能说出几句话,我听到他喊了几声:

"救命呀! 救命呀!"

我们停止运动片刻,我们听见了声音。尽管我的耳朵充血而且在嗡嗡作响,可是,我仍然觉得有一种喊声正在回复康塞尔发出的求救喊叫。

"你听到了吗?"我低声问道。

"听到了,听到了!"

康塞尔再一次朝空中发出绝望的呼叫。

这一次,不可能再听错了! 确实有人在回应我们! 这声音是来自一个被

抛落海里的遇难者吗？是来自撞船时造成的又一个受害者吗？是不是我们战舰小艇上的人在黑暗之中呼叫我们呢？

康塞尔使出全身力量，倚靠在我的一边肩膀上，而我则竭力克服着刚才发生的一次痉挛，他半个身子浮出水面，沉落下来时已是精疲力竭。

"你看见了什么吗？"

"我看见……"他小声说道，"我看见……我们还是别说话好了……留着点气力吧……"

他看见了什么？当时，我不知为什么，我即刻就想到了那只怪物……可是那声音呢……当今的年代已经不再是若纳斯躲避在鲸鱼肚子里去的那个年代了。

不过，康塞尔还是拖着我。他有时抬起头来，看看前面，同时发出一声呼喊,回应他的声音越来越近了。我听不清楚那声音;我的力气用完了;我的手指僵硬了;我的手支持不住了;我的嘴抽搐地张开着,灌满了咸水;寒气侵袭着我。我最后一次将头抬起来,随后,我沉下去了……

就在这个时候,一个坚硬的物体把我碰了一下。我于是紧紧地抱住了它。随后,我感觉到有人在拉我,将我拽出水面,我的胸部不发胀了,之后我晕了过去……

由于身体受到强力摩擦,我一下子苏醒了,事情往往就是这样。我微微睁开了双眼……

"康塞尔!"我低声喊道。

"先生叫我吗?"康塞尔答应着。

这时,月亮正渐渐从天边消失,伴着最后几许月光,我看到一张面孔,这不是康塞尔的面孔,但我立即认出了他是谁。

"尼德!"我喊了起来。

"正是我,先生,我是来追那笔奖金的!"这位加拿大人答道。

"你同样是在撞船的时候掉进海里的吗?"

"是的,教授先生,但比您幸运些,我几乎是立刻就能站在一个浮动着的小岛上了。"

"一个小岛?"

"或者,更确切地说,我是站在咱们那只巨大的独角鲸身上。"

"说清楚点,尼德。"

"不过,我很快就明白了我的鱼叉为什么不能伤害它,为什么碰到它的皮就变弯的原因。"

"为什么? 尼德,那为什么?"

"教授先生,这是因为那畜生是用钢板做的!"

说到这儿,我必须振作精神,使我的记忆复活,我需要对我的看法进行一番检讨。

那位加拿大人最后的几句话迅速改变了我的看法。我赶紧爬到那个做了我们避难所的、一半浸泡在海水里的生物或者物体上面。我用脚踢了踢它。这显然是一个难以穿透的坚固物体,而不是构成大多数巨型海洋哺乳动物的柔软物质。

因此，这个坚硬的物体就有可能是一种骨质甲壳类，就跟太古时代动物的甲壳相类似，这样，我便可以从原来的看法中解脱出来，而将这怪物归入两栖爬行纲，就像乌龟或者鳄鱼那样。

啊！不对！我脚下的这个浅黑的背脊可是平滑有光泽的，而并非是鳞状粗糙的。它被撞时发出的却又是一种金属般的声音。这又同样是那么不可思议，那我只能说它似乎是由螺栓固定的金属板制作的了。

没有什么可以怀疑的了。这动物，这怪物，这使整个学术界惊恐不安，使东西两半球的航海家想入非非、捉摸不透的天然的怪家伙，现在应当承认，它是一种更加奇特的东西，是人工制造出来的东西。

发现最离奇怪诞、最富神话色彩的生物的存在，也不会令我惊骇到这个程度。造物主能造出种种神奇的东西，这一点并不难理解。但一下子亲眼目睹那种不可能的事情竟然是由人类自己奇妙地实现的，这就不能不使人感到惊奇异常了！

至此，可不能不相信了。我们此刻正躺在一艘潜水艇的背上，我可以判断，这艘潜艇形似一条巨大的钢鱼。对此，尼德·兰已发表了他的见解。康塞尔和我，我们只能是赞同。

"那么，"我说，"这船里是不是有一种启动机械和一组操作人员？"

"那当然，"鱼叉手回答说，"不过，我在这浮动着的小岛上待了三个小时，它都还没有过一点动静呢。"

"这船没有走动过吗？"

"没有，阿龙纳斯先生。它顺着波涛漂动，而不是自己走的。"

"可是，我们都知道，它的速度很快，这一点是不能怀疑的。而且，这等速度需要有相应的机器配置，还得有一个操纵机器的人，因此，我的结论是……我们得救了。"

"嗯！"尼德·兰带着保留的口气哼了一声。

这时候，似乎是要证明我的论断似的，这个奇怪的机械后部沸腾起来了，它的推进器肯定是螺旋桨式的，它开始走动了。我们赶紧攀住它那浮出水面约八十厘米的上部。幸好它的速度此刻并非特别快。

"要是它在水面上行驶，"尼德·兰悄悄地说，"我可不在乎。但是，它如果突发奇想沉入水中，那我就没命了！"

　　这位加拿大人说得一点不错。所以，眼前最要紧的是需同船里的人取得联系。我试图在它的上方找到一个开口，一块盖板，用专门术语来说，找到一个"人孔"；可是，一排排清晰均匀的螺钉把钢板牢牢地铆得不见一道隙缝。

　　然而，这个时候，月亮消失了。我们便笼罩在一片深沉的黑暗之中。唯有等到天亮，才能设法进入这艘潜水艇内部。

　　如此说来，我们的安危就完全取决于操纵这机器的神秘的领航员的意志了。如果他们潜入水中，那我们就完了！除去这种情况外，我并不怀疑我们能够同他们取得联系。因为，如果他们不能制造空气，他们就必然会不时到海面上来，补充他们呼吸所需的氧气。所以，船上肯定有一个孔，可以将空气输送到船内去。

　　至于希望得到法拉古舰长援救的想法，现在只得完全放弃了。我们被拖着向西走，我估计船速相当慢，每小时就十二海里。螺旋桨有规律地搅动着海水，船有时浮出水面高一些，并朝高空喷射出磷光闪闪的水柱。

接近早晨四点钟左右，船速加大了。海浪扑面打来，我们均被拖得晕头转向，就快支持不住了。幸好，尼德摸着了一个钉在钢脊上方的大锚环，于是，我们便紧紧地将它抓住。

长夜终于过去了。我的不完整的记忆不容许我把当时的印象全都描述清楚。至此记忆犹新的唯有一个细节。当海上的风浪稍稍平静下来的时候，有过好几次，我曾仿佛听到模糊不清的声音，好像是一种来自远方而又稍纵即逝的悦耳和音。世人一直在寻求得到解析而至今却毫无所获的这类海底航行的秘密究竟是怎么样的呢？生活在这只怪船里的人又是怎样的呢？是什么样的机械能使这只船移动时有如此这般惊人的速度？

天亮了。晨雾笼罩着我们，但不一会儿就消散了。就在我正准备仔细察看这只船上部构成平台的船壳的时候，我感觉到船在渐渐地往下沉。

"啊！活见鬼！"尼德·兰喊叫了起来，同时脚踢得钢板发出声响，"开门吧，不好客的航海人呀！"

但是，在螺旋桨旋转的隆隆响声之中，这很难让人听到他的声音的。幸运的是，船停止了下沉。

突然，船里发出一阵猛然掀动铁板的声响。一块铁板被挪开，出来了一个人，他怪叫一声后又马上进去了。

过了一会儿，八个高大粗壮的蒙面汉子，一声不响地走了出来，将我们拖进他们那令人生畏的机器里。

第八章　动境中之动

这几个人闪电般地把我们架进船里。我的同伴和我，都来不及辨明方向。我不知道他们被带进这座浮动着的监牢里来会是什么感觉，而我自己则禁不住地打了个寒战，皮肤都凉透了。我们是在同谁打交道呢？兴许是跟一伙新奇的、以其独特方式横行于海上的海盗打交道吧。

我刚一进去，那块狭小的盖板便随即被关上，我感觉四周一片漆黑。我的双眼习惯了外边的光亮，霎时间便什么也看不清了。我感觉到我光脚踩在一架铁梯上。尼德·兰和康塞尔则是被人紧紧揪着,跟在我身后。在铁梯下面,一扇门打开了,待我们走进去之后又随即关上,而且发出一阵响亮的回声。

现在就只剩下我们三个人了。我们在什么地方?我说不出来,同时也难以想象得到。四周黑沉沉的,而且是黑至这般地步:几分钟过后,我的双眼都未有捕捉到一丝一毫在最为深沉的黑暗之中浮现出来的那种若隐若现的亮光。

而尼德·兰则对此等款待方式深感愤懑,他在尽情地发泄自己的愤慨。

"王八蛋!"他叫喊道,"这些人待客简直跟喀里多尼亚人一样。就差还没有吃人肉罢了!我并不觉得奇怪呢,不过我得要声明,谁要来吃我,必遭我的反抗!"

"冷静点儿,尼德朋友,冷静点儿,"康塞尔心平气和地说,"现在不是发火的时候。我们还没有被放进烤盘里呢。"

"放进烤盘里?当然没有,"这位加拿大人答道,"可已经被放进烤炉了,这不会有假吧!周围这么黑。好在我的尖板刀还带在身上,用得着它的时候,我照样能看清楚。这些海盗,看他们谁敢先朝我下手……"

"别为此生气了,尼德,"我这时对鱼叉手说,"暴跳如雷对我们是没有一点用处的。天晓得人家是不是能听得见!倒不如先设法弄清楚我们现在是身处何处吧。"

我摸索着朝前走。走了五步,我碰着了一堵铁墙,实际是用螺钉衔接起来的铁板。跟着,我转过身来,又撞着了一张木桌,桌旁放有几张椅子。这间囚室的天花板上铺贴着一层厚厚的新西兰麻席,用来消除行走时产生的脚步声。光溜溜的四周墙壁上摸不到有门窗的痕迹。康塞尔从反方向折回来,和我碰在一起,于是我们回到了这间舱房中间。这间舱房约有二十英尺长、十英尺宽。至于它的高度,虽然尼德·兰身材高大,但也没能测得出来。

半个钟头过去了,情况没有任何变化。就在这个时候,我们眼前的极度黑暗突然间消逝,取而代之的是一片极其耀眼的光芒。我们的囚室霎时明亮了,也就是说牢房里充满了一种发光物质,非常强烈,我初时简直忍受不了这种亮光。在这如此强烈而又洁白的光亮下,我辨认出,这种有如美妙磷光般的电光是从潜水艇的四周发出的。我不由自主地闭上双眼,然后又将眼睛张开,才发现光线是从船舱上方一个半透明的半球形体中发出来的。

"好了！我们看得清了！"尼德·兰高喊道。此刻，他拿着把刀，正准备自卫。

"是的。"我答道。与此同时，我说出了自己不同的看法："可我们的处境仍旧是不见光明。"

"请先生耐心点吧。"冷漠的康塞尔说。

舱房内突然出现的光亮可以使我看清楚里面的一切。舱里头仅有一张桌子和五张椅子。不见有门，想必是关得很紧吧。我们都听不见有一丝声响。这船里头似乎是死一般的沉寂。船在走吗？是在海面上呢，还是已沉落海底下了？对此，我无法预测。

然而，那个明亮的球体是不可能无缘无故地亮起来的。因此，我估计船上的人可能不一会儿就会出现。要是人家忘记这舱内有人，就不会让黑牢充满亮光。

我没有弄错。门闩响了，门被打开了，有两个人走了进来。

其中的一个身材矮小，肌肉发达，肩膀宽阔，四肢强健，头颅坚挺，黑发蓬松，胡须浓密，目光犀利，富有一种法国普罗旺斯人特有的南方人气质。狄德罗说得非常正确，人的手势是富有隐喻的，这个矮小的人的确为这句话提供了活生生的证据。人们会感觉得到，在他的日常用语中，一定充满了诸如拟人、比喻或换置等等修辞手法。不过，我未能有机会证明这一点，因为他对我说的是一种奇特的、让人完全听不懂的方言。

第二个陌生人更值得于此详细描述一番。格拉第奥莱或恩格尔的弟子一看他的模样兴许就可以知道他的为人。我一下子便抓住了其主要特点：——自信，因为他的头在其肩部轮廓所形成的弧线上面高傲地扬着，那双阴郁的眼睛冷静沉着地注视着别人；——镇定，因为他的皮肤苍白而不红润，说明他性情平和；——坚毅，这从他眼眶筋肉的急速收缩就能看出；——最后是果敢，因为他的深呼吸就显示出了十分强盛的生命力。

我还得补充几句，这个人显得很高傲，他那坚定沉着的目光似乎反映出高深的思想。从他的整体形象来看，从其举止和表情的一致来看，按照相面先生的说法，他富有一种不容置疑的直率性格。

看到他的出现，我不由自主地放心了，我预感到我们之间的谈话将会进行得很顺利。

　　此君的年龄是三十五岁还是五十岁,这一点我似乎无法确定。他身材高大,前额开阔,鼻直口方,牙齿整齐,两手纤细,用手相术语来说,极富"通感",也就是说,与他高傲而又富于情感的心灵相辅相成。可以说,这个人恐怕是我从来没有遇到过的最为完美的一类人。尚有一个细微特征,他的两眼,隔得稍开了些,可将一方景色尽收眼底。这种功能——我后来得到了证实——使他的眼力比尼德·兰要高出一倍。当这位陌生人眼盯住一件东西的时候,他总是双眉紧蹙,宽大的眼皮微微闭拢,眼皮包裹着眼珠,因而缩小了视野。他注视着,多么犀利的目光! 远处缩小了的东西都被他放大了! 他一眼可以看穿你的肺腑! 我们看来模糊一片的海水,他竟能够看透! 他可以洞察海洋最深处的全部奥秘……

　　这两个陌生人，头戴水獭皮缝制的便帽，脚蹬海豹皮制作的筒靴，身上穿的是一种用特殊织料制成的衣服，衣服并没有束缚住腰身，他们行动起来都灵活自如。

　　两个之中高大的那个——他显然是这只船的头领——非常仔细地打量着我们，没有说一句话。然后，他转过身去，与他的同伴用一种我听不懂的语言谈了一阵。那是一种明快、和谐、婉转的语言，其中元音的声调似乎非常富于变化。

　　另一个人则在不住地点头，插了两三句完全不可理解的话。然后他看了我一下，像是在直接问我。

　　我用纯正的法语回答说我听不懂他的话；但他似乎不知道我在说什么，这情形让我相当尴尬。

"先生就讲讲我们的经历好了。"康塞尔对着我说道,"这些先生们恐怕能听懂一点!"

我于是重新开始讲述我们的冒险经过,我将每个音节都发得很清晰,而且连一个细节也没有漏掉。我说出了我们的身份及姓名;然后,我还做了正式的介绍:阿龙纳斯教授,他的仆人康塞尔,鱼叉手尼德·兰师傅。

这个目光温和而镇定的人,静静地、彬彬有礼地、非常用心地听完了我的话。但他的脸上并没有流露出一丝一毫听懂了我的叙述的表情。当我说完之后,他仍然没有吐露出一个字来。

现在只好用英语来试一试了。他们或许可以听懂这种时下几乎是非常通行的语言。我懂英语,还有德语,能够很流畅地阅读,但讲起来不够地道。可是当前,主要是得相互理解。

"来吧,该你了,"我对鱼叉手说,"你来说吧,兰师傅,把你所知道的盎格鲁-撒克逊人的那种最纯正的英语倒出来,同时试着比我说得更加清晰些。"

尼德·兰没有推却,他将我刚才说过的那些话又重复了一遍。我基本上可以听懂他讲的话。内容是一样的,但形式可就不同了。这位加拿大人,生性易怒,说起话来十分之激动,姿势多多。他极为抱怨他们蔑视人权,把我们关在这里,质问他们根据什么法律将他拘留,他引证人身保障法,威胁着说要控告非法拘留他的人,他来回走动,手舞足蹈,大喊大叫,最后,他用表现力丰富的手势让对方明白,我们此时饿得要死。

这一点儿没假,可我们都几乎是忘记了饥饿。

鱼叉手惊呆异常,他的话同我的话一样,并没有引起对方的反应。这两个造访者连眉头也没皱一下。显然,他们既不懂得阿拉哥的语言,也不懂得法拉第的语言。

我们白白消耗了所有的语言资本了,因此我感觉到非常难堪,真不知道该怎么办好,这个时候,康塞尔对我说道:

"如果先生允许,我就用德语讲述一番吧。"

"怎么!你会德语?"我喊道。

"就像任何一个佛兰芒人一样,先生不会因此而不高兴吧。"

"正好相反,我非常高兴。说吧,小伙子。"

于是,康塞尔便以沉静的语气将我们经历的各个细节做了第三次叙述。

但是，尽管述者话语婉转，音调和谐，德语也一样没能产生功效。

最后，迫于无奈，我只得尽力搜寻起早年曾经学习过的各种语言，我尝试着用拉丁语讲述我们的遭遇。西塞罗听了，也许会堵住耳朵，把我赶进厨房，不过，我还是勉强应付下来了。结果仍旧是白费劲。

最后这一次尝试又失败了。那两个陌生人用他们那种不可理解的语言交谈了几句后，便离开了，他们走时甚至没有对我们做出一个世界各国都通用的叫人放心的手势。门又关上了。

"太可恶了！"尼德·兰喊道，他已经是第二十次发火了，"怎么回事？我们对他们讲法语、英语、德语、拉丁语，可这些混蛋，谁都不屑回应一声，成何体统！"

"安静些，尼德，"我对恼怒的鱼叉手说，"发火是没有什么用处的。"

"可是您知道，教授先生，"我们这位脾气暴躁的同伴答道，"我们难道不会饿死在这铁笼子里吗？"

"得了！"康塞尔说，"宽心点，我们还可以坚持很久！"

"我的朋友，"我说，"不要失望。我们眼前的处境更加差了。你们得让我想一想，请给我一点儿时间，听听你对这条船的船长和船员的看法吧。"

"我的看法全都说过了，"尼德·兰反而答道，"他们全都是混蛋……"

"好！可是，他们是哪一个国家的人呢？"

"混蛋国的！"

"我诚实的尼德，你说的这个国家，在世界地图上尚未标示出来呢。我承认，这两个陌生人的国籍现在是很难确定的。他们不是英国人，不是法国人，不是德国人，我们所能肯定的可就这些。可我想说的是，这个船长和他的助手是出生在低纬度地带的人。他们具有南方人的特点。那他们会不会是西班牙人、土耳其人、阿拉伯人或者印度人呢？他们的体型还不能让我做出判断。至于他们的语言，那是绝对地没法听懂的。"

"瞧！这不就是不能懂得所有的语言会带来不便，"康塞尔答道，"抑或是只懂唯一一种语言也会造成于事不利了！"

"这又有什么关系！"尼德·兰应答道，"你们没看见吗？这些人有自己的语言，而这种语言是为了叫老实人没法向他们要饭吃才创造的！不过，在地球上所有的国家里，张张嘴，动动颏，咬咬嘴唇，其意难道还不明白吗？在魁北克就跟在帕摩图一样,在巴黎就跟在同它对距的地方一样,这意思不就是说:我饿了,给我点吃的?!"

"噢!"康塞尔说,"真有如此蠢的家伙……"

就在康塞尔说这话的时候,门打开了。一位侍者走了进来。他给我们送来了衣服,是海上穿的上衣和短裤,衣服是用一种我不认识的料子做的。我赶紧拿来穿上,我的同伴也学着我的样子,穿上了衣服。

这时候,侍者——可能是哑巴,也可能是聋子——整理好桌子,放上了三份餐具。

"这才像点样子,"康塞尔说,"看来,这是个好兆头。"

"得了吧!"耿耿于怀的鱼叉手说,"你想想,这里有什么鬼东西好吃的?不就是甲鱼肝、鲨鱼片、海狗排罢了!"

"待会儿我们看吧!"康塞尔说。

食物用银质盖子盖着,对称地摆放在桌布上。我们在饭桌前坐了下来。看得出来,我们是在同有教养的人打交道,如果不是那照着我们的强烈的电光,我简直以为自己是坐在利物浦的阿戴尔菲大饭店的餐厅里,或是坐在巴黎的大酒店里。不过,我还得说上一句,面包和酒完全没有。饮用水是新鲜的、清澈的——这一点也不合尼德·兰的口味。在给我们端来的几份肉食中,我认出了几种烹调精美的鱼;此外还有几盘十分可口的菜,我叫不出它们的名字来,我甚至还弄不清它们是用动物还是植物做出来的。至于桌上的餐具,的确精致,无可挑剔。每一件餐具,匙子、叉子、刀子、盘子,上面都有一个字母,周围还有一行题铭,现照原样抄录如下:

$$MOBILIS\ IN\ MOBILI$$

$$N$$

动境中之动! 这句题铭只要将其中的介词 IN 翻译成"中"而不是翻译成"上",就正好符合这艘潜水艇。字母 N 想必就是那个在海底下发号施令的神秘人物姓名的头一个字母!

尼德和康塞尔并没有考虑那么多。他们在狼吞虎咽地吃着,我随即也像

他们一样吃了起来。我觉得事情已经很清楚，我们的主人并不想将我们饿死，因此，我对于我们的命运一事也就放心了。

不过，人世间，一切都会有个了结，一切都将会过去，就连饿了十五个小时，没有吃一点东西这样的事也不例外。我们的胃口满足了，又迫切地感觉到需要睡觉。同死亡连续斗争过一夜之后，这种反应也是极其自然的。

"说实话，我真想好好地睡上一觉。"康塞尔说。

"我也是，我也要睡觉！"尼德·兰答。

这样，我的两个同伴躺在船舱的地毯上，不一会儿便酣睡了。

至于我，倒没那么容易就睡得着，哪怕我同样有着强烈的睡眠需要。太多的想法涌入了我的脑际，太多的不可解决的问题亟待我去解决，太多的幻象使得我的眼皮合拢不来！我们现在在哪里？是什么奇异力量把我们带到这里来的？我感觉到——不如说我以为感觉到——这船正朝海洋的最底层下沉。此刻，我被一些噩梦缠住了。我在这神秘的避难所里，隐约看见一大群陌生的动物，这艘潜水艇似乎是它们的同类，同它们一样活着，一样动着，一样的可怕！……而后，我的思绪平静了下来，我的想象融合进一片蒙眬之中，接着，我就这般若有所思地入睡了。

第九章　尼德·兰的怒气

我们睡了多久，我不知道，但一定时间很长，因为我们已经完全消除了疲劳。我是第一个醒过来的。其时，我的同伴们还不见有动静，好像一堆发臭的货物搁在那里一样躺在他们那个角落。

从那硬邦邦的地板上起来，我顿感头脑清醒，精力充沛多了。于是，我再次对我们的这间牢房仔细看起来。

房间的内部陈设没有丝毫的变动。牢房还是牢房，囚徒还是囚徒。不过那位侍者，他趁我们睡得正熟之时将桌子上的东西拿走了。因此之故，在这种情形下，没有任何迹象预示出我们的处境会马上改变，我暗自思忖，我们会不会注定要在这铁笼里无限期地住下去呢。

这个想法似乎令我非常难受，然而，更使我难受的倒是，尽管我的头脑不像昨天那样受顽固念头困扰，可我的胸口却觉得沉闷发慌。我的呼吸变得困难起来了。浑浊的空气已经满足不了我肺部的活动。虽然牢房还算宽阔，但我们显然已经消耗掉了内里的大部分氧气。事实上，每个人每小时要消耗一百升空气中所含的氧，但这空气一旦含有几乎等量的二氧化碳时，就不能再呼吸的了。

因此，当务之急是要给我们的牢房换换空气，而且，这艘潜水艇大概也该换换空气了。

这使我想起一个问题。这座浮动着的住所，它的首领是怎么解决这个问题的呢？他是用化学的方法获取空气的吗？是用氯酸钾加热释放出氧气，还是通过氢氧化钾吸收二氧化碳？如果是这样，他就得同陆地保持某种联系，以获取这类操作所必需的原料。或许他只是利用高气压将空气储存在储气罐里，然后根据船上人员的需要再将空气释放出来？这也有可能。或许更方便、更经济,而同时又是更具可能性的方法,就像鲸鱼一样,仅仅浮出水面呼吸,每隔二十四小时换一次空气。不管怎样,不管用哪一种方法,为了慎重起见,我认为现在都该马上使用了。

其实,我已经被迫加紧呼吸,尽量吸收着这牢房内所有的一点点氧气。这时候,我突然感觉到一阵凉爽,呼吸到了一股纯洁的、带有咸味的空气。这正是使人心旷神怡的含有碘质的海风!我张大嘴,我的肺里充满了清新的气体。与此同时,我感觉到一阵摇晃,摆动的幅度不算太大,可以精确地测出。这条船,这个铁皮怪物分明是刚刚浮出洋面,用鲸鱼那种方式呼吸了。因此,这船的换气方式现在完全可以确定了。

我一面贪婪地呼吸着空气,一面寻觅着将这有益的气体输送给我们的那条管道,或者不如说是"输气管",不一会儿我便找到了。房门上方开有一个通风孔,透过它将一股新鲜空气输送进来,弥补牢房内空气的不足。

我继续着我的这般观察,这个时候,尼德和康塞尔在这股清新空气的刺激下,他俩近乎是同时醒过来。他们揉揉双眼,伸伸胳膊,一下子便站了起来。

"先生睡得好吗?"康塞尔如同往常一样彬彬有礼地问道。

"很好,我诚实的年轻人。"我回答说,"而你呢,尼德·兰师傅?"

"非常好,教授先生。不过,我不知道是不是我弄错了,我觉得我现在呼吸到的像是一种海风什么的?"

一名水手是不会弄错的,于是,我便向这位加拿大人述说了他熟睡时曾发生过的事情。

"对啊!"他说,"这就完全说明了当我们在林肯号舰艇上看到这条所谓的独角鲸时所见的那类吼声。"

"完全没错,兰师傅,就是它在呼吸!"

"但是,阿龙纳斯先生,我完全不知道现在是几点钟了,这至少也该是吃晚饭的时候了吧?"

"吃晚饭的时候?我诚实的鱼叉手!哎,这起码是吃午饭的时候了,因为从昨天到现在,已经是第二天了。"

"这么说,"康塞尔应道,"我们是睡了二十四小时了。"

"我想是的。"我答。

"我完全不反对你的意见。"尼德·兰抗争着说,"管它午饭晚饭,管他送来什么餐食,总之,侍者都是受欢迎的人。"

"午餐晚餐,都一块儿拿来好了。"康塞尔说。

"说得对,"这位加拿大人答道,"我们有吃这两顿饭的权利,至于我嘛,能两顿一起吃反倒引以为荣呢。"

"得了!尼德,等一会儿吧,"我说,"这些陌生人并不想让我们饿死,这一点是很明显的了。因为,要是想饿死我们,那么昨天那顿晚饭就会是毫无意义的了。"

"至少他们不会是想喂肥我们!"尼德反驳道。

"我绝对不同意你的话,"我应答说,"我们完全不是落在吃人肉者的手里。"

"只此一顿饭,不能下结论,"这位加拿大人严肃地说,"谁晓得这些人是不是很久以来没吃到过鲜肉了,要是这样的话,像教授先生,他的仆人,还有我这样的三个身体健康的大活人……"

"抛弃这些念头吧,尼德·兰师傅,"我回应这位鱼叉手说,"尤其不要从这一点出发去反对我们的主人,这样只会使情况变得更为严重。"

"不管是怎样,"这位鱼叉手说,"我肚子正饿得要命,午餐也好,晚餐也好,现在全不见有人送来!"

"兰师傅,"我辩驳道,"得遵守船上的规定呀,我想我们的食欲是走在厨师领班时间的前头了。"

"对!我们是要将食欲摆正在就餐的时间上。"康塞尔心平气和地应答道。

"我总算认清了你了,康塞尔朋友,"性急的这位加拿大人反驳着说,"你不发火,也不着急,总是那么镇定。你可以把饭后经挪到饭前来念,竟然走到饿死了也不抱怨一声的地步!"

"抱怨有什么用呢?"康塞尔问道。

"当然可以出出气!这样就已经不错了。如果这些海盗——我这样说是尊重他们了,而且,我也不想令教授先生感到不快,他不让我称他们为吃人肉的家伙——如果这些海盗以为可以把我关在这令人窒息的铁笼子里,同时又对我发脾气时的咒骂声置之不理,那他们就错了!好了,阿龙纳斯先生,请您老实说吧,您认为他们会不会将我们长久地关在这个铁盒子里呢?"

"说真的,我知道的并不比你多,兰朋友。"

"但是,究竟您是怎么看的呢?"

"我想,这次偶然事件使我们知道了一个重大秘密,这样,如果这潜水艇上的人又决意要保守住这个秘密的话,而如果这种想法又比三个人的性命更要紧,那么我认为我们的处境就十分危险了。要是情况相反,一有机会,这个吞食我们的怪物就会把我们送回我们同类居住的大陆。"

"就怕他们把我们编制进船员行列,"康塞尔说,"就这么将我们留下来……"

"直到有一艘比林肯号舰速度更快、更加灵巧的驱逐舰出现,捣毁了这个海盗巢穴,把全体人员解救了出来,让我们到桅桁上呼吸最后一次空气。"尼德·兰接着说道。

"说得很有道理,兰师傅,"我应声道,"可是,就我所知,人家还没有向我们提出过这方面建议。因此,在情况没有出现的时候就来讨论对策是没有用的。我再说一遍,我们得等待,伺机行事,不要没事找事了。"

"我不同意!教授先生,"这位鱼叉手回应道,他一直不肯松口,"非得干一下不可。"

"唉!干一下什么呀,兰师傅?"

"我们逃。"

"逃离陆地上的监牢往往都很困难,可现在是逃离海底监牢呀,我想这事绝难成功的。"

"喂,尼德朋友,"康塞尔发问道,"您怎样回答先生的异议呢?我不相信一个美洲人是会智尽才穷的呀!"

这位鱼叉手显出一副窘相,在那儿沉默不语。在我们偶然遭遇到的这类情况下,想逃跑,是绝对不可能的。不过,有一半是法国人的这名加拿大人,尼德·兰师傅,他用自己的回答让人看清了这一点。

"那么,阿龙纳斯先生,"他思考了一会儿之后又说道,"您难道没有想过,那些逃不出监牢的人究竟该怎么办呢?"

"没有,我的朋友。"

"这很简单,他们必须想方设法留在里面。"

"当然喽!"康塞尔说,"待在里面总比待在上面或下面强!"

"但首先得将狱卒、看守和卫士赶出去。"尼德·兰补充道。

"什么？尼德。你真想夺这条船吗？"

"那还有假?!"这位加拿大人回答。

"这不可能。"

"为什么呢,先生？说不定会碰上好运气的,而且我认为我们没有理由不去利用它。如果这机械船上仅是有二十来人,我想,他们是不能击退两个法国人和一个加拿大人的!"

接纳这位鱼叉手的提议较之讨论其他要好些,因此我只是回答说:

"兰师傅,我们见机行事吧。不过,我请求你,在这种机会到来之前,千万得忍耐。我们只能依计行事,光靠发火是创造不出有利时机的。所以你得答应我,要委屈一下,别太怒气冲冲了。"

"我答应您,教授先生。"尼德·兰带着一种让人不太放心得下的语气回答道,"我将不说一句粗话,也不做一个对我们不利的粗暴动作,就是饭菜不按希望的时间端来,我也认了。"

"一言为定了,尼德。"我回答这位加拿大人说。

然后,我们中止了谈话,每个人都各自思考起来。我承认,不管鱼叉手怎样自信,在我看来,我却不抱任何幻想。我对尼德·兰所说的那些有利的机会始终持怀疑态度。这艘潜水艇上一定有一大帮子人,它才会开得这么稳当,所以,一旦发生冲突,我们面对的将会是非常强大的对手。再说,时下最要紧的还是获得自由,可我们现在却是毫无自由。我简直想不出任何办法能够从这密闭的铁皮牢房中逃脱出去。此外,只要那位古怪的船长有一丝一毫要保守秘密的念头——这一点看来至少是有可能——他就不会让我们随意在船上行动。现在,他会不会用暴力把我们干掉,或者有朝一日将我们扔到地球上的某个角落？这可说不清楚。所有这般假设我觉得都极有可能,因此,必须成为像鱼叉手那样的人才有可能指望重获自由。

于是我明白了,尼德·兰的脑子真是想得太多了,他的想法显得越发的乖戾。我渐渐地听到他喉咙里嘟噜出阵阵咒骂声,而且看见他的动作越来越带有威胁性。他站立起来,像一只关在笼子里的猛兽那样转来转去,用脚踢着墙壁,并且还用拳头敲。时间过得很快,大家都感到饿得难受,可这一回,侍者却没有来。要是人家真对我们怀有好意的话,那这一回可是太长时间没有注意到我们这些遇难者的处境了。

尼德·兰饥饿得发慌,他那强健的胃发出了阵阵痉挛,他越来越激动了。尽管他有言在先,可我还是怕他一看见船上的来人就按捺不住地动怒起来。

又过了两个小时,尼德·兰气得更厉害了。这位加拿大人叫着,喊着,但没有用。铁板墙就像聋了一样。我甚至听不到这死一般的船里有一点声响。船没有移动,因为我明显感觉不出船身在推进器的推动下所产生的震颤。它可能潜入了大海的深渊,同陆地没有联系了。这种阴森森的寂静真叫人胆战心寒。

我们遭人抛弃,被隔离在这间牢房里,我不敢设想这种状况还会持续多久。在同船长会面之后我所产生的各种希望,现在渐渐幻灭了。此君他那温存的目光、慷慨的气质、高雅的举止,这一切都从我记忆中消失了。我眼前重现的却是一个无情无义、神情冷酷的像谜一般的怪人。我觉得他没有一丝一毫的人性,没有一点一滴的同情心,完全是一个对人类怀有不解之仇的不共戴天的敌人!

但是,这个人把我们关在这狭小的牢房里,听凭我们由于饿得难受而生出种种可怕的意图,这会不会是存心要将我们狠狠地饿死呢?这个可怕的念头是如此这般强烈,慑住了我的心灵。在想象力的作用下,我感到一种莫名的恐惧正朝着我袭来。康塞尔保持着镇定,尼德·兰咆哮起来了。

这时,外面传来了声响。金属地板上响起了一阵脚步声。门锁转动,门被打开,那侍者出现了。

我还来不及上前拦阻,我们的这位加拿大人就已经朝那个可怜人猛扑了过去,并将他打倒在地,扼住了他的喉咙。这位侍者被尼德·兰那有力的大手掐得连气都喘不过来。

就在康塞尔正试图将这个被掐得半死的不幸的人从鱼叉手双手中拉出来,我正准备去尽力帮上一把力的时候,此时我突然听到了几句法语,我因之待着不动了:

"别着急,兰师傅,还有您,教授先生,请听我说吧!"

第十章　水中人

说这般话的人正是这条船的船长。

听到这些话，尼德·兰立即站了起来。侍者被扼得几乎透不过气来，在他主人的示意下，踉踉跄跄地走了出去；这个人一点没有表现出对我们那位加拿大人应有的那种不满情绪，这恰恰说明船长在这条船上有着很高的威信。康塞尔不禁有些诧异，我则被此惊得发呆，我们都在默默地等待着这出戏的结局。

船长依在桌角上，叉着手，极为注意地打量着我们。他干吗迟迟不说话呢？他现在是否后悔刚才用法语说了几句？我们不妨这样认为。

在经过片刻沉默——我们谁也不想打破这种沉默——之后，他才用一种平静的、富有感染力的声音说道：

"先生们，我会说法语、英语、德语和拉丁语。我本来可以在我们初次会面的时候就回答你们，但我想先认识你们，然后再考虑。你们的经历被复述了

四遍，内容完全一样，这使我确信了你们的身份。我现在知道，偶然的机会让我见到了负有出国考察使命的巴黎自然史博物馆教授皮埃尔·阿龙纳斯先生，他的仆人康塞尔以及美利坚合众国海军驱逐舰林肯号上的鱼叉手、加拿大人尼德·兰。"

我欠了欠身，并做出同意的表示。船长对我说的不是一个问题，因此不需要做出回答。这人说起法语来流畅自如，不带一点口音。他用句准确，遣词恰当，表达能力很强。然而，我还是"感觉"不出他是我的一位同胞。

他用这样的一些字眼继续说下去：

"先生，我现在才来再次拜访，您大概会觉得我耽搁得太久了吧。这样做是因为明确了你们的身份之后，我要反复权衡一下应该如何对待你们。我犹豫了很久。同一个与人类断绝了联系的人打交道是最令人恼火的事情，你们都身历其境了。你们的到来,打扰了我的生活……"

"这不是故意的。"我说。

"不是故意的?"这人把声调稍稍提高了一点反问道,"林肯号舰在海上四处追我,这不是故意的吗? 你们登上这艘驱逐舰,这不是故意的吗? 你们的炮弹打在我船身上,这不是故意的吗? 尼德·兰师傅用鱼叉叉我,这也不是故意的吗?"

我发现在这些话语里包含着一种抑制不住的愤怒。然而,对于这一连串的诘问,我有一种极为自然的回答,于是,我说了出来:

"先生,您大概不知道在美洲和欧洲发生的同您有关的争论吧。您不知道由于您的潜水艇的冲撞而导致的各类事故在这两大洲所引起的轰动吧。我并不想告诉您人们试图解释那种唯有您才知其中究竟的怪现象时所做的无数假设。但您要明白,林肯号舰一直将您追至太平洋北部海面,它始终以为是在追捕某一强大的海怪,必须不惜一切代价把它从海上清除掉。"

船长的嘴角出现了一丝的微笑,接着,他换了一种较为温和的语气。

"阿龙纳斯先生,"他回答说,"您敢肯定您那驱逐舰追逐和炮击的不是一艘潜水艇,而只是一只海怪吗?"

这个问题真令我为难,因为法拉古舰长肯定不会有所迟疑,他一定相信,摧毁这样一类潜水艇同消灭独角鲸一样,都同样是他的职责。

"先生,您可要明白,"这个陌生人继续说道,"我有权把你们当敌人对待。"

我没有回答,其原因自不必说了。一旦到了武力可以推翻最强有力的理由的时候,讨论这类话题还有什么意义呢?

"我犹豫了很久,"船长又说,"我没有任何义务款待你们。如果我要抛开你们,我就没有兴趣再来看你们了。我就会把你们放回曾作为你们避难所的这条船的平台上。我会沉下海去,就会忘记你们曾经存在过了。这难道不是我的权利吗?"

"这兴许是野蛮人的权利,"我回答说,"这不是文明人的权利。"

"教授先生,"船长生气了,他反驳道,"我不是您所说的文明人! 为了我个人才有权感觉到的理由,我已经同整个人类社会决裂了。因此我绝不服从人类社会的法规。我奉劝您永远都不要在我面前提及这些东西!"

这话说得非常干脆利落。这个陌生人的眼里闪现出一种愤懑与轻蔑的光芒。我察觉到,在这个人的生活中有着一种极不平凡的经历。他不仅仅是置身于人类法律之外,而且,他在任何一方面都使自己绝对独立,绝对的无拘无束,完全地与世隔绝了! 既然他在海面上都击败了他的对手,谁还敢到海底下去追逐他呢? 什么样的船只可以经受得住同他的潜水艇的碰撞呢? 不管装甲舰的钢板有多厚,可又有哪一艘能吃得消那潜水艇船头冲角的撞击? 当今人世间,没有谁能对他所做的事情提出责问。要是他还相信上帝,尚有良心,那就只有上帝和良心才是他可依据的唯一仲裁者了。

这些思虑在我的脑海中很快闪过,其间,这怪人却是一言不发,显得神情专注,像是在想着心事。我注视着他,害怕之中带有几分好奇,这情形大概就跟俄狄浦斯注视着那个斯芬克斯时的情景一样。

经过相当一段沉默之后,这位船长又说话了。

"我之所以一直犹豫,"他说道,"盖因我曾考虑过,我的利益是可以同人类那种固有的、天生的怜悯相一致的。现在,既然命运将你们抛落在这里,那你们就留在我船上吧。你们在这里是自由的,不过,这毕竟是相对的自由,为了换取这种自由,你们得答应我一个条件,口头上答应就行了。"

"说吧,先生,"我答道,"我想这一定是一个正直的人所能接受的条件吧?"

"是的,先生。这个条件是这样的:某些意外事件可能会迫使我将你们关在舱房里,关上几小时,也许是几天,这得看情况了。我绝对不想使用暴力,我希望你们在这种情况下,而且是在任何情形下,都唯命是从。这样做了,我负一切责任,一切都与你们毫无相关,因为我不能让你们看见不该你们看的东西。你们可以接纳这种条件吗?"

如此看来,船上一定有一些离奇的事情发生,而且是遵循社会法规的人们所不该看到的! 在将来我会碰到的种种意想不到的事件之中,眼前这件事就应该是没有一丝一毫问题的事情了。于是,我便应答道:

"我们接受。不过,先生,请允许我向您提一个问题,就一个。"

"请说吧,先生。"

"您说过我们在您船上是自由的,对吧?"

"完全自由。"

"那么我要问的是,这种自由意味着什么?"

"就是自由地来往,自由地观看甚至观察这里所发生的一切——某些特殊情形除外——总之就是,我们,我的同伴和我,享有的那种自由。"

显然我们彼此都没有领会对方的意思。

"对不起,先生,"我又说道,"可是,这种自由只不过是犯人可以在监狱中走动的自由。它对于我们并不够。"

"然而应当说,这种自由对于你们是足够的了!"

"什么! 这样我们会永远见不到我们的祖国,见不到我们的朋友,见不到我们的亲人!"

"是的,先生。这只不过是使您抛弃了世俗的羁绊罢了,可人们还以为那是自由呢。这么做也许还不至于像您想象的那么难受吧!"

"啊,"尼德·兰吼了起来,"我可不能保证我不设法逃走!"

"我不要求你保证,兰师傅。"船长冷漠地答道。

"先生,"我不由自主地火了,我说道,"您仗势凌人,蛮不讲理!"

"不,先生。这便是仁慈! 你们是我的战俘,我的一句话就能把你们重新扔到海底,但我还是留下了你们! 你们攻击过我,你们是来窃取世上没人应该知道的秘密,这就是我一生的秘密。你们以为我会把你们送回到那同我再也没有关系的陆地上去吗? 绝无可能! 我留住你们,并非为了你们,而是为了我自己!"

这些话语表明船长已经打定主意,任何一种理由都不可能使之动摇的了。于是,我又说道:

"这么说,先生,您只是让我们在生与死之间做出选择了?"

"正是这样。"

"我的朋友们对于这样一个问题,实在是没有什么要说的了,"我说道,"可我们对这条船的主人却并未做出任何承诺。"

"不需要任何承诺,先生。"这位陌生人答。

接着,他以一种比较温和的口吻再次说道:

"现在,您得让我说完我想要对您说的话。我了解您,阿龙纳斯先生。您与您的同伴不一样,您恐怕不会极力抱怨将您同我的命运连在一起的偶然机会吧。在我用于我喜欢的研究的书籍当中,您将会发现您出版的那本关于海洋深处的著作。我常常阅读这本书。您的著作包括了陆地上的科学所能涉及的一切，但您并不是什么都懂、什么都见过。因此请让我对您说，教授先生，您将不会后悔您在我船上度过的时光。您将会到那奇异的王国中漫游。奇怪、惊愕或许会成为您的心理常态。那不断呈现在您眼前的景象将会使您百看不厌。在我下一次环游海底世界的时候——也许是最后一次，谁晓得呢——我会在我多次走过的海洋深处重新看见我曾经研究过的一切，您也将成为我科学研究的同伴。从这一天起，您将进入一种新的环境中去，您将看见谁都未曾见着的东西——我和我的同伴们除外——正是由于我，我们这颗星球将会向您揭示它最后的秘密。"

我不能否认，船长的这番话对我产生了很大的影响，正中了我的下怀。我暂时忘记了想着观看那些壮观的事件并不能补偿失去的自由的念头。不过，这个严重的问题我打算留待日后去解决。所以，我只是做了如下这般答复：

"先生，虽然您已经同人类断绝了关系，但我想您并没有否认人类的情感。我们是被您好心收留到船上来的遇难者，这一点我们是不会忘记的。至于我，我不会不承认，要是对于科学的兴趣能让人放弃自由的需要，那么，我们之间的相遇就将会使我得到巨大的补偿。"

我想船长会马上同我握手，以此肯定我们之间的默契。可他完全没有这样做。我真替他惋惜。

"还有最后一个问题。"正当这个神秘人物想退出去的时候，我对他说道。

"请说吧，教授先生。"

"我该怎么称呼您呢？"

"先生，"这位船长答道，"对您来说，我不过是尼摩①船长，对我来说，您和您的同伴不过是'鹦鹉螺号'上的乘客。"

尼摩船长喊了一声。一个侍者走了进来。船长用我听不懂的语言对他吩咐了几句。然后，他转过身来，向着那位加拿大人和康塞尔说：

"你们的舱房正等着你们去进餐，请跟这个人走吧。"

"这我可不拒绝！"这位鱼叉手答应道。

康塞尔和他终于走出了这间将他们关闭了三十多个小时的牢室。

---

① 尼摩：原词为 Nemo，拉丁语，意谓"没有的人"。——译者注

"现在，阿龙纳斯先生，我们的午餐已经准备就绪，请让我来给您带路吧。"

"悉听尊便，船长。"

我跟在尼摩船长身后，出了房门，便踏上一条电光照耀的走廊，这似乎是船上的纵向通道。在走了十多米之后，第二道门在我面前打开了。

我于是走进餐厅，室内装饰陈设精致考究。餐厅两端矗立着高大的乌木花饰的橡木餐柜，柜内流线型隔板上，价值连城的陶器、瓷器和玻璃器皿均发出耀眼的光彩。金银餐具在明亮的天花板倾泻下的光线下更显得辉煌动人，天花板上是精美的绘画，使光线变得柔和悦目。

餐桌正中是一桌丰盛的菜肴。尼摩船长给我指了指我该坐的座位。

"请坐，"他对我说，"您饿得够呛了，请尽量地吃吧。"

这道午餐有好几个菜，全是海产，其中有几样我不知究竟是什么，是从哪里弄来的。我承认菜做得不错，尽管有一种特别的味道，可我还是吃得惯。我觉得这些不同的食品含有丰富的磷质，因此我认为它们都是海里的东西。

尼摩船长看着我。我什么也没有问他，可他还是猜着了我的心思，他于是主动地回答了我渴望向他提出的问题。

"这些菜，大部分您不认识，"他对我说，"不过，您不必担心，尽管吃吧。这些菜是干净而又富有营养的。很久以来，我就不吃陆地上的食物了，可我的身体并没有因此而受到影响。我船上的人，个个精力充沛，他们所吃的全都跟我一个样。"

"这么说，"我问道，"所有的食物都是海产品啦？"

"是的，教授先生，大海向我提供我所有需要的东西。有时我撒下拖网，拉起来时，网都满得快撑破了。有时我去人们看来无法生存的海洋中间打猎，我便去追逐那些居住在我的海底森林里面的猎物。我的家畜，就像尼普顿的老牧人的那些家畜一样，在无边无际的海底牧场上吃草。我在海底独自拥有一笔可资利用的巨额财富。这财富一直是由造物主亲手播种的。"

我看了看尼摩船长，带有几分惊奇的我于是问他：

"先生，我完全清楚您的渔网能够提供这餐桌上各种美味的鱼，我同样知道您在您的海底森林中如何捕捉这些海味；可是，我却一点都不明白，在您的菜谱上为何会有肉类，尽管这肉并不是很多？"

　　"嗯，先生，"尼摩船长回答我说，"我是从来都不吃陆上动物的肉的。"

　　"那么，这个呢？"我指着一个盘子里剩下的几片肉问道。

　　"这就是您以为是肉的东西，教授先生？这只不过是海龟的里脊罢了。这盘是海豚肝，兴许您会将它当成猪肉杂烩。我的厨师是一位烹调高手，擅长储存海中各类产物。请品尝品尝所有这些菜肴吧。这是一种罐头海参，有个马来人说它是世间美味无比的佳肴。这是奶油，是用鲸鱼乳房里挤出来的奶做的，糖是从北极海中的大海藻里提炼出来的。最后，我要向您介绍的是银莲花果酱，其味道同最甜蜜的果酱不相上下。"

　　我全都尝了一遍，与其说是嘴馋，不如说是好奇，而尼摩船长那些叫人难以置信的故事把我给迷住了。他说：

　　"可这海，阿龙纳斯先生，这奇妙的、取之不尽的生命之源，它不仅给我吃的,而且还给我穿的。您现在身上穿的,是由一种贝类的足丝织成的,上面染了古代人喜爱的绯红色,而且调配上我从地中海海兔毛中提取的紫色。您在您舱房梳妆台上看到的香水,是海产植物经过蒸馏制成的产品。您睡的床是用海洋里最柔软的大叶藻做的。您使用的笔是鲸鱼的触须,墨水是墨鱼或枪乌贼的分泌物。现在大海给了我一切,有朝一日我将如数奉还!"

"船长,您爱海吧。"

"是的,我爱大海。海就是一切!它占地球面积的十分之七。它的气息纯洁、健康。在这浩瀚的大海大洋中,人绝对不是孤立的,因为他会感觉到在他的周围处处都有生命的颤动。海仅仅是一种超然和奇妙存在的媒介;它只是动,只是爱;正如你们的一位诗人所说的那样,大海就是无限的生命。其实,教授先生,自然三界一体,矿物、植物和动物,在海洋之中也同样存在。就动物而论,主要有四群植虫动物,三类节肢动物,五类软体动物,三类脊椎动物,即哺乳类、爬虫类以及无数成群的鱼类,鱼类是动物中不可计数的一类,有一万三千多种,而其中仅有十分之一生活在淡水中。大海是自然界的巨大储存库。可以说,地球始于海洋,谁知道它将来会不会最终归于海洋呢!海里有着无比和平的环境。大海不属于独裁者。在海面上,他们还可以使用某些极不公正的权力,相互攻击,相互吞噬,把陆地上的种种暴行带到那里。然而,在海平面以下三十英尺的地方,他们的权力终止了,他们的影响消失了,他们的威势荡然无存了!啊!先生,要生活,就生活在海中吧。唯有在海洋中才有独立!在这里我不承认有什么主子。在这里我是自由自在的!"

尼摩船长说到兴高采烈之处,突然间停了下来。他是不是超出了他惯常的那种矜持?他是不是说得太多了呢?有一阵子,他来回踱步,非常激奋。

过了一会儿,他的情绪便安定下来,脸上又出现了他那惯有的冷漠神态。

他转过身来,说道:

"现在,教授先生,要是您愿意参观'鹦鹉螺号',我将悉听吩咐。"

第十一章 "鹦鹉螺号"

尼摩船长站了起来,我跟随着他走。餐厅后部的双重门打开了,我走进了一个大小与我方才离开的餐厅差不多的房间。

这就是图书室。高大的紫檀木书架上镶嵌着铜饰，一层宽大的隔板上摆放着许多装帧一致的书籍。书架沿室内四壁放置，内侧正对着一排栗色的皮质长沙发，沙发曲度合适，坐上去极其舒服。此外，还有一些轻巧的活动书案，可以随意移动，供人们将书放在上面阅读。室内中央有一张大桌子，上面放满了小册子，其中有些像是过期的报纸。这般和谐一致的布局沐浴在一片电光之中，电光是由半嵌在涡形天花板上的四个毛玻璃球里发出的。我十分赞赏地留意观看着这间图书室，它布置得如此这般精美，我简直不敢相信自己的眼睛。

"尼摩船长，"我对刚在一张长沙发上躺下的我的主人说，"这样一间图书室，就是放到陆上许多宫殿里也能引为自豪，而我呢，一想到这图书室能随您一同遨游海洋最深处，便禁不住由衷赞叹。"

"哪里找得到比这儿更隐秘更安静的地方？教授先生，您说说？"尼摩船长道，"您博物馆的工作室能向您提供一个如此这般完善的安宁场所吗？"

"不能，先生。我还要补充一句，同您这儿相比，我的工作室真是太寒碜了。您这里有六到七千册书吧……"

"是一万两千册，阿龙纳斯先生。这些书是我同陆地的唯一联系。但从我的'鹦鹉螺号'首次潜入水中的那一天起，人世间对我就不复存在了。那一天，我买了最后一批书、最后一批小册子、最后一批报刊，从那以后，我就认为人类不再有思想，也不再有著述了。教授先生，这些书现在就交由您支配，您可以随意使用它们。"

我谢过尼摩船长。我走近书架。书架上尽是各种文字撰写的科学、伦理学和文学类书籍；但是，我未见有一本政治经济学方面的著作，这类书籍似乎完全被严厉地摈弃了。有一点挺怪，所有书籍都没有分门别类放置，同样也不管是用哪一种文字写的，这一现象表明，"鹦鹉螺号"的船长随便拿起任何一本书都可以流畅地阅读起来。

在这些书籍中间，我注意到有古代和近代大师们的杰作，也就是说，全都是人类在历史学、诗歌、小说和科学方面的最卓越的成果，从荷马到雨果，从翟诺芬到米歇莱，从拉伯雷到乔治·桑夫人，一应俱全。至于科学类书籍，则显得特别具体，它们是这个图书室的主要内容；机械、弹道、水文地理、气象、地理、地质等学科的科学书籍与博物史方面的著作均占据着同等重要的位置。

我知道,这都是船长重点研究的学问。我发现书架上有韩波尔全集、阿拉哥全集,以及福柯、亨利·圣克莱尔·德维勒、夏斯莱、密尔纳-艾德华、卡特法日、丹达尔、法拉第、伯尔特洛、薛希修道院长、别台曼、莫利少校、阿加西兹等人的著作;还有科学院的论文,各个地理学会的会刊,等等。我的两卷著作也放在了显著的位置上,兴许正是这两册书使我得到了尼摩船长相对宽厚的款待。在约瑟夫·勃特朗的著作中间,他那本名为《天文学的创始人》的书竟使我推算出了一个确切日期;我发现这部书出版于一八六五年,由此可以断定,"鹦鹉螺号"的制造不会是在这个时间之前。这么说,尼摩船长开始他的海底生活至多不过三年时间。当然,我希望有更新的著作来让我更加精确地确定这个日期;不过,我会有时间来做这项研究的,而现在,我可不愿意更多耽误我们游览"鹦鹉螺号"上的奇异景观这一闲情逸致的行程。

"先生，"我对船长说道，"我感激您把这些图书让我随意使用。这里面有科学的宝库，而我将从中受益不浅。"

"这座大厅不只是图书室，"尼摩船长说，"同时也是吸烟室。"

"吸烟室?"我喊道，"那么说，船上可以吸烟了?"

"或许是吧。"

"这样的话，先生，我只能想象您同哈瓦那还保持着某种联系。"

"一点也没有，"船长答道，"阿龙纳斯先生，请抽这支雪茄，这虽然不是哈瓦那来的，但您要是内行的话，您是会喜欢的。"

我接过他递来的雪茄，烟的样子有点像哈瓦那的伦敦式雪茄，但却像是用金黄色的烟叶制的。我在一副精制的铜支架上面的小火盆前沿点燃了这支雪茄，于是吸了几口，感觉到浑身畅快，我爱吸烟，可我已经有两天没有吸过它了。

"妙极了，"我说，"但这不是烟草。"

"对，"船长答道，"这种'烟草'不是哈瓦那来的，也不是东方来的。这是大海向我提供的一种含有大量烟碱的海藻，但其数量并不很多。先生，您抽不到哈瓦那雪茄不觉得遗憾吗?"

"船长，从今天起我就看不上那些烟了。"

"那您就别管这些烟的来历了，请随便抽吧。没有任何烟草专卖局对它们进行过检验，但我想，其质量也不会因此就差。"

"恰恰相反。"

这时候，尼摩船长打开了一扇门，这门正对着我走进图书室的那扇门，于是我进了一间宽敞明亮、显得富丽堂皇的客厅。

这是一间有着隔角斜面的长方形大厅，长十米，宽六米，高五米。天花板上饰有淡雅的阿拉伯式图案，放射出白昼般明亮柔和的灯光，照耀着这座博物馆内的各种珍藏。因为这实际上是一所博物馆，一只神奇、智慧的手将自然的和艺术的一切珍品全聚集在这里，同时还配上那种与一间画室显著不同的富有艺术美感的镜框。

三十来幅名画装点着张挂了朴素图案壁毯的墙壁，画框格式一律，每幅画之间隔有闪闪发光的盾形板。在这里我看到了一些极其名贵的作品，其中大部分我曾经在欧洲的私人收藏中或是在绘画展览会上欣赏过。古代各派大师

的作品主要有拉斐尔的一幅圣母,达·芬奇的一幅圣女,戈列治的一幅少女,狄提恩的一幅妇人,维罗耐斯的一幅膜拜图,缪利罗的一幅圣母升天,贺尔拜因的一幅肖像,韦拉斯格兹的一幅修士,里贝拉的一幅殉教者,鲁本斯的一幅节日欢宴图,狄尼埃父子的两幅弗兰德风景,吉拉尔·杜、米苏、保尔·波特派的三幅"世态画",热里科和普吕多姆的两幅油画,巴久生和维尔耐的几幅海景图。在近代的绘画作品中,有署着德拉克鲁瓦、安格尔、戴尚、杜罗扬、梅索尼埃、多比涅等名字的油画。而在这华丽的博物馆隅角的雕像柱座上,还摆放着几尊模仿古代最漂亮的模特儿制作的缩小铜像和石像。"鹦鹉螺号"船长所预言的那种使人惊异得目瞪口呆的状况已经开始攫住了我的心灵。

"教授先生,"此时这个古怪的人说道,"请原谅我如此不拘礼节地接待您,同时,厅里处处显得杂乱无章,亦请不要见怪。"

"先生，"我答道，"虽然我不想知道您是何许人，但我可以说您是一位艺术家吧？"

"一个业余爱好者，仅此而已，先生。从前我喜欢收藏人类用手创作出来的这些美妙的作品。那时，我是一个热心的追求者，一个不倦的搜索狂，因此我便得以收集了一批价值很高的作品。这是那片对我来说已经死亡的陆地留给我的最后的纪念了。在我眼里，你们那些近代的艺术家也同古代的艺术家一样，两者的存在都已经是有两到三千年了。所以，我觉得古代、近代艺术家都是一回事。名家大师是无所谓年代的。"

"那么这些音乐家呢？"我指着韦伯、罗西尼、莫扎特、贝多芬、海顿、梅斯比尔、海罗尔、瓦格纳、奥比、古诺以及许多其他人的乐谱说。这些乐谱散乱地摆放在一架大型管风琴上，风琴占据着厅内的一方地面。

尼摩船长回答我说："这些音乐家是俄耳甫斯的同时代人。因为，在死者的记忆中，年代的差别消失了——我已经死了，教授先生，我跟您那些长眠在地下六英尺深的朋友一样，已经死掉了！"

尼摩船长沉默不语，仿佛陷入了深沉的幻梦。我非常激动地注视着他，静默地分析他那奇怪的表情。他的胳膊依在一张精致的雕花桌子的一角，他不再看我了，似乎忘记了我的存在。

我尊重这一沉思。于是，我继续观看厅内那些丰富的珍藏。

同艺术作品相比，自然界的稀有品种占据着非常重要的位置。这主要是植物、贝壳和其他海产品，它们兴许都是尼摩船长个人的独到发现。大厅中央，有一电光照射下的喷射水柱，水落在仅有的一只砗磲壳制作的盛水盘内。这只巨大的无头软体类动物的贝壳，从它那饰有精细月牙形花纹边缘起测量，其周长大约是六米；它比威尼斯共和国奉献给弗朗索瓦一世的那个美丽的砗磲还要大得多，巴黎的圣地——修尔佩斯教堂曾用这种贝壳做了两个巨型圣水缸。

在这个盛水盘的周围，铜架支撑着的精致玻璃橱内，是一些连博物学家都难以见着的最为珍贵的海产品。它们都已被一一分类，而且还贴上了标签。我作为教授此时所感到的喜悦，大家是可想而知的。

植形动物门中的水螅类和棘皮类在这里都有珍奇的标本。第一类里，有笙珊瑚、扇形柳珊瑚、叙利亚柔软海绵、马鲁古群岛海木贼、磷光珊瑚、挪威海中奇妙的逗点珊瑚、各式各样的伞形珊瑚、海鸡冠目，整整一组石珊瑚——我的导师米尔纳-艾德华曾很得体地将它们分门别类，而在它们中间，我注意到有一些惹人喜爱的扇形石珊瑚、波皮岛眼形珊瑚、安的列斯群岛之"海神之车"、各种各样的美丽珊瑚虫，以及其他各种离奇古怪的珊瑚骨，这类珊瑚骨汇集一起可以形成一群海岛，而这类海岛将来有朝一日会变成大陆。在外表明显多刺的棘皮类动物中，则有海盘车、海星球、五角星、彗星球、流盘星、海胆、海参，等等，这类动物是以全套个体标本的形式在那陈列着。

　　任何一位不太容易激动的贝壳类专家，要是他站在另外一些数目更多的陈列软体动物标本的玻璃柜前，他都一定会昏厥过去。我在这里看到一套价值连城的标本，可我却无暇一一加以描述了。在这些珍品中，我想列举几样，仅为备忘而已：印度洋里的美丽的王槌贝，贝身上长着一些规则有序的白色斑点，在红棕底色的映衬下，显得十分鲜明；海菊王蛤，色彩鲜艳，全身布满棘刺，在欧洲博物馆里属稀有珍品，我估计其价值为两万法郎；新荷兰岛海中的普通槌贝，这种贝是很难捕获到的；塞内加尔的富有异国情调的唇贝，这种贝有两瓣白色贝壳，脆弱得就像肥皂泡一样，近乎一吹就会消散；几种爪哇的喷水壶形贝，它像边缘有叶状皱褶的石灰质管子，深受爱好者青睐；整整一组马蹄螺，有一些是黄绿色的，是从美洲海里捞上来的，还有另外一些是棕赭色的，生长在新荷兰岛的水域里，这棕赭色的马蹄螺来自墨西哥湾，壳上鳞片叠盖，十分抢眼，而另一种黄绿色的则是在南冰洋中发现的星形螺，所有这一组中，最珍奇最漂亮的要数新西兰的马刺形螺；此外，还有令人赞叹不已的硫黄质版形贝、珍贵的西德列和维纳斯贝、特兰格巴尔海滨的格子花盘贝、光灿灿的螺细质细纹蹄贝、中国海的鹦鹉绿贝、锥形贝类中近乎无人知晓的圆锥贝、印度和非洲作为货币使用的各种各类磁贝、东印度群岛最珍贵的贝壳"海之光荣"；最后是纽丝螺、燕子螺、金字塔螺、海蛤蚧、卵形贝、螺旋贝、僧帽贝、笔螺、铁盔贝、朱红贝、油螺、竖琴螺、岩石螺、法螺、化石螺、纹锤螺、袖形贝、双翼贝、笠形贝、硝子贝、菱形贝，科学把最美妙动听的名字赋予了这些精美娇柔的贝壳。

　　此外，在一些专门的格子内，展现有串串最美丽的珍珠，在电光的照射下闪烁着亮点光炽，这当中有从红海的江珧中提取的粉红色珍珠，有蝶形海耳螺里的绿色珍珠，此外还有黄色、蓝色、黑色的珍珠，它们是各大海洋中各种软体动物以及北部海里一些蛤贝类的奇妙产物。最后是几枚价值无法估量的珠宝标本，是从最为罕见的珠母中提取的。这些珠宝有一些比鸽蛋还大，价值超过旅行家达威尼埃以三百万卖给波斯国王的那颗珍珠，而且，同马斯加提教长的另一颗举世无双的珍珠相比，我以为这些还更贵重。

因此，要算出这里所有收藏的价值，可以说是不可能的。尼摩船长一定耗去数百万巨资来购置如此种种珍奇标本。我暗自思忖，他哪来这么多钱用于满足其收藏家的欲望呢。就在这个时候，我的思绪被下面一席话语打断了：

"您在认真仔细观看着我的贝壳吧，教授先生。当然喽，这些贝壳会使一位博物学家感兴趣的；然而，对我来说，它们可另有一番魅力。因为，它们全都是我亲手收集的，地球上没有哪一处海域未经我搜索过。"

"我明白了，船长，我知道漫步在这些宝贵财富之间所产生的那种欣喜兴致。您就是亲手建造这座宝库的人。欧洲没有一座博物馆拥有类似的海洋产品珍藏。即便我对这些珍宝竭力赞赏，可我对于运载它们的那舰船，又该说什么好呢！我一点也不是想要更多地了解您的秘密！不过，我得承认，'鹦鹉螺号'蕴含的动力，使它运转的机器，给它以活力的那强大的原动力，所有这些都极大限度地激起了我的好奇。我看见这间客厅四壁悬挂着的一些仪器，可我对它们的用处却是一无所知。我能否对此有所了解呢……"

"阿龙纳斯先生，"尼摩船长回答我说，"我对您说过，您在我船上是自由的，据此说来，'鹦鹉螺号'上的任何部位全都向您敞开着。因此，您可详细察看，我将会很乐意为您导游。"

"我真不知道该怎样感激您才好，先生，可我不会滥用您的好意。我只想问问您，那些物理仪器是做什么用的……"

"教授先生，我房间里也有相同的仪器，而到了那儿，我将会很高兴地向您解释它们的用途。然而在此之前，请您先去参观一下为您预备的舱房。您应当知道自己在'鹦鹉螺号'船上将会住得怎样。"

我跟在尼摩船长身后，经过客厅里的一道隔角斜门，他又把我领回到船上那纵向通道里。他领着我朝船首走去，在那里，我所看到的并不是一间舱室，而是一间有床、有梳妆台以及有各式家具的雅致房间。

我不能不感激我的主人。

"您的房间就在我的隔壁，"他打开门对我说，"而我的房间，则正对着我们刚才离开的那个客厅。"

我走进了船长的房间。房内陈设朴实无华，近乎修士住的一样，有一张铁床、一张写字桌以及一些梳洗用具。淡淡的灯光照亮着室内的一切。房中没有任何的奢侈品。有的仅仅是一些生活必需品。

尼摩船长指了指一把椅子对我说："您请坐吧。"

我于是坐了下来，他便对我说出如下的一席话。

第十二章　一切全靠电

"先生，"尼摩船长指着挂在自己房间墙壁上的仪表对我说，"这些就是'鹦鹉螺号'航行时所需要的仪表。在这里如同在客厅一样，我总是盯着这些仪表，它们给我指出我在大海大洋之中确切的位置和方向。有些仪表您是知道的了,比如说温度计,标明'鹦鹉螺号'的船内温度;晴雨表,测量大气压力,同时预告气候变化;湿度计,标示空气的干湿程度;风暴镜,其中的混合物一旦分解,就预示暴风雨即将来临;罗盘仪,为我指示航道;六分仪,通过测量太阳的高度,告知船所处的纬度;经线仪,能让我计算出船的经度;最后是日间和夜间所使用的望远镜了,当'鹦鹉螺号'浮出水面的时候,我可以用它来观测天际四周。"

"这些都是航海家惯用的仪器,"我回应道,"我了解它们的用途。可是,还有一些仪器,想必是为了满足'鹦鹉螺号'的特殊需要而配备的。我看到的这个刻度盘上有一根能走动的针,这不就是流体压力计吗?"

"没错,这的确是一个流体压力计。让它与海水接触,就可测出海水的外部压力,我便可因此而得知我这艘船的吃水深度。"

"那这类新式探测仪呢?"

"是些温度探测仪,用以报告各水层深度。"

"还有另外这些我猜测不出其用途的仪器呢?"

"这里,教授先生,我得向您做些解释了。"尼摩船长说道,"那么,请听我说吧。"

他静默了一会,然后说道:

"这里存在着一种原动力。这原动力强大、驯顺、快捷、方便。它具有各种各样的用途,是我船上的主宰。一切都全靠它了。它给我光,给我热,它是我所有机械的灵魂。这种原动力,就是电。"

"电!"我十分惊奇地喊叫起来。

"是的,先生。"

"可是,船长,您这船有着非同一般的移动速度,这同电的能量是不太相称的。时至今日,电的动力仍很有限,只能产生小小的力量啊!"

"教授先生,"尼摩船长答道,"我的电并非人世间的那种电,而这就是我所要对您讲述的一切。"

"我不是要刨根问底,先生。我只是对这样的一种效果感到非常惊奇。不过,我还有一个问题。要是问得不合适,您可不必作答。您用来制造这种神奇原动力的材料一定会很快用完的吧。比如锌,既然您跟陆地完全没有了联系,那您如何补充这种元素呢?"

"您这个问题将会得到答复。"尼摩船长答道,"首先,我要对您说,海洋底下有锌、铁、银、金等矿藏,开发起来并不难。因此,我根本不需要依靠陆地上的这类金属,我只向大海要生产电力的原材料就行了。"

"向大海要?"

"是的,教授先生。我的办法可多着呢。譬如,我将浸泡在不同水层的金属线连接成电路,金属线通过受到的不同热度,便能产生电;但我更喜欢采用一套更为方便的方法。"

"什么办法呢?"

"您知道海水的成分吧。一千克海水里含百分之九十六点五的水,百分之二点七左右的氯化钠;此外,是少量的氯化镁、氯化钾、溴化镁、硫酸镁、硫酸和石灰酸。因此您看得出,海水中含有氯化钠的比例是可观的。而我,我要从海水中提取出来的东西就是钠,我正是用它来制作我所需要的物质。"

"钠吗?"

"是的,先生。钠与汞混合,成为一种用以替代本生①蓄电池单元里锌元素的合金。汞是消耗不尽的,消耗掉的只有钠,而大海本身就给我供应所需的钠。此外,我还要告诉您,钠电池应当是能量最强的,其电动力是锌电池的两倍。"

"船长,我非常明白您具有获取钠元素的得天独厚的环境。大海中含有钠,这没错。不过得将它制造出来,即是说,要把它提取出来。那么,您又是怎样做的呢?您的电池当然可以用来进行这项工作;但是,如果我没有弄错的话,电动机械所需要消耗的钠的数量恐怕是要超出提取出来的钠的总量。这样的话,您为生产钠而耗费的钠本身就超过了您所生产出来的数量了!"

"所以,教授先生,我并非是用电池提取钠的,非常简单,我是利用煤的热力。"

"陆地上的?"我着重说。

"如果您愿意,就说是海底煤吧。"尼摩船长答道。

"那您可以开采海底煤矿了?"

"阿龙纳斯先生,您将会目睹我开采。我只不过是请您耐心一点,因为您

---

① 本生(1811—1899):德国物理学家和化学家。一八三一年大学毕业后,从事化学研究和化学教育达五十五年之久。本生灯(煤气灯)的创制人。——译者注

有时间等待。我仅请您注意这一点：我的一切都全取自海洋——利用海洋发电，电提供给'鹦鹉螺号'热、光、动力，总之一句话，电给了这艘船以生命。"

"但电总不能供给您呼吸的空气吧？"

"啊！我可以制造出我所需要消耗的空气，不过这没有必要。因为，我高兴时，我就浮到海面上来。但是，虽然电不给我供应呼吸用的空气，它却能使强大的抽气机转动起来，将空气储存进特殊的储气室里，这就可以让我根据需要而潜入海洋深层，同时想待多久就待多久。"

"船长，"我应答道，"那我就只有叹服的份儿了。很明显，您已经找到了人类有朝一日可能会发现的东西，而那便是真正的电动力。"

"我不晓得他们会不会找到。"尼摩船长冷冷地回答说，"不管怎样，您已经清楚了我对这种宝贵的原动力所做的第一次应用。正是它，以阳光所没有的均衡性和连续性给我带来了光明。现在，请看这座时钟：它是电动的，走时十分准确，可以跟最完美的计时钟表媲美。我将它分为二十四小时，如同意大利时钟一样；因为对我来说，无所谓白天黑夜，无所谓太阳与月亮，只有这种我能把它带到海洋深处的人造光！瞧，现在是早上十点了。"

"完全没错。"

"电还有另外一种用途。挂在我们面前的这个刻度盘，是用来标明'鹦鹉螺号'行驶速度的。一根电线把它同计程仪的转轮连在一起，上面那根针向我指示出船的实际速度。您看吧，此时此刻，我们正以十五海里的中等时速行驶。"

"真了不起，"我答道，"船长，我非常清楚您使用这种原动力的理由，因为它足以替代风、水以及蒸汽。"

"我们的谈话还没有结束，阿龙纳斯先生，"尼摩船长站起身来说道，"您如果愿意的话，就请您随我来参观'鹦鹉螺号'的后部吧。"

事实上，我已经了解了这艘潜水艇的整个前面部分，下面就是从船中心至船首冲角的准确布局：五米长的餐厅，由一扇闭封且不透水的隔板与图书室相隔；图书室为五米；十米长的大客厅，另一扇密闭隔板将它同船长的房间分隔开来；五米长的船长室；我那二点五米长的房间；最后是长度为七点五米的空气储存室，它紧挨着艉柱。船前部总长为三十五米。密闭隔板上都开有门，用橡胶塞塞得紧紧的，即使出现个把漏水洞，也能确保"鹦鹉螺号"船上的安全。

我跟在尼摩船长身后,穿过船翼的纵向通道,来到船的中心。在那里,两扇密闭隔板之间有一井口般大小的开口,一架铁梯沿内壁一直通向井口上方,我询问船长这梯子是用来做什么的。

"它通往小艇。"船长答。

"什么? 您有一只小艇吗?"我相当惊奇地反问道。

"总该有吧。一只很不错的小艇,轻便而又不会沉没,是用来游览和钓鱼的。"

"那么,当您登上小艇的时候,您必须浮到海面上去吗?"

"一点也不。这只小艇系在'鹦鹉螺号'船身上部,藏在一个为它专设的凹洞里。它全身都装有甲板,绝对密封,用结实的螺钉铆紧。这架梯子通向'鹦鹉螺号'船身上的一个'人孔',而这'人孔'又紧挨着小艇侧身的一个大小相当的洞孔。我正是经过这两个孔口到小艇上去的。一个人关上'鹦鹉螺号'船的孔门;而我则关上小艇的孔门,这一切都是用压力螺钉来完成;我一松开螺钉,小艇就会极其快速地浮上海面。于是,我就打开一直闭紧的盖板,竖起桅杆,扯开风帆或荡起双桨,在海上漫游起来了。"

"但您怎样回到船上去呢?"

"我用不着回去,阿龙纳斯先生,是'鹦鹉螺号'到我身边来。"

"按照您的命令吗?"

"是按照我的命令。一根电线把我同它连在一起。我发出一个电报,事情就解决了。"

"的确,"我被这种奇迹陶醉了,我说道,"没有什么比这更便利的了!"

我经过通往平台的梯笼,看见一间两米长的舱房,康塞尔和尼德·兰正狼吞虎咽地吃着饭,样子显得蛮快活的。接下来是一道通向三米长厨房的门,厨房位于宽大的食品储藏室之间。

厨房里,烹调全部用电。这比起煤气更有效更方便。电线接在炉子下面,将热传递到白金片上,热量四处传播,均匀分布。电还能加热蒸馏器,经过汽化,提供优质饮用水。厨房旁边是一个浴室,布置得十分舒适,浴室里的水龙头可随意提供冷热水。

厨房挨着船员的舱房,舱长为五米。但房门关着,我看不见内部陈设,我觉得它是按照操纵"鹦鹉螺号"船所需要的人数来安排的。

　　船尽头竖着第四道密闭隔板,将这间舱房同机房隔开。一扇门打开了,我走进这个机房,尼摩船长无疑是第一流的机械师,他在机房里安置了种种驾驶器械。

　　这机房灯火通明,至少有二十米长,内里自然分成两个部分:一部分堆放着生产电力的原料,另一部分则是备有使螺旋推进器运转的机械。

　　一开头,我被充斥着舱里的一种说不出来的气味弄得无所适从。尼摩船长看出了我的神情。

　　"这是钠分解出来的气体,"他对我说,"美中不足仅此而已。不过,每天早晨,我们都要给船通风,将这种气体清除。"

　　然而,我还是带着极大的兴趣观察着"鹦鹉螺号"船上的机器。

"您瞧，"尼摩船长对我说道，"我使用的是本生电池的装置，不是兰可夫①电池装置。后一种装置功率不强。本生电池装置虽然简单，但其电力强大，效果更好，这是经验证明了的。产生的电输送到船后部，通过大面积的电磁铁作用于杠杆和齿轮传动系统组成的特殊机构，这套机构使推进器的轮轴转动起来。推进器直径为六米，螺距为七点五米，每秒钟转速可达一百二十转。"

"那您可以获得怎样的速度呢？"

"每小时五十海里。"

其中还有一个秘密，但我并没有坚持要知道。电怎么能具有如此强大的力量呢？这种几乎是无限的力量又是从哪里来的呢？这是从一种新型线圈产生的强电压里来的呢？还是从一种不可知的杠杆系统②可以无限增强的运转中得到的？这一点正是我所不能理解的。

"尼摩船长，"我说，"我观察到结果，我并不想对此做出解释。我看见过'鹦鹉螺号'在林肯号面前行驶，对于它的速度我是心中有数的。但仅仅行驶是不够的。还必须看着它往何处走！还得指挥它向右、向左、向上、向下！在海洋最深处，您会发现阻力在不断增强，相当于成千上万的大气压，这样，您怎么能到达最深的海底呢？您又是如何升到海面上来的？最后，您怎样得以维持在您认为合适的深度里呢？我这么问是不是太冒昧了？"

"一点也不，教授先生。"他稍稍迟疑了片刻，回答我说，"既然您是不能离开这艘潜水艇的了，那就请到客厅里来吧。这才是我们真正的工作室，而在这里，您就会了解到您应该知道的关于'鹦鹉螺号'的一切了！"

第十三章 几组数字

片刻之后，我们嘴里叼着雪茄，坐到客厅的一张长沙发上。船长把一幅详图放置我面前。这是"鹦鹉螺号"船的平面图，包括剖面图和投影图。然后，他便用下面这段话语对他的船只做了一番描述：

---

① 兰可夫(1803—1877)：德国机电学家。——译者注
② 确切地说，时下有人谈起这类发明，在这类发明中，一种新型杠杆机制的作用，可以产生极为可观的力量。那么，这位发明家曾经与尼摩船长相遇过吗？——原注

"阿龙纳斯先生,这些就是您所搭乘的这条船的各个部位的尺寸。船身是很长的圆筒,两端呈圆锥状。它活像一支雪茄烟,这种形状,在伦敦有些船只的制作中已经采用过了。这个圆筒的长度,从头至尾,正好是七十米船的横梁,最宽处为八米。因此,这艘船完全不像你们那些高速汽船,它的宽度和长度之比是一比十,不过,它的这个长度已是足够了。整个轮廓呈流线型,这是为了船只在移动时便于排水,航行时同样不会受到丝毫的阻碍。

　　"上面两个尺寸数字可以让您很容易计算出'鹦鹉螺号'的面积和体积。它的面积是一千零十一点四五平方米,体积为一千五百点二立方米——就是说,当船完全沉入水中时,它的排水量或重量为一千五百立方米或一千五百吨。

　　"当我绘制这艘用于海底航行的船的平面图时,我要求船的吃水部分占十分之九,浮出水面的部分占十分之一,以使其能在水中保持平衡。因此,它的排水量在这些条件下只能是其体积的十分之九,即一千三百五十六点四八立方米,也就是说,船的重量要与这个吨数一致。所以我得根据以上尺寸数字来制造这艘船,船就不能超过这个重量。

　　"'鹦鹉螺号'由双层船壳构成,一层是内壳,另一层是外壳。两层船壳间,采用一些T字形蹄铁连接,使得船身坚硬无比。事实上,由于这种细胞型结构,船体实实在在,有如一块实铁,可以抵御住一切冲击。船壳包板不会弯曲,不会折断;船身浑然一体,这并非由于铆钉坚固的原因,而是材料的适当配置决定着船体结构的一致性,这使得船对最汹涌的海浪都无所畏惧。

　　"这两层船壳是用钢板制作的。钢的密度与海水密度之比是十比七或八。第一层船壳的厚度至少为五厘米,重量是三百九十四点九六吨。第二层船壳,即龙骨,高五十厘米,宽二十五厘米,只有六十二吨重。机器、压载物、各种附属物和装置物、内部的隔板和木材等等,重量为九百六十一点六二吨,这个重量加上上面的三百九十四点九六吨,总重量就是一千三百五十六点四八吨①了。您明白了吗?"

　　"明白了。"我答道。

　　"因此,"船长又说,"在这些条件下,当'鹦鹉螺号'在海中的时候,它浮露

---

① 此处原文统计有误,译文未做更正;下文如有同类情形再现,不另作注。——译者注

出水面的部分是十分之一。但是，如果我装设了一些容积等于这十分之一的贮水池，即容量为一百五十点七二吨，如果我将它们装满水，这时船的排水量或重量是一千五百零七吨，它将完全潜入水中。事情就是这样，教授先生。这些贮水池在'鹦鹉螺号'船的下部侧翼处。我打开水阀，水池便排水，下沉的船便渐渐上浮，与水面处于同一水平。"

"好。船长，可我觉得还是有实际困难。您可以使得船面与海面平齐，这我明白。但是，再往下一点，沉到水面之下，您的潜水艇不是会遇到一种压力，进而承受一种自下而上的浮力吗？这力是由一个三十英尺水柱高的大气压力来计算的，即每平方厘米承受一公斤左右的压力。"

"说得很对，先生。"

"所以，除非您将'鹦鹉螺号'船全装满水，不然的话我就弄不明白您怎么能够将它潜到海底。"

"教授先生，"尼摩船长答道，"不要将静力学和动力学混为一谈，否则就会导致严重的错误。无须花费很大气力就可以达到海洋下层，因为物体均有下沉到底的倾向。请听我的推论。"

"请说吧，船长。"

"当我决定增加'鹦鹉螺号'潜入水底所需要的重量时，我只要注意海水随着其层深的变化改变它的体积和缩减量就行了。"

"那当然。"我答道。

"不过，虽然说水不是绝对不可压缩的，但起码它是不易压缩的。事实上，根据最近的那些计算，在每一大气压或每三十英尺高的水柱压力下，水的压缩量仅为零点零零零四三六。要深入到一千米以下的水层，此时我就得注意水在相当于一千米水柱即一百大气压的压力下的体积压缩量。其压缩量就是零点四三六。因此我必须将重量增加到一千五百一十三点七吨，而不是一千五百零七点二吨。依此推算，增加重量只会是六点五七吨。"

"仅仅如此吗？"

"仅仅是这样，阿龙纳斯先生。而且，通过计算便很容易证明这一点。不过，我还有一些容量为一百吨的补充贮水池。所以，我可以下降到相当的深度。当我想要上升至与海面平齐时，我只需将水排出，如果我要让'鹦鹉螺号'整体浮出水面十分之一，我把所有储水池里面的水排尽就成了。"

对于这些依据数字做出的推理,我无从反驳。

"我承认您的计算,船长。"我回答道,"既然经验每天都在证明着这些计算的正确性,我再提出异议就显得不自量力了。但是,我目前还是觉得存在着一种实际困难。"

"什么样的困难,先生?"

"当您进入一千米深度时,'鹦鹉螺号'的内壁便是承受着一百个大气压的压力。在这个时候,如果您想排干那些补充贮水池,以减轻船的负载,并让它升至水面,那么,抽水机的力量就非得大于每平方厘米一百公斤的一百个大气压这种压力。因此,这种力量……"

"光靠电就能给我提供这种力量。"尼摩船长忙说道,"我再说一遍,先生,我的这些机器,其动力近乎是无限的。'鹦鹉螺号'船上的抽水机有着一种奇异的力量。那一次，它们对林肯号舰艇喷出的水柱，速度之猛，有如一股激流，这您应该是见到过的了。再说，只是当船达至一千五百到两千米的中等深度的时候，我才会启用那些补充贮水池的，这是从爱护设备着眼。因此，当我突发奇想要到水面下两三里①深的海域里去时，我还可以应用其他操作方法，虽然是费些时间，但效果也不差。"

"什么方法呢？船长。"我问道。

"这么说，我自然得告诉您'鹦鹉螺号'是如何驾驶的了。"

"我是很想得知的。"

"操纵这艘船，令其向左向右，要它变换方位，简言之，想其在水平面上行驶，我使用的是舵板宽大的普通舵。这舵装在艉柱后部，使用机轮和滑车转动。但我还可以借助两块纵斜机板让'鹦鹉螺号'从下往上，从上往下进行纵向移动。纵斜机板装在船两侧吃水线的中央，可以活动，容易变换位置，依靠动力强大的杠杆从船内部操纵，机板的位置一旦与船体平行，船便水平行驶。如若机板倾斜，'鹦鹉螺号'即根据它们倾斜的位置，同时在推进器的驱动下，沿着我所要的对角线往下沉，或是沿着这条我所要的对角线往上浮起。而且，要是我想更加快速地浮出水面，我就令推进器加速，其时水的压力便使'鹦鹉螺号'垂直上浮，像一只充满氢气的气球快速直冲云天一样。"

"妙极了！船长。"我喊道，"但是舵手怎么能够看见您在水中给他指示的路线呢？"

"舵手处在一个玻璃舱里，舱的位置在'鹦鹉螺号'船体上部的突出部分，里面的透明玻璃可以保证他看清航行路线。"

"玻璃能够顶得住这般强大的压力吗？"

"无懈可击。这种水晶玻璃虽是一撞就碎，却有很强的耐压性能。我们从一八六四年在北方海域中所进行的电光捕鱼试验得知，这种玻璃片只有七毫米，但它却顶住了十六个大气压的压力，同时还可以让强热光线通过，让这等热力不均衡地分布其上面。何况，我所使用的玻璃，中央厚度至少是二十一厘米，也就是说，这相当于那时使用的玻璃片的厚度的三十倍。"

"我同意，尼摩船长；但说到底，要想看得清，就得有光亮将黑暗驱除，我

---

① 里：指法国古里，一古里约四公里。——译者注

想得知的是,在漆黑的海水中间怎样……"

"在舵手舱的后面,装有一座强电光反射镜,光线可以将半海里内的海洋照射得透亮通明。"

"啊!了不起!真是了不起!船长。现在,我终于明白,那所谓的独角鲸发出的磷光是怎么一回事了,可它确实曾使学者们感到极度困惑啊!对了,顺便一问,那引起极大反响的'鹦鹉螺号'同斯戈蒂亚号两艘船的相撞事件,是一次偶然的结果吗?"

"纯属偶然,先生。当撞击发生的时候,我正在水面下两米深处航行。不过,我看到那艘船并没有受到重创。"

"是的,先生。但是跟林肯号船的相撞呢?……"

"教授先生,我要对勇敢的美国海军中一艘最优秀的战舰表示歉意,但这可是人家来攻击我,我是不得不自卫的呀!不过,我所做的也仅仅是使这艘驱逐舰不能再伤害我——它可以到最近的海港去修复创伤,这并不困难。"

"啊!船长。"我自信地喊道,"您的'鹦鹉螺号'可真是一艘奇异的船!"

"是的。教授先生。"尼摩船长确实动了感情,他回答道,"我爱它,就像爱我的生命一样!虽然在你们遭受海洋意外事故的船只上,一切都是危险的,虽然在这海洋上,人们有如荷兰人琼森所说的那样,第一印象就是如临深渊的感觉,但是,在'鹦鹉螺号'船上乃至船下,人们心中却是无所畏惧的。没有必要担心船会变形,因为船的双层船壳是钢铁般坚硬;它没有船身横摇竖摆就能毁坏的缆索;没有风可以吹走的帆;没有蒸汽可以撑破的锅炉;不会发生可怕的火灾,因为船是用铁皮而不是用木头造的;它不使用会烧完的煤炭,因为它的机械原动力是电;不会遇到可怕的碰撞,因为它在深水之中独来独往;它不用去迎击风暴,因为它能在水下几米深的地方获得绝对的平静!就是这样,先生。这是一条无比杰出的船!对于这船,设计师可能比建造师更有信心,而建造师又比船长本人更有信心,如果是这样的话,那么您就能理解为什么我对我的'鹦鹉螺号'船会这么信赖了,因为我同时是这艘船的船长、设计师和建造师!"

尼摩船长雄辩滔滔,话语不停。他眼中闪现着火花,他激动,比画着手势,他完全变成了另外一个人。不错!他爱他的船,就像父亲爱自己的孩子一样!

但是,有一个也许是冒昧的问题,自然而然地提出来了,我忍不住问他了。

　　"那么您是这船的设计师了,尼摩船长?"

　　"是的,教授先生。"他回答我说,"当我还是陆地居民的时候,我曾在伦敦、巴黎、纽约学习过。"

　　"但是,您怎么秘密地建造这艘令人钦慕的'鹦鹉螺号'的呢?"

　　"阿龙纳斯先生,船上的每一个构件,都是来自地球上不同的地点,写上假地址运到我这里来的。龙骨是在克勒索铸造的,推进器的主轴是伦敦庞尼公司制作的,船壳钢板是利物浦利尔德工厂造的,螺旋推进器是格拉斯哥斯各脱工厂制造的。船上的贮水池是巴黎嘉侬公司造的,机器是普鲁士克鲁伯工厂造的,船艏冲角是在瑞典的摩达拉工厂造的,精密仪器来自纽约的哈提兄弟公司,等等。这些制造商都收到我的署名不一的设计图。"

"但是，"我又说道，"这些部件制成后，还得将它们组装起来，加以调试，对吧？"

"教授先生，此前，我在大洋中的一个荒岛上已建起了我的加工厂。在那里，我的工人，就是我曾经培养和训练过的我的那些同伴，和我一起，共同把我们的'鹦鹉螺号'装配好。然后，工程一完，我便用一把火烧毁了我们留在那荒岛上的痕迹，要是可能的话，我恐怕还会将这岛炸掉。"

"那么，可想而知，这艘船的成本是极其昂贵的了？"

"阿龙纳斯先生，一只钢铁制造的船，每吨成本为一千一百二十五法郎。而'鹦鹉螺号'重量是一千五百吨，其成本就是一百六十八点七万法郎，连装配费在内，一共是二百万法郎，再加上船内的艺术品和收藏，总共为四五百万法郎。"

"还有最后一个问题，尼摩船长。"

"说吧，教授先生。"

"您一定很富有吧？"

"无限的富有，先生。我可以毫不费力地偿清法国的上百亿国债！"

我注视着这个这样同我说话的怪人。他以为我是那么容易轻信吗？将来我一定会了解到真相的。

第十四章　黑潮

地球上海水的面积约有三百八十三点二五五八万平方公里，即三千八百多万公顷，体积是二十二点五亿立方米，可以形成一直径为六十公里，重量为三百亿亿的大球。而且，想要了解这一数目，就必须设想十的三十次方同十亿之比，相当于十亿同一个单位之比，即十的三十次方里包含的十亿数的总和等于十亿中所有的单位数。而海水的总量差不多等于四万年中陆地上所有江河的水流量。

地质纪年中，火的时期之后是水的时期。起初处处都是海洋。然后，在志留纪初期，山峰渐渐露出，岛屿逐步浮现出来，同时又在局部的洪水中被淹没，重新再出现，结为一体，形成大陆，最后固定为地理上的陆地，正如我们今天看见的一样。地球上固体部分从流体部分获取的面积为三千七百点六五七万平方英里,即一千二百九十一点六万公顷。

大陆的形状把海水分成了五大部分:北冰洋、南冰洋、印度洋、大西洋、太平洋。

太平洋从南到北处在两个极地之间,东西两端是亚洲和美洲,经度范围是一百四十五度。太平洋是最平静的海洋,海潮宽大而缓慢,潮水来势一般,雨量充沛。我的命运叫我在最奇异的环境下首先经过的,就是这个海洋。

"教授先生,"尼摩船长对我说道,"如果您想要的话,我们就准确地记下我们所处的方位,确定这次航行的出发点吧。现在是十二点差一刻。我要浮上水面了。"

船长按了三下电铃。抽水机开始将贮水池的水排出,气压表上的针从不同的气压度,指示出"鹦鹉螺号"的上升运动,接着,船停下来了。

"我们浮出海面了。"船长说。

我走上通往平台的中央扶梯。我脚踏着一层层金属梯级,经过打开的铁盖板,来到了"鹦鹉螺号"的上部。

平台浮出水面仅仅八十厘米。"鹦鹉螺号"的前后两部分其时呈纺锤状,活像一根长长的雪茄。我注意到船体的钢板稍稍呈叠瓦状排列,有如陆地上爬虫身上覆盖的鳞甲。因此我很自然就明白了,不管望远镜的功能有多好,这船总会被看成是一只海洋动物。

临近平台中央,那只半截隐匿在船壳中的小艇,就像一个微微突出的瘤。平台前后,立着两个不太高的笼子,向着侧边倾斜。笼子的一部分装有厚厚的玻璃透镜。其中一只笼子给"鹦鹉螺号"的领航人使用,另一只内,是照亮航道的强力信号灯。

天空晴朗,海景极美。长长的船几乎感觉不到海洋大幅度的波动。一阵轻柔的东风吹皱了水面。天际间没有一丝一毫的雾气,令人视野极其开阔。

我们什么也没有看到。没有一块礁石,没有一处小岛,同样也看不到林肯号的踪影,只见得一片浩瀚无边的海洋。

尼摩船长带着他的六分仪,测量了太阳的高度,这能让他知道该船所处的纬度位置。他等了几分钟,让太阳跟地平线平齐。他观察的时候,肌肉没有丝毫的颤动,仪器仿佛握在铁石般的手中,纹丝不动。

"是正午了,"他说道,"教授先生,您在想什么……呀?"

　　我朝着临近日本海岸那微微发黄的海面投去了最后的一瞥,然后回到了客厅中来。

　　在那里,船长标记下了方位,极其准确地计算了经度,并拿从前做的时角观测记录来检验。然后他对我说道:

　　"阿龙纳斯先生,我们现处在西经一百三十七度十五分……"

　　"是根据哪种子午线算出来的?"我急忙问道,指望船长的回答能够向我泄露他的国籍。

　　"先生,"他回答我说,"我有各种不同的精密时计,根据巴黎、格林尼治和华盛顿子午线计算都行。但是,由于您的关系,我今后将使用巴黎子午线计算。"

　　这个回答让我一无所获。我于是点了点头。船长接着又说道:

"根据巴黎子午线计算,现在的经度是西经一百三十七度十五分、北纬三十度七分,就是说,我们现距日本海岸大约三百海里。正是在今天,十一月八日,正午时分,我们的海底探险旅行开始了。"

"上帝保佑我们!"我应答道。

"现在,教授先生,"船长补充说道,"我将让您做您的研究。我的航线定在海面下五十米深处,东北偏东方向。这些是标记清晰的航海图,从上面您可以对照我们的航路。这个客厅供您使用,那么,恕我告辞了。"

尼摩船长向我行了个礼,出去了。我独自一人,在默默地沉思着。我这时的思绪全集中在这位"鹦鹉螺号"的船长身上。我将来能否知道这个自称不属于任何国度的怪人究竟是哪一个国家的人呢?他怀有对人类的那种怨恨,那种惹恼了他的、且可能会令其寻求可怕报复行为的怨恨,又到底是怎么回事?他是不是正如康塞尔曾经说过的"有人给他受过痛苦的"那些不为人知的学者,那些天才中的一位?是不是一位现代伽利略,抑或是一名像美国人莫利一样的,其学术生涯由于政治革命而夭折了的科学家呢?这我都还说不准。偶然的机会将我抛到了他的船上,我的生命掌握在他的手中。他冷淡地,却也客气地收留了我。不过,他从不握我向他伸出的手,而他,也从不向我伸出手来。

整整一个小时,我都沉浸在这些思虑之中。我试图揭开这个对我来说十分有趣的秘密。而后,我的目光盯住了铺在桌上的巨大的地球平面两半球图,我把手指放在上面标出了经纬度相交的那个点上面。

大海大洋同大陆一样也有江河。那是一些特殊的水流,通过它们的温度、颜色便可以辨认出来,其中最引人注目的就是众所周知的暖流。科学确定了地球上五条主要水流的方向:第一条在大西洋北部;第二条在大西洋南部;第三条在太平洋北部;第四条在太平洋南部;第五条在印度洋南部。当里海和咸海与亚洲各大湖汇流,形成一片汪洋的时候,在印度洋南部这个地方,恐怕还存在过第六条水流。

然而,从平面球图上标注的那一点起,伸展出上述暖流中的一条,就是日本人所说的黑水流。它从孟加拉湾流出,热带太阳光线的垂直照射使之变暖,它横过马六甲海峡,沿着亚洲海岸延伸,在太平洋北部成圆弧形,直至阿留地安群岛,顺流冲走樟树树身和当地物产,暖流那种纯靛蓝色与大海大洋的波

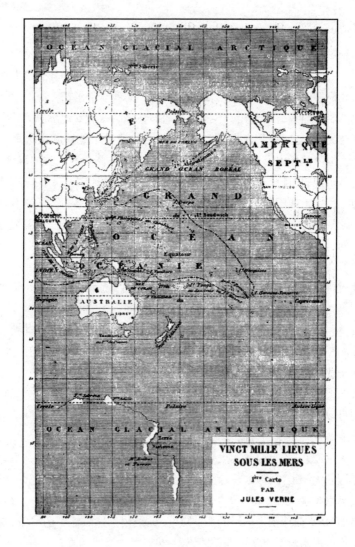

海底路线图 1

海底路线图 2

涛形成鲜明对照。"鹦鹉螺号"即将经过的正是这条水流。我目随着它,看着它消失在一望无际的太平洋之中,我感觉自己正在同它一起奔流而去,而就在这时,尼德·兰和康塞尔出现在客厅门口。

一看到堆放在他们眼前的奇妙物品,我那两个诚实的伙伴便惊得愣在那里。

"我们现在是在什么地方?在什么地方?"这位加拿大人呼喊道,"是在魁北克博物馆吗?"

"要是先生高兴,"康塞尔答道,"倒不如说是在桑美拉大厦好了!"

"我的朋友,"我示意他们进来,同时应声道,"你们不是在加拿大,也不是在法国,而是在'鹦鹉螺号'上,是在海洋底下五十米处。"

"既然先生这般肯定,那当然得相信先生了,"康塞尔回答说,"可是,说实在的,这个客厅就连我这样一位佛兰芒人都感到惊奇。"

"你惊奇吧,我的朋友。好好地看,因为,对于你这么能干的分类者来说,这里有许多事可做哩。"

我并不需要鼓动康塞尔。这个诚实的年轻人已经俯身在橱窗上了,同时喃喃自语地道出了一串博物学家惯用的词语:腹足纲、油螺科、磁贝属、马达加斯加介蛤种,等等。

在此期间,对贝类学几乎一无所知的尼德·兰问起我关于同尼摩船长会谈的情况。他想知道,我是否发现尼摩船长是什么人,从哪里来,要到哪里去,他要把我们拖入多深的海底?他一气问了许许多多的问题,我简直是没有时间来回答。

我将我所知道的全部都告诉他了,或者还不如说,我把我尚不了解的也全都告诉他了。然后我问他,他到底听到或是看到了些什么。

"什么也没有看到,什么也没有听见!"这位加拿大人答道,"就连这船上的人影,都没有见到一个。这么说,船上的人也都是电做的了,嗯?"

"电做的人?"

"说真的,兴许我会这么想。可是您,阿龙纳斯先生,"尼德·兰询问道,他总是坚持他那念头,"您就不能告诉我船上一共有多少人吗?是十个、二十个、五十个,还是一百个?"

"这我可答不上来,兰师傅。而且您要相信,现在,得抛弃您那个夺取或

者逃离'鹦鹉螺号'的念头。这条船是现代工业的杰作,要是没能见着它,我恐怕会很遗憾的!有不少人只是为了在这些神奇怪异的东西中间流连一番,就乐于接受我们眼前这样的处境了。这么说来,您就必须保持镇静,我们得努力察看我们周围的事物。"

"察看!"这位鱼叉手喊道,"我可什么也看不见。除了这铁板监牢以外,什么都不会看得见的!我们是在瞎跑,是在乱窜般行驶……"

尼德·兰说最后几句话的时候,黑暗突然降临了,而且是绝对的黑暗。明亮的天花板失去了光辉,光亮熄灭得如此快速,就连我们的眼睛都有一种疼痛的感觉,这跟在深沉的黑暗中突然出现一片光明那种相反过程发生的感觉一模一样。

我们都沉默不语,一动不动地待着,不知道会有什么意外,等待着我们的，是福还是祸呢。然而，一阵滑动的声响传来了，仿佛两侧的壁板都动了起来。

"现在全完了！"尼德·兰说道。

"水母目！"康塞尔低声说。

突然，光线透过两个椭圆形的孔洞，从客厅四周射了进来。海水在电光的照射下显得明晃晃的。两块水晶玻璃将我们同海水隔开。起初，我想到这脆弱的隔板会发生破裂，心里就不住地发颤，但强有力的铜框架支撑住了隔板，并赋予它近乎无限的抵抗力。

在距离"鹦鹉螺号"一海里的范围内，海水清晰可见。多么奇妙的景色啊！即便是生花妙笔也难以描绘！谁能描绘光线穿过透明的水面所产生的奇特效果呢？谁能描绘光线直至海洋上下两层依次递减所带来的柔和光度呢？

人们都知道海洋的透明性。大家都知道海水的清澈胜过涧溪的澄清透明。海水处于悬浮状态时所含的矿物质和有机物质，甚至可以增大它的透明度。在海洋的某些部分，在安的列斯群岛，一百四十五米深的海水可以让人看见它清澈异常的沙床，而太阳光线的穿透力似乎直至三百米的深度时才会停止。但是，在"鹦鹉螺号"行经的水域中，电光则是在水波中间出现。这就不再是明亮的水，而是流体亮光了。

艾伦堡相信海底有磷光照明。如果我们承认他的假设，那么，大自然为了海里的居民，就一定保留了它那些最为奇妙的景色之中的一种，而我，凭着这种光线的万千变幻，现在就可以将之识别出来了。客厅的每一边，都有一扇窗户开向这未经探测的深渊。客厅内的黑暗使得外面的光亮变得愈发明显，在我们看来，这片纯水晶体就像是一座巨大的水族馆中的玻璃。

"鹦鹉螺号"仿佛不见移动。这是因为水中没有了标识。可是，不时可见被船艏冲角分开的水波纹，在我们眼前急速掠过。

我们心醉神迷，胳膊肘依托在玻璃窗前，我们谁都未曾打破由于惊愕神奇引起的那般沉湎状态。这时候，康塞尔说起话来了：

"你不是想看吗？尼德朋友。那好，你就看吧！"

"奇怪！真的奇怪！"这位加拿大人说道，他受到一种不可抗拒的诱惑，忘却了自己的愤怒和他那逃跑的计划了，"人们还可以从更远的地方来叹赏这般景象呢！"

"啊!"我喊了起来,"我明白这个人的生活了!他与众不同,独自营造了一个世界,为他保留那最震撼人的奇观!"

"可是鱼呢?"这位加拿大人提醒说,"我没看见鱼!"

"那可是与你无关,尼德朋友,"康塞尔应答着说,"因为你认不得它们。"

"我!我可是位打鱼人哩!"尼德·兰喊道。

关于这个问题,这两个朋友间发生了一场争论,因为他们都认得鱼,却是以完全不同的方式认识的。

众所周知,鱼属脊椎动物门中的第四纲和最后一纲。人们已经给鱼类下了非常确切的定义:"具有双重循环功能的、冷血的、用鳃呼吸的、注定生活在水中的脊椎动物。"鱼类有两种不同的类别:硬骨鱼类,即脊柱由硬骨脊椎构成;软骨鱼类,即脊柱由软骨脊椎构成。

这位加拿大人可能知道这种区别,但康塞尔则懂得更多。现在,他同尼德结下了友谊,他不能承认自己的知识比尼德差。所以他这样对尼德说:

"尼德朋友,你是鱼的克星,一位很能干的捕鱼人。你曾经捕捉过大量的这些有趣的动物。不过我敢打赌,你是不知道人们怎样将它们分类的。"

"不,我懂。"这位鱼叉手一本正经地答道,"人们将它们区分为可食用和不可食用两类!"

"那是美食家的区分法,"康塞尔应答道,"但请你告诉我,你明白硬骨鱼类与软骨鱼类之间存在的差别吗?"

"大概晓得吧,康塞尔。"

"还有这两大类的小分类呢?"

"我不会猜不出来的。"这位加拿大人答道。

"怎么!尼德朋友,还是听我说好了,记下来吧!硬骨鱼类分为六目:第一目,棘鳍目,上鳃完整,可以活动,鳃做梳子状。这一目共有十五科,即包括已知鱼类的四分之三。典型是:河鲈。"

"相当地好吃。"尼德·兰答道。

"第二目,"康塞尔继续说,"腹鳍目,腹鳍垂在肚腹下面和胸鳍后面,而不是长在肩骨上。这一目分为五科,包括绝大部分淡水鱼。典型是:鲤鱼、白斑狗鱼。"

"呸!"这位加拿大人略带不屑的神气说道,"是些淡水鱼。"

"第三目，"康塞尔说道，"副鳍鱼，腹鳍连着胸鳍并且紧悬在肩骨上。这一目包括四科。典型是：鲽鱼、黄盖鲽、大菱鲆、菱鲆和箬鳎鱼，等等。"

"好吃极了，好吃极了!"这位鱼叉手喊叫起来，他只是从可食用的角度来看待鱼类。

"第四目，"康塞尔兴趣丝毫未减，于是又说道，"无鳍目，有长长的身体，没有腹鳍，身上是一层厚厚的通常是带点黏性的皮，这一目只含一科。典型是：鳗鱼，电鳗。"

"味道一般! 味道一般!"尼德·兰应答道。

"第五目，"康塞尔说道，"总鳃目，鳃是完整自由的，但是由一些小束构成，一对对沿鳃弓排列。这一目只有一科。典型是：海马、海天龙鱼。"

"这鱼难吃! 味道不好!"这位鱼叉手答。

"最后，第六目，"康塞尔说道，"固颌目，颌骨固定在颌间骨边上，形成上颚。上颚的颚弓与头盖骨缝连接在一起，固定不动。这一目没有真正的腹鳍，由两科组成。典型是：单鼻鲀、翻车鲀。"

"这鱼用锅煮连锅都会糟蹋掉!"这位加拿大人叫喊着。

"你清楚了吗，尼德朋友?"擅长分类的康塞尔问道。

"一点也不明白，康塞尔朋友。"这位鱼叉手回答道，"不过你说下去吧，既然你那么感兴趣。"

"至于软骨鱼类，"康塞尔镇定地接着说道，"它们只有三目。"

"这样就更省事了。"尼德应和着。

"第一目，圆口目，上颚连接成一个活动的圆环，鱼鳃开合有许多小孔。这一目只有一科。典型是：七鳃鳗。"

"这鱼应当是人们爱好的。"尼德·兰答。

"第二目，横口亚目，鳃同上一目相差无几，但是下颚是活动的。这一目是同一类中最重要的，包括有两科。典型是：鳐鱼和角鲨。"

"什么?"尼德·兰高声呼叫起来，"鳐鱼跟鲨鱼同属一目? 好吧，康塞尔朋友，为了鳐鱼的利益，我建议你别将它们一块放到同一个鱼缸里!"

"第三目，"康塞尔应声道，"鲟鱼目，鱼鳃只由一条覆盖着鳃盖骨的缝开合，跟通常的鱼类一样。这一目分为四属。典型是：鲟鱼。"

"啊! 康塞尔朋友，你将最好吃的放在最后了。起码，我是这样认为的。

全说完了吗?"

"是的,我诚实的尼德。"康塞尔答道,"不过你得注意,尽管你是知道了这些,但你仍然一无所知。因为科又分为属,属又分为亚属,分为种,分为变种……"

"好了,康塞尔朋友,"这位鱼叉手一面朝玻璃隔板俯下身去,一面说道,"各种各样的变种都游过来了,瞧吧!"

"好哇! 真的,是鱼呀,"康塞尔喊起来,"我们像是在水族馆跟前呢!"

"不,"我应答道,"因为水族馆只是一个笼子,可这些鱼却有如天上的鸟儿那样自由自在。"

"好哇! 康塞尔朋友,那你就说一说这些鱼的名目吧。你说呀!"尼德·兰说道。

"我嘛,"康塞尔应答道,"那我可说不上来,这是我主人的事喽!"

其实,这个值得钦佩的年轻人,这个分类狂,并不是一位博物学家。我不知道他是否能从舵鲣中分辨出金枪鱼来。总之,他同这位加拿大人相反,后者倒是可以毫不犹豫地道出所有这些鱼的名字。

"这是一条鳞鲀。"我说道。

"而且是一条中国鳞鲀!"尼德应答道。

"鳞鲀属,硬皮科,固颌目。"康塞尔低声道。

毫无疑问,把尼德和康塞尔两人合在一起,定会造就出一名杰出的博物学家。

这位加拿大人没有说错。确实有一群鳞鲀,身体扁平,表皮粗糙,背部带有针状物,在"鹦鹉螺号"周围游来游去,晃动着密布在尾鳍两边的四行尖刺。没有什么能比它们的外表更令人赞叹的了,上灰下白,金色的斑点在海浪阴暗的漩涡中间闪闪发光。在这些鳞鲀中间,还有几条鳐鱼在摆动着身躯,活脱脱有如一块迎风招展的台布。在它们当中,我还看到了我尤为喜欢的那种中国鳐鱼,它的上半身为黑黄色,肚子下面呈淡玫瑰色,眼睛后面带有三根刺;这是稀有品种,在拉塞拜德那个年代甚至不敢相信这种鱼的存在,而拉塞拜德此人也仅仅是在一本日本画册中见过这种鱼的样子。

在两个小时内,"鹦鹉螺号"受到了整整一支水族部队的护卫。这支水族部队在戏耍、跳跃中。正当它们以其美丽、光彩和速度相互竞赛的时候,我辨

认出了青色的海婆婆,有双层黑线的海绵鲷鱼,鱼尾呈弓形、白颜色、背上饰有
紫色斑点的虾虎鱼,身体是蓝色、头部是银白色的日本鲭鱼,它是这一带海
中值得赞美的鲭鱼,仅一名字就胜过了所有描绘得辉煌的碧琉璃鱼,鱼鳍时
而变蓝时而变黄的条纹鲷鱼,尾上配有一条黑带的线条鲷鱼,优雅状裹在六
条带中的线带鲷鱼,确实像笛孔一般的笛孔鱼或称海山鹬,其长度达到了一
米,日本的火蛇,多刺的鳗鱼,眼睛小巧而有神,大嘴里满是利齿的六英尺
长蛇,等等。

我们始终高度赞叹不已,而且,惊叹声一直都没有停止过。尼德列举出鱼
的名目。康塞尔则在加以分类。我呢,我在这些活蹦乱跳而又显得美丽可爱
的鱼的面前表现出心醉神迷。我从未有过这样的机会,来观赏这些在天然环

境中自由自在地活动着的动物。

我不能一一枚举所有这些在我昏花眼前掠过的水中动物,而这简直就是日本海和中国海里的全部标本。这些鱼比空中的鸟还多,兴许是受到明晃晃的电光的吸引,全都游过来了。

突然间,客厅内亮了起来。铁皮护板关上了。迷人的景象消失了。可是很久,我仍然处在梦幻般的境地,一直到我的眼光注意到壁板上悬挂的仪器方才清醒过来。罗盘仪总是指着东北偏东方向,气压计指着五个大气压,这个数字与船只所处的五十米的深度相适应,而电力测速器表明该船每小时行驶十五海里。

我等待着尼摩船长。可他没有出现。此时时钟正指向五点。

尼德·兰和康塞尔返回到他们的舱房去了。而我也回到了我的房间。房内,我的晚餐早已准备好了。其中有用最美味的海鳖做的汤,一份羊鱼的白肉,切成薄片,鱼肝另行加工制作成了一份美味佳肴,还有金鲷鱼的脊肉,我感觉味道比鲑鱼还好。

这天晚上,我一直都在看书,记笔记,思考问题。过了一会儿,瞌睡上来了,我便躺在大叶藻制成的床上,沉沉地睡着了。这个时候,"鹦鹉螺号"正在穿越黑潮的急流。

第十五章　一封邀请信

第二天,十一月九日,我足足睡了十二个小时之后才醒过来。康塞尔走了进来,按照惯例,他先问过"先生晚上睡得怎样"之后,便按我的吩咐干起活来。他没有惊动他的朋友,那加拿大人还在酣睡着,仿佛这辈子就这么睡下去似的。

我让这诚实的小伙子随心所欲地喋喋不休,基本没有应答他。我关心的是为何见不到尼摩船长,昨天的会谈结束之后,他就再没露面,我希望今天能见到他。

我很快穿好了足丝制成的衣服。它的质地不止一次地引起了康塞尔的思考。我告诉他,这些料子是由光滑柔软的纤维制作的,而纤维是由盛产在地中海岸的一类叫作"猪胚介壳"的贝类留在礁石上的。从前,人们用来做成漂亮的衣服、袜子、手套,因为这些纤维非常柔软,而且又非常保暖。因此,"鹦鹉螺号"的船员完全可以穿上物美价廉的衣服,而不需要陆地上的棉花、羊毛和蚕丝。

我穿好衣服之后,便到大厅里去了。可是那里空无一人。

我于是埋头研究那些堆积在玻璃柜中的贝类学珍藏。我还搜索一些丰富的植物标本。玻璃柜中满是海洋里最稀有的植物,尽管是风干的,但仍然保留着令人赞叹的色彩。在这些珍贵的水生植物中间,我注意到有一些轮生的海苔、孔雀团扇藻、葡萄叶形海藻、粒状的水马齿、猩红色的柔软海草、扇形海菰、吸盘草——样子很像扁平的蘑菇,很久以来就被归入植虫动物这一类,最后是整整一组褐藻类植物。

整整一天过去了,可始终不见尼摩船长光临。客厅的隔板没有开启。兴许是人家不想让我们对这些美好的东西感到腻烦吧。

"鹦鹉螺号"的航向仍保持东北偏东走向,船处在海面下五十至六十米的深处,正在行驶着,时速为十二海里。

次日,十一月十日,同样不见有人来,一样是冷冷清清的。我没有见到船上的任何人。尼德和康塞尔同我一起度过了大半天的时间。他们都对船长莫名其妙地不露面感到惊奇。这个离奇古怪的人生病了吗?他想要修改安置我们的计划吗?

后来,我们就照着康塞尔提醒的意见办,乐享一种完全的自由,同时吃得很讲究,也很丰盛。我们的主人恪守他所约定的条款。我们不可以抱怨,况且,我们这般奇异的遭遇却得以享受这么好的待遇,因而我们就没有权利再去指责他。

这一天,我开始记日记了,记下这奇遇的情况。这样做,我可以最详尽地、确切地把这般情形叙述出来。可有趣的是,我是用海中的大叶藻制造的纸来写日记的。

十一月十一日,大清早,"鹦鹉螺号"船内弥漫的新鲜空气让我知道我们又浮出了海面,这是为了补充氧气。我向着中央扶梯走去,登上了平台。

时间是早晨六点。我发现天色阴沉,海面呈灰色,但很平静,几乎不见波浪。尼摩船长他会来吗?我希望能在平台上碰上他。我只看见那关闭在玻璃间里的领航员。我坐在小艇外壳的突出部分,悠然自得地呼吸着带海腥味的

清晨空气。

浓雾在阳光的照射下渐渐地消散了。光芒四射的旭日跃出了东方地平线。大海受阳光照射而生辉,有如一根导火线燃着发出的火花。云彩飘散高空,色泽深浅不一,煞是好看,无数的"猫舌头"①预告了全天都有风。

可是对于大风暴都不能使它惧怕的"鹦鹉螺号"来说,风又能对它怎么样!

因此,我欣赏着这令人愉快的日出,真让人喜悦,真令人兴奋,就在这个时候,我听到有人正在走上平台。

我正准备招呼船长,可上来的却是船上的大副,当我第一次与船长见面时

---

① "猫舌头":边缘为锯齿状的小块轻飘飘的白云。——原注

就曾见过他。他在平台上一直往前走,似乎没发现我的存在。他操起自己那高倍数的望远镜,双眼在极其专注地观察着天际各处。察看完后,他走近隔板,说了一句话。这句话的拼法就是下面所写的那样。我把这句话记下来了,因为每天早晨,在同样的境况下,总能听到这样的一句话,其内容如下:

"Natron respoc lorni virch."

这意味着什么,我可说不上来。

这些词语一说完,大副便下去了。我知道"鹦鹉螺号"就要进行海底航行了。于是,我又回到隔板处,再经纵向通道返回我的房间。

这样的日子,持续了五天,情况并没有发生变化。每天早晨,我都走上平台。那句一样的话语还是由那同一个人说出。尼摩船长并没有露面。

我打定主意不再见他了,十一月十六日,当我同尼德和康塞尔一起回到我房中的时候,发现了一张写给我的条子。

我迫不及待地将条子展开。条子上的字写得潇洒、清晰,而且有点哥特字体的韵味,并令人想起德文字体来。

条子上面写有这些字眼,内容如下:

"鹦鹉螺号"船上的阿龙纳斯教授先生启
一八六七年十一月十六日
尼摩船长邀请阿龙纳斯教授先生参加明晨在克利斯波岛上森林中的一场狩猎活动。他期望着教授先生一定在场,同时很高兴看到其同伴和他在一起。

"鹦鹉螺号"船上的指挥官
尼摩船长

"一场狩猎!"尼德喊道。

"而且是在克利斯波岛上森林中呢!"康塞尔补充着说。

"那么他要到陆地上去了,这个怪人?"尼德·兰又问道。

"我觉得,这一点信中写得非常清楚了。"我将信再看了一遍,说道。

"那么,应当接受邀请!"这位加拿大人回应道,"一踏上坚实的陆地,我们就将考虑我们的打算。再说,能吃上几块新鲜的野味,我是不会不高兴的。"

尼摩船长对于大陆和岛屿明显反感,现在却邀请我们去林中狩猎,我不想去解释这其中的矛盾,我只是回应道:"还是让我们首先看一看克利斯波岛是什么样子的吧。"

于是,我便查看了平面球图。在北纬三十二度四十分、西经一百六十七度五十分的地方,我找到了一个小岛。这岛屿是一八〇一年由克利斯波船长发现的,可是,古代的西班牙地图却都命名它为洛加·德·拉布拉达,意即"银石"。此外,这里距离我们的出发点大约有一千八百海里,稍稍改变了航向的"鹦鹉螺号"此时便朝东南方向驶去。

我将把这个隐没在北太平洋中的小岛告知我的同伴们。

"尼摩船长即便有时想到陆地上去,"我对他们说,"他也只是选择一些绝对荒无人烟的岛屿。"

尼德·兰摇摇头,没有作答,随后,康塞尔和他都走开了。在用过那个不露声色的侍者给我端来的晚餐之后,我睡下了,但仍在想着心事。

翌日,十一月十七日,我一觉醒来,觉得"鹦鹉螺号"停止不动了。我赶紧穿上衣服,并走进了客厅。

尼摩船长正在那里。他在等我。他站起身来,向我打招呼,同时问我中不中意陪他一起去狩猎。

鉴于他只字不提他一周来为何不露面一事,我又不便打听,我就只是告诉他说,我的同伴和我,我们随时准备着随他而去。

"不过,先生,"我补充说道,"请允许我向您提个问题。"

"您提吧,阿龙纳斯先生,而且,要是我能回答,我就一定会回答。"

"那好,船长,既然您已经同陆地断绝一切联系,您在克利斯波岛上又怎么还会拥有森林呢?"

"教授先生,"船长回答我说,"我所拥有的森林不需要太阳,既不需要它的光,也不需向它要热。狮子、老虎、豹子,任何四脚兽都不会出没于林间。只有我才晓得这些森林。森林只为我一个人而生长。它不是陆上森林,而完全是海底森林。"

"海底森林!"我大声说道。

"是的,教授先生。"

"而您愿意领我到海底森林中去吗?"

"正是。"

"步行去?"

"对,甚至不会将脚弄湿。"

"同时还狩猎?"

"一边狩猎。"

"猎枪拿在手?"

"猎枪拿在手。"

我凝望着"鹦鹉螺号"的船长,没有流露出丝毫对他本人谄媚的神情。

"毫无疑问,他脑子有病。"我想,"他发病了一次,持续了八天,甚至还要拖下去,真遗憾! 我宁可他脾气古怪一点,那总比发疯强!"

我的这个想法清楚地反映在我的脸上,而尼摩船长却只限于要我跟着他走,我跟随着他,一切听天由命。

我们到了餐厅,在那里,午餐已经摆好了。

"阿龙纳斯先生,"船长对我说道,"我请您同我共进午餐,不要客气。我们边吃边聊吧。我是答应过您去林中逛逛,可是,我可没有向您保证过在里面您会碰到一家餐馆,完全没有。所以,现在您就尽量吃吧,就像一个要很晚才能吃上饭的人那样。"

请我吃这顿饭,我感到很荣幸。菜肴有各种鱼类、海参片和美味的植虫动物等。这是用十分有助于消化的海藻,诸如青红片海藻、苦乳味海藻等做出来的。饮料是清水,我学着船长,往水中加进几滴酵素酒。这种酵素是按照坎察加岛人的方法,从一种叫作"掌形蔷薇"的有名的海藻中提炼出来的。

起初,尼摩船长只是吃,不说一句话。然后,他才对我说道:

"教授先生,当我向您提议去我的克利斯波岛上森林里狩猎的时候,您以为我是自相矛盾的吧。当我告诉您那是海底森林的时候,您又以为我是疯了吧。教授先生,可不能如此轻率地对人做出判断啊。"

"可是,船长,您得相信……"

"请听我说,然后您就会知道应不应该责备我发疯或者自相矛盾了。"

"我听着呢。"

"教授先生,您和我都很清楚,人一旦备足了可供呼吸的空气,就可以在

108

水底生活。在海底干活的时候,工人身着一件防水服,头戴一顶金属帽,借助充气泵和节流器,他便可获得水上面的空气。"

"那是一套潜水设备。"我说道。

"的确没错。可是,在这种情况下,人是不自由的。他同充气泵连在一起,泵通过一条胶皮管给他输送空气,这简直就是一条把他拴在陆地上的锁链,要是我们这般同'鹦鹉螺号'拴在一起,那我们就不可能走远了。"

"那什么方式才是自由的呢?"我问道。

"那就是使用您的两位同胞卢格洛尔和德纳卢兹发明的器械。但是,为了我的需要,我对这种器械进行过改良,这样,它便可以让您在新的生理条件下从事冒险活动,而您的身体器官又不会感到苦痛。经我改进后的这种器械由一个用厚钢板制作的密封瓶组成。我将五十个大气压的空气贮于瓶中。这个密封瓶就像士兵的背囊,用背带绑在人的背上。瓶的上部形似铁盒,空气由吹风机控制,在正常压力下才能从瓶内流出。在目前通用的卢格洛尔器械里,有两条胶皮管从铁盒引出,同操纵器鼻口上罩着的一种喇叭筒连在一起;其中一条用于吸气,另外一条用来呼气,人的舌头根据呼吸需要,决定开通哪一条皮管。但是,我在海底遇到的压力是十分大的,因此我得像潜水员那样,用一只铜制的圆球套装在头上,而那两条吸气和呼气的管子就接在这个铜制的圆球内。"

"妙极了,船长,不过,您所携带的空气会很快用完的,当空气中只含有百分之十五的氧气时,就不宜再呼吸了。"

"应该没错,但是,我曾经对您说过,阿龙纳斯先生,'鹦鹉螺号'船上的充气泵可以让我把空气通过高压储存进去,在这种情况下,这套器械的密封瓶便能提供九至十小时呼吸所需的空气。"

"我再提不出什么异议了,"我答道,"我只不过还想问一问,您在海底是靠什么来照明的呢,船长?"

"用兰可夫灯,阿龙纳斯先生。我背上背着呼吸器,那探照灯就挂在我的腰带上。灯内装有一组本生电池,不是用重铬酸钾,而是用钠来发电。一组感应线圈将把发生的电集拢,传送到有一个特殊装置的灯里。这灯里头有一根弯曲的玻璃管,管内只有少量的二氧化碳气体。探照灯工作时,气体便亮起来,同时发出一种持续的白光。这样装备起来,那我就可以呼吸,可以看见了。"

"尼摩船长,对我所提出的异议,您都做了令人不得不信服的回答,我再也不敢有所怀疑了。可是,虽然我不得不认可卢格洛尔呼吸器和兰可夫探照灯,但对于您给我配备的那支猎枪,我仍然有所保留。"

"可这完全不是一支火药枪呀。"船长答道。

"那么,是一支气枪了?"

"想来是的。可船上没有硝石,没有硫黄,没有木炭,您要我怎么去制造火药呢?"

"再说,"我说道,"要在比空气重八百五十倍的水底开枪,还要必须克服那强大的压力呢。"

"这似乎不是一个理由。有一些枪支,是继富尔顿之后由英国人菲力普·哥尔和布列、法国人傅尔西、意大利人兰蒂加以改进过的,枪上装有特殊开关,可以在您所说的情况下射击。因此,我要再一次告诉您,我是没有火药的,我是用高压空气来代替的,而'鹦鹉螺号'船上的充气泵可以为我提供大量的这类空气。"

"可是,这空气很快便会用完的。"

"怎么! 我不是有卢格洛尔瓶,而它会按我的需要为我供气吗? 这只需装上一个开关龙头就够了。再说,阿龙纳斯先生,您本人将会亲眼看到,在海洋底下狩猎,不会耗费太多的空气和子弹的。"

"但是,在那样的半昏暗状态中,在那与空气相比密度极大的海水中间,我觉得枪弹是不会射得很远的,并且也难以命中吧?"

"恰恰相反,先生。使用这种枪射击,枪枪都是致命的。而且,动物一旦被击中,不管其伤势如何轻微,都会即时毙命。"

"为什么?"

"因为这枪射出的并非一般子弹,而是一种小玻璃球。这是由奥地利化学家列尼布洛克发明的玻璃球,我储备了许多。这种玻璃球上有一层钢套,下面又加了铅底,像真正的莱顿小瓶一样,内里具有非常强大的压力,遇到些许撞击,都会炸裂开来,动物不论怎样强壮,也会倒下死去。我还得补上一句,这些小圆球不比四号子弹更大,普通的枪弹盒可以装上十个。"

"我再没什么要争论的了,"我从桌旁站起身来说道,"而我现在要的只是拿起枪来。同时,您去哪里,我就跟着您去哪里。"

尼摩船长领着我朝"鹦鹉螺号"船的后部走去,经过尼德和康塞尔的舱房门时,我叫来了我的两位同伴,他们也立即跟着我们一起走了。

过了一会儿,我们来到前面靠近机房的一间小屋,我们将在里面穿上我们的猎服。

第十六章　漫步海底平原

这间小屋,说实在的,是"鹦鹉螺号"的军火库和储衣间。墙上挂有十二套潜水服,供去海底散步的人使用。

尼德·兰看到这些潜水服,显得十分讨厌,不愿意穿上。

"可是,我诚实的尼德,"我对他说道,"克利斯波岛上的森林那可是海底的森林哪!"

"唉!"这位鱼叉手,眼瞅着吃鲜肉的梦想破灭了,显得很失望地说道,"那么您呢,阿龙纳斯先生,您也要钻进这类衣服里去吗?"

"那是必须得穿上的,尼德师傅。"

"您有您的自由,先生。"这位鱼叉手耸了耸肩膀,答道,"可是,至于我嘛,除非是别人强迫我穿上,不然的话,我是绝不会套到这种衣服里面去的。"

"人家不会强迫你穿用的,尼德师傅。"尼摩船长说道。

"那康塞尔也会去冒险吗?"尼德问。

"我是先生去哪我就去哪。"康塞尔答道。

按照船长的吩咐,两个船员走过来帮助我们穿上那沉甸甸的防水衣服;这衣服是用橡胶做的,没有缝,以便承受强大的压力,有如一副柔软坚固的甲胄。上衣和裤子连在一起,裤子下面是厚厚的鞋,鞋底装有沉重的铅板。上衣的材料全是薄铜片,像护胸甲一样,可以防止水抵压胸部,以使肺部自由呼吸;衣袖与手套连在一起,手套柔软,一点都不妨碍手的活动。

大家将会看到,那些有缺陷的潜水衣服,例如树皮胸甲、无袖潜水服、入海服、潜海筒,等等,它们都是十八世纪发明的而且在当时备受称赞,可同眼前这类潜水衣相比,确实是存在着相当大的差距。

尼摩船长、他的一位同伴——一个赫克留斯般膂力过人的大力士、康塞尔和我,我们都很快穿上了潜水衣服。只是将那金属圆球套到我们各自的头上即可。然而,在完成这一举动之前,我要求船长让我们熟悉一下我们将要带上的那些猎枪。

"鹦鹉螺号"船的一位船员向我出示了一支简便的猎枪,枪托用钢片制成,中间是空心的,体积相当大,用以储藏压缩空气,上面有活塞,随着机件转动,便能使空气进入枪筒。枪托内装有一盒子弹,弹盒里有二十颗电气弹,借助弹簧,子弹自动上膛。因此,一发子弹射出去后,另一发就会自动上膛待射。

"尼摩船长,"我说道,"这枪真好,而且容易使用。我只求一试罢了。可是,我们如何才能抵达海底呢?"

"教授先生,'鹦鹉螺号'此刻停留在水下十米深处,因此,我们只要动身起航就是了。"

"可是我们怎么出去呢?"

"您稍后会知道的。"

尼摩船长将头套进圆球帽里。康塞尔和我,也都照着他的样子做了,其时,我们还听到那位加拿大人向着我们说了"祝你们狩猎愉快"这么一句嘲讽话。我们的衣服上部是一个用螺钉铆住的铜领子,领子上钉着金属头盔。头盔上有三个用厚玻璃防护着的孔,只要人头在圆球内转动,就可以看清楚各个方向。脑袋一套进圆球帽,我们背上捆着的卢格洛尔呼吸器便开始运作起来,我同时觉得,呼吸舒畅。

我腰挂兰可夫灯,手持猎枪,整装待发了。但是,实话实说,身受这般沉甸甸的衣服的束缚,双脚又被铅做的鞋底压贴在甲板上面,我连走步路看起来都不可能。

不过,这种情形早先已经料到了,因为我觉得有人把我推进与藏衣室相连的一间小屋里。我的同伴,也跟在我之后,被拖了进来。我听见一道装有紧塞阀的门在我们身后关上的声音后,我们便处在一团漆黑之中了。

几分钟过后,一声尖厉的呼啸传入我的耳中。我感觉有一股冷气自脚底直蔓延至胸部位置。显然是有人拉开了船上的水阀,让外面的水向着我们涌来,这间小屋也就即时充满了水。这个时候,"鹦鹉螺号"船侧的另一道门也被打开了。一道朦胧的光线在照射着我们。片刻之后,我们的双脚便行走在海底了。

那么,现在我怎样才能将这次海底漫步留下的印象描绘出来呢?要叙述这般奇遇,单靠词语是不足够的呀!当画笔都不能将水中的特殊景象反映出来的时候,文字又怎么可能做得到呢?

尼摩船长走在前面,他的同伴,离我们有好几步远,跟在我们后面。康塞尔和我,相互挨着,仿佛可以透过金属壳进行交流似的。我已经感觉不到我那衣服、鞋子以及空气瓶的沉重了,也觉察不出那厚厚的圆球帽的分量。我的脑袋在这圆球内晃动,就像杏仁在核中滚动那般。所有这些物体,浸在水里,失去一部分重量,也就是排出的水的重量,我由此更为深刻地明白了阿基米德发现的那条物理学定律。我不再是一个惰性物体,而是获得了较

大的活动自由。

　　阳光一直照射到洋面下三十英尺处的海底，它的穿透力令我感到惊奇。阳光辐射轻而易举地穿透水层，驱散了水中的颜色。我清楚地分辨出百米之内的物体。百米之外，海底微微呈现出渐次减弱的云青色，在远处变成浅蓝色，并消失在一片模糊的黑暗之中。说真的，这包围着我的海水不过是一种空气，它比起陆地上的空气，密度是要大一些，但其透明度却相差无几。在我的上方，我所看到的，是一片平静的大海。

　　我们在一种细腻、平滑、没有褶皱的沙上行走，这里的沙子如同海滩上的沙子，留有涨潮时的痕迹。这块令人眼花缭乱的地毯，这面真正的反光镜，正在极其强烈地将太阳光反射开去。由此产生的强大光辐射穿透着所有水层。要是我肯定地说，在三十英尺深处的海水之中，我也能像在日光下一样看得清楚,人家会相信我吗?

　　足足一刻钟光景,我都是在这炽热的、由细得连摸都摸不出来的贝壳粉末形成的沙上行走。"鹦鹉螺号"船的船体,其轮廓犹如一座长长的礁石,正在逐渐地消失着,可是,当水中出现黑暗的时候,它那探照灯却放射出异常明亮的亮光,能够照着我们返回船上。对于一位只是在陆地上看见过如此辉煌的白光的人来说,这等光电效应的景况实在是不容易理解。在陆地上面,充斥于空气中的尘埃使得光线呈现出雾一样的状态;可是,在大海大洋之中,它的海面和海底一个样,电光的传射使眼前的一切显得无比的透彻清纯。

　　其时,我们走个不停,宽阔的细沙平原仿佛无边无际。我用手拨开水帘,它在我身后又自动地合上,而我那足迹,在水的压力下,也都马上消失了。

　　过了不一会儿,某些有形的东西,尽管在远处显得朦朦胧胧,但其轮廓却在我的眼前展现。我看得出来,那是一列漂亮的礁石前沿,礁石上面铺满了各色最为美丽的植虫类动物,我一下子就被那特有的境况打动了。

　　此时是早上十点。阳光正以一种相当倾斜的角度照射在水波荡漾的洋面上,光线像是通过三棱镜一样被折射分解,海底的花、礁石、胚芽、介壳、珊瑚虫等,一接触到如此这般的光照,它们的边缘便微微呈现出太阳光谱的七色亮彩。好一派的奇妙景色,真是令人大饱眼福。这各种各样色调的组合交错,的的确确是一幅赤、橙、黄、绿、青、蓝、紫之七彩缤纷的万花筒,总而言之一句话,宛如一位善于运用色彩,且在狂热作画的画家的正在使用着的一整套调色板!我怎样才能将所有涌上我脑际的这种强烈的感受告诉给康塞尔,并同他一起发出赞叹呢!我又怎样才能同尼摩船长跟他的同伴那样,利用一些暗语来进行思想交流呢!由于没有更好的办法,所以,我就只好自己同自己说话了。于是,我便在脑袋上罩着的铜盔里喊叫起来,而说这些空话兴许要消耗掉比预计的要多的空气。

　　在这美不胜收的壮观景致面前,康塞尔也同我一样停止了行走。很明显,这个诚实的小伙子,正在给眼前所有这些植虫动物和软体动物进行分类,一直在分类。珊瑚虫和棘皮动物满地都是。斑驳的叉形虫、孤独生活的角形虫、纯洁的眼球丝(从前被称为"白珊瑚")、耸起做蘑菇状的菌生虫、肌肉纤维贴在地上的银莲花,等等,构成一个花坛,再点缀上结了天蓝色触须皱领的红花石疣、散在沙上星星点点的海星、瘤状的海盘车,真像水中仙女手绣的精美花边,

115

齿形的边饰因我们行走时引起的轻微波动而左右摇摆。对我来说,把成千上万密布海底的软体动物的发光闪耀标本,环纹海扇、海槌鱼、水叶甲——真正的会跳跃的贝、马蹄螺、朱红胄、天使翅膀一般的风螺、叶纹贝,以及其他无穷无尽的海洋生物踩在脚下,实在是于心不忍。但我们必须行走,我们在不断向前。我们的头顶上方浮游着成群结队的僧帽水母,伸展着它们那天蓝色的触须,散乱地漂在水中;还有月形水母,它们那乳白色或是淡红色的伞膜,饰以天蓝色的花边,为我们遮挡住阳光;更有那发亮的半球形水母,在黑暗之中泛着磷光,照亮了我们的道路。

　　我几乎没有停止过脚步,尼摩船长在向我招手,我于是跟在他的身后前行,在四分之一海里的空间内,所有这些海洋珍品,我都是隐约可以看见它们。

走了没多久，土壤改变了性质。细沙平原之后连接着一片黏糊糊的泥沙，美国人称之为"乌兹"，是由硅土或者介壳石灰土构成的。接着，我们经过了一处海藻地，这是未经海水冲走的深海植物，具有极其旺盛的生命力。这种纤维结实的草坪，踩上去很软，可以跟手工织出的最为柔软的地毯相媲美。而且，不光我们的脚下是一片翠绿，就连我们的头顶之上也满是绿色。水面上交织着一层薄薄的海洋植物，属于取之不尽的海藻类。这类植物，我们认识的就有两千多种。我看到水中漂浮着长长的带状墨角藻，有些呈球形，有些呈管状，还有红花藻、叶子纤细的苔藓、酷似仙人掌的掌状蔷薇藻。我留意到距离海面较近的一层保持着绿色植物的状态，而红色的海草则处于较为深一些的地方，这样，黑色或棕色的水草便构成了海底深处的花园和草地了。

这些海藻实是天地万物中的奇迹，宇宙万千植物中的一种奇观。海藻一族造就出了地球上最微小的以及最巨大的植物。因为在五平方毫米的空间内就可以列举出四万种肉眼看不见的胚芽，同样也有人曾经采集过长度超过五百米的墨角藻。

我们离开"鹦鹉螺号"已有一个半小时左右的时间了。此时已接近下午。我看到阳光垂直照射下来，再没有折射了。那种颜色的魅力在渐渐地消失，碧玉和蓝宝石的色泽变换在我们的头顶上也不那么明显。我们步调一致地走着，脚踏地面发出一种令人惊奇的密集的声响。微弱的声音在以一种陆地上人耳所不习惯的速度传送开去。事实上，对于声音而言，水较之空气，是更佳的导体，声音在水中间的传递速度比在空气中要快四倍。

这时候，海底由于明显的斜坡而低下去一截。亮光呈现出均匀单一的色泽。我们抵达至一百米深处，因此经受着十个大气压的压力。然而，我的潜水服是为适应这类情形而制作的，因而这股大气压力并未使我感到任何痛苦。我只是觉得手指关节部位活动不那么方便，而且，这种不适不一会儿也消失了。至于穿上我如此不习惯的笨重装束，在漫步了两个小时之后，我本该产生的那种疲惫感，此刻却荡然无存。在水的帮助下，我行动异常自由。

到了三百英尺深度处，我还能看得见阳光，不过很微弱。继密集光芒之后是淡红色的余晖，是白昼与黑夜之间的边际线。然而，这足可以使得我们看清楚行进路线了，还没有必要使用兰可夫探照灯。

这个时候，尼摩船长停了下来。他在等待着我追上他，同时用手指将极近处阴影里渐渐显露出来的好几堆模糊不清的东西指给我看。

"那便是克利斯波岛上的森林。"我想,我可没弄错。

第十七章　海底森林

我们终于来到了这片森林的边缘,这兴许是尼摩船长他那无边无际的领地之中最为美丽的一处。他把这处森林看成是他自己的,正如创世之初最初出现的一批人所做的那样,他把这个森林归于自己。况且,又有谁能够跟他争夺这一海底财富的占有权呢?还会有更加胆大的拓荒者,手持着利斧,来这里开发这阴森森的海底丛林吗?

这林中尽是高大的乔木状植物,我们一走入它那阔大的拱形枝干下面,首先进入我眼帘的是分布奇形怪状的枝叶——迄今为止,我还没有见过这样的分布情形。

林间地面,寸草不见有生,灌木上丛生的枝权一根也没有蔓出,既没有向下弯曲,也没有向着水平方向伸展。所有的植物都是向上长,直冲着洋面。没有细丝,没有叶带,无论怎么薄,都有如铁杆般挺直。墨角藻和藤本植物,受使其生长的海水密度的影响和支配,都依据着垂直线而挺拔向上生长。而且,它们都纹丝不动,当我用手分开它们的时候,这些植物立即又会回复到其原来的状态。垂直线在这里支配着一切。

在很短的时间内,我就习惯了这种奇怪的布局,同时也习惯了包围着我们的,同时也关系到我们前行的那种黑暗状况。林中地上布满了尖利的石块,行走时难以避开。在我看来,这里的海底植物是很全面的,甚至比南北极地区或者热带区域还丰富得多,而在那些地区,海底植物就少得多。可是,在几分钟内,我是不知不觉地将动物和植物混淆了起来,把植虫动物当成了水生植物,把动物当成植物。然而,谁又能够不出差错呢?在这片海底世界里,动物和植物两界,那可是极其接近的呀!

我仔细观察到,这里所有的植物物产,跟土壤只有一种表层的勾连。它们都没有根,固体对于它们是无关紧要的,沙、贝、介壳、卵石都可以支撑住它们,它们只求有一个支点,而并不需要那种赖以生长的力量。这些植物只是发展自身,其生存的资源就是那维持着它们、滋养着它们的海水。它们大部分长出的不是叶子,而是奇形怪状的胞层,表面色彩并不丰富,只有玫瑰红、胭脂红、青绿、暗绿、浅黄、灰褐等颜色。我在这里看到的,不是像"鹦鹉螺号"船上看见过的那些风干了的标本,而是有如扇子般展开着的、似乎在迎风招展的孔雀彩贝,朱红色的陶瓷贝,伸长着它那可食用嫩芽的片形贝,纤细柔软、足有十五米高的古铜藻,茎在顶端上生长的一束束瓶形水草,此外还有许许多多的其他深海植物,所有这些植物全都没有花。一位诙谐的博物学家曾经说过:"海洋确实是一处反常的、稀奇古怪的环境与场所,在那里,动物开花,而植物却不开花!"

在这高大得如同温带林木的各种各样的灌木之间,在它们各自潮湿的阴影下面,遍布着一些真正的荆棘丛,开有绚丽的花朵,一排排植虫动物,顶部有花一般开放的弯曲条纹的斑纹状脑珊瑚,触须透明的黑黄色石竹珊瑚,杂草般丛生的石花珊瑚,以及——本着充实这种幻觉——像成群结队的蜂鸟一样的蝇鱼,正从这一枝飞到另一枝,飞来飞去,而那类两肋耸起、鳞甲尖利的黄色蠹虫鱼、飞鱼、单鳍鱼等,则如同一群鹌鹑,正在我们的脚下跳跃着。

将近一点时分,尼摩船长发出了休息信号。对于我来说,这一做法十分令人满意,于是,我们便在一个海草华盖下面躺了下来,而那海草的细长枝条似箭般地直立着。

这片刻的休息令我感觉惬意。美中不足的是我们彼此之间不能交谈。说实在的,我们彼此间是不可以说上话,也不可能有应答的。我只好把我那笨重的铜头帽挨近康塞尔的头部位置。我瞥见这诚实的年轻人眼里闪现出兴奋之光,而且,他还在护身壳里扭动着身体,做出最为滑稽可笑的样子,以表示自己满意的心情。

这般漫游了四个小时之后,我很奇怪自己竟然没有强烈的食欲。胃口因何如此,我可是说不上来。然而,反过来,我却感觉到有一种不可抑制的思睡欲望,正如所有的潜水者那般。因此不一会儿,我的眼睛便在厚厚的玻璃后面闭拢起来,我陷入了一种无法自制的昏睡之中,而在此以前,我只是靠行走来阻止这种昏睡。尼摩船长和他那位强壮的同伴,都已经躺在那晶莹透亮的水晶体之中了,他们在给我们做出睡眠的示范。

我沉迷于这种昏睡之中,到底有多久,我可无法估计;但我醒来的时候,觉得太阳正在西下。尼摩船长早就起来了,而我也开始伸展着四肢,就在这个时

候，一个意外的发现使得我两脚一下子站立了起来。

在距离我们几步之遥的地方，有一只一米高的巨型海蜘蛛，它在斜眼注视着我，正想要向我扑将过来。尽管我穿的潜水服相当厚，可以保护我不至于被咬伤，但我还是禁不住地打了一个寒噤。康塞尔和那位"鹦鹉螺号"上的水手这时也都醒过来了。尼摩船长向着他的这位同伴指了指那只可怕的甲壳动物，他的同伴即时给了它一枪托，我看到这怪物非常难看的脚爪猛烈地抽搐着，拼命地挣扎着。

这次遭遇使我想到，一定还有别的更加可怕的动物，它们会时常光顾这黑沉沉的海底，而到了那个时候，我的潜水服恐怕就无力保护我，免遭它们的袭击了。在此之前，我并没有考虑到这类情形，因此我决心时刻保持着自己的警觉。此外我还猜想，这一次休息是不是意味我们这一次徒步旅行的结束；可是我错了，尼摩船长并没有返回"鹦鹉螺号"的意思，而是继续进行他那大胆的海底远足。

地面一直呈下陷态势，坡度变得愈发明显，将我们引到了更深的海洋深处。这时，大概快到三点钟了，我们来到了一个狭小的海谷，这海谷嵌在两列陡峭的峭壁之间，位于一百五十米深的海底。幸好我们的器械十分完善，我们才得以超越九十米的范围，这兴许是迄今为止大自然强迫人类进行海底徒步旅行所需要达至的限度。

虽然没有任何仪器可供我丈量，但是我认定，我们是处在水面下的一百五十米深处。而且，我知道，即便在最清澈的海里，太阳光线也不可能再往下照射了。果然是这样，在这个深度，黑暗笼罩着四周。十步之外什么也看不清。于是，我便摸索着行走。就在这时，我看到忽地闪出一道相当明亮的白光。原来是尼摩船长方才打开了他的探照灯。他的同伴照着他的样子做了。康塞尔和我，我们也模仿着他们的举动。我转动螺丝，让线圈与玻璃弯管接通。这样，大海便置于我们四盏探照灯的照射之下，我们周围二十五米内呈现出一片光明。

尼摩船长继续朝森林中幽深的地带深入，灌木随之愈见稀少。我发觉，在这里，植物要比动物寿命短些。那些深海植物已经放弃这片变得荒凉的土地，而为数甚多的动物：神奇的大动物、植虫动物、节肢动物、软体动物以及鱼类，却比比皆是。

我一面行走，一面思索着：我们那兰可夫灯的灯光想必会吸引这沉沉的海底的某些居民。不过，它们即便是涌来，却也是停留在狩猎者力不能及的范围以外。曾有好几次，我看见尼摩船长停下脚步，并举枪瞄准；可观察了一阵之后，他又把枪收起，继续前行。

终于，大约在四点钟左右，这次令人惊奇的海底徒步旅行结束了。在我们的前面，矗立着一座壮观的由一大堆岩石组成的高墙。那是巨人般的岩石层，花岗岩的峭壁，上面有一些阴暗的岩洞，但是没有可供攀登的坡道。这里就是克利斯波岛的边缘。这是陆地。

尼摩船长突然停了下来。他向我们做了一个停止的手势。而我，尽管此刻我很想穿过这道墙，但也只好止住自己的脚步。尼摩船长的领地到这里终止了。他不愿意越过这处界线。再往前走，那便是他不肯涉足的地球的陆地

部分了。

我们开始往回走了。尼摩船长仍旧走在这支小队的前面,而且,他始终是毫不犹豫地朝前走。我似乎发现,我们并不是顺着原路返回"鹦鹉螺号"去的。这条新路很陡峭,因此走起来非常艰难,可是,却能让我们很快地接近海面。返回到海水上层不可过于突然,因为,这样才不至于使压力的减缓来得太快,不然的话,就有可能在我们的机体内引起严重的功能紊乱,从而导致与潜水者性命攸关的身体内伤。很快地,亮光又出现了,而且变强了,同时,太阳已经处在天际的低处,阳光的折射重新给那些物体套上七彩光环。

在水下十米深处,我们行走在一大群各种各样的小鱼中间。它们比空中的飞鸟数量还要多,而且更加灵活。不过,还没有任何一种值得我们开枪的水生猎物出现在我们的视野之内。

就在这个时候,我瞥见船长迅速将枪抵在肩膀,准备射击。他瞄准灌木丛中一个正在走动着的东西。枪响了,我听到了一声轻微的子弹嘘嘘声,而一只动物便在离我们几步之遥的地方应声倒下了。

这是一只漂亮的海獭,一只水兽,兴许是海洋中唯一的四足兽了。这只海獭长一米五,想必可以卖到大价钱。它的皮,上面是栗褐色,底下是银白色,可以制成一种美观的皮料,就像俄罗斯和中国市场上那些珍贵的皮料一样。柔软精细、色泽光滑漂亮的皮毛决定了它的价值至少也得两千法郎。我非常欣赏这稀奇的哺乳动物,溜圆的脑袋,长有一副短耳朵,眼睛圆圆的,髭须纯白,像猫一样,脚呈掌形,带有趾甲,尾巴蓬松一团。由于渔人的追猎围捕,这种珍贵的食肉类动物,已经变得十分稀少。它们主要躲藏在太平洋的北极圈里,即便是这个地方,它们一族也快要灭绝了。

尼摩船长的那位同伴,走过去捡起了这只海獭,将其扛在自己肩上,我们又上路了。

整整一个小时后,一片细沙平原在我们脚下伸展。平原时常上升到距离海面不足两米深的地方。那时候,我看见我们的身影清清楚楚地映现在水中,但方向相反;因此在我们的上方,出现了同样的一群人,重复着我们的动作和姿势,总之一句话,和我们没有什么两样,只是他们行走之时,脑袋向下,两脚悬空。

还有另外一种现象,同样值得在此一提。这就是有一阵阵浓云掠过,而且聚散都非常快;但细细一想,我明白了这所谓的云不过是海面下那厚薄不一的波涛层变幻所致,我甚至还看见浪涛升腾在水面之上,激起的无数浪花在汹涌。我同样为疾速掠过海面,在我们头顶之上飞翔的大鸟的阴影甚感惊奇。

在此等机会来临的情况下,我亲眼目睹了一次最为漂亮的射击。这一射击向来都会让一名猎手看得心弦颤动。一只大鸟,张大两翼飞翔而来,可以看得一清二楚。尼摩船长的那位同伴看到大鸟距离水面而仅仅几米之上,他便瞄准了它,并且开枪了。大鸟被击中了,跌落了下来,直落到这位身手矫健的猎人近旁,他一把抓住了它。这是一只极美的信天翁,远洋中一种令人叹美的鸟类。

这件事情并没有令我们止步不前。在两个小时当中,我们时而沿着细沙

平原行进,时而顺着苔藓草地走,横穿行动十分艰辛。坦白地说,我实在是不能再走下去了,就在这个时候,我看见半海里远的地方,一道朦胧的闪光撕破了海水的黑暗。那是"鹦鹉螺号"船上的舷灯闪亮着。要不了二十分钟,我们就可以上船了。到了船上,我便能自由自在地呼吸,因为我感觉到,我的氧气筒只可为我供给一些含氧稀少的空气了。不过,我并没有把那次使我们延误了片刻才回到船上的遭遇估计在内。

我走在尼摩船长身后大约二十步远,我看到他突然转向我走来。他用他那强有力的手,将我按倒在地,而他的同伴,他对康塞尔也是这般举动。一开始,我对这等突然的袭击只知道做出种种猜测,但是,我看到船长也躺在我的身旁,而且一动不动,我的心也就安定下来了。

我就这样躺在地上,正好是躲藏在藓苔丛后面。当我抬起头时,发觉有一些巨大的躯体在喧闹着走过来,同时泛抛出一些磷光。

我的血都在我的血管中凝固了! 我认出了威胁着我们的是那类凶猛异常的角鲨。这是一对火鲛,属于可怕的鲨鱼类,尾巴极大,目光暗淡无神,鼻口周围有一些孔洞,分泌出闪光的磷质。这火鲛巨大异常,样子凶残。它们的铁牙床可将人整个嚼成肉泥! 我不晓得康塞尔是不是正忙着将它们分类,而我呢,却在观察着它们那银白色的肚腹,那满是利齿、令人害怕的大嘴。然而,我是用很不科学的观点来察看的,与其说是站在博物学家的角度,倒不如说是以行将遇难之人的身份。

非常走运,这对凶猛如虎狼的贪食动物,它们的眼力此时此地显得不太好。它们没有发现我们就走将过去了,只不过它们那淡褐色的鱼鳍擦了我们一下罢了。我们就这样躲过了这次危险,确实是意想不到,毫无疑问,这危险较之在森林深处碰着一只老虎还要大得多。

半小时后,在那道电光的导引之下,我们到达了"鹦鹉螺号"所处的位置。外面的门仍旧是敞开着,待我进入第一间小房间后,尼摩船长便将门关上了。紧接着,他按了下电钮。其时我听到船上的抽水机转起来了,我感觉到周围的水位低了下去,不一会儿,小房间里的水就完全排干了。这个时候,里面那道门打开了,我们于是走进了储衣室。

在储衣室内,我们脱下了潜水服,脱时还得费点劲。我是回到我的房间了,可饥饿和瞌睡已经将我弄得精疲力竭,虽然这个时候我觉得自己都快要晕倒了,但是,我完全沉湎于回味这一次惊人的海底徒步旅行之中,它的确令我感到惊奇与赞叹。

第十八章 太平洋下四千里

第二天,十一月十八日,早晨,我完全从前一天夜里那种疲劳状态中恢复了过来。于是,我便走上平台,"鹦鹉螺号"船上的大副正是这个时候说出他那句每日都必定要说的话。那时我就在想着,这样的一句话是同当时海面上的情形相关,它兴许就意味着:"在能看到的地方,我们什么都没有见着。"

然而事实上,海面上的的确确是空空荡荡的。远方天际间,望不见片帆只影。克利斯波岛上的那些高地,先前夜间,已经消失在地平线上了。海洋吸收了棱镜分将出来的各种颜色,唯独那蓝光,正在向着各个方向反射,因此,大海就裹上了一层令人赞叹不已的靛蓝色彩。这犹如一幅条纹阔大的蓝色织物,在此伏彼起的波涛上面做有规律的展开。

我正在欣赏着海洋这般壮观的景象,就在这个时候,尼摩船长出现了。他似乎没有发觉我在那儿,便开始了他一系列的天文观测。过了一会儿,他的观测结束了,他就走到这船的舷灯笼壁处,将手肘依托其上,同时仔细地察看着大海洋面。

这个时候,有二十多个"鹦鹉螺号"船上的水手,个个都身强力壮,精力充沛,也登上了平台。他们来收拾昨晚撒在船后面的渔网。尽管看上去都是欧洲人的身型,但这些水手显然分属不同的国籍。我辨认出他们中有爱尔兰人、法兰西人、几个斯拉夫人、一个希腊人或克里特岛上人,想必我不会弄错。再说,这些人都很少讲话,而且他们之间使用的又是一种我甚至猜都无法猜测得出来源的奇怪方言。所以,我就不得不打消向他们询问的念头。

渔网拉上船来了。这是些拖网,同诺曼底沿海使用的相似,是由一根漂浮的横木和一条串起下层网眼的链索支撑开来的巨大网袋组成的。这些网袋挂在船上的铁框上,在海底拖着,所到之处,可将遇着的所有海底动物一网打尽。这一天,捕捞上来的一些鱼类,新奇品种有:海蛙鱼,它们的动作很是滑稽,因而被称为小丑;黑色的喋喋鱼,带有触须;带波纹的鳞鲀,浑身都是红色的细纹;弯月形鳀鱼,有极其厉害的毒汁;几条橄榄色的八目鳗;海豹鱼,银白色的鳞遍布全身;旋毛鱼,身上的电力与电鳗和电鳐相当;有鳞片的纹翅鱼,身上具有棕色的横斜带纹;淡青色的鳖鱼;好几种虾虎鱼等;最后,还有几条身躯较长的鱼;一条头部隆起的加郎鱼,身长一米;好几条漂亮的鲣鱼,身上天蓝与银白相间;三条漂亮的金枪鱼,它们的速度非常快,但也没能逃过拖网。

这一网下来,我估计可捕获鱼一千多斤①。数量不少,可也并非奇迹。因为,网在船后面拖着,已有好几个钟头,整个鱼类世界就这样被网给包围住了。我们倒是不会缺乏优质食品,而"鹦鹉螺号"的高速以及它的电光的吸引力还可以使食品得以不断更新呢。

这些各种各样的海产品立即通过隔板送往指定的食品贮藏室,有的是要

① 指法国古斤,巴黎一斤为四百九十克,各省一斤为三百八十至五百五十克不等。

趁鲜食用,另外的将要保存起来。

这次捕得的鱼弄好了,船上储备的空气更换了,我想,"鹦鹉螺号"马上又要去海底旅行了吧,我于是打算回我的房间里去。这时候,尼摩船长转身对着我,开门见山地说道:

"瞧这海洋,教授先生。它不是赋有真正的生命吗?它不是有发怒和温柔的时候吗?昨天,它像我们一样酣睡着,经过一夜相安无事之后,瞧它,它又苏醒过来了!"

不道早安,不问晚安!难道有人会说,这个言行奇特的怪人不会将他跟我谈开了的话,继续下去吗?

"您看,"他接着又说道,"它在太阳的爱抚之下正在苏醒着呢!它就要过上自己的昼间生活了!观察其机体的变化,的确是一项令人感兴趣的研究。它有脉搏,有血管,会痉挛,我认为学者莫利很有道理,他发现海洋也有真正的循环功能,就同动物身上的血液循环一模一样。"

当然,尼摩船长不是在等着我回答什么,即便是点滴,也都不期待。因此,我觉得跟他说"显然""一定""您说得有理"等等都是没有用的。确切地说来,他是在同自己说话,而且每句话之间都停顿很长的时间。这就是一种高度的沉思。

"是的,"他说道,"海洋有真正的循环功能,要诱发这种功能,造物主只需在海洋中增加热、盐和微生物就行。因为,热力造成不同的密度,导致海洋出现顺流和逆流。蒸发现象,在北极区域不会发生,在赤道地带就很活跃,导致热带海水和极圈海水间的一种永不停歇的互换交流。此外,我无意中还发现那些自上而下和自下而上的水流,构成了海洋那种真正的呼吸。我看见了海水的分子,在水面上受热,沉向海水深处,至零下二度时密度达到最大,然后,温度还要降低,重量变轻,于是便上浮起来。在极地,您将会看到这种现象产生的结果,同时您将了解到,有赖于富有远见卓识的大自然的这一规律,冰冻才会得以在水面上发生!"

尼摩船长说完这句话的时候,我心里思量:"极地!这个大胆的人,他到底打算将我们一直领到那儿去!"

不过,船长并没有流露出来,而是在注视着眼前那片被他时刻不停地研究着的、且研究得如此全面细致的海洋。然后,他又说道:

"海洋里含有数不清的盐,教授先生,要是您把溶解在海水中的盐提取出来,您就可以造一个四百五十万立方里的盐堆,在地球上摊开,可以铺十米高。可是,请不要以为这些盐的存在,只不过是大自然的随意所致。不是的,盐使海水不易蒸发,不让海风把分量过多的水汽带走,水汽一旦消散,热带地区就会被淹没。这种作用真是太巨大了,这可是使全球布局得以协调的作用咧!"

　　尼摩船长说话中断了,他甚至还站起身来,在平台上走了几步又回身向我走来,他接着又说道:

　　"至于那些纤毛虫,这种一小水滴中就有以百万单位计算的巨大数目的微生物,一毫克的水中便有八十万个。它们的作用同样重要。它们吸收海洋中的盐,消化水中的固体物质。它们是石灰质陆地的缔造者,珊瑚以及水螅便是它们制造出来的呀!而水滴呢,一旦其中的矿物质被吸收去,就会变得轻起来,会浮上水面,在那儿由于吸收了蒸发作用所抛弃的盐质,又变重了,又再沉将下去,给那些微生物带来新的可供吸收的物质。这样一来,便会产生上下循环往复的水流,造就出永不停息的运动、永不终止的生命啦!这生命力,较之陆地上更加强盛,同时在海洋的各个部分更是丰富地、无止境地发展。有人说过,海洋是人类的墓地,然而对无数的动物而言,却是生活场所——而对我也一样!"

　　当尼摩船长说这些话语的时候,他的容颜发生了变化,而且令我内心产生出一种非凡的激情。

　　"因此,"他进一步说道,"大海大洋之中,那才是真正的生存之所!故此,我打算建设水中城市,海底住宅群,就像'鹦鹉螺号'那样,每天早上浮上水面来呼吸,要是可能,那将会是自由的都市、独立的城邦!谁知道某暴君是否……还达不到这般程度吧。"

　　尼摩船长以一令人可怕的强力手势结束了他的话。随后,他像是要把一种不祥的念头驱逐出去似的直接向我请教:

　　"阿龙纳斯先生,您知道海洋有多深吗?"

　　"船长,无论如何,我知道一些我们所得到的主要探测数据。"

　　"你可以给我列举一下,以让我必要时加以检验吗?"

　　"下面是我记忆中的一些数据,"我回答说,"如果我没有记错,北大西洋的平均深度是八千二百米,地中海是两千五百米。最引人注目的探测是在南大西洋,在南纬三十五度的地方进行的,结果有一万二千米、一万四千零九十一米和一万五千一百四十九米不等,总之,如果把海底铺平,其平均深度预计是七公里左右。"

"好,教授先生,"尼摩船长答道,"我希望,我将向您展示一个更为确切的数据。至于我们眼前所在的这片太平洋海域的平均深度,我可以告诉您,它只有四千米。"

话一说完,尼摩船长便朝隔板走去,同时自铁梯处消失了。我跟着他下去了,我回到了客厅。船上的螺旋推进器迅即发动起来了,而此时,测速器的指数是每小时二十海里。

好几天、好几周又过去了,在这段时间里,尼摩船长极少来访。我也很难见上他一面。他的副手依时将船经过的地方标记在航海图上,因而我可以准确地指出"鹦鹉螺号"的航行路线。

很长一段时间,康塞尔和尼德·兰都同我一起度过。康塞尔向他的朋友讲述了我们漫游海底时所见到的奇观,那位加拿大人后悔没有跟随我们一同去。但我希望还能有机会再次游历海洋森林。

几乎是每一天,客厅的隔板总要打开几个小时,这样,我们的眼睛便是百看不厌,将海底世界的秘密尽收眼底。

总的说来,"鹦鹉螺号"是朝东南方向行驶,其吃水深度始终保持在一百米至一百五十米之间,然而有一天,我不知道究竟为何,它使用纵斜机板斜向下潜,达到两千米的深度,温度计指着四点二五摄氏度,在这个深度,不管是什么地带,温度几乎都是一样。

十一月二十六日,凌晨三时,"鹦鹉螺号"在西经一百七十二度越过了北回归线。二十七日,它与桑威奇群岛①遥遥相望,著名航海家库克一七七九年二月十四日就是在这个地方遇难的。从出发以来到现在,我们已经走了四千八百六十里,这天早上,我登上了平台,望见了于下风二里处的夏威夷岛,它是形成这个群岛的七个岛屿当中最大的那一个岛屿。我清楚地看到了它那已被耕作的地带的边缘,与海岸线平行的各列山脉和岛上的火山群,摩那罗亚火山雄踞其上,海拔高度为五千米。在这一带海域的海洋动物中间,渔网还打捞起

———————

① 桑威奇群岛:即美国夏威夷群岛。

孔雀扇形珊瑚,这是外表美观的扁平状水螅型珊瑚,是太平洋这一部分海域的特产。

"鹦鹉螺号"的行驶方向仍旧保持在东南方。十二月一日,它在西经一百四十二度越过了赤道线;同月四日,它快速行驶,没有出现任何事故,我们望见了马贵斯群岛。在三海里之外,南纬八度五十七分、西经一百三十九度三十二分的地方,我看到了奴加衣瓦岛的马丁岬角,它是这个法属群岛中最重要的岬头。我仅仅看见天边丛林密布的山峦,盖因尼摩船长不喜欢接近陆地。在那里,渔网捕获到一些漂亮的鱼,其中有天蓝色鳍、尾巴金黄色、肉味鲜美无比的哥利芬鱼,几乎没有鱼鳞、但味道可口的赤裸鱼,带骨鳃的骨框鱼,味道如同舵鲣的黑黄色的塔查鱼,所有这些鱼都值得放进船上的配膳室。

离开了在法国国旗庇护之下的这些迷人的海岛后,从十二月四日到十一日,"鹦鹉螺号"总共跑了大约两千海里左右的航程。这次航行碰见了一大群枪乌贼——一些奇异的软体动物,同墨鱼非常相似。法国捕鱼者们将它们称为枪乌贼。这类软体动物属头足纲、双鳃目,与墨鱼和虹鱼同属于一目。古代博物学家曾对它们做过专门的研究,他们给古雅典政治集会广场的演说家提供了诸多比喻。此外,据生活在加利安之前的希腊医生阿典尼所言,这些家伙在有钱的希腊公民的餐桌上,同样是一道美味佳肴。

正是在十二月九日至十日夜间,"鹦鹉螺号"碰上了一大群喜好夜间活动的软体动物。它们的数目多至可以以百万单位计数。它们沿着鳕白鱼和沙丁鱼的行经路线,从温带向较暖水域转移。我们通过厚厚的水晶玻璃,看见它们正以极快的速度倒游着,借助其自身运动——唧筒活动,追逐鱼类和软体动物,吃着小鱼,或者是被大鱼吃去。它们在以无法形容的方式胡乱地拍打着天生长在各自头上的十只脚爪,宛如一根根长长的蛇形吹气管。尽管"鹦鹉螺号"的速度很快,但是,在好几个钟头以内,它都行驶在这一大群动物中间。船上的渔网捞起了无数这类动物,在其中,我辨认出了奥宾尼曾经加以分类的九个太平洋品种。

在这一次横渡太平洋期间,我们见着的情形是,大海大洋在不断地展现出其种种奇妙景象。这般景况变化无穷无尽。海洋时时都在更换布景与场面,的确让人大饱眼福。我们不仅被吸引着要去观察造物主在海洋中的杰作,而且还要去揭开大海大洋之中那最令人生畏的奥秘。

　　十二月十一日一整天，我一直待在客厅里看书。尼德·兰和康塞尔通过开启了的隔板，观看着那明亮的海水。"鹦鹉螺号"停了下来。船上的储水池盛满了水。船停在一千米深处，这是海洋中几乎没有生物居住的区域，只有大鱼才会在这儿偶尔出现。

　　此时，我在读让·马西的一本有趣的书——《胃口的奴仆》，正当我品味着书中机智的训诫的时候，康塞尔打断了我的阅读。

　　"先生能过来一下吗?"他惊异地对我说道。

　　"哎，康塞尔，什么事?"

　　"先生来认真看看吧。"

　　我站起身来，走到隔板玻璃前，手肘靠着玻璃看着。

　　在电光照射下，只见得一团巨大且黑黝黝的东西，一动不动，悬在水中间。

我认真仔细地观察它,力求辨认这条巨大鲸类动物的性质。但一个念头突然
掠过我的脑际。

"一艘船!"我高喊着。

"没错,"这位加拿大人应答道。"一艘触礁沉没的船!"

尼德·兰没有弄错。我们所面对的是一艘船,它那几条被撞断了的支索
仍然挂在铁柱上面。船壳看似完好,充其量是在几小时前遇难的。三根断桅
是自甲板上面两英尺高处砍下的,说明船这时侧倾着,被迫赔上了它的桅杆。
因为船是侧躺着,进满了水,且是向着左舷倾斜的。这在波涛之中遇难的残
骸,其景象实在是惨不忍睹。而越发凄凉的是,在其甲板上还能看到几具尸
体,身上系着缆绳,横陈在那里!我数了数,有四具尸体——四个男子,其中一

个站立舵旁——还有一位妇女，半身探出艉楼甲板窗，而且双手抱着一个孩子。这妇人还年轻。在"鹦鹉螺号"的灯光照耀下，我可以看出她那尚未被海水浸泡变形的面容。她在做最后的努力，把孩子举过自己的头顶。这可怜的小生命，两只胳膊还紧紧搂着自己妈妈的脖子呢！四位水手的姿态我觉得很是吓人，身体抽搐得不成样子，因此看得出来，他们是做了一番最后的努力，试图挣脱将他们缚在船上的缆绳，只有那个舵手，显得比较镇定，容貌清晰、严峻，他那灰白的头发紧贴住前额，痉挛的手放置在舵轮上面，仿佛还在大洋深处驾驶着他那遇难的三桅船！

多么恐怖的场面！我们默不作声，在这等活生生的海难面前，可以说，在这最后一刻拍摄下来的沉船境况面前，我们大家的心都在剧烈地跳动！而此时此刻，我看见有一些巨大的角鲨，它们的眼睛闪着火花，被这人肉诱饵所吸引，已在向前游来了！

其间，"鹦鹉螺号"仍向前行驶，它绕着沉船兜圈子，因此不一会儿，我便得以读出该船船尾牌子上的文字：佛罗里达号，山德兰港。

第十九章　瓦尼科罗群岛

上面那般可怕的景象拉开了这样的一种序幕，即"鹦鹉螺号"在其以后的航程当中，可能会遇见一连串的海洋灾难景况。自从"鹦鹉螺号"船顺着船只来往较为频繁的海域行驶以来。我们常常看到遇难的船身在那深海水中腐烂，在更深的水层处，还可以看到锈蚀了的大炮、子弹、锚、链，以及其他许多的铁器具。

其间，我们总是被"鹦鹉螺号"牵引着前进，在船上过着封闭式的生活。十二月十一日，我们望见了帕摩图群岛。这个古老的布干维尔岛上的"危险的群岛"，由东南偏东至西北偏西，分布在五百里长的海面上，位于南纬十三度三十分和二十三度五十分之间，西经一百二十五度三十分和一百五十一度三十分之间，从度西岛直至拉查列岛。群岛面积为三百七十平方里，由六十多个岛屿组成；其中包括作为法国强制性保护领地的甘比尔群岛。这些岛屿全是珊瑚石灰质岛。珊瑚虫所起的作用使得地面缓慢地但是持续地上升，有朝一日将会使这些岛屿连成一片。之后，这片新岛又会跟邻近的群岛衔接起来，这样,从新西兰和新喀里多尼亚岛起,至马贵斯群岛止,将会延展出第五大洲。

当天,我在尼摩船长跟前对这一理论做了详述。他对此显得冷淡,并且答道:

"陆地上所需要的并不是一些新大陆,而是新人!"

就在这个时候,"鹦鹉螺号"正巧朝着克莱蒙-托耐尔岛开去。这是群岛中最奇异的一个岛屿,是米涅娃号船长贝尔于一八二二年发现的。于是,我便得以研究此海洋中构成小岛的石珊瑚系列。

石珊瑚与普通珊瑚不要混淆,石珊瑚的纤维组织上覆盖有一层石灰质表皮,表皮构造的变化使我那著名的导师麦尔纳-艾德华先生将之分为五组类别。这些以其分泌物累积成珊瑚骨的细小的微生物,成亿成亿地生活在细胞之中。正是它们分泌的石灰质的积累,形成了岩石、礁石、小岛、岛屿。在这个地方,它们构成一个圆环,围绕着一个珊瑚州或者一个小小的内湖,其边缘缺口可与大海相通。此处,它们好似一些礁石屏障,与新喀里多尼亚沿岸和帕摩图群岛好些岛屿的情形类同。在另外一些地方,比如在联合岛和毛里求斯岛,它们筑起裾礁,有如直立的高墙,高墙近旁的海洋水域,水是非常深的。

沿着克莱蒙-托耐尔岛的暗礁轮廓方才走了几链远,我便对这些微生物劳工所完成的巨大工程表现出叹赏,这些高墙是主要由称为干孔珊瑚、滨珊瑚、星珊瑚以及脑形珊瑚之石珊瑚造成的杰作。这类珊瑚虫尤其是在海面上波涛滚滚的表层繁衍,因此,这些水下建筑是从其上层开始的,渐渐地往下深入,分泌物则是支撑着上面一层。至少,达尔文的学说是这样的,他就是这么解释珊瑚岛的形成——依我看,他的学说,比起那种把浮出海平面几尺的山顶或火山峰作为造礁工程的基础的理论,可是要高明得多。

我可以非常仔细地观察这些奇异的高墙,因为,它们平衡稳定,探测器上显示出三百多米的深度,可我们船上的电光正把这辉煌的石灰岩照得闪闪发光。

康塞尔向我提了一个有关这些巨大的屏障堆积起来所需要的时间的问题,我的回答令他大感惊奇,我对他说,学者们断言,堆积八分之一寸厚度的珊瑚墙要一个世纪的时间。

"这么说,建造这些高墙,"他问我道,"需要多少时间?……"

"需要十九万两千年,我诚实的康塞尔,这将《圣经》记载的时间大大拉长了。此外，煤的形成，就是说，被洪水冲积的森林的矿化作用，还需要更长的时间。但我还要补充一点，《圣经》的时间只表明一个个时期，并不包括两次日出的间隙，因为，依照《圣经》的说法，太阳并不是创世的第一天就有的。"

当"鹦鹉螺号"回到海面上时，我可以将这个低洼的、树木丛生的克莱蒙-托耐尔岛一览无余。岛上的石珊瑚礁由于旋风和暴风雨的冲刷，显然变成了沃土。不知哪一天，一粒种子被风暴带到邻近的土地，落在石灰岩层上，岩层里夹杂着鱼类和水生植物的分泌物，形成腐殖质土。一个椰子被浪推着，漂到了这新岸上。种子生根了。树渐渐长大，阻止了水蒸气的蒸发。水流形成了。草木慢慢生成。有些微生物、爬虫、昆虫攀在那些上风岛屿的树干上，顺风漂来。龟鳖到这里来产卵。鸟雀在绿树上做窝。就这样，动物繁衍起来了，人类被这里的葱绿和肥沃的土地所吸引，也出现在岛上了。这些岛屿是微生动物巨大付出的惊人杰作。就是这样形成的。

大约傍晚时分，克莱蒙-托耐尔岛在远处消失了，而"鹦鹉螺号"的航路明显发生了变化。在西经一百三十五度与南回归线交会之后，船又溯流而上到了两回归线相交的海域，向着西北偏西方向驶去。尽管夏日的太阳光照强烈，但是，我们一点也没有感觉到炎热得难受，因为在水面下三四十米的地方，温度不会超过十至十二度。

十二月十五日，我们从东面掠过迷人的社会群岛和作为太平洋王后的婀娜多姿的塔希提岛。早晨，我在下风处几海里的地方，望见这岛上高耸的山峰。这一带海域为我们船上的餐桌提供了一些美味的鱼：鲭鱼、鲣鱼、乳白鱼，此外，还有各种各样属于鳗鱼类的海蛇。

"鹦鹉螺号"行驶了八千一百海里的航程。当它穿过汤加-塔布群岛和航海家岛屿之间的时候，测程器的读数上升到九千七百二十海里。汤加-塔布群岛是阿尔戈号、太子港口号和博特兰公爵号船员的丧生之所，而航海家群岛则是拉·贝鲁斯的朋友——郎格尔船长被害之地。后来我又望见了维提群岛，岛上的土人曾经屠杀过合号的水手和指挥可爱的约瑟芬号的南特人布罗船长。

此处群岛自南向北延伸一百里长，从东到西宽九十里，位于南纬六至二度、西经一百七十四至一百七十九度之间。这群岛由许多岛屿、小岛和礁石所组成，其中包括有维提岛、万奴岛和杜朋岛。

此处群岛是塔斯曼于一六四三年发现的,正是在这一年间,托利色利发明了晴雨表,路易十四登上了王位。现在,且让我思考一下,这些事件中哪一件对人类最为有益。随后,库克在一七一四年,当特加斯托在一七九三年,曾经来过这里,而最后,是杜蒙·居维尔,他于一八二七年到来,才使此处群岛的地理形势得以澄清。"鹦鹉螺号"又驶近了魏利亚湾,那位迪荣船长曾在这里经历过可怕的冒险,他是第一个弄清了拉·贝鲁斯沉船事件秘密的人。

经过好几次捕捞之后,这个海湾为我们提供了许许多多的美味牡蛎。我们遵循薛尼克①的训导,在餐桌上将牡蛎剥开,之后大啖其肉。这些软体动物,在科西嘉岛十分普遍,属众所周知的贝壳蚝类。魏利亚湾想必正是由于盛产牡蛎而出名的,当然,要是没有种种毁灭性原因,这些成群结队的牡蛎定会充斥这一带海湾的,因为有人计算过,单是一只牡蛎,它所产的卵就会多达二百万个。

如果说尼德·兰师傅在这种情形之下对他的贪吃行为没有后悔的话,那是因为牡蛎是唯一一种不会导致消化不良的食物。其实,要提供一个人每日营养所需要的三百一十五克含氮物质,只需用十六打左右的这类无头软体动物就可以了。

十二月二十五日,"鹦鹉螺号"正行驶在新赫布里底群岛中间。此处群岛是由居洛斯于一六〇六年发现的。布甘威尔曾于一七六八年到过这里探险。在一七七三年,库克给它取了现在这个名字。这处群岛主要由九个大岛组成,在南纬十五度至二度、西经一百六十四度至一百六十八度之间形成一道由西北偏北到东南偏南的一百二十里的海洋边岸。我们的船紧挨着奥卢岛驶过,于正午时分观察,我觉得这个岛屿,恰似一片葱绿的树林,上面耸立起一座又高又大的山峰。

这一天,是圣诞节。可是,我觉得尼德·兰为不能欢度圣诞而深感遗憾,因为,圣诞节是新教徒们所迷恋的、真正的家庭聚日。

我有一个星期没有见过尼摩船长了,到了二十七日早晨,他走进客厅,而且总是带着一副同你分手不过五分钟那样的神情。这个时候,我正在平面图上查看"鹦鹉螺号"行经的路线。船长走过来了,同时用手指指着航海图上的

---

① 薛尼克(4—65):古罗马政治家、作家、哲学家。——译者注

一点,只说了一个词:

"瓦尼科罗群岛。"

这个名字是具有魅力的。这正是拉·贝鲁斯的船只在其间失踪的那片群岛的名字。于是,我便立刻站起身来。

"'鹦鹉螺号'船要带领我们去瓦尼科罗群岛吗?"我问道。

"是的,教授先生。"尼摩船长答道。

"那么,我可以去看看使罗盘仪号和星盘号两只船撞致碎裂的那些著名岛屿了?"

"只要您愿意,教授先生。"

"我们将在什么时候到达瓦尼科罗?"

"我们现在所处的位置就是,教授先生。"我走上平台,尼摩船长跟在我身后。在平台上,我的眼睛贪婪地向着天际浏览凝望。

在东北方向,浮现出两座大小不等的火山岛,周围环绕着四十海里长的珊瑚礁。时下,我们正站在瓦尼科罗岛的面前,杜蒙·居维尔硬是将它叫作搜索岛。瓦尼科罗岛位于南纬十六度四分、东经一百六十四度三十二分之间,正对着万奴岛的小港口。从海滩一直到岛内的山峰,岛上的土地好像覆盖了一层绿荫,而加波哥山峰则俯瞰着全岛,其高度为四百七十六度子。

"鹦鹉螺号"经由一段狭窄的通道,穿过外围的石带,来到了防波堤的内里,这里的海深为三十至四十法寻①。在红树青翠的树荫底下,我见到几个土人,他们对我们的船只驶近表现出极大的惊奇。看到这船灰黑色的长躯体在浪花上行走,他们会不会以为是某种应该加以防范的可怕的鲸类动物呢?

这个时候,尼摩船长向我打听我所知道的有关拉·贝鲁斯的遇难情况。

"对于这事,人人都知道的,船长。"我回答他道。

"那么就请您把大家所知道的情况告诉我吧,好吗?"他以略带嘲讽的语气向我发问道。

"那容易得很。"

我向他讲述了杜蒙·居维尔最近那些著作中提到的有关这事的情况,下面便是简要的概述。

———————————

① 法寻:法国旧水深单位,约合一点六二四米。——译者注

　　拉·贝鲁斯和他的副手郎格尔船长，于一七八五年受路易十六的委派，做环绕地球的航行。他们登上了罗盘仪号和星盘号两艘轻型巡航舰，之后就杳无音信了。

　　一七九一年，法国政府对这两艘战舰的命运十分关注，装备了两艘大型运输舰，搜索号和希望号，由布鲁尼·当特加斯托指挥，于九月二十八日驶离雷斯特港。两个月过后，人们从指挥阿尔贝马尔号的一个名叫波温的人所做的证言中获悉，遇难船只的残骸在新佐治亚沿岸被发现了。然而，当特加斯托并不知道这个消息——而且这消息也不一定可靠——他向着海军部群岛驶去，因为韩特船长在一份报告中，将这群岛说成是拉·贝鲁斯遇难的地点。

　　他的搜索毫无结果。希望号和搜索号甚至在经过瓦尼科罗群岛之前都没有停留过。总之，这次航行非常不幸，因为，当特加斯托、他的两名副手以及船上的好几名水手，他们都付出了生命的代价。

一位对太平洋情况非常熟悉的航海老手迪荣船长，他是第一个发现遇难者无可置疑的踪迹的人。一八二四年五月十五日，他的圣巴特利号船，经过了蒂科比亚岛附近，这个岛屿是新赫布里底群岛中的一个岛屿。在那里，一个印度水手乘着一叶独木舟，上前和他攀谈，卖给了他一柄银质利剑，柄上有用雕刻刀刻下的字迹。这个印度水手同时还声称，说六年前当他在瓦尼科罗岛逗留期间，曾经见过两个欧洲人，他们是多年以前在这个岛触礁遇难船只上的人员。

迪荣猜测这一定是拉·贝鲁斯的船只。这些船只的失踪，曾经惊动了整个世界。他打算去瓦尼科罗群岛，据这位印度水手说，那里还有许多遇难船只的残骸；可是海风以及激流使得他未能前去。

迪荣又回到了加尔各答。在这个地方，他知道了自己的发现正令亚细亚公司和印度公司注意。有一艘命名为搜索号的船于是便奉调交由他指挥，这样，一八二七年一月二十三日，他便在一名法国官员的陪同下起航出发了。

这艘船经过在太平洋上好几个地方停船搜索之后，于一八二七年七月七日停泊在瓦尼科罗群岛前，就停在现在"鹦鹉螺号"漂浮所在的这个万奴岛的小港口之中。

在这个地方，迪荣搜集到了遇难船只许许多多的遗物，有铁质用具、锚、滑车的铁链环、石炮、一颗十八号炮弹、天文仪器的残骸和船上拱顶的断片，此外还有一座铜钟，上面有这样的标识："巴赞为我而造。"这是一七八五年前后布雷斯特军械局铸造厂的标记。因此，不能再持任何怀疑了。

迪荣为了他的材料更加充实，更加完备，便在这灾难之地留了下来，一直到十月份才离开这出事地点。然后，他离开了瓦尼科罗群岛，朝新西兰方向驶去，一八二八年四月七日抵达加尔各答，之后回到了法国。在法国，他受到了查理十世非常热情的款待。

但是在这个时候，杜蒙·居维尔却不清楚迪荣所做的工作，他先前已经出发，到别处去寻找那失事的场所了。而且，人们早先已从一艘捕鲸船的报告中获悉，在路易西安尼省和新喀里多尼亚岛上的土人手里发现了一些徽章和一枚圣路易十字勋章。

杜蒙·居维尔于是指挥着星盘号,向大洋进发,在迪荣离开瓦尼科罗群岛的两个月之后,他的船来到了霍巴特市的前方。在霍巴特市,他了解到了迪荣所获取的结果。此外,他还知道,一个名叫詹布斯·霍布斯的加尔各答轮船公司的联盟号船的大副,曾经登上过一个位于南纬八度十八分和东经一百五十六度三十分之间的岛屿,看到过当地土著使用的一些铁条和红布。

杜蒙·居维尔感到十分困惑,他不知道是否应该相信某些不太可靠的报刊所报道的事实,然而,他还是决定步迪荣的后尘。

一八二八年二月十日,星盘号来到蒂科比亚岛的前方,请了一名在岛上定居的逃兵作为向导兼翻译,他的船便朝向目标瓦尼科罗群岛进发了。二月十二日,瓦尼科罗群岛就遥遥在望了,直到十四日,船始终沿着这群岛的礁石脉行驶,而只是到了二十日,才到达此岛的防波堤圈内,亦即是万奴岛的海港里边。

二十三日,船上的几名高级船员在岛上兜了几圈,拾到了一些无关紧要的残余物品。当地土著采取一套否认及躲避的办法,拒绝带领他们前去出事地点。这般十分可疑的行为举止,恰恰让人相信他们曾经虐待过遇难的船员,而且,他们好像非常担心,似乎杜蒙·居维尔是来为拉·贝鲁斯以及他不幸的同伴们报仇的。

然而,在二十六日这一天,这些土著得到了一些礼物实惠,同时也明白了自己不必担心会遭受到任何的报复行为,于是,他们终于做出决定,领着大副雅居诺先生,去到了船只出事的那处场所。

在这个地方,三至四法寻的海水深度处,巴古和万奴两岛屿的礁石间,堆积着一些锚、大炮、铁块和铅块,表层都黏上了石灰质凝结物。星盘号船的小艇和捕鲸船开到了这个地方,费了很大的力气,船员们才得以将一个重一千八百斤的锚、一尊口径为八公分的铸铁炮、一块铅锭和两门铜炮打捞了上来。

杜蒙·居维尔询问过那些土著,得悉拉·贝鲁斯在岛屿旁的礁石上损失了两艘船之后,又制造了一只较小的船,可是,第二次又失踪了……在哪里失踪的,没有人知道。

于是,星盘号船的指挥官,便在一丛红树下造了一座衣冠冢,来纪念那位著名的航海家及其同伴们。这冢为一个四棱锥简单形体,坐落在石珊瑚基地上，上面没有竖起什么可以引起土著们贪欲的金属饰物。

然后，杜蒙·居维尔便打算动身离开此地，可是，他的船员们却受到了这海岛不健康的热病的侵袭，而他本人也病得很厉害，所以，一直到了三月十七日方才得以起航。

可是，法国政府担心杜蒙·居维尔不清楚迪荣所获得的那番业绩，派出了由列哥郎·德·托美林指挥的巴沿尼号小型护卫艇前往瓦尼科罗群岛。这艘战舰当时就停在美洲西部海岸。在星盘号船离开几个月之后，巴沿尼号才到达瓦科罗岛屿前沿，这艘舰并没有发现任何新的材料，只是看到当地土人并没有将拉·贝鲁斯的墓地损坏，而是对此表示尊重。

以上就是我给尼摩船长叙述的有关拉·贝鲁斯遇难情况的基本事实。

"这么说来，"船长对我说道，"瓦尼科罗岛上的遇难者所造的第三只船，是在什么地方沉没的，这一点仍没有人知道喽？"

"没人知道。"

尼摩船长没有作答，而是示意我跟着他一起到客厅里去。"鹦鹉螺号"此时潜入到水中几米以下深处，同时，盖板敞开着。

我急急忙忙朝着玻璃隔板前面走去，只见珊瑚石基地上面覆盖着一些菌生植物、管状植物、翡翠海草、石竹小草，而在那基地下面，透过那成万成万的可爱的鱼类——其中有鲂鱼、雕纹鱼、唧筒鱼、裂骨鱼、金鳏，我认出了一些捞网无法捞起的残骸，比如铁镶索、锚、炮、炮弹、绞盘架、艏柱，等等，全都是遇难船只上的东西，现今都布满了鲜艳的花朵。

正当我注视着这些毁坏了的遇难船只的残骸时，尼摩船长此刻以一种严肃的口吻对我说道："拉·贝鲁斯船长，于一七八五年十二月七日，率罗盘仪号和星盘号两艘船出发。他最初停泊在植物湾，造访友爱群岛、新喀里多尼亚岛，向着圣克鲁斯群岛驶进，停在那摩加岛的前面，这是哈巴依群岛中的一个岛屿。接着，他的船开到了瓦尼科罗群岛中那些不为人知的礁石上面。走在前面的罗盘仪号撞在南边海岸的礁石上了。星盘号前来救援，也同样触礁了，第一艘船只几乎是即时被毁，第二艘是搁浅在下风处，还坚持了几天。当地土著对遇难船员给予了相当好的款待。这些遇难的船员被安顿在岛上，他们用两艘大船的残骸建造了一只较小的船。有几名水手自愿留在了瓦尼科罗群岛上了。其他的船员，体弱的、有病的，都随同拉·贝鲁斯一起离开了。他们

朝着所罗门群岛开去,他们的身体和财物,都连同船只一起,在这群岛中主岛的西部海岸,在失望岬与满意岬之间,出事而消失了!"

"您怎么会知道呢?"我呼喊道。

"瞧,这就是我在那最后遇难地点所找到的东西!"

尼摩船长向我出示了一个白铁盒,上面印有法国国徽,而且,整个盒子全都被盐水腐蚀了。他将铁盒打开,我看见了一沓发黄的纸,然而,纸上的字迹仍是清晰可辨。

正是法国海军大臣给拉·贝鲁斯船长的训令,页边还有路易十六的亲笔批语!

"啊!对于一个海员来说,这真是壮丽的死,风韵犹存哪!"尼摩船长这时说道,"这珊瑚墓地实在是太幽静了!但愿老天让我的同伴和我不要葬身别处!"

第二十章　托里斯海峡

　　十二月二十七日至二十八夜间,"鹦鹉螺号"超速行驶,离开了瓦尼科罗海域。它的行驶方向为西南方,三天内,它走过了从拉·贝鲁斯群岛到巴布亚群岛东南端的七百五十里行程。

　　一八六八年一月一日,清晨,康塞尔在平台上朝我走来。

　　"先生,"这个诚实的小伙子对我说道,"我祝先生一年顺利,好吗?"

　　"当然可以,康塞尔,而且全都像我在巴黎,在植物园中我的工作室里那样。我接受你的祝贺,我谢谢你。不过,我得要问你,在我们目前所处的情况下,你那'一年顺利'到底意味着什么。这是指将结束我们囚禁生活的一年呢,还是要继续这种奇特旅行的一年?"

　　"说实在的,"康塞尔答道,"我真不知道该怎样对先生说才好。当然,我们是看到了好些稀奇古怪的东西,而且两个月以来,我们都未曾厌倦过。最近那一次离奇怪事也是最惊人的事儿,假使一直是这样,我真不知道将来的结局会是怎样。可我总是觉得,我们将永远找不到这样的机会了。"

　　"永远不会有了,康塞尔。"

　　"此外,尼摩先生此人,正如他的拉丁文名字所证明的那样,这个人存在与否似乎并不碍事。"

　　"你说得是,康塞尔。"

　　"要是先生不见怪,那么我想,顺利的一年就是可以让我们看见一切的一年……"

　　"能够见上一切吗,康塞尔?这或许需要很长的时间。可是,尼德·兰是这么想的吗?"

　　"尼德·兰想的恰恰和我相反,"康塞尔答道,"他是一个讲究实利的人,而且是急胃口。观赏鱼的时候,他老想着吃鱼还不够。对于一个名副其实的撒克逊人来说,没有酒,没有面包,没有肉食,是不舒服的,因为牛排是他的家常便饭,喝适量的白兰地或杜松子酒一点都不会将他吓倒!"

"至于我,康塞尔,令我苦恼的并不在于这个,而且,我很快便适应了船上那种饮食。"

"我也是这样。"康塞尔应答道,"因此,我想着留下来,而兰师傅却在想着逃离。所以,如果说新开始的一年对我是不顺利的话,对他则是相反,反过来也是这样。总之,我们两人中总有一个是会满意的。最后,作为结语,我祝先生凡事顺心如意。"

"谢谢,康塞尔。不过,我要求你将新年贺礼的问题推后再说,而代之以好好握手,互相祝贺吧,根据我目前的情况,我只有这么做了。"

"先生从未有过如此的宽宏大量。"康塞尔答。

说完上面的这席话,这位诚实的年轻人便走开了。

一月二日,自我们从日本海出发以来,我们已经走了一万一千三百四十海里,即五千二百五十里,此时,伸展在"鹦鹉螺号"船首冲角前方的,是澳大利亚东北海岸那珊瑚海的危险水域。我们的船只在距离那里几海里远的地方,沿着这类可怕的暗礁的行驶,一七七〇年六月十日,库克的船就差一点在这个地方沉没。库克乘坐的那一艘船碰撞在一块岩石上,要是说这船没有沉没,那可能是得益于这样一种情况,一块珊瑚石受撞击而崩落,堵在了被撞破船身的裂开处。

我急着想看一看这列长三百六十里的暗礁脉,其上常受波涛汹涌的海水冲击,海潮来势迅猛,股股浪花飞溅,恰似隆隆惊雷。然而就在这时,"鹦鹉螺号"的纵斜机板将我们带到了海洋深层,于是,我一点也没有见着那珊瑚砌成的高墙。我只能看看渔网捕获的各种不同的鱼类。在这些鱼中,我看到有白金枪鱼,这是一种金枪鱼一般大小的鲭鱼类,两侧呈浅蓝色,身上有横斜带纹,随着鱼的成长,带纹逐渐消失。这些鱼伴随着我们,成群结队,为我们的餐桌提供着极为美味可口的肉食。我们同样打捞到了大量的青花鲷鱼,这种鱼身长半分米,有着海绯鲤一样的味道;还有几条锥角飞鱼,这些鱼是名副其实的海底飞燕,黑夜里,它们身上的磷光交替着在空中和水中闪烁。在拖网网眼里,我发现了各种不同的软体动物和植虫动物,如海鸡冠目虫、海胆、槌鱼、马刺鱼、罗盘鱼、蟹守螺、硝子鱼等。植物类以漂浮的美丽海藻、昆布以及大包囊为代表,这些海藻身上沾有从气孔中渗出来的黏液。在这些海藻里面,我采集到了一种惹人喜爱的胶质海藻,这种海藻被归到博物馆里天然珍宝那一类当中。

横渡过珊瑚海两天之后，一月四日，我们望见了巴布亚海岸。在这个时候，尼摩船长告诉我，他打算经由托里斯海峡到印度洋去。他所要告诉我的仅限于此。尼德高兴地看到，这条路线在使他逐渐地同欧洲海域靠近了。

托里斯海峡同样被视为最危险的地带，这不仅因为这个地方有着丛生的暗礁，而且还因为有常常出没于这一地带的那些土著居民。这海峡将新荷兰岛与巴布亚岛（也叫新几内亚岛）分隔开来。

巴布亚岛长四百里，宽一百三十里，它的面积是四万平方里。这个岛位于南纬零度十九分和十度二分、西经一百二十八度二十三分和一百四十六度十五分之间。正午时分，正当大副在测量太阳高度的时候，我看见了阿尔法克斯群山的山峰，山峦层层叠起，顶端是峻峭的峰巅。

这片土地是葡萄牙人佛朗西斯科·薛郎诺于一五一一年发现的。其后接踵而至的，一五二六年有唐·约瑟·德·梅耐塞斯，一五二七年有格利耶瓦，一五二八年有西班牙将军阿尔瓦·德·萨维德拉，一五四五年有尤哥·奥尔戴兹，一六一六年有荷兰人舒唐，一七五三年有尼古拉·舒留克，还有塔斯曼、唐彼埃、傅美尔、嘉特莱、艾德华、布丹维尔、库克、佛莱斯特，一七九二年有当特加斯托，一八二三年有杜比列，一八二七年有杜蒙·居维尔。雷恩兹曾经说过这样一句话："这里是整个马来西亚的黑人的聚集地。"因此，我一点也不会怀疑，这次航行的偶然机会，将会把我置身于那可怕的安达曼人面前。

"鹦鹉螺号"就这样来到了地球上最危险的这个海峡口上。这个地方，就连最大胆的航海家几乎都不敢通过。路易·巴兹·德·托列斯由南部海面返回美拉尼西亚群岛时，曾经冒险穿过这个海峡，一八四〇年时，杜蒙·居维尔的几艘小型护卫舰搁浅在这个地方时，差一点儿弄得所有的船只都沉没掉。"鹦鹉螺号"尽管对海洋之中的一切危险都显得不屑一顾，但是现在，它也是一样要来领教一下这个地方的珊瑚礁石群的厉害了。

托里斯海峡宽度为三十四里左右，然而它的内里却充斥着无数的岛屿、小岛、岩礁和岩石，使得船只几乎无法行驶。因此，为了要通过这处海峡，尼摩船长采取了一切必要的防范措施。"鹦鹉螺号"漂浮在水面上，以中等时速行进着。此时，它的螺旋桨像是一条鲸鱼的尾巴，正缓缓地拍打着海洋的波涛。

趁此机会，我的两个同伴和我本人，登上了始终不见有人的船上平台。是时,领航员的观察哨就在我们的前面,要是我没有弄错的话,尼摩船长一定在里面,而且在亲自指挥着他的"鹦鹉螺号"。

我把几张标注得很详尽的托里斯海峡地图摊了开来。这几张地图是由水利工程师万森东·杜姆兰以及海军少尉——现在为海军上将——古望-戴博瓦测绘并编制出来的。他们在杜蒙·居维尔那最后一次环球航行期间,曾经做过参谋人员。这些地图跟船长所绘制的地图一样,都是最具水平的,可以用来排除通过这狭窄水道会遭遇的混乱无度的航道障碍。于是,我便极为仔细地查看着这几张地图。

"鹦鹉螺号"四周,大海的洋面上,海水狂猛翻滚,波涛汹涌澎湃。浪涛以二点五海里的速度,从东南奔腾着向西北而去,击起的浪花,飞溅在四处尖锋显露的珊瑚礁石上。

"嘿,这海真可恶!"尼德·兰对我说道。

"是的,实在是可憎,"我回应着,"就连'鹦鹉螺号'这样的船都不太好对付它呢。"

"那个要命的船长,"这位加拿大人又说道,"一定是非常熟悉他所行经的路线,因为,我看见那里有一堆一堆的珊瑚礁石,船身只消一擦,便会被撞得粉碎!"

其实,这时的情形是十分危险的,但"鹦鹉螺号"像是施过魔法似的,在那些险恶的暗礁丛中一溜就过去了,船只并没有严格地依照星盘号和虔诚女号两船所行经的航道行驶,那航道曾经使杜蒙·居维尔遭受过致命的打击。"鹦鹉螺号"在朝着偏北方向行驶,沿着莫利岛走,再回到西南方向,向着甘伯兰海道驶去。我以为此时它一定是要从这里通过的了,可它却又转向了西北方,穿过许多几乎是不为人知的小岛和岛屿,朝着通提岛和魔鬼海峡开去。

我已经在思考着这个问题,尼摩船长是不是轻率得发疯了,正想将他的船只驶入杜蒙·居维尔那两艘战舰曾经触礁的航道,可骤然间,他的船只再一次改变了方向,转而向着格波罗尔岛驶去。

此刻是下午三时。浪花飞溅,海潮几乎满涨。"鹦鹉螺号"驶近了这个岛屿。是的,岛上那引人注目的班达树林的边缘便呈现在我的眼前,那般情景,现仍在我脑际浮现。我们沿此海岛走了至少两海里的行程。

　　突然之间,我受到了一次冲击,跌倒了。"鹦鹉螺号"刚刚触到了一处暗礁,同时,船停止不动了,左舷微微斜倾。

　　当我站起身来的时候,我看到船的平台上站着尼摩船长和他的大副。他们正在检查船的情况,同时还用他们那种使人不可理解的语言交谈了几句。

　　这就是"鹦鹉螺号"当时所面对的处境:距离右舷两海里的地方是格波罗尔岛,它的海岸自北至西呈现出圆弧形状,活脱脱有如一只巨型手臂。南面和东面显露出一些退潮后浮现出来的珊瑚石尖。我们的船只整个搁浅在水里,而在这样一种涨潮不高的海里,"鹦鹉螺号"船想要脱浅是很不利的。不过,船只并没有遭受到任何的创伤,它的船身可是极其坚固的。然而,尽管它不会沉没,不会裂开,可它却是极有可能永远地搁浅在那些暗礁石上。如此看来,尼摩船长的潜水艇可就要完蛋了。

我这么想着,然而尼摩船长,却依然表现出冷漠与镇静,他总能控制住自己,一点儿也没有流露出激动或是沮丧的神情。他走到我身旁。

"这是一次事故吗?"我问他道。

"不,一次偶然的事件。"他应答道。

"可这一桩偶然事件,"我又说道,"兴许会迫使您重新成为您不愿意做的陆上居民呢!"

尼摩船长以一种令人怪异的神情注视着我,同时做出了一个否定的手势。这就足够清楚地向我证明,什么样的事情也不可能迫使他再次回到陆地上去。过了一会儿,他又说道:

"说实在话,阿龙纳斯先生,'鹦鹉螺号'还没有遭到损坏呢。它仍旧可以载着您置身在那海洋奇观之中。我们的旅行现在仅仅是个开端,而我也都不想这么快就放弃陪伴您的那份荣幸呢。"

"可是,尼摩船长,"我没有在意他说这话时的那种讽刺意味,又说道,"'鹦鹉螺号'是在海水涨至满潮时搁浅的。然而,太平洋的潮涨并不是很厉害。因此,要是您不能使'鹦鹉螺号'减轻压载——我是觉得这不可能——那我就不知道您将如何使之脱浅了。"

"您说得对,教授先生。太平洋里的潮涨是不高,"尼摩船长回答道,"但是,在托里斯海峡,那高潮与低潮之间仍然有着一米五的差距。今天是一月四日,再过五天,月亮就圆了。因此,到了那个时候,这颗讨人喜爱的行星,要是不掀起足够的水量,不助我一臂之力,去做我只寄望于它的事情,那才真是奇怪呢!"

说完这一席话后,尼摩船长在其大副的跟随之下,又回转到"鹦鹉螺号"船的内里。至于该船,仍旧停在那里,一动不动,仿佛那些珊瑚虫类动物,这时已经开始用它们那坚不可摧的胶结物,对船只进行填彻筑塞。

"怎么?先生!"在船长离去后,尼德·兰走到我跟前,发问道。

"好了,尼德朋友,我们得耐心等到九日涨潮那天。因为到了那一天,月亮看来会殷勤地将把我们送回到大海洋波上去。"

"仅仅是这样吗?"

"只是这般。"

"这位船长不把锚抛到海里，不用链索拴住机器，如此这般，船就能脱险吗？"

"既然潮水足可以做到，那就成了！"康塞尔爽直地应答道。

这位加拿大人瞄了康塞尔一眼，然后便耸一耸双肩。一名水手正是这样来表示自己是内行的。

"先生，"他又抗争道，"您尽可以相信我，我对您说，这块铁再也不能够在海面上，或是在海底下航行的了。现今只好将之按其重量出售。所以我想，跟尼摩船长不辞而别的时候来到了。"

"尼德朋友，"我回应道，"对于这勇敢的'鹦鹉螺号'，我并不像你那样显得绝望，四天之后，我们还是可以指望太平洋潮水的到来。此外，如果我们靠近英国或者普罗旺斯海岸，逃走的主意兴许切实可行，但现在，在巴布亚海面，其情况就不同了；再说，要是'鹦鹉螺号'最终真的无法脱浅，再采取这过激的办法，也都还来得及呢。因此在我看来，这可是一件严肃的事情呀。"

"但我们得至少探探路吧？"尼德·兰又说道，"这里是一个岛屿。在这个岛屿上有树。树底下是陆上的动物，给我们带来了排骨及烤肉，我真想咬它几口。"

"这一点，尼德朋友说得有道理，"康塞尔说道，"因此，我同意他的意见。先生难道不可以请求您的朋友，尼摩船长，把我们送到陆地上去吗？哪怕仅仅是为了不忘掉在我们这颗星球的地面上行走的习惯也好啊。"

"我可以问问他，"我回答着，"但他恐怕不会答应。"

"先生试试好了，"康塞尔说道，"我们可不会辜负船长的那番好意的。"

令我十分惊讶的是，尼摩船长居然答应了我的请求，而且是很乐意，非常殷勤地答应了我的，甚至没有要我保证一定回到船上来。可是，穿越新几内亚土地的任何一种逃亡，其本身都非常危险，因此我不会让尼德·兰去尝试。在"鹦鹉螺号"船上当俘虏，较之落在巴布亚土人手里还要好一些。

第二天早晨，小艇可供我们调遣。我没有设法打听尼摩船长是否陪同我们一起去。甚至我还想过，船上大概不会派任何人来，这样，驾驶小艇的任务就完全落在了尼德·兰一个人身上。再说，我们当时距离陆地至多只有两海里，在暗礁之间行驶，对于大船来说是凶险的，可对这一位加拿大人而言，驾着一叶轻舟，这简直是如同玩耍一般。

第二天到了，这是一月五日。小艇被解开了，并且从它的巢穴中拖将了出来，从平台高处放入海中。两个人就足以做这项操作。桨原先放置在艇里，我们只需要坐好就行。

八点钟，我们准备带上枪和斧头，从"鹦鹉螺号"船上走将下来。其时海面上十分平静。一阵轻风自陆地上吹起。康塞尔和我坐在桨旁，我们在使劲地划着，而尼德则在礁石间那狭窄的水道中掌舵，小艇行驶顺当，而且走得飞快。

尼德·兰抑制不住其内心的喜悦。他现在是从监牢中逃出来的一名囚犯，可他一点也没有想到过，他还得回到那牢里去。

"吃肉啦！"他说了好几遍，"我们可要吃上肉了。多好的肉食呀！吃上真正的野味了！啊！就是缺少面包！我没有说鱼不是好东西，可也不能天天都是吃它呀，一块新鲜的野味，放在炽热的炭火上烤一下，总可美美地让我们换一换口味。"

"馋猫！"康塞尔答话道，"简直说得我嘴里都流口水了。"

"我们还得弄明白，"我说道，"这森林之中是不是有许多猎物，同时，这些猎物的身材是不是大得可以赶走狩猎人。"

"对！阿龙纳斯先生，"这位加拿大人应答道，而且，他的牙齿似乎磨得如同刀刃般尖利了，"如果这岛上没有别的四足兽，那我就要吃老虎，吃老虎的腰窝肉。"

"尼德朋友可真令人担忧。"康塞尔答话道。

"不管怎样，"尼德·兰又说道，"所有没有羽毛的四足兽，或者是有羽毛的两脚鸟，迎候它们的，便是我的第一声枪响。"

"好啊！"我应答道，"尼德·兰师傅又开始贸贸然起来了！"

"别害怕，阿龙纳斯先生，"这位加拿大人道，"那你们就用力地划桨好了！不出二十五分钟，我便可以按照我的方法给你们弄出第一道菜来。"

八点半钟的时候，"鹦鹉螺号"船上的这只小艇，安全地穿过了环绕格波罗尔岛的珊瑚石带，并且在一处沙岸边沿慢慢地停了下来。

第二十一章　陆地上的几天

我一接触到陆地，便产生了一种极其强烈的印象，尼德·兰用脚踹了踹土地,在品尝着土壤,像是要占有它似的。然而,照尼摩船长的说法,我们作为"'鹦鹉螺号'船上的乘客",其实是这船船长的俘虏,也只不过才两个月的时间。

几分钟过后,我们与海岸的距离便在枪弹射程以内了。岛上的土地差不多全都是由于石珊瑚的沉积而形成的,只不过有某些干涸的急流河床,间或地杂有花岗岩残骸,表明这岛屿是形成于太古时代。整个天际遮盖着一块令人赞叹的森林帷幕。一些高大的树木,它们的树干有的高达二百英尺,由树枝彼此相连,恰似微微细风吹动着的天然吊床。地面上长有一些含羞草,生长着的树木为榕属植物,火鸟树、柚木、木槿、班达树、棕榈树等树木枝叶繁茂,交织一起,在这些树木那青绿的穹窿之下,在它们那齿形树干脚的边缘,还生长着一些兰科、豆科以及蕨科植物。

可是,这位加拿大人却对所有这些巴布亚植物的美丽品种并不注意,他抛开了美观而去追求实利。他见到了一棵椰子树,于是就打下了几个椰子,将之劈将开来,我们喝了椰汁,吃了椰肉,真感觉到一阵称心如意,这表示出我们对于"鹦鹉螺号"船上那通常般的食物的不满。

"妙不可言!"尼德·兰说道。

"味道好极了!"康塞尔回应着。

"我并不认为,"这位加拿大人说,"您那个尼摩将会反对我们把这些椰子带回到他的船只上去的,对吧?"

"我想他不会反对,"我答道,"不过,他是不愿品尝的!"

"活该他没口福!"康塞尔说。

"那就该我们享受了!"尼德·兰应声道,"因为那样的话,剩下的才更多呢。"

"我仅有一句话要说,兰师傅,"这位鱼叉手又准备打另一棵树上的椰子了,我于是说道,"椰子是一种很美的东西,但在把小艇盛满之前,我看还得考虑一下,这岛上是否出产其他有用的东西,那才是明智之举呢。'鹦鹉螺号'上的配膳室,恐怕是非常欢迎一些新鲜的蔬菜吧。"

"先生说得在理,"康塞尔答道,"我建议将我们的小艇分为三个部分,一部分放水果,另一部分放蔬菜,还有一部分则放置猎物。可是,直到现在,我连猎物的影子都没见着呢。"

"康塞尔,对什么都不应该有所失望啊。"这位加拿大人应答道。

"那么,我们就继续漫步前行吧。"我说道,"不过,我们得要戒备,双眼可不能有所放松。虽然岛上看似无人居住,但也可能会有某些人来,他们对于猎物性质的看法想必没我们挑剔!"

"嘿,嘿!"尼德·兰喊了起来,而且还用牙床做出了那种意义明显的动作。

"尼德,怎么啦!"康塞尔呼喊道。

"我的天呀,"这位加拿大人应答道,"我现在开始懂得吃人肉的诱惑力了!"

"尼德,尼德!你在说什么哪?"康塞尔问道,"你,吃人肉的家伙!那我与你同住一间舱房,连性命都不安全了。难道我会在一天醒来时,身体就会被咬去了一半吗?"

"康塞尔朋友,我很喜欢你,但不到万不得已,我是不会吃你的。"

"这个,我可不敢相信,"康塞尔答道,"走,狩猎去! 我一定要打到猎物,以满足这食人肉者的意愿,不然的话,总会有一天早晨,先生只会见到他的仆人的肉,被一块一块地用来喂他了。"

当我们彼此间说着这类笑话的时候,我们进入了森林中阴森的穹窿之下,在两小时里,我们各个方向都走遍了。

出乎意外,我们寻求得到可食用的植物的愿望满足了。这个地方其中有一种植物,是热带地区最为有用的产品,它正向我们提供一种船上所没有的珍贵食物。

我想说的是面包树,格波罗尔岛上盛产这种树,而我特别留意到了那其中没有核仁的品种,它的马来语名字叫"利马"。

这利马树与其他树的不同之处在于其树干笔直,而且高达四十英尺。它的顶端优雅地弯成弧形,且是由多裂片的阔大树叶组成,在一位博物学家的眼中看来,这便充分表明,这种"面包果树"已经非常幸运地在马斯卡林群岛移植成功了。从它那一片青翠的枝叶之中,清楚地显露出其粗大的球形果实,一分米大小,外表粗糙,呈六边形状。这是大自然恩赐给不产小麦地区的有益植物,同时无须耕作,一年之中有八个月的时间均结出果实。

这些果子,尼德·兰对之非常熟悉,在他以前的多次旅行之中,他就已经吃过了。因此,他懂得如何调制这种可食的物质。于是,他一看见这些果子,其食欲就被引发了,他就再也按捺不住了。

"先生,"他对我说道,"如果不尝一点面包树上的面团,那不如让我死掉算了!"

"尝吧,尼德朋友,那你就随便尝好了。我们来这儿是为了获取经验的,让我们试试看吧。"

"这要不了太多的时间的。"这位加拿大人答道。

于是,他拿了透镜,往枯干上点火,火苗欢快地噼啪作响起来。在这个时候,康塞尔和我选了面包树上最好的果子摘下来,有些果子尚未达到熟透的程度,厚厚的表皮上蒙上了一层白肉,几乎没有纤维。其余的绝大多数变黄了,变成了胶质状态,只在等着摘取了。

这些果实完全没有果核。康塞尔递了十二个给尼德·兰,他将它们切成了厚片,然后放置在炭火上面,他一面做,一面在不停地说:

"您瞧吧,先生,这面包可真好吃!"

"这尤其是当我们很久以来都未曾吃上面包的时候。"康塞尔说道。

"甚至可以说,这已不再是面包了,"这位加拿大人补充说道,"而是美味的糕点。您从来没吃过吗,先生?"

"没有吃过,尼德。"

"好吧,那您就做好准备,尝尝这别有风味的东西吧。要是您吃过后不想再吃,那我就不是普天之下第一号鱼叉手!"

几分钟过后,果子朝向炭火那一面完全烤热了。里面露出白白的面团,好似新鲜的面包心,它的味道让人想起了南瓜。

应该承认,这面包的味道好极了,因此,在我吃的时候,的确是怀着极其浓厚的兴致。

"遗憾的是,"我说道,"这样的面团不能保鲜,因此在我看来,这用不着带回船上去贮藏。"

"啊,先生!"尼德·兰喊叫了起来,"您是作为博物学家说这话的,而我,我可得以面包师的身份而行事,康塞尔,请你去采摘这些果子,待我们回去时带走。"

"你是怎样调制这些果子的?"我问这位加拿大人。

"用它们那果肉做成发面团,就可以长期保存起来,而且不会变质。当我要食用它的时候,到船上的厨房里一烤就成。这样,尽管其味道会有点酸,但您一定会觉得,它仍然美味至极。"

"那么,尼德师傅,有了这面包,我想我们是不是不缺什么了吧……"

"并非如此,教授先生,"这位加拿大人答道,"不缺些水果,至少还缺蔬菜呢!"

"那我们现在就找水果和蔬菜去。"

为了充实我们那"陆地上的"晚餐,我们采摘完面包果,便动身上路了。

我们的寻找并非徒劳无功,因为接近正午时分,我们摘到了大量的香蕉。这种热带地区的美味产品,长年成熟,马来人给它们起了个名字叫"比桑",他们生食香蕉，无须煮熟。除了这些香蕉外，我们还采摘到了味道非常浓郁的巨大的树菠萝、美味的芒果及那大得令人难以置信的菠萝。但这一次采摘，耗费了我们大部分的时间，不过，这也没有什么可感到遗憾的。

康塞尔总是在留意尼德·兰。这位鱼叉手走在前面，而每当他在树林中走过的时候，他总能以其熟练的手法采摘到美味的果子，这样的话，他所采得的食物便会不断地充实起来了。

"算了，"康塞尔发问道，"你到底不缺什么了吧，尼德朋友？"

"嗯！"这位加拿大人哼了一声。

"怎么！你还不满足吗？"

"所有这些植物食品都不能称为一道正餐，"尼德答道，"那是一餐中最后时间的佐食，就是餐后的小食。可是汤呢？烤肉呢？"

"对呀，"我说道，"尼德答应过我们的排骨，现在看来，是十分成问题的了。"

"先生，"这位加拿大人答道，"狩猎的事非但没有结束，反而尚未开始呢。耐心一点吧！我们一定会遇到某些长着羽毛或者身上长毛的动物。这一处没有，那一处将一定会有……"

"而且，今天碰不着，明天一定会碰到，"康塞尔进一步说道，"因为我们不应走得太远，甚至，我要提议回小艇上去了。"

"什么！这就回去了？"这位加拿大人喊道。

"天黑之前，我们一定得返回。"我说。

"那么，现在几点钟了？"这位加拿大人问道。

"起码两点钟了。"康塞尔答。

"在这片坚实的土地上，时间过得可真是快呀！"尼德·兰师傅惋惜地叹了一声气，同时高喊道。

"上路吧。"康塞尔应答道。

于是，我们便自林中折回，同时还采摘到了大量的菜棕榈果。这种果实需要到其树顶上面才可采摘得到。此外，我们还采到大量的、我认得出的马来人叫作"阿布卢"的小豆，以及上乘的芋薯，我们的收获物再一次得到了补充。

当我们回到小艇的时候，我们真可谓是超载而归，然而，尼德·兰觉得食物仍然不够。他的运气真算好。在临登上小艇前一刻，他发现了好几棵树，树

高二十五到三十英尺,属于棕榈类,这些树与面包树一样地珍贵,确切地说,这算是马来亚最为有用的产物。

　　这是些西米树,是不用种植就能生长的植物,有如桑树那样,凭着其根蘖和种子,自然地生长繁殖。

　　尼德·兰晓得对付这些树的办法。他操起斧头,而且猛挥起来,不一会儿就将两三棵西米树砍倒在地,从散布在棕榈叶上的白色粉末,可以得知,这几棵树已经成材了。

　　我看着他,与其说是以一个饥饿的人的眼神望着他,倒不如说是以一名博物学家的眼光看着他干活。一开始,他把每一根树干都剥去一层皮,皮厚有一英寸,覆盖着一层长长的纤维网,形成一个纠缠不清的线团,有一种胶质般的粉末黏附其上。这粉末，就是西米，是美拉尼西亚居民用来作为主食的一种可食性食物。

此刻，尼德·兰只是把树干砍成一块块的，如同是在砍烧柴那般，打算着日后再从树干上将那粉末提取出来，用一块布将粉过滤，使之与纤维丝分开，置放在太阳下晒干水汽，然后便将它放入模中凝固。

最后，到了下午五点时，我们装载上所有我们得来的财富资源，离开了这处岛岸。过了半个小时之后，我们便停靠在"鹦鹉螺号"旁边。当时，没有一个人出来迎接我们的抵达。那只巨大的钢板圆锥筒内，似是寂寞无声。待食物搬上船去之后，我下到我的房间中去。我发现房间里头已经准备了我的晚餐。我吃了饭，然后便入睡了。

第二天，一月六日，船上没什么新情况。船里面听不到任何声响，不见有一丝一毫的生气。小艇依然停靠在船只旁边，就是在我们原先将它搁置下的那个地方。我们决定再到格波罗尔岛上去。从猎人的角度上看，尼德·兰希望今天比昨天运气会好些，同时打算着要到那森林中另外的地方去看看。

日出时分，我们开始上路。小艇在拍岸海浪的推送下，不一会儿就到达那岛上了。

由于感觉到凭着这位加拿大人的直觉引路会好一些，我们下了小艇后，便都跟在尼德·兰身后，其间，他那双长腿常常把我们抛开一段距离。

尼德·兰沿着海岸，朝西向上走了一阵，然后，他涉过一些急流，来到一处高地平原。这平原边上，是一片令人赏心悦目的树林。有几只翠鸟在沿着岸边飞来飞去，但它们却不让人接近。它们的谨慎使我明白，这些飞禽懂得怎样躲避我们这种两足动物，于是我得出结论，这岛上即使无人居住，但起码是时常有人前来。

穿过一片相当肥沃的草地，我们来到了一处小树林边缘，当时群鸟飞舞歌唱，使这小树林呈现出股股盎然生气。

"这只不过是一些鸟罢了。"康塞尔说道。

"但里面也有可吃的呢！"那位鱼叉手答道。

"没有，尼德朋友，"康塞尔争辩着，"因为我看见那儿只有一些鹦鹉。"

"康塞尔朋友，"尼德·兰一本正经地答道，"对于没有别的东西可吃的人来说，鹦鹉就等于野鸡。"

"我插一句，"我说道，"这种鸟如果烹调得法，也很值得动刀叉。"

确实，在这林中浓密的树叶之下，有着一大群鹦鹉在飞来飞去，只要细心教它们，它们就能说人话。而在此时，它们只是陪着那五颜六色的雌鹦鹉，正叽叽喳喳地叫个不停。那些神情严肃的白鹦，像是在思考着某个哲学问题，而大红色赤鹦，飞舞之时则有如一块随风飘荡的薄纱，嘈嘈杂杂地一掠而过。在这类飞时鸣叫的加罗西鹦鹉中间，有天蓝色彩的，最美丽漂亮的巴布亚鹦鹉，以及各种各样的，美丽而又可爱的飞鸟，然而一般说来，这些鸟是不可食用的。

但是，在这块土地上，有其特产的一种鸟，它从不飞过阿卢群岛和巴布亚群岛的边界，却没出现在这一群飞鸟中间。命运把这鸟替我保存了起来，可过不多久，我仍能一睹其芳姿。

我们穿过一处不太浓密的丛林，又来到了长着许多灌木丛的一片平原。我看到有些漂亮的鸟儿正在空中飞翔，它们那长长的羽毛使得它们必须在做逆风飞行。它们波状起伏的姿势，它们在空中飞翔时的那优美曲线，它们身上鲜艳夺目的色泽，是足可吸引着、迷惑着人们的眼光的，而我倒是毫不困难地就认出了它们。

"极乐鸟！"我大声地喊叫着。

"燕雀目，直肠亚科。"康塞尔应答道。

"鸸鹋属吗？"尼德·兰问。

"我想不是，兰师傅。不过，我指望着你娴熟的技艺，把这种可爱的热带产物打下一只来！"

"试试看吧，教授先生，尽管我使枪不像使鱼叉那般自如。"

马来人靠这种鸟与中国人进行大宗贸易，他们用种种不同的方式来捕捉这些鸟儿，但是，我们都不会使用这类方法。有时候，他们把罗网放置在极乐鸟喜欢栖息的高大树木的顶端上。而有时候，他们则是使用强力雀胶，把鸟黏住动弹不得。甚至，他们还在此鸟经常饮水的泉水中投放毒药。至于我们，眼前便只能在它飞行时射击，这种方法很少见效。因此，事实上，我们只是白白地浪费一些子弹。

接近上午十一点时分，我们翻越了形成这个岛屿中心的第一层山脉，此时此刻，我们仍旧没有打着一只鸟。饥饿在煎熬着我们。狩猎者原以为自己会有所获，可惜错了。很是走运，康塞尔出乎意料地命中了两枪，使我们的午餐得到了保障。他打下了一只白鸽和一只山鸠，并急忙地将它们身上的羽毛拔去，穿在烤钎上头，放置在枯枝燃起的旺火上烧烤起来。就在这些令人感兴趣的动物被烤着的时候，尼德·兰调制好了面包果。不一会儿，鸽子和山鸠，连骨带肉都被吃个精光，大家都说好吃。这些鸟类通常都吃肉豆蔻，它们的肉质味道真如同加进了香料一样，成为了一份美味可口的菜肴。

"这味儿就像吃香菌长大的小母鸡的味道一样。"康塞尔说道。

"现在，尼德，还缺少什么吗?"我问这位加拿大人道。

"缺少一只四足猎物，阿龙纳斯先生，"尼德·兰答，"所有这些鸽子都只不过是零食小吃。因此，除非我打到有排骨的动物，不然的话，我是不会满足的!"

"我也一样呀，尼德，除非我捕到一只极乐鸟。"

"那我们就继续狩猎吧，"康塞尔答话道，"不过得从大海这一边走回去。我们已经到了山上第一道斜坡，我想再回到森林地带要好一些。"

这是一个明智的主意，于是我们采纳了。走了一个小时，我们来到了一处真正的西米森林。有几条不伤人的蛇在我们脚下逃脱了。极乐鸟待我们一走近就飞将开去，我无法捉到它们，的确很是失望。就在这个时候，走在前面的康塞尔突然俯下身子，同时发出一声胜利的呼喊，跟着，他拿着一只美丽的极乐鸟来到了我的身旁。

"啊，太好了! 康塞尔。"我高呼着。

"先生过奖了。"康塞尔应答道。

"可不，好小伙子。你干了一件很了不起的事情。你捉着一只活鸟，而且还是用手捉的呢!"

"要是先生细心地将它观察一番，就会明白我其实并没多大的功劳。"

"那为什么，康塞尔?"

"因为，这鸟儿如同鹌鹑般在醉着呢。"

"醉了?"

"是的，先生。它在豆蔻树下吃豆蔻吃醉了，而我就是在那儿捉到它的。你看吧，尼德朋友，瞧瞧这食无节制的可怕结果吧!"

"活见鬼!"这位加拿大人反驳道，"打这两个月以来，我只是喝了点杜松子酒，没有必要这么责备我吧!"

于是,我查看了一下这只奇异的鸟儿。康塞尔没有弄错,这只极乐鸟是被豆蔻汁迷醉了,因而变得软弱无力。它不能飞起来。它行走都很难。但是,我一点都不担心,让它自己醒过来就是了。

　　这只鸟属于巴布亚岛以及邻近岛屿中八种极乐鸟中最美丽的一个品种。这是那种"大翡翠"极乐鸟,是最为稀有的一种。它身长三分米。它的头比较小,两只眼睛长在嘴边,而且不大。它是各种各样悦目色彩的组合,嘴巴是黄色的,脚爪和指甲是褐色的,翅膀是浅褐色的,翼端为朱红色,头上和颈后是浅黄色的,喉间是翡翠色的,腹部和胸部则都呈栗子色。它的尾巴上耸立着两个角形绒球,与那十分轻柔细腻的长长的羽毛连成一片。所有这一切,把这只奇鸟的整体形象完全美化起来,于是,当地土著便富有诗意地将它称为"太阳鸟"。

　　我十分希望,能把这只美丽的极乐鸟带回到巴黎去,赠给植物园,目前,园里还没有一只这样的活鸟呢。

　　"这种鸟真的非常罕见吗?"这位加拿大人,不是从艺术的角度去估价,而是带着猎人看待猎物的口吻发问道。

　　"十分罕见,我诚实的伙伴,尤其是非常难得逮到活的,就是死了,这些鸟仍然是重要的交易对象,因而土著们都在想方设法制造假的,就跟有人制造一些珍珠和一些钻石那样。"

　　"什么?"康塞尔叫了起来,"有人在制造假极乐鸟?"

　　"是的,康塞尔。"

　　"那么,先生知道土人的制作方法了?!"

　　"那当然。极乐鸟在东方季风起来的时候,便脱掉了其尾巴周围漂亮的羽毛,博物学家称这类羽毛为副翼羽毛。假鸟制作者们此时就将这些羽毛收集起来,同时巧妙地安插在预先被毁损了躯体的可怜的虎皮鹦鹉身上。然后,他们再将毛皮的缝合处黏贴好,给鸟身上涂釉,并将这些制作奇特的产品运送给欧洲的博物馆和那些喜欢鸟的人。"

　　"好!"尼德·兰说道,"虽然这不是鸟,但总还是鸟的羽毛,如果东西不是用来吃的,我看也没有什么大的坏处!"

　　尽管我的欲望由于捕捉到了这只极乐鸟而得到了满足,可是这位加拿大狩猎人的欲望却仍是没有实现呢。然而,到了两点钟左右,幸运的时刻终于来

临，尼德·兰打中了一头肥大的林中野猪，一种土人称为"巴利-奥唐"的野猪。正当我们谋求弄得真正的四足兽肉的时候，这动物就适时地出现了，因此它很受欢迎。尼德·兰为自己的这一枪表现得非常得意。这野猪中的是电气弹，因此便马上死去了。

这位加拿大人，先是从猪身上剔下六根排骨，以准备晚餐烤了吃。紧接着，他又将猪剥去皮毛，同时进行开膛破肚，清理干净。过了不久，这一将要继续表明尼德和康塞尔两人功劳的狩猎行动重新开始进行了。

果真如此，这两个朋友在搜索灌木丛的时候，撵出了一群袋鼠，它们伸开那富有弹性的腿爪，一蹦一跳地逃跑着。这些动物虽然跑得很快，可逃时仍然躲不过电气弹。

　　"啊！教授先生，"尼德·兰喊道，他此时打猎打得正在兴头上，"多么美味的猎物呀，尤其是焖了吃！这是'鹦鹉螺号'船上多么难得的食品呀！两只，三只，地上有五只哪！我一想到我们将要把所有的这些肉吃掉，而船上的那些蠢人连一点肉渣也得不到的时候，我可开心呢！"

　　我想，在这般过度的欢乐之中，这位加拿大人如果不是说了那么多话，他恐怕会将那一群袋鼠都给屠杀个精光！可他只把这些有趣的袋类动物打了十二只左右罢了。这些动物是平腹哺乳类的第一目，康塞尔当时对我们说。

　　这些动物身材短小，这是"兔袋鼠"的一个种类，通常居住在树洞里，可跑动起来，速度极快；尽管它们不算太肥，但至少可给人们提供极其美味的肉食。

　　我们都非常满意这一次狩猎的成果。那快乐的尼德，提议第二天再到这迷人的岛上来，他想要打尽这岛上所有那些可食用的四足兽。可是，他没有算计到会出事。

下午六点，我们回到了海滩。我们的小艇停在原来的那个地方，"鹦鹉螺号"，活脱脱如同一座长长的礁石，此时正在距离海岸两海里处的水波中浮现出来。

尼德·兰一点也没有耽搁，立即忙起了晚餐这件大事。他擅长这类烹调，这点确实令人羡慕。"巴利-奥唐"猪排骨在炭火上烤着，不一会儿就发出了一种令人垂涎欲滴的气味，就连空气之中都充满了香味……

更有甚者，我发觉我在步这位加拿大人的后尘了。面对那新鲜的烧烤猪肉，我竟然也欣喜若狂！请大家原谅我吧，正如我原谅兰师傅一样，因为，这都是出自于那同样的理由呀！

总而言之，这晚餐真的太美妙了。那两只山鸠和白鸽同时使得这奇异的菜谱增添了无穷的魅力。

西米粉、面包果、几只芒果、六个菠萝，以及一种椰子核肉酿成的饮料，令我们吃得很是快活。我甚至觉得，我那忠实的同伴们的头脑，就连必要的清醒都已丧失掉了。

"要是我们今晚不回'鹦鹉螺号'上去，行吗?"康塞尔说道。

"要是我们永远都不回去呢?"尼德·兰进一步地说着。

就在这个时候，一块石头落在我们的脚旁，及时打断了这位鱼叉手的那个提议。

第二十二章　尼摩船长的雷电

我们注视着树林那一侧，但是没有起身，我正往嘴里送食物的手停了下来，而尼德·兰正好把东西放进口中，可他的手也都停住不动了。

"一块石头不会从天上掉下来。"康塞尔说，"不然的话，它就该叫陨石了。"

第二块石头，加工过的圆形石头，打落了康塞尔手中的一块美味可口的鸽子大腿，这越发说明，他的这种看法有道理。

我们三人全都站了起来，同时把枪扛在肩上，准备着迎击任何攻击。

"是猴子吗?"尼德·兰喊叫着道。

"差不多吧,"康塞尔答着,"是些野蛮人。"

"回到小艇上去。"我一面朝海边走去,一面说道。

我们果真必须向后退。因为,有二十来个土人,手中拿着弯弓和石器,出现在与我们相隔不到百步之遥,那遮住了右半边天际的矮树丛边缘。

我们的小艇此时停在距我们二十米远的地方。

野蛮人离我们越来越近,尽管他们没有跑,但却做出了种种最为充满敌意的动作,石块和箭像雨点般飞将过来。

尼德·兰不愿意就此放弃他的食物,便不顾那迫在眉睫的危险,一边拿野猪,一边拿袋鼠,极其快速地拾掇好东西。

两分钟过后,我们便来到了海滩上。把食物和武器放上小艇,再把小艇推进海里,然后装上两把桨,这都成了一瞬间的事。这样,我们还没划出二百米,就看见一百个土人在大喊大叫,而且在手舞足蹈地走入了那齐腰深的海水之中。我在留心地观察着,这些土人的出现会不会将"鹦鹉螺号"船上的一些人吸引到船的平台上来。可是没有。这庞大的机器此刻横卧在海上,而且完全不见动静。

二十分钟后,我们登上了"鹦鹉螺号"。嵌板是敞开着的。我们将小艇拴好了之后,便进入到船里去了。

我下到客厅所在处,此时,那里传来阵阵的音乐声。尼摩船长正俯身朝向他的管风琴,且陶醉在那音乐之中,显得心醉神迷。

"船长!"我呼叫着他。

他没有听见。

"船长!"我再叫了一遍,并用手碰了碰他。

他微微动了一下,然后转过身来,说道:

"啊!是您呀,教授先生。那么,你们狩猎好吧?你们采集植物标本卓有成效吗?"

"是的,船长,"我答道,"可不幸的是,我们带回来一群两腿动物,就在附近,对此,我感到很是不安。"

"什么两腿动物?"

"是一些野蛮人。"

"野蛮人!"尼摩船长带着讽刺的语气应答道,"您觉得奇怪吧,教授先生,你们的脚一踏上那地球的陆地,就在那里发现了野蛮人?一些野蛮人,陆地上哪一处没有?再说,您称之为野蛮人的那些人,会比其他别的人更坏吗?"

"不过,船长……"

"对于我来说,先生,我到处都碰到过这样的野蛮人。"

"好啊!"我回答,"如果您不想在'鹦鹉螺号'船上接待他们的话,您最好还是小心一点。"

"您放心吧,教授先生,那没什么可担心的。"

"可土人人数多着呢。"

"您数过他们有多少人?"

"有一百人左右,至少是这个数。"

"阿龙纳斯先生,"尼摩船长应答道,同时又把手指搁到了那管风琴的琴键上，"就是巴布亚的所有土人全数聚集在这海滩上，'鹦鹉螺号'也绝对不用担忧他们的攻击！"

于是，船长的手指又在琴键上跳动了，与此同时，我注意到，他只是在按动黑色琴键，这样奏出来的和声便主要带有苏格兰音乐的色调。过了一会儿，他便忘记了我的存在，而沉浸在一种梦幻之中了，这样一来，我就再也不敢去打扰他了。

我再次登上了船的平台。这时夜幕已经降临，因为，在这低纬度地区，太阳落下很快，而且没有黄昏。我只是在朦胧状态之中望见那格波罗尔岛。但是，有许多火花在海滩上面闪耀，证明土人们并不打算离开那个地方。

就这样，我独自一人待了好几个钟头。我时而想起那些土人——但不特别害怕他们，因为船长那样坚定不移的信心在影响着我——时而又忘却了他们，在欣赏着热带地区那夜间的美景。我的思绪随着黄道十二宫的星辰一同飞向法国，而这些星辰还将会有几个小时照着那块土地。月亮在那天顶上的星宿中间发出光亮。我于是便想到，这忠实、殷勤的地球卫星后天又将回到这同一地方，以掀起那股股海洋波浪，使得"鹦鹉螺号"脱离它那珊瑚石床。接近午夜时分，当我看到昏暗的大海洋波上面，和那海岸的树木底下都一样寂然无声的时候，我便回到了我的舱房里，同时，安静地入睡了。

一夜过去，没有不如意的事情发生。那些巴布亚人一看见海湾中搁浅着一只怪物，想必是吓怕了，因为，船上嵌板仍然是打开着，他们很容易就能走进"鹦鹉螺号"船里来。

一月八日早晨六点，我又登上平台。晨雾在逐渐地消散开去，不久，岛屿就从消逝着的雾气中显露了出来，先是海滩，而后是山峰。

那些土人一直守候在那里，人数比昨天更多了——可能有五六百人。有几个土人，趁着低潮时来到了珊瑚石那尖顶上面，该处距离"鹦鹉螺号"不到四百米。我很容易就认出了他们。这是些真正的巴布亚人，身材高大，体格强健，前额宽阔隆起，鼻子肥厚但不扁平，牙齿洁白。他们羊绒般的头发染成红色，与漆黑发亮的、像纽比人一样的身躯形成鲜明对照。在他们那割开拉长了的耳垂上，吊挂着骨质耳环。这些土人通常光着身子。在他们中间，我看见有些女人，从腰身至膝盖，穿着一条真草制作的裙子，上系有一根草带。有的头领、脖子上带着一个弯月形饰物以及几条红白两色的玻璃珠项链。几乎所有人都带了弓、箭和盾牌,肩膀上扛着一种网,网里面装着圆石,他们的投石器可以将这些圆石头巧妙地投射出去。

其中的一个头领,处在距离"鹦鹉螺号"相当近的地方,且在认真仔细地打量着这艘船,这兴许是一名高级"马多"①,因为,他披着一条香蕉树叶编织的披肩,边缘上带有花饰,同时还染上了鲜明的色彩。

这个土人这时处在很短射程的地方,我本可以非常容易就将他击毙;但是,我觉得,最好还是等他表现出真正的敌对行为时再行动手吧。在欧洲人和野蛮人之间,欧洲人应当是反击,而不是进攻。

整个海水低潮期间,那些土人在"鹦鹉螺号"周围不怀好意地转来转去,但却没有高声喧嚷。我时常听到他们不断重复着"阿喜"这个词,根据他们所做的手势,我明白了他们是在邀请我到岛上去,可我觉得,我应当谢绝这种邀请。

因此那一天,小艇没有离开大船,兰师傅也就不能充实他的食物,他显得非常失望。这位灵巧的加拿大人于是便利用时间,调制他从格波罗尔岛上带回的肉类和西米粉。至于那些土人,在早上十一点前后,当珊瑚石尖顶端开始隐没在上涨的潮水之下时,他们就都回到海岸上去了。然而,我还是发觉到,在海滩上,他们的人数明显地增加了。兴许,他们是来自临近岛屿,或者确切地说,是从巴布亚岛来的。不过,我仍然未曾见着土人的一只独木舟。

由于没有更富有意义的事情可做,而这片海中又有大量的贝壳类、植虫类和其他海产植物,于是,我便打算在这清澈的海里打捞一番,再说,今天是"鹦鹉螺号"在这一带停留的最后一天了,根据尼摩船长曾许诺过的那番话,如果明天一涨潮,船就将漂浮出大海去。

因此,我就叫康塞尔给我拿来一个轻便的小型捕捞器,就像用来捞牡蛎的那种。

"那些野蛮人呢?"康塞尔问我,"先生可别见怪,我觉得他们并不太凶恶呀!"

"可他们会吃人肉的,我的小伙子。"

"人可以既吃人肉,而同时又是诚实的,"康塞尔答道,"正如一个既贪吃

---

① "马多":意为头领。——译者注

又诚实的人一样。两者并不矛盾。"

"对！康塞尔,我同意你的看法,他们是吃人肉的诚实人,他们老老实实地吃俘虏的肉。不过,我可不想被吞食,哪怕是老老实实地被吞食。我可得时刻保持警惕,因为,'鹦鹉螺号'船的船长似乎一点都不在意。好了,我们现在开始打捞吧。"

在两个钟头中,我们都在忙于打鱼,但没捞到任何稀罕的东西。打捞器里满是些驴尔贝、竖琴贝、河贝子,此外,还尤其捞有一些我今天才见着的最漂亮的槌鱼。我们还捞有一些海参,一些珠母贝和一打小鳖,这些都是为船上配膳室预备的东西。

但是,我万万没有料到,我的手竟然抓到了一件珍品,应当说,是抓到了一件自然变形的珍品,这次偶遇,实属罕见。康塞尔将打捞器方才放下,接着就拉了上来,里面装的已经尽是那十分平常的各类贝壳了。突然,他发现我将胳膊迅速伸进网内,同时取出一个贝壳,且发出一声贝类学家的叫喊,也就是说,发出人类喉咙所能发出的最为尖厉的呼叫声。

"啊！先生怎么啦?"康塞尔显得非常诧异,于是问道,"先生被咬着了吗?"

"没有,我的小伙子。不过,我情愿用一只手指来换取我的发现哎！"

"什么样的发现?"

"就这贝壳。"我指着我的战利品说道。

"但,这只不过是一只斑岩橄榄贝,橄榄贝属,栉鳃目,腹足纲,软体类门……"

"是的,康塞尔,可是,这只橄榄贝的纹路,不是从右向左绕,而是自左朝右盘呀！"

"可能吗?!"康塞尔喊道。

"是的,我可爱的小伙子。瞧,这就是一只左旋贝！"

"一只左旋贝！"康塞尔重复道,此刻他的内心可是非常的激动。

"请你看看它的螺旋纹吧！"

"哎！先生可以相信我,"康塞尔用一只发抖的手拿着这珍贵的贝壳,说道,"我从未感受过现在如此这般的激动心情！"

而这却真令我兴奋！事实上,正如博学家们所观察到的那样,右旋是自然的法则。行星以及它们的卫星,其公转或是自转运动,都是从右向左的。同左手相比,人更多地使用右手,因此,人类的工具或器械、楼梯、门锁、钟表的发条等等,也都是以从右向左的使用方式配制的。故此,大自然通常是依据这一法则,造出了贝壳类的纹路,贝纹都是向右旋,极少例外。而一旦贝纹偶有左旋,那些喜好收藏的人便要以重金将之买下了。

因此,康塞尔和我,都在聚精会神地欣赏着我们的这只宝贝,与此同时,我还正盘算着,用它去丰富我们博物馆的珍藏呢。可就在这个时候,倒霉的事情发生了:一个土人投来了一块石子,打碎了康塞尔手中的那件珍品。

我发出一声绝望的喊叫!康塞尔操起枪来,同时瞄准了十米开外一个摇晃着投石器的土人。我正想制止他,可他的枪响了,击碎了那挂在土人胳膊上的护身灵镯。

“康塞尔!”我喊道,“康塞尔!”

“嗳,怎么搞的!先生难道没看见那个土人已经开始攻击了吗?”

“一只贝壳不能同一个人的生命相比呀!”

我对他说道。

“嘿,混账!”康塞尔高叫着,“我宁可他将我的肩胛骨打碎!”

康塞尔说的是实话,然而,我可不赞成他的看法。其实当时,情况发生变化已有些许时间,不过,我们对之没有觉察到就是了。这时,有二十来只独木舟正围着“鹦鹉螺号”打转。这些独木舟是用掏空的树干做的,长而且窄,为便于行驶,还配有两条浮在水面上的竹制长杆,这样,独木舟身便可保持平衡。独木舟由上身赤裸、技术娴熟的荡桨者驾驶,我看见他们驶来,心里就不由得害怕起来。

显然,这些巴布亚人曾经与欧洲人打过交道,而且,他们能够识别欧洲人的船只。可是,对于那具躺在海湾里的、既没有桅樯又没有烟囱的长条形钢铁圆锥形体,他们会是怎么想呢?他们认为,这根本不是什么好东西,因为,他们起初待在相当远的距离之外,而且不敢上前。可是,看到船只停着,老是不动,于是,他们便渐渐地恢复起信心,并在想方设法了解船只的习性。然而,应该加以制止的正是这类亲近行为。我们的武器不可以发出轰鸣声,对那些土人就只能产生一般的效力,他们所畏惧的可是那能发出巨响的大炮。虽然雷电的危险在闪电而不在声响,但是,要是没有那隆隆的雷鸣,恐怕也不会那般吓

人的了。

　　这个时候,那些独木舟更加逼近"鹦鹉螺号"了,而且,如同雨点般的一支支箭落在了船上面。

　　"见鬼!下冰雹了!"康塞尔说道,"而且,有可能还是那有毒的雹子呢!"

　　"必须告知尼摩船长。"我边说边从嵌板处回到船里面来。

　　我下到客厅。我在这里没有发现任何人。我冒昧地敲了敲通向船长房间的那扇门。

　　回应我的是一声"请进"。我进去了,同时发现船长正在全神贯注地计算,里头还有许多 X 和其他别的代数符号。

　　"我打扰您啦?!"我礼貌地说道。

"的确如此，阿龙纳斯先生。"船长回复我道，"不过，我想您来见我，一定是有重要原因。"

"非常重要。那些土人的独木舟把我们围将起来了，而且，再过几分钟时间，我们一定会受到好几百名土人的攻击。"

"噢!"尼摩船长平静地应答道，"那些人是乘他们自己的独木舟?"

"是的，先生。"

"好吧! 先生。只要将嵌板关上就是了。"

"正是，不过，我是来告知您……"

"没有比此更容易的了。"尼摩船长说道。

于是，他按动一个电钮，将一个命令传达到船员舱位。

"瞧，这就办好了，先生。"过了一会儿他就对我说道，"小艇放置好了，嵌板关闭住了。您用不着担惊受怕，我想，那些先生们是不会将这钢铁墙壁撞破的，因为，就连你们的那艘战舰的炮弹都奈何它不得呀?!"

"是的，船长，但是，仍然有种危险存在。"

"什么危险，先生?"

"因为明天，在那同一时刻，必须再次打开嵌板，以便调换'鹦鹉螺号'船上的空气……"

"那是没有疑问的了，先生，因为我们的船只是如同鲸鱼般呼吸的。"

"但是，如果到了那时，巴布亚人占据了船上的平台，那我就真不知道，您怎样可以阻止他们进入到船里面来呢。"

"那么，先生，您以为他们能上船来吗?"

"我想是的。"

"说实在的，先生，让他们上来好了。我找不到任何理由阻止他们上来。实际上，这些巴布亚人，他们都是些可怜人;再说，我在格波罗尔岛上的访问，哪怕是以仅仅牺牲一个这些可怜人的生命作为代价，我也不愿意!"

他的话音刚落，我就要退出去了;但尼摩船长又将我留住，同时请我坐到他的身旁。他饶有兴致地问我，关于我们在陆地上游览的情况，我们那狩猎的情形，他似乎并不了解那位加拿大人那种酷爱肉食的需要。接下来的谈话，涉及各种各样的话题。尼摩船长并不比以前感情外露，但却显得较为和蔼可亲了。

特别应该提及的是,我们谈到了"鹦鹉螺号"的处境,它目前正搁浅在杜蒙·居维尔差一点就断送生命的那个海峡里,船长于此接着说出的那番话,其内容如下:

"这位居维尔,是你们那些伟大的海员当中的一个,他是你们那些最具智慧的航海家之中的一员!他是你们法国人的库克船长。不幸的学者啊!他不怕南极的冰层,不怕大洋洲的珊瑚礁,不怕太平洋那些吃人肉的家伙,可竟然在火车失事中不幸地丧身了!要是这位精力充沛的人,在他生命的最后一刻,能够做些思考的话,那您就会想象得出,他最后的思想会是什么样的了!"

尼摩船长这样地说着,他显得很激动,而我,却也受到了他那种情绪的感染。

随后,我们手持地图,再一次地回顾了这位法国航海家的业绩,他那环球航行,他的两次南极探险,使他发现了该地带阿德利和路易–菲力普两处陆地,以及,他对大洋洲地区主要岛屿所做的海洋测量记录。

"你们的居维尔在海面上能够做到的,"尼摩船长对我说道,"我在海洋里都已经做了,而且做得比他更方便,更全面。星盘号和虔诚女号两艘船,不断受到大风暴的袭击,颠簸不已,不能同'鹦鹉螺号'相比,'鹦鹉螺号'可是宁静的工作室,它在海洋之中可真是处之泰然哪!"

"不过,船长,"我说道,"杜蒙·居维尔的小型护卫舰与'鹦鹉螺号',它们有一点是相似的呀。"

"哪一点呢,先生?"

"就是'鹦鹉螺号'同它们一样搁浅了。"

"'鹦鹉螺号'没有搁浅,先生,"尼摩船长冷冷地回答我说,"它是在海床上面歇息。居维尔要想其船只脱浅,必须做艰巨的工作,而且操作起来非常困难,至于这些活儿,我可是什么都不用干,星盘号和虔诚女号两艘船几乎沉没了,但是,我的'鹦鹉螺号'却没有任何危险。明天,在那指定的日子,指定的时刻,潮水就会将它平平安安地托起。它又将在大海大洋之中穿梭般航行起来。"

"船长,"我说,"我不怀疑……"

"明天,"尼摩船长于是站起身来,又说道,"明天,下午二时四分,'鹦鹉螺号'将浮出海面,将会毫无损伤地驶离那托里斯海峡。"

船长语气干脆利落,说完了这一席话,然后就微微欠下身来。这意味着我可以离开了,于是,我便回到了我的房间。其时,我看见康塞尔在我房里,他是想得知我同船长会晤的结果。

　　"我的好小伙子,"我应答说,"我似乎觉得,每当我谈及他的'鹦鹉螺号'遭受巴布亚土人威胁的问题时,船长总是带着十足的讽刺语气回答我的问话。因此,我只有一件事要对你说:相信他吧,放心去睡你的觉好了。"

　　"先生没事要我做吗?"

　　"是的。没有,我的朋友。尼德·兰在干什么?"

　　"请先生原谅我,"康塞尔回答道,"尼德朋友正在做着袋鼠肉饼,那将会是一道美味佳肴!"

　　我独自一人待着,我是睡下了,但却是相当难以入眠。我听到那些土人们弄出的声响,他们在船的平台上跺脚,同时发出那震耳欲聋般的吼声。这一夜就这样过去了,而船员们却仍旧是无动于衷。他们完全不为土人的出现感到不安,就像守卫铁甲堡垒的士兵对铁甲上奔跑的蚂蚁毫不在意一样。

　　早晨六点,我起床了。嵌板还没有打开,因而船里面的空气尚未调换,但是,储藏库里总是装满了空气,这些储藏库运转起来了,同时将几立方米的氧气投放进"鹦鹉螺号"的缺氧空气中。

　　我在我的房间里工作,一直干到中午,哪怕是一眼,都没有见上尼摩船长。此时,船上似乎没有做任何起航的准备。

　　我再等了一些时候。然后,我就上客厅去了。此刻挂钟正指两点半,十分钟以后,海潮就要达到最高点了。要是尼摩船长没有轻率断言,"鹦鹉螺号"马上就要脱浅了。要不然的话,在它离开这珊瑚石床之前,不知道还要这样度过多少岁月呢。

　　然而,过了一会儿,便可感觉出船身有着某种预兆性的颤抖。我听得珊瑚石凹地处石灰质凹凸不平的表面在船沿上摩擦所发出的咔嚓咔嚓声音。

　　二时三十五分,尼摩船长出现在客厅里了。

　　"我们要起航了。"他说道。

　　"啊!"我喊道。

　　"我已经下达打开嵌板的命令。"

　　"可那些巴布亚人?"

"哪些巴布亚人?"尼摩船长稍稍耸了耸肩,同时应声道。

"他们不是要进入'鹦鹉螺号'的内里来吗?"

"那怎么进来?"

"从您将要叫人打开的嵌板口中进来呗。"

"阿龙纳斯先生,"尼摩船长平静地应答道,"他们是不能就这样地经由'鹦鹉螺号'船上的嵌板口处进入到里面来的,即便是嵌板口开着的时候。"

我看了船长一眼。

"您不明白吗?"他对我说道。

"完全不明白。"

"好吧! 您来吧,您将会明白的。"

我向着中央扶梯走去。尼德·兰和康塞尔已经在那里了。他们眼看着船上的几个人将嵌板打开,内心觉得很是惊奇,可与此同时,外面却是响起了阵阵疯狂的吼声和那可怕的叫骂声。

嵌板朝外面放下来了。吓人的二十副面孔出现了。然而,第一个将手置放在铁扶梯上的土人,却是被某种看不见的力量推到了后面,他逃走了,同时发出阵阵喊叫,而且还超乎寻常地欢蹦乱跳着呢。

他的十个同伴,尾随其后,一个接一个地触摸那铁扶梯。这十个人也都遭遇到他那同样的命运。

康塞尔此时高兴得发狂。尼德·兰受其急躁天性所驱使,冲到铁扶梯那里了。但是,当他的双手一抓住铁梯扶手时,他也被击得仰面朝天。

"活见鬼!"他叫喊着,"我遭雷电劈击了!"

这句话为我说明了一切。那不再是一根铁梯扶手,而是一条金属电缆了,它完全充载着船上的电,直通到船的平台上面。有谁摸着它,都会遭受到一种令人可怕的震动——要是尼摩船长将他的机器上的所有电流都传送进这导体中,那这种震动就会是致命的啊! 人们可以现实地说,他是在来犯之敌和他之间拉起了一副电网,任何人都不能够想穿越它而自己又不受到损害。

因此,那些被吓坏了的巴布亚土人此前都已向后退缩,他们都害怕得惊慌失措了。我们嘛,有半数的人都笑了,我们都在安慰尼德·兰,都在替他按摩身体,因为此时,他像魔鬼附身似的咒骂不停,他可是个倒霉的人。

然而,就在此时,"鹦鹉螺号"受到海潮最后一次波涛涌浪的掀动,离开了

它所搁浅的珊瑚石床,时间正是船长指定的二时四十分。船的螺旋桨在庄严而缓慢地搅动着海水。船的速度渐渐增大,同时向着大海洋面行驶开去,安然无恙地将托里斯海峡这条危险水道抛在了自己的后面。

第二十三章　强迫睡眠

　　翌日,一月十日,"鹦鹉螺号"又开始破浪劈波地航行起来了。而且,它的行驶速度可是快得出奇,我不能准确估算,但起码得在时速三十五海里。其螺旋桨的转速是那样的快,我简直看不出它在转动,也无从数算它转了多少圈。

　　我在想着那种神奇般的电动力,它给了"鹦鹉螺号"以动力、热量以及亮光,同时还保护船只免遭外界的攻击。这电动力将"鹦鹉螺号"变成了一艘神圣的船,任何进犯者碰着它都不可能不遭到雷电的劈击。我这么想着想着,于是,我的赞美便没了止境,而且从赞美机器本身又即时转而赞誉曾经制造出这艘船的那位工程师来。

我们一直朝西行驶,一月十一日,我们绕过了位于东经一百三十五度和南纬十度的韦塞尔岬。这海角是构成卡奔塔利亚海湾的那东端部分。这里仍然有着许多礁石,但是较为零散,航海图上有着极为精确的标示。"鹦鹉螺号"很容易地避开了其左舷处的莫耐礁石,以及它那右舷位置的维多利亚暗礁群。这些礁石都位于东经一百三十度,而我们的船只正沿着南纬十度海域开行,此时此刻,其境遇可是严峻。

一月十三日,我们到了帝汶海。尼摩船长曾经就知道了这处与此海同名的那个岛屿。该岛屿由印度王公所统治,面积为一千六百二十五平方里,王公们自称是鳄鱼的子孙,就是说,他们是源自于人间任何一个人都可以断言自己所属的那最古老的一个支系。因此,在岛上河流之中生衍繁殖着的那些带有鳞甲的祖先,便成了人们特别崇拜的对象。人们保护它们,娇惯它们,奉承它们,喂养它们,把年轻女孩子送给它们做食物,因而,外来人要是胆敢碰一碰这些神圣的蜥蜴类动物,那他就惹祸上身了。

然而,"鹦鹉螺号"却并没有跟这些丑陋的动物争高下。帝汶岛只是在中午,在船上大副记录船的方位的时候,才出现一会儿的时间。因此,我也只是隐约看见那个罗地岛。此岛属于整个群岛的一部分,岛上的女人在马来亚市场上享有美女的声誉。

从这个航位开始,"鹦鹉螺号"的行驶方向,在纬度上偏向了西南方。船朝着印度洋航行了。尼摩船长又冒出来将我们带往何处的怪念头呢?他是不是要朝亚洲海岸溯流而上?他将要走近欧洲海岸吗?从一个想要躲避有人居住的陆地的人的角度来看,上述决定近乎是不太可能的!那么他要朝南去吗?他是要绕过好望角,然后是合恩角,向着南极挺进?他最后还会不会再驶回这太平洋海中来,他的"鹦鹉螺号"时下在太平洋的航行,又可是方便自由?将来,我们想必会知道这一切的。

我们沿途经过的暗礁群有:加地埃、依比尼亚、塞林加帕坦、斯科特。这些便是刚体成员最近努力攻克了的那些流体中的分子障碍,到了一月十四日,我们就已经望不见陆地了。"鹦鹉螺号"于是特别减慢了速度,它在随心所欲般行驶,时而在海洋水中航行,时而又浮出水面。

在这次航行期间,尼摩船长对于各层海水的不同温度进行了一些令人感兴趣的试验。在通常的条件下,这类实验记录是利用相当复杂的仪器获得的,但是,无论是用温度探测器——它的玻璃管时常因水压而破裂,还是使用依据带电流的金属电阻变化制成的仪器,其结果总是还不很可靠。这样取得的结果是不能够充分检验的。与此相反,尼摩船长亲自到海洋深层去探测水温,他的温度计与各水层接触,即时准确地将所得度数告诉他。

"鹦鹉螺号"或是将它的全部储水池盛满,或是采用纵斜机板倾斜下落,这样,它就可以陆续达至三千、四千、五千、七千、九千、一万米的深度,而那些实验的最终结论是,在水底一千米以下的深度处,任何纬度下的海水温度都是永恒不变的,都是四度半。

我怀着浓厚的兴趣观察着这些实验。尼摩船长对此注入了一种真正的热情。我常常思考,他进行这类观测的目的何在呢?是为人类的利益着想吗?那是不可能的了,因为总有一天,他的工作定会同他一起,在那没有人知道的海洋里销声匿迹!除非是,他打算将他的实验结果交给我。但这得肯定,我这奇异的旅行将有个终结,然而,这个期限,我却尚未看到。

不管怎样,尼摩船长还是让我知道了他所获得的各种数据,这些数据构成了一份关于地球上主要海洋海水密度的报告。从这种交流中我获得了与科学无关的个人教益。

一月十五日,在上午这段时间里,船长跟我一道在船的平台上散步,其时,他问我知不知道各处海水的不同密度。我做了否定的回答,同时还补充说,对于这个问题,科学现在仍缺少精确的观测报告。

"这类观察,我已经做过了,"他对我说,"而且,我可以肯定它们的精确性。"

"好啊,"我应答道,"可是,'鹦鹉螺号'却是另一世界,它的学者们的秘密是不会传到陆地上面去的。"

"您说得对,教授先生,"他沉默了片刻,然后对我说,"这是另一世界。正如陪伴着地球绕着太阳转的那些星球一样,这个世界对于陆地同样是一窍不通。土星和木星上的学者们所做的工作因此将永远没有人晓得。不过,既然命运巧合将我们俩连在了一起,我可以把我观测到的结果告诉您。"

"我在听着呢,船长,您说吧。"

"您知道,教授先生,海水比淡水密度大,但海水的密度却不是统一的。比方说吧,我用'一'来代表淡水的密度,那么,大西洋海水的密度就是一又千分之二十八,太平洋的是一又千分之二十六,地中海的是一又千分之三十……"

"啊!"我想,"他要冒险去地中海吗?"

"爱奥尼亚海海水密度是一又千分之十八,而亚德里亚海的是一又千分之二十九。"

很明显,"鹦鹉螺号"并不躲避那人来人往的欧洲海面,这样,我便可因此得出结论,它将会把我们——可能是在不久之后——带往较为文明的大陆。我想尼德·兰听到这个特别的消息,一定会非常满意。

有好几天时间,我们整天都在做各种各样的实验。这些实验同各个水层的含盐量,同海水的感电作用,海水的染色作用,海水透明度有关,而在所有这些情况下,尼摩船长处处显示出了他的创造力,同时也处处显示出了他对我的那种好感。此后,在几天之内,我没有见过他了,这样,在他的船上,我又变得孤零零了。

一月十六日,"鹦鹉螺号"像是在海洋波涛下仅仅几米的深度处沉睡着。它的电机不转了,其机轮停下来了,于是,船便随波逐流起来。我猜想船员们正忙着进行内部修理,这是必要的,因为机器曾进行剧烈的运动。

我的同伴和我,这时都亲眼目睹了一种奇异景观。客厅中的嵌板是敞开了,可"鹦鹉螺号"船上的舷灯却是未曾打开,因而那水中充满着的一种模糊的暗影。浓云密布、暴风雨来临前的那昏暗天空,撒下来的只是一种不足光线。

我就是在这种情形下观察着海洋状况的,因此,最大的鱼在我看来也就像模糊不清的暗影。就是在这个时候,"鹦鹉螺号"变得一片光明。开初,我以为是船的舷灯先前已开始灯亮,再将电光投射进海里去。可我错了,经过短暂的观察之后,我才发觉了自己的错误。

"鹦鹉螺号"此时是漂浮在一层磷光之中,在这片阴暗的海里,磷光变得格外灿烂夺目。它是由无数的会发光的微生物产生的,当它们溜过金属板的船身时,光亮变得更强起来。此时我处在那光亮的水层中间,突然看到一些闪光,这闪光有如从炽热的熔炉中熔化出来的铝块,抑或是烧至白热的金属块中泛出的那红白亮光;由于位置上的相对关系,使得这亮光中的某些明亮的部分也变为暗淡了,然而在这种情况下,所有的阴影近乎都应该是不存在的了。不!这不是我们通常光线那种柔和镇定的光辐射!这里面是有着一种非比寻常的活力与运动!这光,人们可以感到,它是生机勃勃的!

其实,那是深海中纤毛虫类、粟粒状夜光虫无穷无尽的集聚,是名副其实的透明胶质小球,它们有着如丝般纤细的触须,在三十立方厘米的水中,其数目可达两万五千个。又由于有水母、海盘车、海月水母、海笋,以及浸满海水分解了的有机物的泡沫,而且或许还有鱼类分泌出来的黏液,所有其余这些发磷光的植虫动物所产生的那般特殊微光,使得纤毛虫类、粟粒状夜光虫它们的光变得更亮起来。

一连几个钟头,"鹦鹉螺号"都是在这一片闪烁生辉的波涛中漂浮。每当看到海洋中巨型动物,像蝾螈①,在那里嬉戏的时候,我们则更是赞叹不已。我见得在那里,在那没有燃热的火光中间,有着一些外观美丽漂亮、行动迅速快捷的鼠海豚。它们是海洋之中那不知疲倦的丑角。还有一些身长三米的剑鱼,它们可是大风暴的先知者,它们那巨大的剑锋有时还在大厅的玻璃上面碰撞。接着,出现在眼前的是一些较小的鱼类,各种各样的鳞鲀,活蹦乱跳的鲭鱼,人头形的狼鱼,以及许多别的鱼类,在那光亮的环境氛围中,所有这些鱼类,它们奔跑时给这氛围划映出道道斑纹景象。

这光彩夺目的景象真是一种奇观哪!或许是这环境中的某些条件变化致使这种现象强度有增无减起来呢?抑或就是海面上有某种风暴掀动的缘故?但是,无论如何,在这海上水面下几米深的地方,"鹦鹉螺号"并没有感觉到有那风暴招致的惊涛骇浪的情景,而它,却仍旧是在平静的海水之中,处于一种安稳的摇摆晃动的状态。

我们就这般行驶着,且还不断被某些新奇景况所陶醉。康塞尔在观察着,他在对他的植虫类、节肢类、软体类、鱼类等进行分类。日子过得很快,我都算不过来了。尼德想方设法将船上的日常伙食变换花样。我们成了真正的蜗

---

① 蝾螈:一种两栖动物,形状像蜥蜴。——译者注

牛,被关在我们的壳中,而且,我还要肯定地说,要变成一个十足的蜗牛,那可并不困难。

因为,我们觉得这种生活是方便的,自然的。因此,我们就不再去想象。在地球表面上还会存在另外一种不同的生活。可是,这时候发生了一件事,使我们联想起我们所处的那奇异境地。

一月十八日,"鹦鹉螺号"处在东经一百零五度和南纬十五度之间的海面。暴风雨将至,海上风急浪大,波涛汹涌。大风猛烈地从东方吹来。晴雨表几天来都一直处于低度,这预告着一场自然力的争斗即将来临了。

我在船上大副来测量时角的时候,先前已经登上了船的平台,按照以往惯例,我正在等待着他每日都要说的那句话,可是,那一天,这句话却被另一句同样听不懂的话代替了。

此刻,我看见尼摩船长几乎马上就走出来了,而且,眼睛对着望远镜,正在朝着远方天际望去。

有好几分钟光景时间,船长都在那儿待着不动,在盯住其视线内的那一点。过了一会儿,他放下望远镜,同时还跟大副交谈了十来句话,大副看来情绪激动,且无法抑制。尼摩船长比较能自持,显得不动声色。此外,他似乎还提出一些异议,大副态度明确,肯定地回答了他。至少是这样,我是从他们那语气及姿势的不同做出了这般理解的。

至于我,我同样仔细地注视了他们所观测的方向,可我什么都没有看见。此时天空非常清晰,海水十分光洁,它们相互交融在那同一条地平线上。

然而,尼摩船长却仍旧在船的平台上来回踱着步,并没有看我一眼,兴许是他没有发现我吧。他步伐坚定,可不如往常有规律。他有时停将下来,两手交叉置放在胸前,仔细观察着大海。在这片广阔的空间里,他能够找到什么呢?何况这个时候,"鹦鹉螺号"距离最近的那处海岸已是好几百海里!

船上那大副又拿起望远镜来,固执地搜索着天际,他来回走动,且还不住跺脚,他那神经质般的冲动,与他的船长正好形成了对照。

此外,这个奥秘必须弄个清楚,而且得快,因为,根据船长的命令,机器加大了推动力,机轮转动得更快了。

这个时候,那个大副又将船的注意力吸引过去了。船长停下了脚步,同时用望远镜对照指定的那一点。他仔细观察了很久。至于我,我感到非常纳闷,

于是我走下客厅，拿来了我常用的高倍数望远镜。然后，我依在船舷灯灯笼间壁上，就是船上平台前沿突出的部分，我打算将天际和海面的所有景象来个一览无遗。

但是，我一只眼睛都还没有挨上目镜，出于某种原因，望远镜就被一只大手猛地夺走了。

我转过身来，尼摩船长站在我的面前，可我简直是不认得他了。他的面容完全变了。他那眼睛，闪着阴森的光，在紧蹙的睫毛下显得有些塌陷。他的牙齿半露着。他身体挺直，双拳紧攥，脑袋缩在两个肩膀之间，说明他的全身充满一种正待发出的强烈仇恨。他没有动弹。我的望远镜从他手里掉了下来，滚落在他双脚旁。

这么说来，是我无意中激起了他这种愤怒态势吗？这位令人不可理解的人物,他难道认为,我突然间发现了"鹦鹉螺号"的客人不该知道的某个秘密吗?

不!我并不是这仇恨的对象,因为,他的双眼并没有直盯着我,而是仍旧固执地注视着远处天际那难以捉摸的一点。

终于,尼摩船长又控制了自己。他那完全变了样的面容又恢复回往日的镇定。他用他那令人听不懂的语言对大副说了几句话,然后就朝我转过身来了。

"阿龙纳斯先生,"他用一种十分蛮横的口气对我说道,"我恳求你履行你我之间曾经约定好了的那其中的一项诺言。"

"关于什么的,船长?"

"必须将您关起来,您的同伴和您都一样,一直关到我觉得可以让您恢复自由的时候为止。"

"您是这艘船上的主人,"我一面紧盯着他,一面在应答他说,"可我能否向您提个问题呢?"

"任何一个问题都不行,先生。"

听了这话,我当时就没有争辩的余地了,只得照办,因为,一切抗拒都是不可能的了。

我走下到尼德·兰和康塞尔住的舱房里,同时将船长的决定告诉他们。读者可以想象,那位加拿大人得知这个消息时的反应是怎样的。此外,也没有时间对这一切事情做出解释了。四个船员等在门口,他们将我们领到了我们曾经在"鹦鹉螺号"船上度过了第一个晚上的那间小牢房里。

尼德·兰想要质问,可他刚一进去,门就关上了。而这便是完全的回答。

"先生能对我说说这到底是怎么回事吗?"康塞尔问我道。

我把事情的经过告诉了我的同伴们。他们也同我一样感到惊奇,可也一样地摸不着头脑。

于是,我便竭尽全力地思索着,可尼摩船长脸上那种奇怪的忧虑神情却一直缠绕着我的脑际。我没有办法把两种合乎逻辑的想法连接起来,这样一来,我便沉迷在那最为荒诞不经的种种假设之中,此时,尼德·兰说了一句话,将我从冥思苦想中解脱出来:

"瞧!午餐送上来了!"

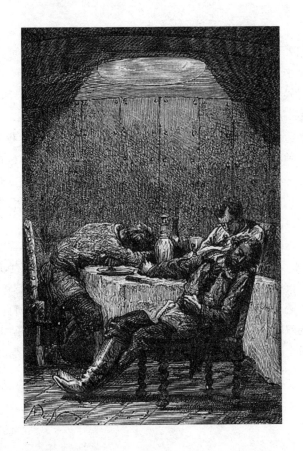

　　的确,饭菜已经摆好,正待坐下吃饭了。显然是尼摩船长下了开饭命令,与此同时,他还令"鹦鹉螺号"加快了行进速度。

　　"先生能听我的一句劝告吗?"康塞尔问我道。

　　"说吧,我的小伙子。"我答道。

　　"那好! 请先生快用餐吧。这样稳妥些,因为我们说不清会发生什么事。"

　　"你说得对,康塞尔。"

　　"真倒霉,"尼德·兰说道,"他们只是给我们送来那船上的菜。"

　　"尼德朋友,"康塞尔应声道,"要是完全没有午餐,那你又能怎样?"

　　这话把这位鱼叉手的种种指责一下子给堵住了。

我们开始入席用餐了。这顿饭吃得很是沉闷。我几乎没有吃什么。康塞尔由于一向处事稳妥，勉强吃了一点。而尼德·兰，不管怎样，可是吃了个嘴不停。后来午餐一完，我们便各自斜靠在一个角落里头。

这个时候，照亮这间小牢房的光球便熄灭了，我们就处在一团漆黑之中，尼德·兰不一会就睡着了，可令我奇怪的是，康塞尔竟然也昏昏入睡了。我在思想着，到底是什么东西使得他那样迫切需要睡眠。这个时候，我觉得我的头脑充满了一种沉重的麻木感。我的眼睛，我是想睁开，但却是不由自由的闭拢上了。我为一种痛苦的幻觉所俘获。很明显，一些安眠药掺进我们刚才吃过的食物里了！由此可见，为了不让我们知道尼摩船长的那些秘密，把我们关将起来仍不够，而且还必须让我们尽快地困顿入睡呢！

我听得这时嵌板又被关上了。那给人以微微转动之感的海洋波动也停息了，这般说来，"鹦鹉螺号"离开洋面了吗？它回到那静止不动的水层中了？

我想要抗拒睡眠。但是，这不可能。我的呼吸减弱了。我感觉到，有一种致命的冷冻僵了我的肢体，而且有如瘫痪一般。我的眼皮，如同真正的铝盖。罩住了我的双眼。我再不能睁开它们了。一种病态的、充满着幻觉的困顿摄住了我的整个身心。紧接着，幻影消失了。我便进入了一种十足的筋疲力尽的境地。

第二十四章　珊瑚王国

第二天，我一觉醒来，感觉头脑特别清醒。令我深感惊奇的是，我竟然是在自己的房中。我的同伴们想必也被送回到他俩合住的那间舱房里去了。他们兴许也是同我一样地毫无察觉。这一夜晚间所发生的事情，他们同我一样全无所知，而要想揭开这个秘密，我唯有指望将来的偶然机遇了。

因此这个时候，我在盘算着怎样可以离开我的房间。我将再次获得自由，抑或还是同眼前一样，成为一名囚犯？我可是完全自由了。我打开房门，走出过道，登上了中央扶梯，前一天夜里关闭上的嵌板现在敞开着呢，于是，我就来到了船只的平台上面。

这时，尼德·兰和康塞尔正在那里等着我。我询问过他们。他们什么都不知道。他们昏昏沉沉地睡着了，没有留下任何记忆，他们对再回到自己的舱房里一事,都感到非常诧异。

关于那艘"鹦鹉螺号",我们觉得还是跟往常一样安静与神秘。它此时漂浮在大海洋波上面,同时在缓缓地开行着。船上似乎没有发生任何一点变化。

尼德·兰用他那犀利的眼睛,注视着大海。海上一片荒凉。这位加拿大人又特别注意地看了看远处天际,仍是什么都没有发现,既没有船只,也不见有陆地。这时西风呼啸,风掀起阵阵长浪,使得船明显地摇摆晃动起来。

"鹦鹉螺号"换过空气之后,保持在平均深度为十五米的水中行驶,这样,它就能迅速地开回水面上来。这种不同以往的方式,在一月十九日这一天进行过多次。船上大副此时登上了平台,他那句习惯的话便同时在船里面回响起来了。

至于尼摩船长,不见他露面。船上人员中,我只见到那个冷漠的侍者,他仍旧像往常那样,准时地、默不作声地给我送饭。

接近两点时,我在客厅里,忙着整理我的记录。尼摩船长打开门,进来了。我向他打了招呼。他还了我一个几乎是察觉不出来的致意,没有跟我说话。我又开始做我的事情,同时期望他能对昨夜发生的事件给我做些解释,可他一声不吭。我注意地看了看他。我觉得他面容疲惫;他那双发红的眼睛,并没有因为睡眠而恢复过来;他的脸上表现出一种深沉的忧伤,一种真正的痛苦。他在来回走动,坐下去又站起来,偶尔拿起一本书一会儿又放下来,看看他的仪器可又不做惯常的记录,如此这般,他似乎是一刻都不能安定下来。

他终于朝我走了过来,而且询问我道:"您是医生吗,阿龙纳斯先生?"

我真没料到他会提这个问题,尽管我注意地看了他些许时间,可我还是没有作答。

"您是医生吗?"他再一次问道,"您有好几位同事曾经都学过医,比如格拉蒂奥莱,摩丹-唐东,以及另外一些人。"

"的确,"我说道,"我是大夫和住院医师,在我进博物馆工作之前,我曾经行医过数年。"

"好的,先生。"

我的回答显然使尼摩船长感到满意。但我不知道他为何提及此事,我等着他提出新问题,好让自己根据情况再做出答复。

"阿龙纳斯先生,"船长对我说道,"您愿意来治疗我的一名船员吗?"

"您这儿有病人？"

"是的。"

"我这就跟您去。"

"请吧。"

我得承认，我的内心很是激动。我不知为什么，我总觉得这位船员的病同昨晚发生的事件之间有着某种关联，而这秘密，至少跟那位病人一样，在缠绕着我的身心。

尼摩船长领着我到了"鹦鹉螺号"后部，同时让我进了水手舱隔壁的一间船舱。

这间舱里，在一张床上，躺着一个四十来岁的男人，外貌刚毅，是真正典型的盎格鲁–撒克逊人。

我朝他俯下身去。这个人不光是有病，而且还有伤。他的头部缠着血淋淋的纱布，用两个枕头垫着。我解开绷带，这位伤员用两只发呆的大眼睛注视着我，让我解开，可没有发出一声呻吟。

那伤口非常吓人，头盖骨被一种撞击器械敲碎了，脑髓裸露着，脑质受到了极度的擦伤，到处都是血块，颜色有如酒渍，脑子受了挫伤，同时还受到震荡。病人呼吸缓慢，肌肉痉挛，脸部在抽搐，整个大脑都在发炎，而且感觉和动作都不灵了。

我为这位伤者数了脉搏。脉搏已是时有时无。身体的各部分已经变冷，我看是死亡将至，无可救药了。包扎完这个不幸的人之后，我还为他调整了一下他头上的绷带，然后我就转身对着尼摩船长。

"这伤是从哪儿来的？"我询问他道。

"这可无所谓！"船长支支吾吾地答着，"'鹦鹉螺号'撞断了机器上的一根操纵杆，击中了这个人。然而，您觉得他的伤情如何？"

我吞吞吐吐地说道。

"您可以讲，"船长对着我说道，"这个人听不懂法语。"

我注意地看了伤者一眼，然后便回答道："这人活不过两个小时。"

"完全无法救活了吗？"

"一点办法也没有了。"

尼摩船长的手颤抖起来，几滴泪珠亦同时从他的眼中流出，可我一直都不

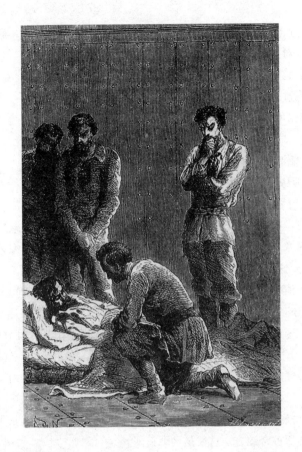

觉得他还会掉泪的呢。

转瞬之间,我再仔细地观察了这个垂死的人,他那生命正在缓缓地离他而去。在笼罩他那尸床的电光的照射之下,他的脸色愈发显得苍白起来了。我看见他智慧的额头上过早地刻下了一些皱纹,这大概就是长期以来他那不幸与贫困所留下的印记。我试图从他两片嘴唇间吐出的那最后的话语当中,得以意外地发现他那平生的秘密。

"您可以离开了,阿龙纳斯先生。"尼摩船长对我说道。

于是,我便任由船长留在那垂危病人的舱房里了。我回到了我的房中,同时仍为方才所见的一幕深深感动着。整整的这一天里,我始终摆脱不掉某些不祥预感的纠缠。这夜,我睡得不好,常常睡梦中惊醒,我仿佛听到了远处传来的哀叹,且是有如一种丧歌般的声音。这难道是用那种我听不懂的语言,在低声诉说着对死者的祷词吗?

次日早晨,我登上了甲板。尼摩船长已经比我先到那里了。他一看见我,就朝我走将过来了。

"教授先生,"他对我说道,"您同意今天去做一次海底漫游吗?"

"跟我的同伴们一道去吗?"我问道。

"只要他们愿意就行。"

"我们听从您的吩咐,船长。"

"那就请你们去穿上潜水衣吧。"

他再也没有提及那个垂死的人,或者已经死去的人的消息。我去了尼德·兰和康塞尔那里,我把尼摩船长的那个建议告知他们。康塞尔立刻就答应去。可是,这一次,那位加拿大人却表示打算同我们一道去了。

此时正值早晨八点。到了八时半。我们为这次新的漫步穿戴完毕。与此同时,我们还带上了探照灯和呼吸器。那扇双重门打开了,尼摩船长以及紧随其身后的十来个船员一齐走将出来。我们到达水面下十米深度处时,便驻足在"鹦鹉螺号"停泊的那坚实的土层上。

一道轻度的斜坡通往一处高低不平的洼地。这处洼地大约有十五法寻深度,跟我第一次在太平洋海底下散步时看见过的完全不同。在这个地方,没有细沙,没有海底草地,完全不见深海森林。我即时意识到尼摩船长那一天许诺领我们去的那神奇地方。这便是珊瑚王国。

在植虫动物门和海鸡冠纲中,可以看到柳珊瑚目,这一目又含柳珊瑚、木贼和珊瑚三科。珊瑚属最后那科,这种奇怪的物质先后被归入矿物、植物和动物类。古人将它当成良药,近代人把它视为珍宝,只是到了一六九四年,马赛人贝桑耐尔才将它明确归入动物一类。

珊瑚是聚集在生性易碎的石质珊瑚骨上的一群微小动物。可这类珊瑚虫具有一种独特的繁殖力。它们如同枝芽般生长,有着自身生命,同时又有着彼此共同的生命,因而这是一种自然的社会主义。我了解关于这种奇怪的植虫动物的最新研究成果。根据博物学家非常正确的观察,这类动物起着矿化作用,同时形成树枝的结晶体。对我来说,去参观大自然在海底培植的那石化森林,没有比这更令人感兴趣的了。

兰可夫探照灯开了,于是,我们就顺着正在形成的珊瑚层走去,随着时间的推移,这珊瑚层将来总有一天,会封住印度洋上这一部分海面。路旁长满了一些杂乱无章的树丛,这是由混杂的小珊瑚树所形成的。小树上面,布满闪动着白光的星形小花朵。不过,与陆地上植物的生长情形相反,这类固定在岩石上的珊瑚树权,其生长情形则是从上到下生长着的。

灯光照射在色彩艳丽的这类珊瑚树的树叶中间,处处在闪烁生辉,生出万千迷人景象。我仿佛看见那些圆柱形薄膜细管,在水波底下颤动着。我尝试过采摘几片它们那带有纤细、娇嫩触须的新鲜花冠。这些花冠,这时有的刚刚开着,有的则在含苞欲放。这个时候,有些身体轻快,鳍迅速摆动的鱼,有如飞鱼般一掠而过,触动了它们。再说,当我的手稍靠近点有生命的花朵,挨近些许这类活脱脱的含羞草的时候,花丛中便会立即发出警报,那白色的花冠就缩进它们红色的匣子里头去了,花朵在我眼前消失了,珊瑚丛因之变成一团圆形石丘。

这次偶然的机会,让我得以置身其中,目睹到这种植虫动物最为珍贵的品种。这类珊瑚可以跟地中海、法国、意大利和巴巴利海岸处打捞到的相媲美。它们中间最漂亮的几个品种,在贸易交往中得到了"血花""血沫"这类富有诗意的名字,它们的艳丽色泽,证明这是名副其实的。这种珊瑚卖到五百法郎一公斤。而在这个地方,海水下面还覆盖着无数珊瑚打捞者们的财富。这种常常杂有其他珊瑚骨的珍贵物质,于是形成名谓"马西奥达"的斑驳、密集的整块珊瑚,在这上面,我也看到了一些奇妙的玫瑰珊瑚品种。

可是不久,珊瑚树丛变得更加紧密起来,它们的那结晶体树枝正在长高变大地生长着。随着我们前进的脚步,展现在我们眼前的,是一些真正的石质丛林,以及一种奇怪结构的一些长槽。尼摩船长走进一条阴暗的长廊,这长廊那缓缓的斜坡把我们引向了一百米深处的地方。我们蛇形玻璃管的灯光,照射在那些粗糙的凹凸不平的门拱上面,照射在像分支吊灯一样分布的、火花点缀般的穹隔上面,不时地产生一些魔幻效果。在这类珊瑚灌木丛中间,我观察到有一些奇怪的珊瑚骨,海虱形珊瑚,节肢蝶形珊瑚;还有几簇珊瑚藻,这藻有绿有红,是埋在石灰盐里的真正的海药,博物学家们经过长期争论之后,最终将它们归入植物一类。然而,根据一位思想家的看法,"生命默默无闻地从无知觉的沉睡中苏醒过来,可是并没有脱离其那初始的粗犷状态,这大概就是它的真实所在。"

　　行走了两个小时之后，我们最后来到了一处海洋深度达至约三百米的地方，那是珊瑚在这上面形成的海底深层范围。在此处地界，所见到的再不是那类孤零零的珊瑚灌木丛，同时也都不再是那种不显眼的低矮的乔林丛木，那可是阔大的森林，是那些又高又大的矿化草木，那些巨大的石化树。它们同一些漂亮的羽毛花彩状植物汇集在一起，而这类海洋藤类植物，披上各种各样颜色的盛装，打扮得光靓生辉。我们在它们那隐没于海水阴暗之中的高大树枝底下自由自在般穿过，而在我们的脚下，那些管形珊瑚、脑珊瑚、星形贝、菌状贝、石竹形珊瑚，则形成一条鲜花铺就的地毯，在闪烁着宝石般耀眼的光芒。

　　多么难以描绘出来的景致啊！啊！而我们却不能交流彼此的感受！为什么我们要被禁锢在这具玻璃与金属制作的圆盔里面？！为什么我们彼此之间，都是目瞪口呆地在那儿发愣？！我们可是希望，至少能过上同水中繁殖的鱼类一样的生活，或是更进一步，过上两栖动物一样的生活，它们倒是可以长时间地随意往来于陆地上面，以及海洋之中的呀！

　　其间，尼摩船长停了下来。我的同伴和我，我们也都停止了行进。我回过头来，看见船员们都围在他们首领身旁，形成一个半圆形状态。我再更为仔细地看了一下，见得其中有四人，肩上正抬着一个长方形的东西。

　　我们占据着这处地方一块宽大的林中空地的中心地带，围绕在四周的是海底森林那些高大的树杈。我们的探照灯投射在这片森林空间的，是一种混沌的光亮，把显现在地上的影子拉得特别长。在那空地的尽头，其昏暗程度更甚，只有几缕微光被那珊瑚的尖刺留住。

　　尼德·兰和康塞尔就在我的身旁。我们都在观看，可一个念头此时却在我的脑际冒将出来：不久，我将会看到一个奇特的场面。我看着地面，发觉有些地方鼓将起来，有微微隆起的石包，这是由石灰质的积淀，以及人工有规律的安排所致。

　　在这片林中空地正中，在一处胡乱堆砌的岩石石基上面，竖起一个珊瑚制作的十字架，上面伸展着两条长长的胳膊，仿佛是用石化血制成的。

　　尼摩船长做了个手势，他的其中一个船员走上前来，并且在离十字架几英尺的地方，他用从腰间取下来的铁锹开始挖坑。

　　我全部明白了！这处林中空地原来是墓地，这个坑，是坟墓，那长方形的

东西,是夜间死去的那个人的尸体!尼摩船长和他的船员到这处公共墓地,到这与世隔绝的海洋底下,是来埋葬他们的同伴。

不!我的内心从来都没有过如此这般的过分激动!从来没有这么强烈的念头涌入过我的脑海!我真不愿意看到如今眼前所见的一切!

然而,坟坑挖得很慢,那些鱼群被惊动了,都往四处逃窜而去。我听见铁锹在石灰质地面上发出响声,有时碰着弃在水底下的火石,还溅起火星来。墓穴逐渐变长,变宽,不久之后,它就深至可以纳下那个尸体了。

于是,那些抬尸人便走近来了。尸身包裹着白麻布,放进了它那湿润的墓穴之中,尼摩船长双臂交叉,置放在胸前,死者曾经爱过的、其所有朋友都跪将下来,在做祈祷状……我的两位同伴和我,我们也都虔诚地鞠了躬。

　　这个坟墓当时被从地上挖出的碎石块盖了起来,而且微微突起一个坟包。

　　这坟填好之后,尼摩船长和他的船员都站起身来;接着,大家就走近墓前,屈膝伸手,做最后的告别……

　　那时,这送葬的行列是抄原路折回的,于是便在那森林的门拱之下,在那矮树丛中间,沿着那珊瑚丛,一直在往上走着。

　　最后,船只上的灯光显现了。它那道长长的光线把我们一直引向了"鹦鹉螺号"所在的地方。一点钟时,我们回到了船上。

　　我一换过衣服,便立刻登上了船的平台,这时心里受到一种可怕意念的纠缠困扰,我走到船只舷灯旁边坐了下来。

　　尼摩船长来到了我的跟前。我站了起来,同时问他道:

　　"正如我预料的那样,那人是夜间死去的吗?"

　　"是的,阿龙纳斯先生。"尼摩船长答道。

"那他现是长眠在他的同伴身旁,在那块珊瑚墓地吧?"

"是的,他们会被一切人所忘记,但是,我们却是除外!我们挖好了坟墓,而那些珊瑚虫,将尽职尽责地把我们的死者永远封闭起来!"

接着,这位船长用他发抖的双手,猛地将脸遮住,他怎么也抑制不住自己了,抽抽噎噎地哭泣起来。过了一会儿,他又说道:

"那里,那大海洋波下几百英尺深度处的地方,就是我们那安静的墓地!"

"船长,您那些死去的同伴,至少可以安安稳稳地长眠在那里,脱离那些鲨鱼的伤害!"

"是的,先生,"尼摩船长神情严肃地说道,"脱离鲨鱼,脱离人类的伤害!"

邓月明　译

下　部

第一章　印度洋

　　珊瑚墓地那感人的一幕深深地烙入了我的脑海,这次海底旅行的第一阶段就在那里结束。现在开始的是第二阶段的旅行。正是这样,尼摩船长的毕生都在这广袤的海洋中度过,他甚至已在那深不可测的海底中为自己准备好了墓穴。在那个地方,不会有任何海怪来骚扰"鹦鹉螺号"船上这些患难之交、生死与共的船员们的安眠。"也绝不会有人来骚扰我们的。"船长补充说。

　　对于人类社会,这位船长总是流露出他那种一直无法改变的不信任和愤懑的情绪。

　　至于我,我再也不满足于康塞尔他那些引以为豪的种种猜测。这位可贵的小伙子坚持认为,"鹦鹉螺号"船上的这位指挥官是被埋没的学者之一,他用蔑视的态度看待人世间的世态炎凉。他还是一位不为人所理解的奇才,由于对陆地上的一切非常失望,才不得已逃避到这个世人难以到达、而他的本性可以得以自由发挥的地方。但依我看来,这种猜测只能解释尼摩船长性格的一个方面。

　　确实,我们被关押在房中且被强迫睡眠的那个神秘的晚上,船长极其粗暴地从我手中夺走了我正准备向天际观望的望远镜的那种防范举动,"鹦鹉螺号"受到无法解释的撞击而导致了那个水手致命的受伤,这一切事实,都促使我向一种更合乎情理的角度考虑问题。不,尼摩船长不只是在逃避人类!他那神奇的装备不仅仅是为他追求自由的天性服务，而且还可能用于满足一种可怕的报复念头，这种念头我至今还不知道是何缘故。

目前，一切还尚未清楚。我只是在一片黑暗中看到了几丝光亮。因此说，我仅仅是在叙述曾经发生过的事情。

再说，我们没有受到尼摩船长的任何约束。因为他知道逃出"鹦鹉螺号"是不可能的。甚至因为我们没有承诺要履行什么诺言，口头上我们不是囚犯。可是，我们仅仅是礼貌上的客人，而实际上，是俘虏或者说是囚徒。因此，尼德·兰还没放弃恢复自由的希望。哪怕是偶然的机会，他也肯定会第一个抓住不放的。我当然也会像他那样的。可是，如果我把慷慨大方的船长让我们熟知的"鹦鹉螺号"的秘密带走，这对我不能不是一件憾事啊！总之，是该憎恨这个人呢，还是该赞美他？他是一个受害者呢，还是一个刽子手呢？再者，坦率地说，在永远离开他之前，我想完成这次海底旅行，它的开始是那么的奇妙。我想观察这一系列藏匿在这个星球海底里的奇观。我想看看这些人类还没看过的东西，即使要我以生命为代价来满足我那强烈的求知欲，我也会这样做的！可是，我们在太平洋底只走了六千里，至今为止我发现了什么？没有，或者说几乎没有。

然而，我清楚地知道："鹦鹉螺号"正在接近有人居住的陆地。一旦有逃脱的机会，我为了自己的好奇心而牺牲自己的伙伴，那未免太残忍了。我必须跟他们一起逃走，或者甚至指挥他们逃走。但这种机会会来临吗？被强行剥夺了自由的人急切地盼望着这个机会的到来，而作为学者或者好奇心强的人，我这时却徘徊不定。

一八六八年一月二十一日那天中午，大副从船里出来测量太阳的高度。我也登上平台，点燃了一支香烟，看着他操作。依我看，此人显然不懂得法语，因为我好几回大声地说出我的想法，如果他能听懂的话，他或许会下意识地做出某些反应，但他却仍然面无表情，一言不发。

当他用六分仪观测时，"鹦鹉螺号"上的一名水手——我们在克利斯波岛进行第一次海底之游时，一直尾随着我们的那个身体强壮的人——也过来清洗探照灯玻璃。于是我仔细观察起这台灯的构造。灯里有一些凸状镜片，像灯塔的玻璃那样放置着，把灯光聚集在一个有效的面上，使亮度骤增百倍。电灯设计得如此尽善尽美，使它的照亮功能发挥得淋漓尽致。事实上，灯光是产生在真空中的,这就同时确保了它的稳定性和强度。而且,真空也可以减少石墨的消耗,灯的弧光正是从两根石墨棒之间产生的。节约对尼摩船长来说非常重要,因为他不可能随意更新石墨棒。但在真空条件下,石墨棒的消耗速度慢得几乎难以察觉。

当"鹦鹉螺号"准备继续它的海底旅行时,我回到了客厅。舱门重新关上了,"鹦鹉螺号"直接向西行驶。

我们在印度洋五点五亿公顷的广阔海域中劈波前进,海水如此清澈透明,以至于人俯身看着水面时会感到一阵晕眩。"鹦鹉螺号"一般是在印度洋底一百米到二百米深处游弋。几天来一直都是这样。我对海有着一种深厚的情感。对于那些和我不一样的人来说,时间自然显得漫长而枯燥。而我则每天在平台上漫步,接受海洋新鲜空气的沐浴,透过客厅玻璃窗观看水中各式各样的景观,阅读图书室里的书籍,撰写我的论文。这一些就足以充实我的所有时间,我也就没有多余的一刻可以用来偷懒或自寻烦恼。

我们所有人的身体状况都非常好,也完全适应船上的特殊食谱。尼德·兰出于抵抗情绪,设法弄出各种菜式,我看这实在是没有必要。此外,在这种恒温的状态下,我们甚至连感冒也不会染上。另外,石珊瑚草树,也就是法国普罗旺斯有名的"海茴香",在船上还有一定的贮存,把它放在煮烂的珊瑚虫肉里,还是一剂治咳的良方。

好几天来,我们看到了大量的水鸟、蹼足类动物、大海鸥和海鸥。有些水鸟被我们巧妙地杀死,再经过精心的烹制,就成了一道令人垂涎欲滴的水禽佳肴。那些从各个陆地上飞来的、做长途飞行的海上水鸟,因长途跋涉,停在水波上休憩。在它们里面,我就看见了属于长翼类、美丽非凡的信天翁,它们发出阵阵的鸣叫,就像驴叫那样不协调。蹼足家族的代表是善于在水面快速捕鱼、飞行速度极快的军舰鸟和数目繁多的鹲,或一种叫"稻草尾"的鹲,在鹲中,这类鹲身上长有红色条斑,身体和鸽子一般大小,白色的羽毛略带有一点玫瑰色,这就使它羽翼上的黑色尤为显目。

"鹦鹉螺号"船上的渔网还捞起了好几种海龟。它们的背部隆起,龟甲十分珍贵。这类善于潜水的爬行动物翕上鼻腔外孔的肉阀,就能长时间地待在水里。这些海龟中有几只被捉住时,还缩在龟壳里睡觉呢,它这一招还可以抵御海里动物的袭击。总的来说,这些海龟的肉吃起来马马虎虎,但它们的蛋却

是一味可口的佳肴。

　　至于鱼类,当我们透过敞开的嵌板窥视它们神秘的海底生活时,不由得发出声声惊叹。我注意到了好几类我以前从没看过的鱼。

　　我特别要提到的是红海、印度海和赤道美洲一带海域里盛产的牡蛎。这类海底动物像海龟、犰狳、海胆、甲壳动物一样,身上披有一层既不是白垩质也不是石质,而是真正的骨质的护甲。它们的甲壳有立体三边形的,也有立体四边形的。在立体三边形甲壳的牡蛎中,我可以举出其中几个种类,它们身长半分米,肉富有营养,美味可口,尾部棕色,鳍部黄色。我甚至想把它们引进到不少海鱼都能很容易适应的淡水中养殖。我还看到了一些立体四边形的,背部长有四个粗节的牡蛎;一些身体下部长有花白斑点,可以像鸟类一样被驯养的牡蛎;一些身上的骨质甲壳突出成刺的三角牡蛎,它们因为叫声呼噜呼噜的,很奇特,而又被称为"海猪";还有一些肉很丰厚、堆成锥形的单峰牡蛎,这种牡蛎的肉粗而硬,相当难啃。

在康塞尔的日记中,我还可以列举出他记录下的这一带海域中特有的单鼻鲀类动物,如红背鱼;身上有三道纵纹的白腹针鱼;长七英寸、色彩鲜艳的电鱼。其次是身上长有白色条纹、无尾,样子犹如一只黑褐色的蛋的卵鱼,这类鱼是其他鱼类的样本;还有称得上是真正的海底豪猪的鱼虎,它浑身长刺,身体一鼓,便形成了一个长满利刺的刺球,和各大洋都有的海马;唇长,鳍像双翅一样宽大,算不上是飞行但至少是会飞跃的海蛾鱼;尾部布满鳞片,体形扁平的鸽子鱼;身长二十五公分,色彩绚丽,味道鲜美的长颌鱼;头部凹凸不平的青灰色美首鱼;无数的身有黑纹,腹鳍长,能在水面以惊人的速度滑行的鳉鱼;味道鲜美,能扬起腹鳍顺流而下的风帆鱼;造物用黄、天蓝、银白和金黄各种色彩装扮起来的色彩斑斓的彩鱼;鱼翅成丝状的绒翼鱼;身上沾着泥沙,能发出某种嗯嗯声的杜父鱼;肝脏有毒的鲂鮄;眼睛上罩着一个会动的眼泡的波帝恩鱼;最后是嘴尖长如管的哨子鱼,这位海洋中真正的猎手,有着一支夏斯波公司或雷明顿公司都设计不出的长枪,它每从嘴枪里射出一滴水,就能杀死一只虫子。

按拉塞拜德的划分法,第八十九种鱼属属于骨质鱼类第二次纲,其特征是有一块鳃盖和一片鳃膜。我就看到这一鱼属里的鲉鱼,它头上长有长刺,仅有一个脊鳍。按这种鱼所属的次属中说,它们有的身上长有鳞片,有的没有。第二次属同时向我们展示了一些身长三至四分米的二指鱼图样,这种鱼有黄色条纹,头部古怪。在第一次属里,则提供了一类名曰"海蟾蜍"的怪鱼的好几张样本。此鱼头大,时而布满深深的皱纹,时而隆起很多泡,长有细刺和结节,有一些不规则的可怕的角,浑身长满小茧,被它扎伤是很危险的,这是一种令人生厌而又令人生畏的鱼。

一月二十一日至二十三日,"鹦鹉螺号"每天走一百五十里,即五百四十海里,速度为每小时二十二海里。我们之所以能认识各种各样过路的鱼类,是因为鱼类受到电光的吸引,奋力追随我们。它们大部分跟不上"鹦鹉螺号"的速度,不久就落到后面了;而有些则可以紧跟着"鹦鹉螺号"好一段时间。

二十四日清晨,在南纬十二点五度、东经九十四点三三度上,我们望到了

　　一个长满可可树的珊瑚岛——奇林岛。达尔文先生和菲特兹华船长就曾经来过这里考察。"鹦鹉螺号"贴着这个荒岛的悬崖峭壁行驶。船上的拖网网上来了许多珊瑚虫和棘皮动物，还有软体动物，各种各样怪异的贝壳。一些珍贵的珊瑚成了尼摩船长的宝贝，我看见了其中有一种星点状的、寄生在贝壳上的珊瑚骨。

　　过了一会儿，奇林岛在天际边消失了，"鹦鹉螺号"向西北方向的印度半岛尖端驶去。

　　"这是一片开化的陆地，"那天尼德·兰对我说，"与野人多过狍子的巴布亚岛相比，这里好多了！教授先生，印度这片陆地上，有公路、铁路，还有英国、法国和印度的城市。五里路内，我们总不会碰不到一个同胞吧。嗯！难道这不是与尼摩船长撕破脸皮告辞的时机吗?"

"不,尼德,不,"我口气坚决地说,"就像你们水手说的吧:让我们继续上路吧。'鹦鹉螺号'会接近有人居住的陆地,它就总有一天会回到欧洲的。就让它带我们回去吧。一旦到了我们的欧洲海域,我们再见机行事。再说,我估计尼摩船长不会像在新几内亚森林里那样,允许我们到马拉马尔或哥罗蒙代尔海边打猎的。"

"那这样,先生,不经他允许不行吗?"

我没有回答加拿大人。我不想争辩下去。其实,是命运让我到了"鹦鹉螺号"船上,我心底里会一直考虑着命运中这些偶遇的。

从奇林岛起,船的速度总的来说是放慢了。航行的线路也比较随意,船经常下到很深的海底。船员好几次用船内的纵斜机板把船的斜面板转动到吃水线处。我们就这样一直沉到二至三公里深的海底。对于这片广阔的印度洋深海,潜水深度一万三千米的探测器尚不能到达,我们也没加以勘探。至于深海层的温度,船上的温度计总是显示在零下四度。我只是注意到,在海水表层,低层的水总比海面的水冷。

一月二十五日,洋面一片荒凉,"鹦鹉螺号"在海面上行驶了一整天,轮机有力地拍打着水波,喷出束束水花。瞧,这样人们怎不会把它当作一只巨大无比的鲸鱼呢?这一天四分之三的时间里,我逗留在平台上,望着大海,天际边空无一物。只是到了下午四点左右,一艘长长的蒸汽轮朝西迎面开来。有一阵子,我清楚地看到了蒸汽轮的桅杆,而蒸汽轮却察觉不到贴着水面行驶的"鹦鹉螺号"。我想这是印度半岛和东方汽轮公司的蒸汽轮,它航行于锡兰与悉尼之间,途中曾在乔治王角和墨尔本港停靠过。

下午五时,热带地区短暂的黄昏来临之前,海上出现了一种奇妙的景观,康塞尔和我都对此赞叹不已。

那是一种可爱的动物。按古人的说法,遇上它就意味着好运。亚里士多德、阿德尼、普林、奥彼恩曾经研究过这种动物的嗜好,并用意大利学者和希腊学者诗篇中所有富有诗意的言辞来形容它,称它为"鹦鹉螺"和"旁比里斯"。但现在的科普书上不采用这种叫法,而是称这种软体动物为船蛸。

问过康塞尔的人都会从这位正直的小伙子那里得知软体动物支分为五纲。第一纲头足纲动物,它们有的有介壳,有的没介壳;头足纲动物按鳃的数目分为两鳃和四鳃两个科;两鳃科又分船蛸、枪乌贼、墨鱼三属,四鳃科则只有鹦鹉螺一属。按这种分类术语,如果还有顽固不化的人把带吸盘的船蛸和带触须的鹦鹉螺混为一谈的话,那就不能原谅了。

这么说,当时有一群船蛸正在海面上漂游着,估计有成百上千只。这些船蛸属于长有结块的那类,是印度洋特有的。

这些动作优美的软体动物吸进一管水,再把水射出来,借助水的反作用力向后游动。它们有八条触须,细长的六条漂浮在水面,而另外两条则竖起弯成掌状,像风帆一样迎风舒展。我清晰地看到了它们螺旋状的波纹介壳,居维埃确如其当地称它们为"精巧的小舟"。这真是一叶真正的小舟啊!船蛸用分泌液做出自己的外壳,它不把外壳黏在身上,可外壳却时刻装载着船蛸。

"船蛸本来可以自由地离开介壳,"我对康塞尔说,"但它却从没离开过。"

"尼摩船长就是这样的,"康塞尔说得对极了,"所以他觉得最好把自己的船叫作'鹦鹉螺号'。"

"鹦鹉螺号"在这群软体动物之间漂浮了大约一个钟头。突然,这群软体动物不知道受到了什么惊吓,它们好像听到了一声信号似的,所有的风帆骤然放了下来,爪子收回去,身体蜷缩,介壳翻了个身,调转重心,整个小船队消失在茫茫的海波中。这一切就发生在一眨眼间,我还从没见过一支船队能像它们一样,这么协调一致地行动。

这时,夜幕骤然降临。微风费力地掀起的阵阵水波,在"鹦鹉螺号"的船舷顶列板下静静地延伸着。

第二天,一月二十六日,在子午线八十二度处,我们穿过了赤道,又回到了北半球。

在这整整一天里,一群令人生畏的角鲨紧紧尾随着我们。这是一种可怖的动物,它们在这一带海域里迅速地繁殖,使这里的海区变得十分危险。烟色角鲨背部褐色,腹部灰白,武装着十一排尖牙;"眼睛"角鲨在颈部处有一大块被白色圈起来的黑斑,看上去就像是一只眼睛;灰黄色角鲨的喙部显圆形,身上布满暗斑。这些力大无比的动物不时用力地撞击着客厅的玻璃,让人担心不已。尼德·兰再也克制不住自己,他真想冲到水面去,用鱼叉射击这些庞然大物。特别是某些嘴巴里像嵌地板砖一样布满了牙齿的星鲨和一些长达五米的大虎鲨,更使他怒不可遏。但过了一会儿,"鹦鹉螺号"加快马力,轻松地把

这些速度最快的鲨鱼远远地抛在了后面。

一月二十七日，在孟加拉湾的出口处，我们好几次见到了一幕幕阴森可怖的景象！一具具尸体漂浮在水面上。这是印度城市中的死尸，被恒河水冲入大海中。秃鹫——这个国家唯一的收尸人，还没能把这些尸体狼吞虎咽完。而在这里，并不缺少角鲨来帮它们完成这项收尸工作。

晚上七点钟左右，"鹦鹉螺号"半浸在乳白色的海水中行驶着。一眼望去，海水好像牛奶似的。这难道是月光的杰作吗？不，在太阳的余晖中，才两天的新月还在海平面以下呢。整个天空中，虽然星光灿烂，但和银白色的海水相比，似乎显得有些暗淡。

康塞尔一点也不敢相信自己的眼睛。他问我这种奇特的现象是什么原

202

因。幸好,我还能回答他的问题。

"这就是人们所说的'乳白色的大海',"我对他说,"在盎波尼岛海岸和这一带沿海经常可以看到广阔的白色波浪。"

"可是,"康塞尔说,"先生可以告诉我是什么原因造成这种现象的吗?我想该不是这里的海水都是牛奶做的吧!"

"不,小伙子,这让你惊讶的白色是因为水中有成千上万条细小发光的纤毛虫。这些虫胶质无色,像一根头发那么细,长不到五分之一毫米。这些纤毛虫相互黏在一起,延伸在好几海里的海面上。"

"好几海里哪!"康塞尔叫了起来。

"是的,小伙子,不要费尽心思去算这些小虫了!况且你算不出来的,如果我没记错的话,有些航海家曾经漂流过四十多海里'乳白色的海'。"

我不知道康塞尔是否会采纳我的建议,但他好像陷入了沉思之中,他可能正在努力地计算着四十多海里究竟能有多少五分之一毫米的小虫。至于我呢,我继续观察着这一现象。在几小时内,"鹦鹉螺号"的船头划破着这股白色的海流。我注视着它静静地在皂沫般的水面上滑行,就像漂浮在海湾的顺流和逆流相遇交叉时引起的白色泡沫漩涡中一样。

临近午夜,大海突然恢复了它平常的面貌。但在我们后面到海平线尽头处,天空映射着白色的水波,似乎久久沐浴在模糊的北极光中。

第二章　尼摩船长的新主张

一月二十八日正午,"鹦鹉螺号"在北纬九点四度处浮出了水面,我们望见了在西面八海里远有一块陆地。我率先注意到那是一群海拔约两千英尺高的连绵起伏的山峦。我测定好方位,就回到客厅里,在地图上对比了一下,才意识到我们现在看到的是锡兰岛——印度半岛这片叶子下的一颗明珠。

我回到图书室寻找一些关于这个岛屿——地球上最肥沃的土地之一——的书籍,恰好找到了一本 H. C. 希尔先生编写的,名为《锡兰和锡兰人》的书。我一回到客厅,就记下了锡兰的方位。在古代,这个岛屿曾经有过各种各样的称呼。它的地理位置在北纬五点五五度和九点四九度、东经七十九点四二度和八十二点四度之间。岛长二百七十五英里,岛的最宽处有一百五十英里,周长九百英里,面积两万四千四百四十八平方英里,也就是说,比爱尔兰岛略微小一点。

这时,尼摩船长和大副出现了。

船长看了一眼地图,然后转身对我说:"锡兰岛是一个以采珠业著称的地方。阿龙纳斯先生,您想不想去看一看它的采珠场?"

"那还用说,船长先生。"

"好。这并不难。只是一年一度的采珠季节现在还没开始,我们只能看看采珠场,却不能遇到采珠人。不管怎么样,我会下令把船向马那阿尔湾开去的,夜里我们就能到达那儿。"

船长对大副说了几句话,大副就马上出去了。不一会儿,"鹦鹉螺号"又潜入了水中,压力表指示在三十英尺深处。

我两眼盯着地图,搜索着马那阿尔湾。这个海湾处于北纬九度,锡兰岛的西北岸,是由马那阿尔小岛延伸而形成的。要到马那阿尔湾去,就必须沿着锡兰岛的西岸向上溯。

"教授先生,"尼摩船长接着对我说,"在孟加拉湾、印度海、中国海、日本海、美洲南部沿海、巴拿马湾、加利福尼亚湾,人们都在捕捞珍珠。但就是锡兰的珍珠捕捞业最卓有成就。我们或许来早了点。这里的采珠人三月份才齐集马那阿尔湾。到那时,在三十天之间,他们的三百只采珠船就会不断地从事着采集大海宝藏这一有利可图的工作。每只船有十个桨手和十个采珠人。十个采珠人分成两组,轮流潜入水中。他们把绳子一头拴在船上,一头拴在一块大石头上,两脚间夹着石头潜到十二米深处。"

"如此说来,"我说,"他们还是一成不变地使用这种原始的采珠方法吗?"

"是的,"尼摩船长回答说,"尽管一八〇二年阿米恩条约签订后,这些珠场就属于世界上最工业化的英国人所有,但原始的采珠法还是沿袭使用着。"

"喏,依我看,您使用的潜水服在采珠这样的作业方面似乎大有用武之地。"

"是的,这些可怜的采珠人毕竟不能在水底下待太久。英国人佩斯瓦尔在他的锡兰游记中说道,有一个卡菲尔人可以在水下憋气十五分钟,但我认为这不太可信。我知道有些潜水者可以在水中坚持五十七秒钟,功底深一些的可以坚持到八十七秒钟,但这种人毕竟是少数;而且,这些不幸的人一回到船上,鼻子和耳朵都淌着血水。我认为采珠人在水中平均可以待上三十秒,在这三十秒中,他们得拼命地把他们抓到的珍珠贝往网袋里装。而且,这些采珠人一般不能活到老,他们的视力衰退,眼部溃疡,身体多处创伤,更有甚者,他们经常在海底中风。”

“是的,”我说,“这是一种悲惨的职业,它只是为了满足某些骄奢淫逸的人的需要。可是,船长,请告诉我,一只船每天能采到多少珍珠贝呢?”

“大概四五万只吧。我甚至听人家说,在一八一四年,英国政府为了谋求高额利润,雇人采珠,在整整二十天里,采珠人共采集了七千六百万只珍珠贝。”

“可他们至少会付给采珠人足够的佣金吗?”我问。

“佣金少得可怜啊,教授先生。在巴拿马,采珠人每周才赚到一美元。而且经常出现的情况是,摸到一个含有珍珠的珠贝就得一个苏,可是他们抓到的珠贝里毕竟多数是没有珍珠的啊!”

“这些可怜人养肥了他们的主子,到头来自己才得一个苏! 真是可悲啊。”

“这样,教授先生,”尼摩船长对我说,“您和您的同伴一起去参观参观马那阿尔滩吧,说不定会碰到提早来的采珠人呢,我们就看看他们如何作业吧。”

“好啊,船长。”

“随便问一句,阿龙纳斯先生,您不怕鲨鱼吧?”

“鲨鱼?”我叫了起来。

对于这个问题,这还用说吗。

“如何?”尼摩船长追问说。

“老实说,船长,我对这种鱼还不太了解。”

“我们这些人对它早就习以为常了,”船长说,“随着时间推移,您也会的。何况,我们还会带上枪。在途中,说不定能捕杀到角鲨呢。这种打猎很有趣的。就这样吧,教授先生,我们明天一早见。”

尼摩船长从从容容地说完这句话,就离开了客厅。

请想想,假如有人请您到瑞士山上猎熊,您或许会说:“妙极了! 我们明天要去猎熊了。”如果有人请您到阿特拉斯平原狩狮或到印度丛林里打虎,您或许会说:"啊!啊!看来我们要去打老虎或狮子了。"但如果有人请您到鲨鱼的老巢里去捉鲨鱼,在接受邀请之前,恐怕您是得三思而行。

我用手擦了擦额头上的几滴冷汗。

"让我们再想想吧,"我心里想,"我们得抓紧时间。到水下森林猎水獭,就像我们在克利斯波森林一样,那还可以。但在深海里游来荡去,而且还有可能碰到鲨鱼,这可就是另外一回事啊!我清楚地知道在某些国家,特别是在安达梅岛,黑人们会一手拿着匕首,一手拿着绳索,毫不犹豫地去攻击鲨鱼。可我也清楚地知道,在这些去迎战这种令人毛骨悚然的动物的人中,许多都是有去无回的。再说,我又不是一个黑人。如果我是个黑人的话,我相信,在这种情况下,我要是有那么一丁点儿的犹豫,就太不应该了。"

于是,我心里想象着鲨鱼的样子,想象着它那硕大的颌部,武装着的一排排牙齿,能把人一下子咬成两段。我已经感觉到腰部隐隐作痛。再说,我不明白船长为什么这么不客气地提出这种糟糕的邀请!这难道是去树下抓一只不伤人的狐狸吗?

"对了!"我想,"康塞尔怎么样也不会去的,这样我也可以不陪船长去了。"

至于尼德·兰,老实说,我不能肯定。这么大的风险,对他好斗的本性来说,总是一种引诱。

我重新拿起希尔的书,但我只是机械地翻着。在书的字里行间中,我看到的尽是一张张张大着的、硕大无朋的鲨鱼颌。

这时,康塞尔和那个加拿大人走了进来,他们神情平静,甚至还有点高兴。他们还不知道有什么事情正在等着他们呢。

"天哪,先生,"尼德·兰对我说,"您的尼摩船长——去他妈的——刚刚跟我们提了个友好的建议。"

"啊!"我说,"你们知道了……"

"请别见怪,先生,"康塞尔说,"'鹦鹉螺号'的指挥官邀请我们明天陪同您到锡兰美丽的采珠场去参观。他言辞得体,举止堪称一位真正的绅士。"

"他没跟你们说其他的?"

"没有,先生,"加拿大人回答,"除了他跟您说过的散步外,可没说其他的。"

"说真的,"我说,"他没跟你们提过任何细节,有关于……"

"一点也没有,博物学家先生。您和我们一起去,不是吗?"

"我嘛……当然!我看您对这很感兴趣,兰师傅。"

"是的!这很新奇,很令人惊奇。"

"可能危险点!"我旁敲侧击地说。

"危险,"尼德·兰回答说,"在珍珠贝滩上走一趟也会有危险!"

显然,尼摩船长觉得没必要向我的同伴提醒鲨鱼的事。我局促不安地盯着他们,好像他们现在已经四肢不全了。我要不要提醒他们呢?要,当然要,但我不知道该从何说起。

"先生,"康塞尔说,"您可不可以跟我们谈谈采珠的细节?"

"是关于采珠本身,"我问道,"还是关于事故……"

"关于采珠的,"加拿大人回答说,"去现场之前,知道一下也是好的。"

"那好吧!请坐吧,我的朋友,我就跟你们说说我刚从英国人希尔那里了解到的所有知识吧。"

尼德和康塞尔坐在了沙发上,加拿大人首先发问:"先生,珍珠是什么?"

"我憨厚的尼德,"我回答说,"在诗人眼里,珍珠是大海的眼泪;在东方人看来,它则是一滴凝固了的露珠;对于妇女,它是一种椭圆形的首饰,晶莹剔透,珠光宝气,她们戴在手指上、脖子上或耳朵上;在化学家看来,它是有点胶质的磷酸盐和碳酸钙混合物;最后,在博物学家看来,这是某些双壳软体动物分泌螺钿质器官的病态分泌物。"

"它是属软体动物支,"康塞尔说,"无头类,甲壳属的。"

"对极了,聪明的康塞尔。但是,在甲壳类中,鲍子、大菱鲜、砗磲、海桃,一句话,所有分泌螺钿质的动物,即那些内瓣充满蓝色、浅蓝色、紫色或白色螺钿质的动物,是不能产出珍珠的。"

"贻贝也一样吗?"加拿大人问。

"是的。在苏格兰、加勒地区、爱尔兰、萨克、波艾米和法国,这些地方的某些河流里的贻贝都不能产出珍珠。"

"好哇!那我们以后得注意点。"加拿大人回答说。

"但是,"我又说,"像贝母、乳白珠贝还有珍贵的小纹贝,就特别能产珍珠。珍珠仅是一种圆形的螺钿质凝聚物而已。它或是黏附在珠贝的壳上,或是嵌在珠贝的肉缝里。在壳上的珍珠是黏着的,而含在肉里的则是活动的。但珍珠的形成总是要有一个坚硬的东西作为核心的,这可能是一个石卵,也可能是一颗沙子,螺钿质在沙石的表面常年不断地、一层一层地累积。"

"在一个珠贝里可以同时找到几颗珍珠吗?"康塞尔问。

"是的,小伙子。有一些小纹贝简直就是珠宝盒。有人甚至说见过一个珠母,它至少含有一百五十只鲨鱼,我是对此表示怀疑。"

"一百五十只鲨鱼!"尼德·兰喊道。

"我是说鲨鱼吗?"我也叫了起来,"我是说一百五十颗珍珠。说鲨鱼就文不对题了。"

"确实是这样,"康塞尔说,"可是先生,您现在可否和我们讲讲人们是用什么方法取珠的呢?"

"有好几种方法。比较常用的方法是,当珍珠是附在贝壳上的情况下,采珠人就用钳子把珠贝夹出来。但最普遍的方法是把小纹贝摊在铺有草席的海岸边上,让它们在露天中死亡。十天之后,小纹贝就腐烂得差不多了。人们再把小纹贝倒进一个大海水池中,然后打开冲洗。接下来就开始两道取珠的工序。人们先把在贸易中称为'纯白'、'杂白'和'杂黑'的珍珠分别盛到一百二十五千克到一百五十千克的小匣子里,再把珠贝的腺组织摘下,煮一煮,再筛一筛,直到看到最小的珍珠。"

"珍珠的价钱是按大小而定吗?"康塞尔问。

"不仅根据大小,"我说,"而且根据形状,根据水色,也就是颜色,还根据光泽,也就是肉眼看上去柔和绚丽的色泽。最漂亮的珍珠被称为贞珠或范珠。它是单独在软体动物的纤维上成长的,白色,通常是不透明的。但也有的是乳白剔透的。最常见的是球形或梨形的珍珠。球形的可以用来做手镯,梨形的可以做耳坠。因为很贵,所以论颗买卖。其他附在贝壳上,形状不规则的珍珠则按重量买。最后,那些被称为小粒珠的小珍珠是低一级的珍珠,买卖时是按斗算的。这些小珍珠主要用来绣在教堂的装饰品上。"

"可是,把珠子按大小分开这活儿,肯定又费时又麻烦吧。"加拿大人说。

"不,朋友。这道工序使用十一种筛孔大小不同的筛子。留在二十至二十四孔的筛子里的珍珠是上等的。剩在一百至八百孔的筛子里的是二等品。最后用九百至一千孔筛出来的是小粒珠。"

"太巧妙了，"康塞尔说，"我明白了，分珠的方法很机械化。先生，再讲一讲有关珍珠开采的情况好吗？"

"据希尔的书上说，"我答道，"锡兰珠场每年的利润丰厚。"

"大量的法郎收入。"康塞尔说。

"是的，大量的法郎收入！三百万法郎，"我重复说，"可是我认为，这些珠场现在不会有过去那样的好收入了。美洲的珠场也一样，在查理王朝统治时，年收益为四百万法郎，而如今呢，减少到了三分之二。总之，估计目前珍珠开采总收入为九百万法郎。"

"那么，"康塞尔问，"您能不能说一说一些价值连城的珍珠呢？"

"当然，小伙子。听说恺撒曾经送给塞维利亚一颗现价高达十二万法郎的珍珠。"

"我甚至听人家说过，"加拿大人说，"古代有一位贵妇人把珍珠泡在醋里。"

"那是克娄奥巴特。"康塞尔说。

"这可不太好。"尼德·兰补充说。

"是糟透了，尼德朋友，"康塞尔说，"这样一小杯醋酸就值十五万法郎，可谓价格不菲啊。"

"真遗憾我没能娶到这个贵妇。"加拿大人说着，挥动着手臂，神色令人不安。

"尼德·兰，娶克娄奥巴特！"康塞尔喊道。

"我早就该结婚的，康塞尔，"加拿大人严肃地说，"可我没结成，这并不是我的错。我甚至已经买了一串珍珠项链给我的未婚妻凯特·唐德，可她却嫁给了别人。瞧！这条项链整整花了我一块半美元，教授先生，您好歹得相信我，项链上的珍珠可是二十筛孔筛子里头的啊。"

"老实的尼德，"我笑着说，"那是人造珠，是一颗外表涂着东方香精的玻璃珠。"

"咦！东方香精，"加拿大人说，"也应该很贵吧。"

"分文不值。它是欧鲌壳上的银白色物质，从水里采集到，保存在氨水中。没有任何价值。"

"可能正因为如此，凯特·唐德才嫁给了别人。"兰师傅通达地说。

"不过，"我说，"说到价格昂贵的珍珠，我想没有任何一位帝王的珍珠可以和尼摩船长的珍珠媲美。"

"是那颗。"康塞尔指着玻璃罩里华丽的首饰匣说。

"当然啦，我没估错的话，它价值二百万……"

"法郎。"康塞尔急切地说。

"对，"我说，"二百万法郎。尼摩船长也许费了九牛二虎之力才采到它。"

"喂！"尼德·兰叫起来，"谁说在明天的散步中，我们不能像尼摩船长一样地撞彩呢。"

"做梦！"

"为什么不？"

"在'鹦鹉螺号'船上，有一百万法郎对我们有什么用呢？"

"在船上，不，"尼德·兰说，"是……在别的地方。"

"什么！别的地方！"康塞尔摇摇头说。

"确实，"我说，"兰师傅说得有理。如果我们能带着一颗价值几百万的珍珠回到欧洲或美洲去，这起码能证明我们这次历险的真实性，并增加传奇的色彩。"

"我相信。"加拿大人说。

"可是，"康塞尔说，他总是想到事情会有教训的一面，"采珠危险吗？"

"不，"我赶快说，"特别采取了一些预防措施，就更不会有危险了。"

"干这一行有啥子危险？"尼德·兰说，"顶多是多喝几口海水呗。"

"确实如此，尼德。不过，"我尽量像尼摩船长那样，用从容不迫的口气说，"你们害怕鲨鱼吗？"

"我，"加拿大人说，"一个职业鱼镖手！捉鲨鱼正是我的老本行。"

"这可不是用渔钩把它们钩上来，拖到甲板上，剁掉尾巴，开膛剖腹，掏出心脏扔到海里哇。"我说。

"这么说是……"

"没错。"

"在水里？"

"在水里。"

"我的老天爷，得用一只好鱼叉！先生，您知道鲨鱼这些畜生身体有缺陷,要翻过身来才能咬人,就在它转身时……"

尼德·兰做了一个"咬"的动作,让人感到脊背上都凉飕飕的。

"那,你呢,康塞尔,你怎么想呢?"

"我,我要坦诚地和先生谈一谈。"康塞尔说。

"是时候了。"我想。

"如果先生要攻击鲨鱼,"康塞尔说,"他忠实的助手没理由不和他一起去的。"

第三章　一颗价值千万法郎的珍珠

夜深了。我上床睡觉,可睡得很不安稳。鲨鱼在我的睡梦里扮演着主角色。我觉得,说鲨鱼"requin"这个词来源于安魂曲"requiem"这个词,很对但又很不对。

第二天清晨四点,尼摩船长特别吩咐服务员叫醒我。我马上起床,穿上衣服就来到客厅里。

尼摩船长正在那里等着我呢。他对我说:"阿龙纳斯先生,您准备好出发了吗?"

"是的。"

"请跟我来。"

"船长,我的同伴呢?"

"通知过他们了,正等着我们呢。"

"我们不穿潜水服吗?"我问。

"还用不着。我没让'鹦鹉螺号'太靠近海岸,我们离马那阿尔滩还很远。不过,我准备了一只小艇,它将载着我们到我们要去的地方,这样我们就省掉一段相当长的路程。艇上有潜水设备,水下探险开始时,我们就穿上它。"

尼摩船长领着我走向通往平台的中央扶梯,尼德和康塞尔已经在那儿了,他们为将要进行的"有趣游戏"而雀跃不已。"鹦鹉螺号"船上的五个水手拿着桨,在已经停在船甲板上的小艇里等着我们。

天色仍然晦暗。云块遮住了天空,星辰稀疏。我放眼对面的陆地,只看到一道模糊的海岸线,从西南到西北挡住了四分之三的天际。夜间,"鹦鹉螺

号"沿着锡兰岛的西海岸上溯,已到达了海湾西侧,或者更确切地说,是在陆地和马那阿尔岛之间的海湾西侧。这里的深水中延伸着一条小纹贝礁石岩脉,这是一片长度超过二十海里,取之不竭的珍珠"田"。

尼摩船长、康塞尔、尼德和我,我们坐到了小艇的后部。掌舵人把好舵,他的四个同伴扶着船桨,小艇的掣索解开了,我们出发了。

小艇朝南划去。桨手们不急不慢地划着。我注意到桨叶吃水很深,桨手们是按战艇常用的节奏十秒一下,十秒一下地划着。小艇匀速前进,扬起的水珠像溶化的铅液飞溅一样,噼噼啪啪地打入漆黑的水波中。海面涌过来一个小海浪,把小艇摇晃了几下,几片水花打在了船头上。

我们沉默无言。尼摩船长在想什么呢?或许他正在想:这片他正在靠近的陆地,距他仅是咫尺之间。而对于加拿大人而言,则恰恰相反,那还离他远着呢。至于康塞尔,他仅仅是好奇而已。

五点半左右,天色初曙,海岸上的轮廓更清晰地展现出来。海岸东边比较平坦,向南则有些起伏。离海岸还有五海里路,海滩和雾气浓浓的水面混成了一片。在海岸和我们之间的海面上,荒无人烟。没有一艘船,也没有一个潜水人。深深的孤寂笼罩着这片采珠人将要云集的地方。正如尼摩船长事先提醒过:我们早了一个月来到这片海滩。

六点钟,天色忽地一下子亮了,这是热带地区特有的白天黑夜快速交替现象,不存在晨曦,也不存在黄昏。万丈阳光穿透了堆积在东边天空上的厚厚云层。一轮光芒四射的旭日冉冉升起。

我清晰地看到了树木星星点点的陆地。

随着小艇向马那阿尔岛划近,岛的南端海岸线渐渐显露出圆形。尼摩船长从位子上站起来观察海面。

他做了个手势,小艇就抛锚了。这里的海底是小纹贝暗礁山脉的一处峰顶,水深不过一米,所以锚链只滑下去了一点。小艇随着退潮退了回去。

"我们到了,阿龙纳斯先生,"尼摩船长说,"你们看看这狭窄的港湾。就是在这里,一个月间就云集了大量的采珠船。这片水域,也正是采珠人要大胆地进行搜索的地方。好在这片港湾很利于采珠,它可以避强风,海面波涛又不大,这样的条件对于潜水工作相当适合。我们现在就穿上潜水服,开始水下漫步吧。"

我望着这片疑云密布的水波,没有回答他的话。在小艇上水手的帮助下,我开始穿上这笨重的水下服装。尼摩船长和我的两位同伴也在穿潜水服。可是,没有一个"鹦鹉螺号"船上的船员将陪我们进行这次新旅行。

一会儿,我们身上到脖子处,都被囚禁进了这橡胶衣服里。背上用背带绑上了空气筒。至于兰可夫灯,我们没带上。在把脑袋钻进铜盔前,我向尼摩船长提出灯的问题。

"灯对我们没用的,"船长回答说,"我们下潜的深度不大,阳光就能绰绰有余地为我们的行程照明。再说,在这片水中,带上电灯是不明智的。它的光亮会意外地招惹来这带水域中的危险动物。"

尼摩船长说话时,我转向了康塞尔和尼德·兰。可是这两位朋友已经戴

上了铜盔,他们听不到我们的话,也回答不了。

　　我又向尼摩船长提出最后一个问题:"那武器呢,我们的枪呢?"

　　"带枪!有什么用?你们的山里人不是手握匕首去打熊吗?钢刀不是比铅弹更有用吗?这有一把刺刀,别在您的腰间,我们走吧。"

　　我看了看我的同伴,他们也和我们一样装束。此外,尼德·兰还挥动着一把他在离开"鹦鹉螺号"前放进了小艇里的大鱼叉。

　　我学着尼摩船长的样子,戴上了这沉甸甸的铜球。一戴上头盔,背上空气筒就立即开始供气了。

　　没多久,艇上的水手就把我们一个个放入了水中。在一米半深的水里,我们踩到了沙子。尼摩船长向我们做了个手势。我们紧随着他,走下一个倾斜的缓坡,消失在水波中。

一到水中,那些老是萦绕在我脑际间的想法都统统忘光了。我出奇地平静。我动作自如,这大大地增强了我的自信心。此外,海底奇异的景象攫住了我的想象力。

太阳已经把水底照得光亮。连最小的东西也可以看得清清楚楚。走了十分钟,我们来到五米的深水中,这里地面相当平坦。

我们脚到之处,一群群单鳍属的、除了尾鳍外没有别的鳍的奇怪鱼类,像一群群扇尾沙锥一样,惊得一涌而起。我认出了其中有形如水蛇的爪哇鳗,它们身长八分米,腹部苍白,很容易和身子两侧没有金线的海鳗混淆;在身体扁圆的硬鳍属中,我看见了镰刀状脊鳍、色彩绚丽的燕雀鱼,这种鱼晾干腌制,就成了一道名曰"卡拉瓦德"的名菜;还有长轴属的唐格巴尔鱼,它身上有一层八道斑带的甲壳。

随着太阳升高,越来越大的水域被照得通亮。海底的地表状况也慢慢地不同了。先是细沙地,接着是一片卵石地,上面覆盖着一层软体动物和植虫动物。在这两只动物中,我看到了红海和印度洋中特产的胎盘贝,它长着两片薄薄的、大小不对称的贝壳;还有贝壳呈圆形的黄色满月贝、地螺贝;在"鹦鹉螺号"船上欣赏过的波斯紫红贝;长十五厘米、像抓人的手一样竖立在水下的角岩贝;长着尖刺的角螺贝;张口舌贝;印度斯坦市场上的鸭科贝;发荧光的带甲水母;还有这一带海域最多见的枝状动物之一——像一把漂亮的扇子一样的扇形圆眼贝。

在这些生物之间,在水甲虫的摇篮下,正来回穿梭着成群结队的节肢动物,特别是身上的甲壳略呈圆齿形的蛙类动物;以及这一带海域中特有的比格鱼,和丑陋可怕的单性鱼。另外有一种我没少见过的可怕动物,那便是达尔文观察过的大蟹。这种大蟹天生力大无穷,靠吃椰子核为生。它们爬到岸上的椰子树上,把椰子果实从树上扔下来摔破,再用有力的前夹把椰子剥开吃掉。在这清澈可鉴的水里,大蟹正非常灵巧地跑来跑去。而经常在马拉巴海岸出没的闲悠悠的龟鳖,正在摇晃的岩石间缓缓地爬行着。

七点钟左右,我们终于到达了小纹贝暗礁,成千上万只珠母在这一带繁殖着。这些珍贵的软体动物黏在岩石上,它们被棕色的足丝牢牢地绑住,不能动弹。从这一点看,它们甚至比不上贻贝,至少造物主还没有剥夺贻贝行动的自由。

杂色纹贝被称为珍珠母，其贝壳略为对称，圆形，壳壁厚，外表粗糙。有几只杂色纹贝的壳呈层状，上面有一道道由顶部向四周辐射的淡青色条纹。这几只杂色纹贝看上去还年轻。另外一些表面粗而黑的杂色纹贝，至少活了十年以上了，它们的体宽竟达十五厘米。

　　尼摩船长用手指着一大堆小纹贝给我看。我明白，这是一片真正取之不竭的矿产，毕竟大自然的创造力比人类天生的破坏力强多了。深具有这种破坏本性的尼德·兰，正急不迭地往他带在身侧的小网袋里拼命地塞进一些最漂亮的珠贝。

　　但我们一直不停步地紧随着尼摩船长，他在这片仿佛是唯他所有的地方穿梭自如。地势明显起伏不平，有时我抬起的手臂都露出了水面。礁脉也是时高时低，随意起伏，我们经常要绕过一些细长的尖锥形石峰。在一些阴暗凹凸不平的地方，一些硕大的甲壳动物支起爪子，好像一门大炮一样，目不转睛地盯着我们。而在我们的脚下，游动着一些多须鱼、藤萝鱼、卷鱼和环鱼，它们自由自在地舒展着天线般的触须和卷须。

　　这时，在我们的脚前出现了一个巨大的洞口。洞口周围堆积着一些样子生动别致的岩石，岩石的表面长满了各种各样的海底植物。开始，我觉得这个岩洞非常暗。阳光在洞里逐渐地暗淡下去，甚至一点光亮也没有。洞口有点模模糊糊的亮光，那只不过是几丝残余的光线。

　　尼摩船长走了进去，我们尾随着他。过了一会，我的眼睛就适应了这种相对的阴暗。我辨认出，在宽大的花岗岩石基上，搁置着一根根犹如托斯卡那建筑里的粗重石柱一般的天然石柱，石柱上支撑着一块块造型随意的拱石。为什么我们那不可理喻的向导要把我们带到这海底地下室中来呢？没多久，我就明白了。

　　走下一段相当陡的斜坡后，我们就踏到了一个圆形的地面上。尼摩船长在这里停了下来，他用手指给我们看了一个我还没有来得及发现的东西。

　　那是一个巨大的珠贝，一个庞大无比的砗磲，简直可以盛下一个圣水缸里的圣水。这个大"盛水池"长超过两米，比"鹦鹉螺号"的客厅里摆的那只珠贝还大。

　　我走近这只出众的软体动物。它被足丝缠在一张石桌上，在这岩洞平静的海水中孤单地生长着。我估计这只砗磲有三百公斤重。这样一只珠贝应有

十五公斤重的肉。因此，只有卡冈都亚①那样的胃口才能一口气吞食掉几打这种珠贝肉。

尼摩船长显然知道这只双壳动物的存在。他不是第一次来的。我想，他把我们带到这个地方来，无非是想让我们看看这只自然的奇物。可是我错了，尼摩对这只砗磲的现状显得特别关心。

砗磲的双壳半张着。船长走过去用匕首顶在两片贝壳中间，以防它合上。然后，他用手把这只动物的外套——贝壳边上的流苏状膜——揭开。

在叶状的皱褶里，我看见了一颗大如椰子核、自由挪动的珍珠。珠子如圆球状，晶莹剔透，光泽鲜艳，那是一颗无价的瑰宝。在好奇心的驱使下，我伸出

----

① 卡冈都亚：法国作家拉伯雷的作品《巨人传》里的巨人。

手想抓起它,掂一掂它的重量,摸一摸它。但船长做了一个否定的动作止住我,并迅速抽出匕首,贝壳一下子就合上了。

我于是明白尼摩船长的用意:把珍珠放在砗磲里,让它不知不觉地长大。每年这只软体动物的分泌物就会在珠的表面形成了一层层新的凝聚物。而只有船长知道在这个洞穴中,有一颗天然的无法比拟的果实正在成熟之中。因此可以说,这位船长培植这颗珍珠,只是为了某一天把它摆到他那珍贵的陈列室里。甚至,这位船长有可能是按照中国人和印度人培植珍珠的方法,把一块玻璃或金属放在这只软体动物的皱褶里,让其逐渐地裹上珍珠质的。总之,和我在船长陈列室看到的那颗珍珠相比,这一颗至少价值一千万法郎。这是天然的奇珍,而不是奢侈的首饰,因为我不知道有哪一个女人的耳朵能承受得了它。

参观珍珠的活动结束了。尼摩船长带着我们离开了岩洞,我们又回到了小纹贝礁脉那片清澈的海水中。采珠工作还没开始,所以这里的海水还没被搅混。

我们真像一帮爱游游荡荡的人似的,各走各的路,随意地走走停停,之间的距离远远近近。至于我,我的脑海里一点也不存在着我曾经设想过的种种可笑的危险的顾虑了。礁脉明显地在逼近海面,不一会,我的头顶距离洋面就仅有一米了。这时,康塞尔赶上了我,他把他那粗大的头盔贴到了我的头盔上,向我挤眼致意。不过,因为这块海底高原只有几米大,所以过了一会儿,我们又下到原先的深水中。我想我现在是有理由这么说。

十分钟之后,尼摩船长突然停下来。我以为他是停下来休息一会。可不,他做了个手势,让我们紧挨着他蹲在一个大海坑里。他的手指向流水中的一个黑点,我仔细一看。

在距我五米处,有一个影子出现了,一直潜到水下。碰到鲨鱼了,这个顾虑在我的脑中闪过。可这次我又错了,我们还是没碰上那海怪。

那影子无疑是一个人,一个活生生的人,一个印度人,一个黑人,一个采珠人,也是一个可怜人:他提前来采珠。我注意到他的小船泊在离他头上几尺高的水上。他不停地潜下来,很快地又游上去。他所有的工具就是他脚间夹着的那块圆锥状的石头,系石头的绳索一头绑在船上,这使他能很快地潜到水里。到了大约五米深的海底,他迅速跪下来,把随手抓到的小纹贝都塞进袋子里。然后，游上去，倒空袋子，拉起石头，重新操作。这整个过程只持续了三十秒钟。

这位潜水者没有发现我们。岩石的阴影挡住了他的视线。再说，这个可怜的印度人怎么可能想象得到我们这些人——这些和他一样的生命——会在这里，在这水中窥探他的行动，连一个细节都没漏过呢？

好几次，他这样游上去，潜下来。因为他必须从暗礁上把绑着小纹贝的足丝扯掉，才能采到贝，所以每潜入水中一次就只不过带回了十几个小纹贝。而他舍生冒死采来的这些珠贝中又有多少个含有珍珠呢！

我聚精会神地看着他。采珠人有条不紊地操作着。半个小时过去了，他并没有受到什么危险的威胁。于是，我慢慢地熟悉了这种有意思的采珠场面。突然，在印度人蹲下的那一刹那间，我看到他做了一个恐惧的动作，然后站了起来，拼命地往上游。

我明白他为什么恐惧：一个庞大的影子出现在这个可怜人的上方。那是一条巨鲨，它斜冲过来，目光贪婪，张牙舞爪。

我吓得话都说不出来，只是待在那里一动也不动。

那骇人的动物，一个扎子猛冲过来，朝印度人直扑过去。印度人往旁边一闪，躲过了鲨鱼的大口，但没躲过它的尾巴。鲨鱼的尾巴朝他当胸一扫，他一下子摔倒在地上。

这一幕发生在一刹那间。鲨鱼调过头，翻转身子，正准备把印度人咬成两段。这时，我感觉到一直蹲在我身边的尼摩船长倏地站起来。他手持匕首，朝怪物直冲过去，准备和它展开肉搏。

那只角鲨正准备去咬那个可怜的采珠人时，它发现了它的新对手。于是角鲨又把身子翻转回来，朝船长快速冲过来。

我现在还记得尼摩船长当时的姿势。船长曲着腿，以一种令人赞叹的沉着严阵以待。当角鲨向他扑来时，船长敏捷地闪到一边，躲过鲨鱼的攻击，并朝它肚皮上刺了一刀。但这仅仅是人鲨大战的开始，恶战还在后头呢。

可以说，鲨鱼吼叫着。鲜血从它的伤口中喷出来，海水被染红了，在这变得浑浊的海水中，我什么也看不见了。

我眼前一片模糊。直到水中突然闪过一道光亮，我才发现，勇敢的船长已经抓住了鲨鱼的一只鳍，正同它进行恶战。船长把匕首往敌人的肚子上扎了

好几下，但没扎中鲨鱼的心脏要害部位。鲨鱼挣扎着，发疯般搅动着海水，被搅起的漩涡差点把我掀倒在地。

　　我本来想过去帮船长一把的，但我被恐惧慑住了，骇得一动也不动。

　　我只是眼愣愣地看着这场人鲨大战。不久，肉搏战的形势发生了变化。鲨鱼那巨物张开它那像工厂里的大剪刀一样的大口，朝船长迎面冲过去，把他掀倒在地上：船长危在旦夕。这时，尼德·兰冲上去，把手中的鱼叉投向鲨鱼。

　　顿时，水中涌出一大团血。鲨鱼难以形容地疯狂地拍打着海水，海水动荡起来：尼德·兰没有错过目标，鲨鱼被击中了心脏，它喘息着，可怕地抽搐着，挣扎着。掀起的水波把康塞尔也掀倒了。

　　这时，尼德·兰找到了船长。船长没有丝毫受伤，他站了起来，径直走向印度人,迅速地把绑在印度人和石头上的绳子割断,再把印度人一把抱在怀里。然后船长纵身一跃,浮出水面。

我们三个人也跟着浮上去。一阵子功夫,我们几个奇迹般地登上了采珠人的船上。

尼摩船长首先关心的是抢救那个不幸的人。我不知道尼摩船长能否成功地抢救他,但我希望能,因为这个可怜人泡在水里的时间并不长。可是,鲨鱼尾巴那当胸一扫有可能置他于死地。

幸好,经过康塞尔和船长用力地按摩,溺水者渐渐地恢复了知觉。他一睁开眼睛,就看到了四个铜盔俯在他身上。顿时,他多么惊讶,甚至惊骇不已!

特别是,当尼摩船长从口袋里掏出一包珍珠,塞进他手里时,他怎么想呢?印度人双手发抖地接过这位水中人对印度贫民的慷慨施舍。他那惊疑的眼神说明了他不知道是何方神圣救了他的命,又让他发了财。

船长打了个手势,我们又跳入水中回到小纹贝暗礁上,并沿着原来的路往回走。我们走了半个小时的路程,就看见了插在地上的锚,这是"鹦鹉螺号"船上的小艇的。

我们爬上了小艇,在水手的帮助下,脱下了那笨重的铜盔。

尼摩船长一开口的第一句话是对加拿大人说的。他说:"谢谢您,兰师傅。"

"那是对您的恩惠的回报,船长,"尼德·兰说,"我是得回报您的。"

船长的唇边掠过一丝微笑,这就说明了一切。

"回'鹦鹉螺号'船上。"他说。

小艇在水波上飞驰着。几分钟后,我们看见了那条浮在水面上的鲨鱼尸体。

一看到它鳍端上的黑色,我就认出,这是一条印度海中可怕的黑鲨——鲨鱼中的一个种类。那条黑鲨长超过二十五尺,它巨大的嘴巴占了身长的三分之一,它的六排牙齿成等边三角形分布在上颌上,从这一点可以看出,那是一条成年鲨鱼。

康塞尔用一种科学的眼光看着那条鲨鱼,我相信,他又会按道理把这条鲨鱼列入软骨动物支里的恒鳃软骨科,横口亚科角鲨属。

当我注视着这具无生气的尸体时,十几条贪婪的鲨鱼出现在小艇边。可是,这些鲨鱼并不是冲着我们来的,它们争先恐后地涌向尸体,然后一块一块地抢吃起尸体的肉。

八点半,我们回到了"鹦鹉螺号"船上。

在船上,我回想起这次马那阿尔滩历险的过程。其中有两点是很明确的:一是,尼摩船长那无以匹配的勇敢;二是,他,作为逃到海底的人类种族代表之一,而对人类表现出了无私的献身精神。不管他平时嘴上怎么说,但这个奇怪的人的善良之心至今还未完全泯灭。

当我向他指出这一点时,他语气略带激动地说:"这个印度人,教授先生,是一个被蹂躏的国家的人民,我的心是向着那个国家的。而且,只要我还有最后一口气,我还会向着那个国家的。"

第四章 红海

一月二十九日那天,"鹦鹉螺号"以每小时二十里的时速在马尔代夫群岛和拉格代夫群岛间那条迷宫般的水道中行驶,锡兰岛消失在海平线下了。"鹦鹉螺号"甚至沿着吉唐岛前进。这个岛原来是珊瑚岛,一四九九年被华斯科·德·伽马发现的,吉唐岛是拉格代夫群岛的十九个主岛之一,位于北纬十至十四点三度,东经六十九至五十点七二度之间。

从日本海出发至今,我们已经走了一万六千二百二十海里,也就是七千五百里。

第二天,一月三十日,当"鹦鹉螺号"浮出水面时,已经一眼望不到一处陆地了。"鹦鹉螺号"行驶的方向是西北偏北,朝阿拉伯半岛和印度半岛之间的阿曼湾开去,阿曼湾是波斯海的出口处。

那明明是一条死胡同,湾内并没有出口。那么尼摩船长想把我们带到哪里去呢?加拿大人那天问过我这个问题,我答不上来,对此他大为不满。

"尼摩船长带我们去哪里,我们就去哪里吧,兰师傅。"

"他带我们去哪里,我们就去哪里,"加拿大人说,"可别把我们带得太远。波斯湾没有出路,如果我们进去了,还得调头按原路回来。"

"嗯!那我们就调头回来吧,兰师傅。出了波斯湾,'鹦鹉螺号'就会从曼德海峡穿过,进入红海去的。"

"不用我说您也知道,先生,"尼德·兰说,"红海和波斯湾没啥两样,苏伊士运河还没凿通。即使凿通了,像我们这样一只神秘的船也不可能在运河的水闸中冒险。所以说,红海不是我们回欧洲要走的路。"

"所以,我也只能说,我们可能要回欧洲。"

"您怎么想的呢?"

"我猜想,参观了阿拉伯和埃及这一带神奇的海域后,'鹦鹉螺号'会回到印度洋,还可能会穿过莫桑比克海峡到达好望角。"

"到了好望角又怎样?"加拿大人特别强调了一下。

"那我们就会进入我们还不太了解的大西洋。就这样!尼德朋友,您厌倦了这次海底旅行吗?对海底这些变幻莫测的奇观,您难道没有感触?至于我,我想,以后几乎没有人能有这样的机会做这样的旅行,如果就这样地结束,我会终身遗憾的。"

"可您知道,阿龙纳斯先生,"加拿大人说,"我们被囚禁在'鹦鹉螺号'上已经有三个月了。"

"不,尼德,我不知道,我也不想知道,所以我不算日子,也不计时间。"

"可结果呢?"

"时候到了就会有结果的。再说,这一点我们也无法做主,争论是没用的。诚实的尼德,如果您对我说'逃脱的机会来了',那我会和您讨论该怎么办的。可现在的情况并不是这样,不妨对您直说,我不认为尼摩船长会到欧洲海去冒险的。"

通过这短短的对话,你们会发现,我对"鹦鹉螺号"着了迷了,我简直就是尼摩船长的化身。

至于尼德·兰,他自个嘀咕着结束这次谈话:"这些是好的。可依我看,哪里有束缚,哪里就没有欢乐。"

整整四天过去了,到了二月三日,"鹦鹉螺号"还在阿曼湾里时快时慢、时深时浅地,好像有点盲目地行驶,它仿佛对要走的路线不太确定,但它就是始终没驶过北回归线。

离开这带海域时,我们在匆忙中认识了马斯喀特城——阿曼地区最重要的城市。我欣赏了它奇特的景观,城的四周是一片黑石岩,城里建着白色的房舍和城堡。我望见了城内清真寺的圆形拱顶,塔尖优雅别致,寺前郁郁葱葱。

但"鹦鹉螺号"没一会儿又潜入了昏暗的水中,所以这些只是在一瞬间看到的。

随后,"鹦鹉螺号"又沿着马哈和阿达芒一带的阿拉伯海边行驶了六海里路,沿岸山峰叠嶂起伏,偶尔有几处古代遗迹。二月五日,我们终于到了亚丁湾。亚丁湾就像一只插在曼德海峡中的漏斗,它把印度洋的海水灌进了红海。

二月六日,"鹦鹉螺号"浮出了水面,瞭望那处在岬角上,与大陆仅一地峡相连的亚丁港。这一地区的海底地形和直布罗陀海峡一样,是不能通航的。一八三九年英国人占领这一带后,重修了这一带地区的防御工事。我远远望见了城里的八角清真寺。历史学家迪里西说过,亚丁港曾经是沿岸最富有、最有商业气息的商埠。

我深信,一旦到了这里,尼摩船长就会往回走。可是这回我又错了:令我大为吃惊的是,他居然没这么做。

第二天,二月七日,我们的船开进了曼德海峡,曼德海峡在阿拉伯语里的意思是"眼泪之门"。海峡宽二十海里,长仅五十二公里,如果"鹦鹉螺号"全速前进的话,不过一个小时就能穿过海峡。但因为许多从苏伊士运河到孟买、加尔各答、墨尔本、波旁、马里求斯等地的英国、法国汽轮要从这条狭窄的通道通过,所以"鹦鹉螺号"不想浮出水面,而是小心谨慎地在水里行驶。因此,我一点也看不到岸上的情况,就连英国政府用来加强亚丁港海防的北林岛也没看到。

中午,我们的船终于浮出了红海海面。

红海,这圣经式传奇的著名湖泊,下雨不凉爽;也没有任何一条重要的河流注入。不断地过度蒸发,使它的水位以每年一米半的速度下降。这封闭的奇特湖湾,要是按一般湖泊的情况,或许早就完全干涸了。而红海现在的海平面比邻近的里海和咸海都低,后两者目前的水位已降至蒸发量和注入水量刚好相等的某一位置上。

红海长两千六百公里,平均宽度为二百四十公里。在波托勒密和罗马帝国时代,她曾是世界上最重要的商业交通要道,而现在苏伊士运河的开凿和苏伊士铁路的部分开通使她重新具有古时候的重要性。

这时,我不想再挖空心思弄明白尼摩船长为什么心血来潮决定把我们带到这里了,我而且甚至完全赞同他这样做。因为,"鹦鹉螺号"缓缓地在水中行驶着,时而露出水面,时而为了避开水上的船只而潜入水中,这样一来,我就可以把这个奇特的海上上下下、里里外外地观察一遍。

二月八日,凌晨,莫卡港出现了。过去,这个港城的城墙在炮声中倒塌了。港城现已沦为一片废墟,偶尔几棵苍翠的枣树遮掩着断壁残垣。这座昔日重镇,曾有过六个集市,二十六座清真寺,城墙上筑过十四座城堡,形成了长达三公里的防护区。

接着,"鹦鹉螺号"向非洲沿岸靠近。在这一带,海水颜色明显加深,海水像水晶般清澈。透过船上敞开的嵌板,我们可以欣赏到千姿百态的、色彩绚丽的珊瑚丛,和覆盖着绿色的海藻和墨角藻的大岩石。这些多么无法形容,多么变幻多端的景观,遍布了利比亚海的暗礁和火山岛之间!不久,"鹦鹉螺号"就到达了非洲东部海岸,而在那个地方,这些枝状动物是最富有千姿万态的。德阿马海岸就在那里,那一带的海水中遍布着各种植虫动物,它们在二十米深的水下组成五彩缤纷的图案。近水面的一层植虫动物受海水湿度影响小,因此色彩鲜艳。而水底的那层则色调暗淡,变化多样。

我就这样在客厅的玻璃窗前度过了多少让人流连忘返的时光!在船上探照灯的灯光中,我不知道欣赏了多少海底动植物的新种类!如伞形菌;深灰色的海葵;酷像帕那神的笛子的管状珊瑚;栖居在石珊瑚洞中,身体下部长有螺纹的这一海域的特产贝壳;还有我从没见过的成堆的珊瑚骨,即普通海绵。

海绵纲,作为水螅类的第一纲,确切地说,是由这种奇异的生物组成的。海绵不是有些博物学家所认为的一种植物,而是一种最低级的动物,是比珊瑚更低级的水螅珊瑚虫。其动物性是不容置疑的,古人曾把它视作动物与植物之间的中介物,这种观点我们现在是不能接受的。而我还要指出,博物学家对海绵的机体组织目前还未达成共识。有些人认为它是珊瑚骨;有些人,如麦尔-爱德华先生,则认为它是单独的个体。

海绵纲包括约三百个种类。在许多海里都有海绵,甚至在一些淡水河中也存在着一类被称为河流海绵的动物。但海绵数量最多的海域当属地中海、希腊半岛和叙利亚海岸、红海等海域。这些海域中繁殖着一些质地细腻的海绵,每块价值高达一百五十法郎,如叙利亚的金色海绵,巴巴利的硬海绵等。然而,由于受到无法逾越的苏伊士地峡的阻隔,我不可能期盼到地中海东岸考察这些植虫动物,只好满足于在红海水域里观察了。

　　我把康塞尔叫到身边。此时,"鹦鹉螺号"在平均深度为八至九米的水中,贴着东海岸那些美丽的岩石边徐徐行驶。

　　这一带生长着各种各样的海绵,有带柄的、叶状的、球形的、掌形的。更具诗人气质而非学者气质的渔民们恰如其分地把它们叫作花篮、花萼、茎秆、鹿角、狮子蹄、孔雀尾、龙王手套。这些海绵珊瑚繁殖新细胞时,通过收缩运动,从纤维组织中排出细水般的半液状物质。珊瑚死后,这种物质便不再分泌,而是变质腐烂,化为氨气。这时剩下的角质或胶质纤维,就可以做成日常用的红棕色海绵,再根据其弹性、渗水性或防腐性,用于不同用途。

　　这些海绵珊瑚黏附在岩石、软体动物介壳甚至蛇婆茎上。它们遍布了各个小角落,有的盛开着,有的屹立着,有的像珊瑚石灰瘿瘤一般。我告诉康塞尔说,采集海绵可以用两种办法:一是用打捞机,一是用手。后者需要雇用潜

水员，但这种方法更可取，因为这样不伤及海绵珊瑚纤维，捞上来的海绵珊瑚可卖高价。

在海绵类旁边，大量繁殖着其他的植虫动物。其中以外形雅观的水母为主。软体动物则主要以各类枪乌贼为代表，奥尔比尼据此认为枪乌贼是红海的特产。爬虫动物以龟鳖属的条纹甲鱼为代表，这种甲鱼可是我们餐桌上的一份卫生可口的好菜肴。

至于鱼类，不仅数量繁多，而且很引人注目。下面这些都是"鹦鹉螺号"船上的渔网最经常捞到的鱼：椭圆形的鳐鱼；红褐色的鳐鱼；身上有大小不等的蓝点的鳐鱼；有两道齿刺的鳐鱼；背脊银白色的白鲟鱼；尾巴上有斑点的赤鲟鱼；像一条两米长的衣带在水中摇摆的锦带鲟鱼；和角鲨同属一个种类但完全没有牙齿的软骨鱼;长一尺半,肉峰顶部有一弯刺的驼峰牡蛎;银白色尾巴,背部略蓝,褐色的胸部嵌有灰条纹的蛇鱼;身上有金色条纹,并装饰有法国三色旗上的三种颜色,属于鲭科的光鱼;长四分米的硬鳍鱼;身上挂着七道黑色的勋带,鳍部显蓝色和黄色,鳞片金色和银色的加隆鱼;团足鱼;头部黄色的耳环豚鱼;鹦嘴鱼;鳞鲀;虾虎鱼和成千上万种我们在其他海洋里都见过的普通鱼类。

二月九日,"鹦鹉螺号"漂浮在红海上海面宽度最宽的地方,这里西岸是苏阿金港,东岸是贡佛达港,两岸直线距离为一百九十海里。

那天中午,尼摩船长测定了船的方位后,走上了平台,我也在那里。我心里正揣摩着:在他下去之前,起码要问一下他有什么打算。而他一看到我,就走过来,和蔼地递给我一支烟,说:

"喏! 教授先生,您对红海满意吗? 您有没有看够海底蕴藏的那些奇观异景,比如鱼类、植虫、海绵花圃和珊瑚丛林? 您还有没有看到岸上的城市?"

"有,尼摩船长,"我回答,"把'鹦鹉螺号'用于做这种研究是最好不过的。瞧! 这是一艘智慧之舟。"

"是的,先生,这是一艘智慧的、无畏的、无可匹配的船。它不畏惧红海的风暴,也不害怕红海的海流和暗礁。"

"确实如此,"我说,"据证,红海的海上情况是世界上最恶劣的。如果我没搞错的话,它在古时候就臭名昭著了。"

"它的名声是不好,阿龙纳斯先生,希腊和意大利历史学家就从没说过它有什么好处。史特拉宾提过,在地中海季风期间和雨季期间,在红海上行船尤其困难。阿拉伯人艾得里希曾把红海叫作科尔润湾。他叙述称,那是一片飓风肆虐的海区,水下遍布暗礁;大量的船只仅开到沙坝边就沉没了,没有人再敢斗胆到那里冒险行船;因此它的水深和海面对人来说'一无用处'。确实,在阿里恩、阿加达尔奇和阿尔代米多尔等人的书中,也同样存在着这种观点。"

"可见,"我说,"这些历史学家是没有乘坐过'鹦鹉螺号'航海的。"

"没错,"船长微笑着说,"至于这个,现代人并没有比古代人进步多少。发现蒸汽的动力就得花好几个世纪哪! 谁知道在百年之后,人们是否还会看到第二艘'鹦鹉螺号'呢! 科学进步是缓慢的,阿龙纳斯先生。"

"是的,"我回答说,"您的船比时代提前了一个世纪,甚至可能是好几个世纪。如果这样的秘密随着它的发明者死去而死去,那该多可惜!"

尼摩船长没回答我的话。沉默了几分钟后,他说:

"您想跟我谈谈古代历史学家对于红海行船的危险的看法吗?"

"没错,"我回答,"但他们的担心是不是过头点?"

"可以这样说,也不可以这样说。阿龙纳斯先生,对于一只构造结实、配备齐全、使用蒸汽动力的现代船只来说,这些危险是不存在的;但对于古代船只来说,则凶多吉少。试想古代的第一批航海家,他们历险乘坐的木板小舟是用棕榈绳绑起来的,木板缝是用树脂填塞的,上面涂着海狗的油脂。他们甚至连指明方向的工具都没有,只是随着他们还不太熟悉的海流行驶。在这种条件下,海难是在所难免的。但在我们这个时代,即使是在逆向季风季节,那些来往于苏伊士运河和南部海之间的汽轮再也不用惧怕海湾的狂风怒涛了。现在船长们和旅客们出发前也不再像以前那样,要准备祭品求神了;返航后,也不用再披花戴彩到附近的庙里谢神了。"尼摩船长回答说,好像他心里对"他的红海"深为了解。

"说得对,"我说,"我想蒸汽轮使海员们心里对神的一点感恩也荡然无存了。但是,船长,既然您似乎对这个海已经有过特别的研究,您可否告诉我它的名字的缘由?"

"阿龙纳斯先生,这个问题存在着许多种解释。您想听听十四世纪一个编年史家的意见吗?"

"非常想听。"

"这位幻想大师声称红海是这样得名的:以色列人通过海湾后,他们的领袖摩西便说,'以示奇迹,让海水化为血红,叫它为红海,别无它名。'一听到摩西的声音,红海的海水便扑面而去把追赶以色列人的法老军队淹没了。"

"这是诗人的解释,尼摩船长,"我回答说,"我可不会满足于此的。我想知道您个人的看法。"

"喏。阿龙纳斯先生,按我的意见,我认为红海这个称谓应该看成是希伯来语'艾德隆'一词的翻译,古人之所以给它取这个名字,是因为海水的特殊颜色。"

“可是到了现在,我看到的只是清澈的水波,而没有任何特殊的颜色。”

“当然啦,等走到海湾尽头,您就会看到这一独特的现象的。我记得我曾看过整个红色的多尔湾,就像血湖一样。”

“那么对于这种颜色,您认为是由于某种微生海藻的存在而造成的吗?”

“是的。那是一种俗名为‘三棱藻’的有名小胚芽,它能产生出朱红色的胶黏质。一平方厘米海面就有四千个‘三棱藻’。我们到达多尔湾时,说不定您会看到的。”

“那么,尼摩船长,您不是第一次开着‘鹦鹉螺号’船来红海了?”

“不是第一次,先生。”

“那么,您前面说过关于以色列人撤军和埃及军队遇难一事,我想问问您是否在这一带水里发现过这一重大历史事件的一些遗迹?”

“没有,教授先生,因为有一个明显的原因。”

“什么原因?”

“就是摩西当年带着他的所有臣民走过的那个地方,现在已经淤积满了泥沙,连骆驼走过时都浸不到大腿。而您知道,我的‘鹦鹉螺号’没有足够的水是走不动的。”

“那地方是……”我问。

“那地方位于苏伊士的偏上方,处在过去是深水港的海港中,而当时红海是一直延伸到咸水湖的。现在,不管这条通道是否传奇,反正以色列人是曾经从那里通过,到达希望之乡的;而法老的军队确实是在那里全军覆没的。因此,我想,在泥沙里挖掘,是能找到大量的埃及兵器和器具的。”

“显然如此,”我回答说,“但愿考古学家们有朝一日会进行挖掘。苏伊士运河凿通以后,这条地峡上就会建起一些新城市。但对于‘鹦鹉螺号’这样的船只,这是一条毫无用处的运河。”

“大概是吧,但对于全世界有用,”尼摩船长说,“古代人已经充分认识到建立起红海和地中海的联系,对于他们的商业活动的重要性。但他们丝毫没有想过要凿一条直通的运河,而是把尼罗河当作中转站。如果根据传说,这条连接尼罗河和红海的运河很可能是从塞索斯特利王朝就开始开凿了。有一点是能肯定的,就是公元前六一五年,尼哥斯领导过一条运河的开凿工程,以引导尼罗河水穿过与阿拉伯相望的埃及平原。沿该运河上溯需要四天,这条运河宽竟能容纳两只三层桨战船并排而行。接着,伊斯达斯普的儿子大流士继续了这条运河的开凿工作。大概到了蒲通雷美二世时代,这条运河才完全竣工。此后,斯达拉宾把这条运河用于航运,但由于在布巴斯特附近的出发地和红海之间的坡度不足,一年中只有几个月可以通航。一直到了安东尼时代,这条运河都用于商用。之后,曾被遗弃过和被淤塞过。不久,奥马哈里发签发了再修通运河的命令。但到了七六一和七六二年间,阿尔-蒙索哈里发为了阻止穆罕默德·宾·阿布达拉反政府起义军的供给,把运河彻底填平了。在远征埃及期间,你们的波拿巴将军就曾在苏伊士沙漠中发现了工程的遗址;而且,在返回阿德雅罗特前的几个小时,他们在三千三百年前摩西驻军的同一地方,受到海潮的袭击,差点遇难。"

"那么,船长,古代人不敢做的——开凿连接两海、把加迪斯到印度的距离缩短九千公里的运河——这一举动,现在已被德·勒斯普先生做了。而且不久,他将把非洲变成一个大岛屿。"

"是的,阿龙纳斯先生,您有理由为您的同胞骄傲。这是一位给民族赢得了比那些最伟大的船长还要多的荣誉的人! 他开始干时,也像其他人一样,遇到了麻烦和懊恼,但因为他天生意志坚强,他成功了。这本是一项国际性的、足以让一位统治者千古流芳的工程,但如果把它想成只是靠一个人的力量去完成,那太可悲了! 因此,光荣属于德·勒斯普先生!"

"是的,光荣属于这位伟大的公民。"我回答着,对尼摩船长刚才的强调感到非常惊奇。

"可惜的是,"他接着说,"我不能带您穿过苏伊士运河。但后天,当我们在地中海上时,您就可以看看塞得港的长堤。"

"在地中海。"我叫起来。

"是,教授先生,这让您吃惊吗?"

"让我吃惊的是想到后天我们就会到了那里。"

"真的?"

"是的,船长,尽管在您的船上这么久,我本来应该习惯于对什么都见怪不怪了,但我还是真的很吃惊。"

"可您对什么感到吃惊呢?"

"我对'鹦鹉螺号'船的吓人速度感到吃惊。如果'鹦鹉螺号'后天要到达地中海,得环非洲一周并绕过好望角,那您的驾驶速度快得吓人!"

"谁告诉您要环非洲一周的,教授先生?谁对您说要绕过好望角?"

"可是,除非'鹦鹉螺号'在陆地上行驶,除非它从地峡上通过……"

"或是从地峡下面通过呢,阿龙纳斯先生。"

"从下面?"

"当然,"尼摩船长从容地说,"一直以来,大自然就在这咽喉之地之下,做了今天人们在地上所做的事。"

"什么!下面有通道!"

"是的,一条被我命名为阿拉伯隧道的地下通道。它在苏伊士下面,通往贝鲁斯湾。"

"但这个地峡不是只由流沙构成的吗?"

"那只是在一定的深度上是由流沙构成的。但是一到五十米深处,就只会碰到那坚不可摧的岩石层。"

"您是偶然发现这条通道的吗?"我越发惊奇地问。

"靠偶然和推理,教授先生,甚至推理多于偶然。"

"船长,我在听您说话,但我的耳朵却在抵制着它所听到的东西。"

"啊!先生,'有耳朵,却不听'的人在任何时代都会有的。这条通道不仅存在着,我还使用过好几次。如果没有它,我今天就恐怕不会到红海这条死胡同里冒险了。"

"如果问您怎么发现这条通道,是否太唐突了?"

"先生,"船长回答说,"在彼此不分离的人之间,是不会有秘密的。"

我没理会这句话中有话的话,而是等着船长的描述。

"教授先生,"他对我说,"那是一个博物学家的简单推理驱使我去发现这条唯我独知的通道的。我曾经注意过,在红海和地中海里,存在着一定数量完全同类的鱼类,像蛇鱼、车鱼、虮鱼、绞车鱼、簇鱼、飞鱼。肯定了这一事实后,我思忖着,这两海之间是否存在着相通之处。如果确有通路,受两个海水位不同的影响,地下海的海流必定是从红海流入地中海。于是我在苏伊士地区捕捉了大量的鱼。在鱼尾巴上都套了一个铜圈,然后再把它们放归大海。几个月后,在叙利亚海岸边,我找到了我那些带铜圈的鱼中的几条。所以,两海之间有通路的猜想得到了证实。我就和'鹦鹉螺号'船开始寻找这条通道,终于,我发现了它,并冒险通过了它。不久,教授先生,您也将会通过我的阿拉伯隧道的。"

第五章 阿拉伯海底隧道

当天,我就向康塞尔和尼德·兰汇报了部分谈话内容,他们立即就产生了兴趣。当我告知他们,两天后,我们就会在地中海里时,康塞尔拍起手来,而加拿大人则耸耸肩膀。

"一条海底隧道!"他喊道,"两海之间的通道! 谁听说过?"

"尼德朋友,"康塞尔说,"您听说过'鹦鹉螺号'吗? 没有! 可它确实存在着。那么,就不要轻易地耸肩膀,不要借口您没听说过,就否认那些存在着的事实。"

"我们走着瞧吧!"尼德·兰摇摇头反诘说,"总之,我还巴不得相信他的通道,相信这位船长呢,愿上帝真的把我们带回地中海。"

当天晚上,"鹦鹉螺号"在北纬二十一点三度的海面上,向阿拉伯海岸靠近。我望见了吉达港——埃及、叙利亚、土耳其和印度之间的重要商埠。我相当清晰地辨认出这座城的建筑物,以及泊在长堤边的船只和那些由于吃水度深而不得不停泊在锚地的船只。夕阳低悬在地平线上,余晖斜照着城里白色的房舍,反射得亮晃晃的。城外,几间木板房或芦苇屋,说明了这个地区住的是贝杜安人。

一会儿,吉达港消失在夜幕中,"鹦鹉螺号"船潜入了闪着微微磷光的水中。

第二天,有好几艘船迎面开来,"鹦鹉螺号"又潜入水下航行。但到了中午测定方位时,海上瀚然无人,于是"鹦鹉螺号"又上浮到露出了浮标线。

此时,我坐在平台上,尼德和康塞尔陪着我。东海岸看上去好像是一大团在湿雾中时隐时现的东西。

我们倚着船舷,东拉西扯地谈起来。这时,尼德·兰用手指指着海上的一点,对我说:

"教授先生,您看到那边的东西吗?"

"没有,尼德,"我回答,"您知道,我的眼睛没您好。"

　　"仔细看看,"尼德又说,"那边,右舷前面,在探照灯的差不多同一高度上!您没看到似乎有一团东西在蠕动吗?"

　　"真的,"我仔细看了之后说,"我看到了水面上好像有一个灰黑色的长物体。"

　　"另一艘'鹦鹉螺号'船?"康塞尔说。

　　"不,"加拿大人回答,"要不就是我搞错了,要不那就是某只海底动物。"

　　"在红海里有鲸吗?"康塞尔问。

　　"有,小伙子,"我回答,"人们能偶尔见到。"

　　"那根本不是鲸,"尼德·兰目不转睛地盯着那东西,说,"鲸和我是老相识,他们的样子我是不会搞错的。"

　　"等一等,"康塞尔说,"'鹦鹉螺号'朝着它开去呢,一会儿我们就知道那

究竟是什么了。"

确实，那灰黑色的物体距离我们仅一海里之遥。看上去就像是搁在深海里的一块巨礁。那是什么呢？我还说不上来。

"啊！它走动了！它潜水了！"尼德·兰叫起来，"见鬼！那会是什么动物呢？它没有长须鲸和抹香鲸那样分叉的尾巴，而它的鳍看上去就像是被截去一段的四肢。"

"那是……"我说。

"瞧，"加拿大人又说，"它把肚皮翻过来了，乳房朝空中挺起来了。"

"那是一条美人鱼，"康塞尔叫道，"一条真正的美人鱼，这样说先生不反对吧。"

美人鱼这个名字使我茅塞顿开。我知道这动物是属于一目海底生物,神话中半人半鱼的海怪。

"不,"我对康塞尔说,"不是美人鱼,而是一种奇怪的动物,目前在红海里仅有几只。那是一种海马。"

"人鱼目,鱼形类,单官哺乳亚纲,哺乳纲,脊椎动物支。"康塞尔回答。

康塞尔都说出来了,我就无须再说了。

尼德·兰却一直盯着那只动物。自从一看到它,他眼里便闪着贪欲的光芒。他的手似乎随时准备投出鱼叉。他好像在等待时机一到,便跳到海中攻击它的要害。

"哦! 先生,"他用激动得发抖的声音对我说,"我还从没杀过这种东西。"

鱼叉手的全部心思都包含在这句话中。

这时,尼摩船长出现在平台上。他看到了海马,明白了加拿大人的态度,便直截了当地对他说:

"兰师傅,您一旦拿着鱼叉,就会手痒吗?"

"确实像您说的这样,先生。"

"某一天您重操打鱼旧业,把这只鲸类动物加到您打过的鲸鱼清单上,您不会不乐意吧?"

"绝不会不乐意。"

"那好! 您可以试一试。"

"谢谢,先生。"尼德·兰回答说,眼睛都发红了。

"只是,"船长又说,"我建议您最好抓到这只动物,这对您有好处。"

"抓海马有危险吗?"尽管加拿大人耸耸肩膀,我还是问。

"是的,有时候会有危险,"船长回答说,"这种动物会调过头来反攻,把捕捉它的渔船掀翻。但对于兰师傅来说,他眼疾手快,是不用怕有这种危险的。我叮嘱他别放过这条海马,是因为人们把它视为一道美味猎物,我知道兰师傅是不会讨厌有大块的好肉的。"

"啊!"加拿大人说,"那畜生是好吃的奢侈品吗?"

"是的,兰师傅。它的肉是真正的好肉,非常值得称道。马来西亚人把它用于王孙公子们的餐桌上。所以人们对待这种好吃的动物就像对待它的同类海牛一样,进行大量捕捉。因此,这类动物日益稀少了。"

"那么,船长先生,"康塞尔严肃地说,"假如这头动物刚好是这一种类中的最后一头,从有利于科学的角度上讲,放过它不是更好吗?"

"可能是,"加拿大人揶揄道,"但从有利于膳食的角度上讲,最好是抓住它。"

"干吧,兰师傅。"尼摩船长回答说。

这时,船上的七个船员,像平时一样,一言不发、无动于衷地走上了平台。他们中的一个人手里拿着鱼叉和一根像是猎鲸用的渔竿。小艇被解开了,从船位上拖出来,放到了海里。六个桨手各就各位,舵手把着舵。尼德、康塞尔和我坐到了小艇的后面。

"您不来吗,船长?"我问。

"不,先生,但我祝你们得胜而归。"

六个桨手划着小艇,朝着浮在距"鹦鹉螺号"两海里处的海马疾驶过去。

到距离那动物几百米时,小艇就放慢速度,船桨在平静的水中无声地划着。尼德·兰手握着鱼叉,站在小艇的前端。猎鲸的鱼叉上通常系着一条长绳,当受伤的动物拖着鱼叉逃走时,绳子便迅速松开。但眼前这根绳子长不过十来法寻,绳的另一端系着一只会漂在水面的小桶,用于指示出海马在水底的行踪。

我站起来仔细观察加拿大人的敌手。这头海马,也称儒艮,很像海牛。它长形的身体后面拖着一条长尾巴,两侧的鳍端长着真正意义上的指头。它与海牛的不同之处,在于它的上颌两侧分别长有一根尖长的、有不同防御作用的牙齿。

尼德·兰准备捕猎的这只海马,它身形庞大,长度至少超过七米。它一动不动地,像是睡在水波上似的,在这种情况下抓它就更容易了。

小艇谨慎地向海马划近了三法寻。桨手就把桨举在半空中。我半蹲着,只见尼德·兰的身体稍稍向后仰,一只手熟练地投出鱼叉。

只听到"倏"的一声,海马突然不见了。尼德用力投出的鱼叉,无疑只击到海水。

"他妈的!"加拿大人气愤地叫道,"我没击中。"

"不!"我说,"那动物受伤了,瞧这是它的血。不过您的鱼叉没插到它身上。"

　　"我的鱼叉！我的鱼叉！"尼德·兰叫喊道。

　　这时，桨手们又开始划动桨，舵手把船指向漂浮的小桶。鱼叉被捞上来后，小艇就开始搜寻那只海马。

　　那海马不时地浮出水面换气。它飞疾地游动着，看来受伤并没有使它衰竭。艇上的人个个精神十足，小艇沿着海马的行踪穷追不舍。好几次，当小艇距海马只有几法寻，加拿大人正准备投叉时，海马忽地又潜入水中躲开了，鱼叉根本无法击着它。

　　尼德·兰气急败坏。他用最恶毒的英语诅咒着这只不幸的动物。而我呢，虽然眼看着海马一次又一次挫败了我们的计谋，但还不至于像尼德那样气得暴跳如雷。

我们毫不松懈地追捕了一个小时。我开始想,抓到它怕是很难了。这时,这只动物突然起了使它后来追悔不及的报复的坏心眼。它转过身,向小艇发起了攻击。

它这一举动丝毫没逃出加拿大人的眼睛。

"小心!"他说。

舵手用他那古怪的语言说了几句话,大概是提醒他的桨手要提高警惕。

这时,海马追到了距小艇二十英尺处,停了下来。它用它那不长在嘴尖而是长在嘴上的大鼻子猛地吸一口气,然后,纵身一跃,朝我们扑了过来。

小艇没能躲过它的撞击,艇身顷刻倾斜了一半,一两吨海水灌了进来。但幸好舵手机敏,使受撞击的地方是小艇的侧部而不是正面,所以小艇没被撞沉。尼德·兰死死地抱着艏柱,用鱼叉往那庞然大物身上乱戳。那动物像狮子叼着一只狍子一样,用牙齿咬住船舷,把小艇衔了起来。顿时,我们一个个东倒西歪,如果不是一直在猛击着这只畜生的加拿大人最后终于用鱼叉刺中了它的心脏,我真不知道这场冒险将如何收场。

我听到了牙齿在铁皮上发出的吱嘎声,海马不见了,鱼叉也被拖走了。但没一会儿,小桶浮出了水面,没隔一阵子,动物的尸体也跟着仰面朝天地浮了上来。小艇划了过去,把那动物拉上了艇上,然后返回"鹦鹉螺号"船上。

这只海马重五千公斤,必须用大功率滑轮才能把它拉上平台。加拿大人坚持要亲眼看看宰杀海马的所有细节,于是人们就当着他的面把海马宰了。当天晚餐时,侍者就给我端上来了几片船上厨子精心制作的海马肉。我觉得味道好极了,甚至可以这样说,不一定比得上牛肉,但至少比小牛肉好吃。

第二天,二月十一日,有一群燕子落在"鹦鹉螺号"船上,"鹦鹉螺号"的配膳室里又增添了一道美味猎物。这是一群埃及特有的尼罗河海燕,喙黑色,头灰色,有圆点,眼睛周围有白点,背、翅和尾巴呈浅灰色,腹部和脖子为白色,爪子是红色。同时,我们也捉到了几只颈部和头上白色带有黑点的尼罗河鸭,这是野鸟中的极品。

"鹦鹉螺号"的速度缓慢了下来。可以说,它是在慢悠悠地前进。我注意到,随着我们向苏伊士运河靠近,红海海水的咸味越来越淡。

下午五点左右，我们的船处在贝特阿拉伯①顶端拉斯·穆默德角的北方——拉斯·穆默德角位于苏伊士湾和亚喀巴湾之间。

"鹦鹉螺号"开进了通向苏伊士湾的尤巴尔海峡。我清楚地望见了一座高山，在两湾之间俯视着拉斯·穆默德角。那就是奥莱伯山，摩西当年在此山顶上当面参见了上帝，神灵的光环因此不断地笼罩在那山顶上。

六点钟，"鹦鹉螺号"时浮时沉地通过了位于海湾里头的多尔湾。这时，我看到了海湾里的海水一片通红，正如尼摩船长观察过的一样。不久，夜幕降临，在一片沉闷的寂静中，偶尔传来了几声鹈鹕和几只夜鸟的叫声，以及怒浪拍打着岩石的声音，或远处汽轮桨叶搅动着沉闷的海湾水的吱嘎声。

从八点到九点，"鹦鹉螺号"一直保持在水下几米处行驶。根据我的测算，我们应该离苏伊士很近。透过客厅的嵌板，我看到了被电灯光强烈地照射着的海底岩石。海峡好像变得越来越窄。

九点十五分，船又回到了水面。于是，我登上平台。因为太急于想通过尼摩船长的隧道，所以我有些坐立不安。我尽量平静下来，呼吸晚上新鲜的空气。

不一会儿，在黑暗中，我看到了一丝苍白的灯火，在水汽中隐隐约约地，在距我们一海里外闪烁着。

"一座漂浮的灯塔。"有人在我身旁说。

我转过身，认出是船长。

"那是苏伊士的漂浮灯火，"他又说，"我们就要到达隧道口了。"

"进去不太容易吧？"

"不容易，先生。所以我得按老习惯待在领航舱中，亲自领航。而现在，请您下来，阿龙纳斯先生，'鹦鹉螺号'就要进入水中了。通过阿拉伯隧道后，它才会浮出水面。"

我跟着尼摩船长走下平台。嵌板关上了，船上的储水器一充满水，船就潜入了十多米深的水中。

当我准备回房间时，船长拦住了我。

"教授先生，"他对我说，"您愿意和我一起到领航舱吗？"

---

① 贝特阿拉伯：阿拉伯半岛中部岩石地带的旧称。

"求之不得。"我回答。

"那么请吧。您可以看看这次既在地下又是在海底的航行。"

尼摩船长领着我走到中央扶梯。他打开扶梯中部的那扇门。我们走过上层纵向通道,就到了在平台前端的领航舱。

这个舱每面墙宽六英尺,和密西西比河或哈德逊河上的汽轮的领航舱很相似。中间有一台垂直放置的轮机在运转着,轮机上操舵索连到"鹦鹉螺号"的后部。领航舱的板壁上装着四个透镜舷窗,以便让舵手看清楚各个方位的情况。

舱里很昏暗。但过了一会,我的眼睛就慢慢适应了。我看到了领航员,一条身强力壮的汉子,他两手扶着轮机的轮辐。在舱的外面,装在平台另一端的探照灯从船后部一直照过来,所以海里显得格外清晰。

"现在,"尼摩船长说,"让我们找找我们的通道吧。"

在领航舱里,有几条电线连接着领航舱和机器房,所以船长可以同时对"鹦鹉螺号"船发出航向和行动的指令。他按了一个金属键,轮机的速度就立刻慢了很多。

我默默地注视着此刻我们正在通过的陡峭的高石壁,这是海岸上泥沙高地的坚固地基。我们这样行驶了一个小时,只走了几米。尼摩船长目不转睛地盯着悬挂在舱内的一个有两个同心圆的罗盘。船长每做一个简单手势,领航员就立刻改变"鹦鹉螺号"的航向。

我靠着左舷窗边坐了下来,观察着一些由珊瑚虫堆积成的壮观的地下建筑,以及一些植虫动物、海藻和从凹凸不平的岩石里伸舞着大爪的甲壳动物。

十点十五分时,尼摩船长亲自把舵。我们面前出现了一条宽阔的、又黑又深的长廊。"鹦鹉螺号"船果敢地开了进去。船的两侧传来了一种不正常的声响。这是因为隧道的斜面把红海的海水灌向地中海时发出来的。尽管"鹦鹉螺号"的推进器逆流转动,尽量想放慢船前进的速度,但"鹦鹉螺号"仍随着涌流,箭一般向前冲去。

在通道狭窄的石壁上,我只看到了由于高速而摩擦出来的点点火星、笔直的痕迹和火痕。我的心嘭嘭地跳着,我用手压住胸口。

十点三十分,尼摩船长松开舵,转身对我说:

"地中海。"

不到二十分钟,激流就涌着"鹦鹉螺号"通过了苏伊士地峡。

第六章　希腊群岛

第二天,二月十二日,拂晓时分,"鹦鹉螺号"浮出了水面。我急忙登上平台。在南面三海里处,贝鲁斯城的轮廓隐约可见。这股激流果然把我们从海的那边带到了这边。但从这条隧道随流而下容易,逆流而上恐怕就行不通了。

七点钟左右,我见到了康塞尔和尼德。这两个密不可分的伙伴静静地睡了一觉,丝毫没察觉到"鹦鹉螺号"船的壮举。

"喂,博物学家,"加拿大人略带讥讽地问,"地中海呢?"

"我们现在就在它上面,尼德朋友。"

"嘿!"康塞尔说,"就在昨晚……"

"是的。在昨晚,几分钟内,我们就穿过了这个不可穿越的地峡。"

"我什么也不相信。"加拿大人说。

"您错了,兰师傅,"我回答说,"那边向南拱的低海岸就是埃及海岸。"

"这话您还是对别人说去吧,先生。"加拿大人固执地说。

"可,既然先生那么肯定,"康塞尔对他说,"就应该相信他。"

"再说,尼德,我还有幸参观了尼摩船长的隧道。当他亲自驾驶'鹦鹉螺号'通过那条狭窄的通道时,我就在他身边,在领航舱里。"

"听到吗,尼德?"康塞尔说。

"尼德,您有一双好眼睛,"我补充说,"您可以望望那伸入海里的塞得港长堤。"

加拿大人认真地看着。

"确实,"他说,"您说得对。教授先生,您的船长是个杰出的人物。我们是在地中海上。好!那么各位,我们说说我们自己的事情吧,不过别让别人听到。"

我很清楚加拿大人想说什么。总之,我想,既然他希望谈一谈,那最好就谈吧。我们三个人走到探照灯旁坐下来,在这里我们可以少被浪花打过来的湿水沫溅到。

"现在,尼德,我们听着您,"我说,"您有什么指教呢?"

"我要跟你们说的事情很简单,"加拿大人回答,"我们到了欧洲了。在任性的尼摩船长把我们带到极地海底或把我们领回大洋洲之前,我要求离开'鹦鹉螺号'。"

我承认,和加拿大人的这次谈话令我进退两难。我一点不想阻止我的同伴获得自由,然而,我也一点不希望离开尼摩船长。因为正是他,正是他的船,使我每天都得以进行我的海底研究,使我甚至能在海底重写我的书籍。我还能找到这样一次考察奇妙的海洋的机会吗?不,当然不能!那么,在完成环球考察之前,我是不会产生离开"鹦鹉螺号"的念头的。

"尼德朋友,"我坦率地说,"您觉得在船上很腻吗?您后悔命运把您抛到尼摩船长手里吗?"

加拿大人沉默了一会儿，然后，他双手交叉说：

　　"坦率地说，我对这次海底旅行并不感到遗憾。相反，我很高兴能这么做。但是这么做，始终要有个结束的呀。这就是我的想法。"

　　"会结束的，尼德。"

　　"在哪？什么时候？"

　　"在哪？我不知道。什么时候？我也说不上来。不如这样说吧，当我们在海里再也没什么可学的时候，我想就该结束了。世上没有不散的宴席的。"

　　"我的想法和先生一样，"康塞尔回答，"很可能完成环海底旅行后，尼摩船长会让我们三个远走高飞的。"

　　"远走高飞！"加拿大人喊道，"您的意思是飞走？"

　　"不要死抠字眼，兰师傅，"我说，"我们一点也不害怕船长，但我也不同意康塞尔的看法。我们知道了'鹦鹉螺号'的秘密。我想，它的主人是不会为了我们的自由而任由我们将这些秘密到处张扬的。"

　　"那您到底希望什么呢？"加拿大人问。

　　"希望六个月后，出现和现在一样的，我们能够利用而且也应该利用的机会。"

　　"哟！"尼德·兰说，"请问六个月后我们会在哪里呢，博物学家先生？"

　　"可能在这里，也可能在中国。您知道，'鹦鹉螺号'走得很快。它穿过海洋就像燕子掠过天空一样快，或者说像特快列车穿过大陆一样快。它不怕那些船只出没频繁的海域。谁说它不会去法国、英国或者美洲海岸呢。在那些地方，难道不是和这里一样，有机可乘吗？"

　　"阿龙纳斯先生，"加拿大人回答说，"您的论调是站不住脚的。您说的总是将来，'我们将在那儿！我们将在这儿！'我呢，我说的是现在：'我们现在在这儿，而且必须利用这个机会。'"

　　尼德·兰的逻辑推理步步紧逼，我感到自己被打败在地。我实在说不出什么对我有利的论据来。

　　"先生，"尼德又说，"我们做一个不可能的设想。如果尼摩船长今天就给您自由，您接受吗？"

　　"我不知道。"我说。

　　"如果他补充说，今天给您自由，以后就不会再给了，您接受吗？"

我没有回答。

"那么康塞尔朋友怎么想呢?"尼德·兰问。

"对于康塞尔朋友,"这个可贵的小伙子平静地回答,"康塞尔朋友没什么可说的。他对这个问题完全没有兴趣。他和他的主人、他的朋友尼德一样,也是单身汉。没有妻子,没有父母,没有小孩在家里等着他。他是为先生服务,他的想法和先生一样,他的说法也和先生一样。他很遗憾,别人不能指望他来凑成多数。现在只有两个人在场:一边是先生,一边是尼德·兰。就这样,康塞尔朋友他只有听的份儿,他随时准备着抓住要点。"

看到康塞尔完全不把自己算在内,我禁不住微笑了。实际上,加拿大人也应该高兴,因为他也不会遭到康塞尔的反对。

"那么,先生,"尼德·兰说,"既然康塞尔不参加,那就只有我们两个讨论了。我已经说过了,您也听到了。您怎么回答呢?"

显然应该下结论了,我是反感躲躲闪闪的。

"尼德朋友,"我说,"我的回答是:您有理由反对我,我的立论在您的论据面前是站不住脚的。不应该指望尼摩船长发善心。常人具有的谨慎也会使他不给我们自由的。相反的,我们也要谨慎地把握第一次逃离'鹦鹉螺号'的机会。"

"好,阿龙纳斯先生,识时务者为俊杰。"

"只是,"我说,"有一点要注意,就一点。那就是一定要等到时机成熟。我们的第一次逃走计划必须成功。因为如果失败了,我们就再也没机会了,尼摩船长也不会宽恕我们的。"

"说得对,"加拿大人回答说,"您指出的这一点可以贯彻于整个逃走计划。这个计划可能在两年内,也可能在两天内实施。总之,关键还是这个:一旦出现有利时机,就得抓住。"

"我同意。那现在,请告诉我,尼德,您说的好机会是指什么?"

"就是,在某个昏暗的夜晚,'鹦鹉螺号'靠近某处欧洲海岸时。"

"您打算潜水逃走吗?"

"是的。如果我们离岸足够近,而且'鹦鹉螺号'浮出水面的话,我们就潜水。但如果我们远离海岸,而且船在水底,就不能这么干。"

"那在这种情况下,该怎么办呢?"

"在这种情况下，我就设法偷出那只小艇。我知道它是怎么操作的。我们躲进艇内，松开螺栓，就浮出水面了，这样，甚至连船头的领航员也察觉不到我们逃跑。"

"好，尼德，那么留意这个机会吧；但千万记住，一旦出一处破绽，我们就完了。"

"我不会忘记的，先生。"

"那现在，尼德，您愿意听听我对您的计划的全部看法吗？"

"当然愿意，阿龙纳斯先生。"

"好，我想——我不说我希望了——我想这次有利的机会是不会出现的。"

"为什么不会？"

"因为，我们没放弃恢复自由的希望，尼摩船长对此不是不知道的。他会警惕的，特别是在这一带海域和靠近欧洲的海岸的海域里。"

"我同意先生的看法。"康塞尔说。

"走着瞧。"尼德·兰神情坚定地摇摇头回答说。

"那现在就到此为止吧。尼德·兰，"我补充说，"对这个问题我们再也只字不提了。哪天您准备妥当了，通知我们，我们随时跟您走。我全听您的。"

这场本该有极严重后果的谈话就这样结束了。我现在可以说，事实证实了我的预料，加拿大人大失所望。在这片繁忙的海域里，尼摩船长对我们是有所提防呢，还是他想躲过在地中海上行走的所有国家的船只的耳目呢？我无从得知，但船常常是在水里和离海岸远的水面上行走。而且在希腊群岛和小亚细亚之间，没有一处地方的水深超过两千米，所以"鹦鹉螺号"船要不就一直潜到水里，只露出领航舱在水面上，要不就往最深的水域走。

因为这样，我也就没机会认识卡尔巴多斯岛——组成斯波拉德群岛的岛屿之一。我只能看着尼摩船长用手指着平面球图上的一个点，给我朗诵维吉尔的诗句：

在卡尔巴多斯岛上住的海王涅豆尼，
能预言的海神哥留列斯·蒲罗台……

确实，现在位于罗德岛和克利特岛之间的斯卡尔旁岛，是海王的老牧人蒲罗台的旧居。透过客厅的玻璃窗，我只望见了岛上的花岗石基岩。

　　第二天，二月十四日，我决定花几个小时来研究群岛的鱼类，但不知什么缘故，嵌板紧紧地关着。我确定了"鹦鹉螺号"的航向后，发觉它正朝着康地岛，即以前的克利特岛开去。当我乘坐"阿拉伯罕·林肯号"出发时，该岛正全面爆发起义反对土耳其专制。但这段时期以来，起义结果究竟如何，我完全一无所知。尼摩船长与世隔绝，他也不可能告诉我的。

　　于是，晚上我单独和船长一起待在客厅时，也就没向他提起这件事。再说，我觉得他寡言少语，忧心忡忡。过了一会，船长一反常态地叫人打开客厅的嵌板，然后他一边从客厅的这边到那边来回踱步，一边仔细地观察着水流。他这样做有何目的呢？我猜测不到。但对我来说，我得赶紧利用时间观察那些从我眼前游过的鱼群。

　　在一群鱼里，我注意到了亚里士多德曾经提过的、通常被人们称为"海泥鳅"的亚惠虾虎鱼，这种鱼在邻近尼罗河三角洲的咸水中尤为常见。在它们附近，游动着半闪着磷光的大西洋鲷鱼，这种鱼是鲷鱼科的一个种类。因为当大西洋鲷鱼出现在尼罗河时，便预示着河水即将泛滥，所以它们被埃及人视为神圣动物，并因此受到宗教仪式的款待。我同时还注意到一些身长三分米的翼手鱼，这是一种鳞片透明的骨质鱼，青灰的颜色中夹杂着红斑点。这种鱼以大量的海底植物为食，所以鱼肉味道鲜美。古罗马的美食家对翼手鱼的烹调方法就颇有研究，他们把翼手鱼的鱼杂配上海膳的精肉、孔雀脑和红鹳舌，就做成了一道连维特里斯也为之心醉的佳肴。

　　另外一类爱贴着鲨鱼的腹部行走的海底居民——印头鱼，引起了我的注意，也使我回想起古人的说法。按古人的说法，这种小鱼会贴在船的轮机上，使船无法行进。在亚克昔盎战争中，就有一条这样的鱼钩住了安东尼的船，使安东尼的敌手奥古斯特轻而易举地取得了战争的胜利。瞧一个国家的命运到底是由什么操纵的哪！另外，我也看到了一些属于鲈鱼目的可爱的安第亚斯鱼，这种鱼是希腊人的神鱼，他们把猎杀经常来骚扰他们的海怪这一份功劳归功于这种鱼。安第亚斯的意思是花，希腊人从它们身上闪亮的颜色，以及由玫瑰红到红色直到鲜红的色泽变化和背鳍的瞬间反光来辨认这种鱼。我正目不暇接地看着这些海中奇物，这时，一个突然出现的意外打断了我的观察。

一个带着皮囊的潜水人出现在水中。那不是一具随波漂流的尸体,而是一个用健壮的手臂划水的活人,他不时浮出水面换气,立即又潜了下来。

我转向尼摩船长,用激动的语调叫道:

"一个人!一个遇难者!要不惜代价救他!"

船长没有搭腔,而是走过去靠在玻璃上。

那个人游了过来,脸贴在嵌板上,看着我们。

让我大为吃惊的是,尼摩船长向他做了个手势。潜水人用手比划着回答后,就立即浮出水面,再也没出现。

"别担心,"船长对我说,"那个人是马达邦角的尼古拉,绰号佩斯卡。他在西克拉岛上是大名鼎鼎的。他是一个勇敢的潜水人!水是他的生命之源,他在水里待的时间长过在地上待的时间,他不停地从一个岛游到另一个岛,一直到克利特岛。"

"船长,您认识他?"

"为什么不认识呢,阿龙纳斯先生?"

说完这句话,尼摩船长就朝着一个放在客厅左边嵌板边的壁柜走过去。我看到了壁柜旁还有一个包着铁皮的箱子,箱子的箱盖上有一块铜片,写着"鹦鹉螺号"几个字,还有"动境中之动"的题铭。

这时,船长并不在意我在场,他打开了箱子。那是一个装满着大量金属条的保险箱。

那些金属条都是金条。这么大量的贵重金属是从何而来的呢?船长是从哪里弄来了这些金子呢?他想拿来做什么呢?

我默默地看着。船长把金条一根一根地拿出,在保险箱里整整齐齐地摆好,装了满满一箱。我估计这一共有一千公斤金子,也就是说其价值近一百万法郎。

接着,船长把保险箱牢牢地关上,并在箱盖上用看起来是现代希腊文的文字写下了一个地址。

做完这些之后,尼摩船长按下一个有电线与机房联系的按钮。不久就进来了四个人,他们费了九牛二虎之力把保险箱推出了客厅。接着,我听到他们用复滑车把箱子拉到铁梯上。

这时,尼摩船长转身问我说:

"您刚才说了什么,教授先生?"

"没说什么,船长。"

"那这样吧,先生,晚安。"

说完这句话,尼摩船长就离开了客厅。

我非常纳闷地回到房间里:我的纳闷是可以理解的。我试图找出那个潜水者的出现和那一满箱金子之间的联系。所以尽管我想尽量让自己睡觉,但一切都是徒劳。过了一会,我感觉到一阵颠簸和晃动:"鹦鹉螺号"离开水底回到水面。

接着,我听到了平台上传来一阵脚步声。我知道有人解开了小艇,并把小艇放入水中。小艇和"鹦鹉螺号"的船壁碰了一下,以后,就什么声音也听不

到了。

　　两小时后，又传来了同样的响声，和同样的来回走动的脚步声。小艇被拉回船上，放回原来的位置，"鹦鹉螺号"又潜入了水中。

　　就这样，这数千万金子被送到了它们的地址。那是大陆上的什么地点呢？尼摩船长的联系人又是谁呢？

　　第二天，我向康塞尔和加拿大人叙说了昨晚发生的事，并说这些事引起了我极大的好奇心。听了我的叙述，我的同伴的惊奇也丝毫不亚于我。

　　"但是他从哪里弄来这数千万呢？"尼德·兰问。

　　对于这个问题，我现在无法回答。吃了中午饭后，我就回到客厅工作。直到下午五点，我还在做记录。这时——可能是由于个人情绪——我感到特别燥热,必须脱下我的真丝外套才行。这种现象真是不可理解,因为我们不是处于高纬度的地方;此外,"鹦鹉螺号"是潜在水里的,温度是不可能升高的。我看了一下气压表。它指示在六十英尺。在这个深度,空气热度是不可能这么高的呀。

我继续工作,但温度不断上升,简直到了让人无法忍受的地步了。

"船上着火了吗?"我心里嘀咕着。

我正准备走出客厅,尼摩船长进来了。他走近温度表,看了一阵子,就转身对我说:

"四十二度。"

"我看过了,船长,"我回答说,"温度再升高一点,我们就支持不住了。"

"哦!教授先生,如果我们想不让温度升高,它就不会升高的。"

"这么说,您可以随意调节温度了?"

"不,但我可以离热源远点。"

"那么热气是从外面来的?"

"没错。我们是在沸水流中行驶。"

"可能吗?"我叫道。

"请看。"

嵌板打开了,我看到"鹦鹉螺号"周围的海水都泛白了。一股硫蒸气在水中搅升,海水像锅炉中的水一样沸腾。我刚把手贴在一扇玻璃上,就烫得缩了回来。

"我们在哪呢?"我问。

"在桑多林岛附近,教授先生,"船长回答说,"确切地说,是在尼亚-卡蒙尼岛和帕莱亚-卡蒙尼岛之间的海沟中。我想让您看看海底火山爆发的奇景。"

"我还以为这些小岛屿的形成早已经结束了呢。"我说。

"在火山地带上,是没什么东西会静止的。"尼摩船长回答说,"地球的这些地带总是受到地下熔岩的作用。在公元一九年,据卡西奥多尔和普林的记载,有一个叫多娅女神的岛屿在形成新岛屿的地方出现过。不久,这个岛就沉入了水波中。公元六九年,它又浮了上来,但不久又沉了下去。从那时起到现在,这个岛升沉运动就静止了。但到了一八六六年二月三日,在硫蒸气中,一个叫乔治岛的新岛屿在尼亚-卡蒙尼岛附近浮现了。当月六日,这两个岛就拢合起来。七天后,即二月十三日,又出现了阿芙罗艾沙小岛。在它和尼亚-卡蒙尼岛之间隔着一条十米宽的水道。当这一现象发生时,我正好在这一带海域里,因此我观察了整个地理运动的过程。圆形的阿芙罗艾沙小岛直径三十英尺,高三十英尺,由黑色的玻璃质熔岩夹杂着长石碎片构成。最后,在三月十日,一个更小的岛,叫雷卡岛,在尼亚-卡蒙尼岛附近浮出水面,从那以后,这三个岛便拢合起来,形成了现在唯一的岛屿。"

"我们目前所处的海沟是在哪里呢?"我问。

"在这里,"尼摩船长指着一张希腊群岛地图,回答说,"您瞧,我已经把新岛屿画上去了。"

"可是,这条海沟可能迟早有一天会被填平吗?"

"有可能的,阿龙纳斯先生。因为自一八六六年以来,在帕莱亚-卡蒙尼岛上的圣尼古拉港对面就冒出了八个小熔岩岛。那么,很明显,尼亚岛和帕莱亚岛不久之后是会连起来的。如果说,在太平洋中,形成新陆地的是纤毛虫,那么这里则是熔岩现象。瞧,先生,看看这在水下完成的地理现象。"

我走近玻璃窗。"鹦鹉螺号"停止行驶。热度越来越难以忍受。由于受到铁盐的染色作用,原本是白色的海水被染成了红色。尽管船的客厅紧紧地关闭着,但仍有一股恶心的硫黄味渗了进来。我看到了一些猩红的火焰,它的光亮使船上的灯光都黯然失色。

我浑身湿透,喘不过气,都快被蒸熟了。是的,确实我觉得自己是被蒸熟了。

"我们不能在这沸水里待太久。"我对船长说。

"是的,不然就不谨慎。"尼摩面无表情地说。

命令一下,"鹦鹉螺号"调过船身,驶离了这个熔炉。因为在这里逗留是不可能不受到惩罚的。一刻钟之后,我们才浮出水面换气。

我心里闪过一个念头,如果尼德选择在这一带海域逃跑,那我们可就走不出这片火海了。

第二天,二月十六日,我们离开了这片位于罗德岛和亚历山大里岛之间深三千米的海区,"鹦鹉螺号"穿过塞里可海面,绕过马达邦角后,就把希腊群岛抛在了后头。

第七章　地中海里四十八小时

地中海,海水蓝得出奇的海,希伯来人的"大海",希腊人的"海",罗马人的"我们的海",环种着橘子树、芦荟、仙人掌、海松,弥漫着香桃木的芳香,环绕着峻峭的山峰,充满着清新的空气。但是这里不断地受到战火的蹂躏,这里是海王和阎王蒲罗敦至今还为了争夺世界霸权而战的真正战场。米什莱说,就是那里,海岸上,海面上,是地球上人类相互戮杀最激烈的地方之一。

尽管地中海很美,但对于这面积二百万平方公里的海,我只留下了匆匆的一瞥。甚至尼摩船长本人也没向我透露一点关于地中海的情况,因为这个谜一般的人在我们快速横穿过这个海域的过程中,一次也没露面。我估计"鹦鹉螺号"船共用了两天在地中海里走完了六百里。二月十六日从希腊海域出发,十八日日出时,我们就穿过了直布罗陀海峡。

依我看,尼摩船长很明显地不喜欢这个夹在他想躲避的两块大陆间的地中海。它的水波和海风不是给他带来太多的悔恨,就是给他带来了太多的回忆。在这里,他没有他在海洋中应有的自由姿态和无拘束的行动,相反他的"鹦鹉螺号"船对在非洲和欧洲之间的这片海水中行走感到极不自在。

因此,我们的船速高达每小时二十五海里,即每小时十二古里。不用说,尼德·兰不得不放弃逃跑的计划,他非常苦恼。因为在速度为每秒十二至十三米的情况下,他根本无法利用那只小艇。在这种情况下离开"鹦鹉螺号",就相当于从一列快速行驶的列车上往下跳,此举是极不明智的。再说,我们的船到晚才浮出水面换气,而且它只按罗盘上指示的方向和测程器测定的方位行驶。

因此,当我从地中海里往外看时,就像一位快速列车上的乘客看着眼前一掠而过的景象一样,只是看到远处的天际,近处的风景却像闪电般一闪而过。尽管这样,我和康塞尔还是观察到地中海的几种鱼类,因为这几种鱼靠它们有力的鳍能游得很快,在几分钟内保持与"鹦鹉螺号"一样的速度。于是,我们就猫在客厅的玻璃窗前观察,我们当时的记录对我现在修正地中海鱼类学则大有裨益。

对那些生活在这里的各种各样的鱼类,我是看到了一些,也瞥见了一些,

　且不说那些由于"鹦鹉螺号"的速度太快,我的目力赶不上鱼的了。我现在按不完全的分类法对它们进行分类,以便更好地区分出我走马观花般看到的鱼类。

　　被灯光照得通明的海水中,扭动着一些身长一米,几乎能在各种气候带生活的长鳃鳗;还有属鳐鱼类,宽五英尺,腹白,灰脊背带斑点的尖嘴鱼,像一条宽披肩在水流中舒展着;一逝而过的鳐鱼,我还来不及辨别出它们是否称得上希腊人说的鹰,或是现在打鱼人叫的老鼠、蟾蜍和蝙蝠;长十二英尺,潜水员特别害怕的鸢鲨,正在水中赛跑呢;长八英尺,嗅觉特别灵敏的海狸,看上去就像一个浅蓝色的大影子;属鲷鱼属的鳊鱼,其中有些长达十三分米,穿着纹上条纹的银白色和天蓝色衣衬,鳍上的深色尤为突出;这种鱼是用来祭祀维纳斯的,它的眼睛长在金色的眉睫下,属于珍贵的鱼种,适应咸水和淡水,生活在河流、湖泊和海洋中,适应各个气候带和各种温度;这种可以追溯到地质时期的鱼种,还保持着它们当初的花容月貌。还有一些身长九至十米,行动快捷的漂亮鲟鱼,用有力的尾巴甩着嵌板的玻璃,露出了带有栗色小斑点的浅蓝色脊背;这种看似角鲨、但力气却不能与之相比的鱼,在各个海里都可以看到;春季,它们喜欢游到大河里,它们逆伏尔加河、多瑙河、波河、莱茵河、卢瓦河、奥得河的水流而上,靠吃鲱鱼、鲭鱼、鲑鱼为生;尽管它们属于软骨动物纲,但肉很鲜嫩,可以鲜吃、干吃或用醋和盐腌着吃;以前,人们荣耀地把它们放到了卢古留斯的餐桌上。当"鹦鹉螺号"船贴近水面时,在地中海中各式各样的鱼类中,我最能有效地观察到的,是骨质鱼纲的第六十三属。那是脊背蓝黑,腹部有银甲,背上发出道道金色微光的鲭鲔鱼。它们素来喜欢跟着船走,在热带的骄阳底下寻得一处凉爽的阴影。它们也不例外地跟着"鹦鹉螺号",就像以前跟着拉·贝鲁斯的船只行走一样。好几个小时内,它们一直和我们的船做速度上的斗争。我当然不放过欣赏这些天生有赛跑天赋的动物的机会。它们头小,身子光滑呈梭形,有些长超过三米,它们的胸鳍天生特别有力,尾巴叉开。它们游动时像一些速度可以与之媲美的鸟类一样,排成三角形,故而古人说它们熟悉几何与战略。可是,它们仍然逃脱不了普罗旺斯人的捕杀,普罗旺斯人对待它们就像普罗蓬第德人和意大利人对待它们一样,成千上万只这种珍贵的鱼茫然地、冒失地钻入了马赛人设置的渔网中丧生。

我还要列举那些我和康塞尔只是一眼瞟到的地中海鱼类,仅作为备忘:浅白色的拳状电鳗,像抓不住的蒸汽一样一闪而过;蛇一般的康吉鳗海鳝,长三至四米,身上饰有青、蓝、黄三色;长三英尺,肝脏味道鲜美的海鳕鱼;像细长的海藻一样漂浮着的带条鱼;诗人称之为琴鱼,水手称之为笛鱼的鲂鲱,它的嘴边上有两片三角形的齿状薄片,像老奥梅尔的乐器一样;游得和飞鸟的速度一样快而得名的燕子笛鱼;头红,背鳍上嵌着线条的金著鲷;身上有黑色、灰色、栗色、黄色、绿色的斑点,发出铃铛般清脆的声音的芦荟鱼;有海中锦鸡之称,身体菱形,鳍黄,身上有栗色斑,左上侧通常有栗色和黄色条纹的漂亮大菱鲆;最后是一群群漂亮的海绯鲷,它们是真正的海中极乐鸟,罗马人花一万小银币就能买到一条海绯鲷,然后把它放在餐桌上弄死,残酷地看着它们由活时的朱红颜色变为死时的苍白色。

如果说我没能观察到鳞鲀、箱鲀、海马、芦昂鱼、向心鱼、鳛鱼、羊鱼、隆头鱼、胡爪鱼、飞鱼、鲲鱼、巴热尔鱼、泥铲鱼、颌针鱼，以及黄盖鲽、飞鲽、箬鳎、舌鳎、菱鲆等大西洋和地中海中都有的鱼种，这就得怪"鹦鹉螺号"穿过这片物产丰富的海区时那种令人头晕的速度了。

　　至于海洋哺乳动物，我想经过亚德里亚海口时，我已经看到了两三头长有真甲鲸属脊鳍的抹香鲸，几条地中海特有的、头前部有几道明亮的细纹的圆球头属海豚，还有十几只腹白毛黑的海豹，它们又名僧侣，身长三米，一副多明尼克派修士派头。

　　至于康塞尔，他好像看到了一只六英尺宽、长着三条纵向凸起的脊骨的海龟。我很后悔没看见这只爬行动物，因为据康塞尔后来的描述，我认为这是一种相当罕见的棱皮龟。我呢，我只看到了几只长甲壳海龟。

　　至于植虫动物，在几个瞬间，我欣赏到了一种挂在船左舷嵌板玻璃上的橘黄色的美丽的唇形水螅。那是一种细长的丝状植物，长着无数的枝权，末梢是一道最精细的花边，就连阿拉妮的对手都编织不出这样的花边。可惜的是，我不能捞到这种美丽的品种的标本。而且假如十六日晚上，"鹦鹉螺号"没特意放慢速度的话，地中海里的其他植虫动物恐怕就不会进入我的视野了。当时的情形是这样的：

　　那时，我们正从西西里岛和土耳其海岸之间经过。在伯恩角和麦西纳海峡的狭窄空间里，海底几乎是突然上升。在那里形成了一条真正的海脊，离海面仅十七米，而海脊两侧的水却深达一百七十米。于是，"鹦鹉螺号"只好小心翼翼地行驶，以免撞在这条海底栅栏上。

　　在地中海地图上，我把那条长暗礁的位置指给康塞尔看。

　　"先生您千万别见怪，"康塞尔看了说，"这像是一条连接欧洲和非洲的真正地峡。"

　　"是的，小伙子，"我回答说，"它完全填住了利比亚海峡，史密斯的勘测也曾证实了以前这两块大陆是在波哥角和芙里那角之间连接起来的。"

　　"我乐于接受这个观点。"康塞尔说。

　　"我还要补充一句，"我说，"在地质时期，直布罗陀和叙达之间存在着类似的海障，把地中海完全封闭起来。"

　　"哦！"康塞尔说，"要是哪天某座火山喷发，把这两道水上栅栏毁掉就

好了。"

"这根本不可能,康塞尔。"

"总之,先生恕我把话说完,如果这种现象一再发生,那会把怀德·勒斯普先生气坏的,因为他为了开凿那条地峡不知花费了多少工夫哦。"

"我同意。但我再说一遍,康塞尔,这种现象是不会发生的。地下的能量正不断减少。地球初期那么多的火山,现在渐渐地休眠了;地球内部的热能也减弱了,地球底层的温度以每世纪不可估量的速度下降,这对我们的星球很不利,因为热量是它的生命。"

"可是,太阳……"

"太阳的能量是不够的,康塞尔,它能让一具尸体变热吗?"

"我知道,不能。"

"那好,我的朋友,地球总有一天会成为那具冰冷的尸体的。她将会变得像月球一样不能居住,好久以来,月球已消耗完了维持其活力的热源。"

"地球在多少个世纪后会这样呢?"康塞尔问。

"数百万年后,小伙子。"

"那么,"康塞尔回答,"只要尼德·兰不捣乱,我们还是有时间完成我们的旅行的。"

于是康塞尔放下心来,开始研究这凸起的海底。"鹦鹉螺号"正以缓慢的速度几乎是贴在这道海脊的上面行驶。

在那里的火山岩土中,长满了各种各样鲜艳的植物,像海绵、海参和长有浅红卷须、放出微微磷光的海胆,浸在七彩的太阳反光中的俗称海黄瓜的海袋,宽一米、把海水都染红了的紫红色游动车盘,美丽绝伦的乔木状海水仙,大量种类各异的可食用海胆,以及茎干浅灰色、花盘褐色、躲在自己的橄榄色须毛之中的青色海菟葵。

康塞尔尤其忙碌于观察软体动物和节肢动物,虽然分类术语有些枯燥无闻,但我不想有负于这位老实的小伙子而把他个人的观察省略掉。

在软体动物门中,他记录了:大量栉形扇贝;一些互相叠成驴蹄状的海菊蛤;三角形水叶甲;黄色鳍、甲壳透明的三齿硝子贝;橘黄色的腹脚贝;长斑块或长满淡绿色圆点的卵形贝;又名海兔的腹足贝;铲形贝;多肉的无触角贝;地中海特有的伞形贝;能分泌出十分有价值的螺钿质的海耳贝;焰火形扇贝;据说比起牡蛎来,法国南方人更喜欢吃的豆蔻贝;马塞人极钟爱的蚝蚬;白白胖胖的双层草贝;几只北美海岩盛产的,在纽约市场上零售价可观的帘蛤;颜色多样的带盖梳形贝;我爱吃的,带辣椒味的,缩在壳里的石蛏;甲壳凸成两翼的细纹帘心蛤;长红色肉瘤的辛提贝;两端翘起,状似小舟的肉食贝;带王冠的铁贝;螺旋形甲壳的人形柱贝;长白点,蒙着流苏头纱的海神贝;类似小蛞蝓的琴贝;用背走路的洼涡贝;甲壳椭圆的耳形贝和另一种勿忘草耳形贝;浅黄褐色的梯螺;滨螺;海蛤;瓜叶菊;岩贝;薄片贝;宝石贝;潘多尔贝等等。

至于节肢动物,康塞尔在笔记上非常准确地把它们分为六纲,其中三纲属海底纲,分别是甲壳纲、蔓足纲和环节纲。

甲壳纲分九目,第一目包括十足类动物,也就是那些头部和胸部通常连在一起,口腔器官由好几对节肢构成,有四、五或六对胸爪或脚爪的动物。康塞尔按我们的导师米尔-爱德华的方法,把十足类动物分为短尾组、长尾组和无尾组三组。这些名字有点粗俗,但确如其分。在短尾组中,康塞尔记录了前端有两根叉开的长刺的阿马第蟹;和不知何故,被希腊人奉为智慧的象征的蝎子蟹;棍状海蜘蛛和刺状海蜘蛛,这两种海蜘蛛可能是在这凸起的海底迷途不识归,因为它们一般生活在深水中;十足蟹,矢形蟹,菱形蟹,粒形蟹——康塞尔指出,它们很容易被消化;无齿伞花蟹,蹦蟹,西蒙蟹,毛绒蟹等等。长尾组分为装甲科、掘足科、无定位科、长臂虾科和足目科五科。康塞尔记录了普通的龙虾,这种虾里雌虾的肉颇值得称道;熊虾或海蝉;河虾和各类食用虾。但因为龙虾是地中海里唯一的螯虾属动物,所以康塞尔没提到无定位科的划分,这一科中还有螯虾。最后是无尾组,康塞尔看到了一些普通的托西纳蟹,它们正相互争抢躲进一只丢弃的介壳里;还有前部带刺的同源蟹、寄居蟹和宝贝蟹等等。

康塞尔就干了这么多。他已经没时间去观察螯目、端足目、同源目、同孢目、三叶虫纲、鳃足亚纲、介形亚纲和切甲类,以把甲壳纲动物补充完整。要完成海底节肢动物的研究,他恐怕还得列举出包含剑水蚤和银色蚤的蔓足纲,与尚未细分为管栖类和前支类的环节纲。但"鹦鹉螺号"已经通过利比亚海峡,一回深水中,它又恢复原先的飞快速度。打那以后,我们就再也看不到软体动物、节肢动物和植虫动物了,只偶尔见到几条大鱼像影子一样一掠而过。

二月十六日晚上到十七日,我们进入了地中海的第二个水域,海水的最深处达三千米。这时,"鹦鹉螺号"在轮机的推动下,沿着倾斜纵斜船板下滑到海底最深处。

在那里,尽管缺少自然景观,但海流带来的一幕幕活生生的、可怕的景象却让我大开了眼界。我们当时实际上从地中海中最容易发生海难的地方穿过。从阿尔及利亚海岸到普罗旺斯海岸,不知道有过多少船只遇难,有过多少船只失踪!和浩瀚的太平洋相比,地中海只不过是一个湖,但这是一个任意肆虐、变化无常的湖。对扬帆在天水之间的单桅三角帆船来说,今天风平浪静,水波不动,但明天却狂风怒吼,浪高万尺,狂浪足以把最坚固的船只都掀入海底。

因此,在快速穿过这片深海区时,我看见了多少沉没于海底的失事船残

骸,有些已经被珊瑚胶黏住,有些只是生了一层锈,锚、加农炮、子弹、铁架、机轮叶、机器零件、破碎的圆筒、损坏的锅炉,还有横七竖八地浮在水中的船壳。

这些遇难船只中,有些是撞沉的,有些是触礁的。我看到有些笔直下沉的船只,桅杆挺直,帆缆被海水浸得硬邦邦的,好像在宽敞的泊船处抛锚,等待出发的时刻。当"鹦鹉螺号"在它们之间穿行,灯光照着它们时,这些船只好像在向"鹦鹉螺号"挥旗致意,发口令呢!然而不是,在这灾难之地,只有寂静和死亡!

随着"鹦鹉螺号"向直布罗陀海峡靠近,我发现地中海底堆积的船残骸就越来越多。非洲海岸和欧洲海岸在这里变窄,但在这狭窄的空间,沉船最多。我看到了无数铁质船身,一些汽轮的古怪的残骸,横躺的,直立的,好像一些庞大的动物。有一条船,船帮都被撞开了,烟囱弯曲,机轮只剩下框架,舵和艉柱

分开但仍被铁链系着,后板被海盐侵蚀了,构成了一幅可怕的画面!它出事时,不知有多少人丢了性命!有多少遇难者葬身于水波中!船上有没有幸存的水手把这悲惨的灾难告知世人呢?还是水波掩埋了这起惨剧?不知为什么,我心里总有一个念头,这艘沉船可能是二十几年前连人带货一道失踪的、音信全无的"阿特拉斯号"。啊!这地中海底的遇难史,白骨成堆,恐怕是史无前例的,这里吞噬了多少财富,沉眠着多少遇难者啊!

然而,"鹦鹉螺号"对此无动于衷,它仍然开足马力穿行于这些残骸之间。二月十八日凌晨约三点钟,它出现在直布罗陀海峡的出口处。

在直布罗陀海峡的出口处有两股海流:一股是已深为人知的上海流,它把大西洋的海水引入地中海;另一股是下逆流,现在的推理已证明了它的存在。确实,由于大西洋海水和河流的注入,地中海海水总量每年不断地增加。由于蒸发量不能保持与注入量平衡,那么地中海海平面本应该是逐年上升的。然而,实际上并非如此。于是,人们自然认为存在着一股下逆流,使地中海中多余的海水流回大西洋。

确实如此。"鹦鹉螺号"正是利用了这股逆流,迅速地从这个狭窄的出口通过。那一瞬间,我瞥见了普林和阿维纽斯说过的沉没海底的著名的赫尔克斯庙遗迹,它坐落在下沉的岛屿上。几分钟后,我们就浮在了大西洋的水波上。

第八章　维哥湾

大西洋! 面积两千五百万平方公里的浩瀚海洋,长九千海里,平均宽度为两千七百海里。这么重要的海洋,在古代,除了伽太基人和那些沿着欧洲和非洲西海岸航行往来做生意的古代荷兰人之外,古人居然几乎不知道它! 这汪洋大海,它曲折的海岸拥抱着一片幅员辽阔、被世界上最大的河流浇灌着的土地,圣劳伦斯河、密西西比河、亚马逊河、普拉塔河、奥雷诺河、尼日尔河、塞内加河、易北河、卢瓦河、莱茵河,向它汇集了最文明的国度和最野蛮的国家的水源! 这壮阔的海面上,不断地穿梭着各国的船只,它荫庇在世界各国的国旗下,两端是令航海家们犹豫不前的两个可怕的角:合恩角和暴风角!

"鹦鹉螺号"用船艏冲角劈波斩浪地前进。三个半月来它大概总共走了一万里,相当于绕地球一圈还多。那么现在我们要去哪里呢? 以后我们还有什么好看的呢?

"鹦鹉螺号"走出直布罗陀海峡后,一进入海洋,它就浮出了水面。这样我们又恢复了每天在平台上散步的习惯。

那天,在康塞尔和尼德·兰的陪同下,我走上了平台。在十二海里处,我们隐隐约约地望到了西班牙半岛西南端的圣文森角。这时,一阵强劲的南风吹过。海水上涌,波涛澎湃。"鹦鹉螺号"船也随着颠簸起来。看来随时都可能有巨浪袭来,平台上再也不能待了。于是,呼吸了几口新鲜空气后,我们就下来了。

我回到了房间。康塞尔也回到他的舱房里。但加拿大人却满脸焦虑地跟着我走进房间。大概"鹦鹉螺号"快速地穿过地中海,使他无法实施他的逃跑计划,所以他无法掩饰他的失望。

当我的房门关上时,他坐了下来,默默地看着我。

"尼德朋友,"我对他说,"我理解您,但您没什么要自责的。在'鹦鹉螺号'那种行驶情况下,想逃跑是蠢不可及的。"

尼德·兰没有回答。他紧绷着嘴唇,蹙着眉头。这说明在他心里,有一种顽强的念头在强烈地纠缠着他。

"瞧,"我又说,"并不是一点希望都没有了。我们正沿着葡萄牙海岸向上开。不远就是法国和英国。在那里我们可以轻而易举地找到一个逃脱的机会的。瞧!如果'鹦鹉螺号'驶出直布罗陀海峡,向南航行,把我们带到没有陆地的地方,那我现在就会和您一样担忧的。但现在我们知道,尼摩船长并不避开那些开放的海域,而且几天后,我相信您完全可以多几分安全行动的可能性。"

尼德·兰更是直愣愣地盯着我。最后,他终于开口了。

"就在今晚。"他说。

我倏地站起来。我得承认,我没想到他会这么说。我本想回答他,但说不出话来。

"我们已经说过了要等机会,"尼德·兰说,"机会,我等到了。今晚,我们将到离西班牙仅几海里的地方。夜色昏暗,又吹着海风。阿龙纳斯先生,您有言在先,我相信您。"

看到我一直沉默不语,加拿大人站起来,向我走过来说:

"今晚九点。我已经通知康塞尔了。那时,尼摩船长在他自己的房里,他可能上床睡觉了。机械师和船组人员都不会看到我们。我和康塞尔走上中央扶梯。您呢,阿龙纳斯先生,您留在离我们两步之遥的图书室里,等待我的信号。桨、桅和帆都在小艇里了。我甚至放了一些食物了。而且我已经弄到了一把扳手,用来拔掉将小艇固定在'鹦鹉螺号'船身上的螺丝。这样,一切都准备妥当了。今晚见。"

"海上情况很恶劣。"我说。

"我知道,"加拿大人回答,"但应该冒险。自由必须付出代价。再说,小艇很结实,在风浪里走几海里并不算什么。谁知道明天我们会不会到百里之外的海里去?但愿情况对我们有利,在十至十一点之间,我们要不就在陆地上某一处登陆，要不就是等死。那么，让上帝保佑我们吧，今晚见。"

话毕，加拿大人退了出去，我几乎发呆了。我曾经想过，在必要时候，我会有时间考虑和争论的。但现在我那固执的伙伴不允许我这样做。我还有什么好说呢？尼德·兰百分之百地有理由。这可以说是个机会，他要利用它。难道我能反悔，和背上为了纯粹个人的利益而损害我的同伴的前途的罪名吗？况且明天，尼摩船长难道不会把我们带到海洋深处吗？

这时，一阵相当尖厉的笛声响起，我意识到船上的储水器又装满了水，"鹦鹉螺号"返回大西洋海底了。

我待在房间里。我想避开船长，不让他看到我内心的波动。我这样度过了多么忧愁的一天啊，在恢复自由的渴望和离开"鹦鹉螺号"而使我的海底研究半途而废的遗憾之间徘徊！这样离开这个海洋——"我的大西洋"——我喜欢这么称呼它，没有观察它的底层情况，没有揭示我在太平洋和印度洋海底揭开的那些秘密！到手的鸭子从我的手里飞掉，我的梦在最美妙的时候被打断了！多少难挨的时光就这样流逝了。有时，我希望我和我的同伴一起安全地回到陆地上，有时又不顾自己的理智，希望出现某个意想不到的情况阻止尼德·兰实施他的计划！

于是我两次回到客厅里看罗盘。我想知道"鹦鹉螺号"的航向是靠近，还是远离海岸。但两者都不是！"鹦鹉螺号"总是保持在葡萄牙领海里，沿着海岸向北走。

那么，必须下定决心准备逃走。我的行李并不重。除了我的笔记本，一无所有。

至于尼摩船长，我心里估量着，他对我们的逃跑会怎么想呢？这可能引起他怎样的不安，给他带来怎样的危害呢？而且，在逃跑或是成功、或是失败两种情况下，他会怎么做呢？无疑，我是丝毫不埋怨他的；相反，我要感激他，因为从来没有一个人像他那样热忱待客。但离开他，并不能说我们是忘恩负义，因为并没有什么契约把我们和他束缚在一起，而仅仅是他信奉的客观力量，却不是我们的誓言使我们永远待在他身边。并且他那种公开承认要把我们永远囚禁在他的船上的奢望，反而证明了我们的种种逃走的企图是合理的。

自从我们参观了桑多林岛后，我一直没再见过船长。在我们逃走之前，该让我见上他一面吧？可是我既想见到他，又害怕见到他。于是我聆听着，看是否能听到他在我隔壁房间里走动的声音。可是没任何声音传到我的耳朵里。房间应该是无人的。

于是，我终于想到，这位奇怪的人物是否在船上呢？自从小艇为了一项神秘的任务离开"鹦鹉螺号"的那天晚上起，我对他是一个怎样的人的看法稍有所改变。我想，不管尼摩船长嘴上说过什么，他应该是和陆地上还保持着某种联系的。他难道从来不离开"鹦鹉螺号"吗？整整几个星期过去了，我一次也见不到他。这段时间里，他干了些什么呢？我原以为他是那样愤世嫉俗，而他现在难道不是到远方去干某项至今不为我所知的秘密行动吗？

这些想法，和其他的各种想法千头万绪地纠缠着我。在我们所处奇特的环境下，这样的猜测总是没完没了的。我感到一种无法忍受的苦恼。这一天的等待仿佛是无穷无尽的。我焦急万分，时间过得太慢了。

像往常一样，我在我的房间里用晚饭。因为过度忧虑，我吃不下饭。七点钟，我离开了饭桌。离我和尼德·兰汇合还有一百二十分钟——我数着数着，就越发激动，脉搏猛烈地跳动。我坐立不安，来回踱步，希望通过运动来减轻我心里的烦躁。对于我们这次采取鲁莽的行动可能带来的死亡的后果，我心里毫不在乎；但一想到行动之前被发觉，被带到暴怒的、或因我的背信弃义而难过的尼摩船长的面前，我的心就七上八下的。

我想最后一次看看客厅。于是我走过长廊，来到了我曾经度过了多少欢乐和有用的时光的陈列室里。我看着所有的财宝，所有的珍藏，就像一个被判终生流放、永不得返回的人在被流放前的一夜一样。这些自然的奇珍，艺术的杰作，我的生命中有多少个日子是在它们之间度过的，而我将永远离开它们。我本想透过客厅的玻璃窗再浏览一下大西洋的海水。但嵌板紧闭着——一块铁板就把我和我还未相识的这个海洋分隔开了。

我这样浏览了一遍客厅，然后走向那扇精心设置在墙隅的、通向尼摩船长房间的门边。门半敞开着，我大吃一惊，不情愿地往后退。如果尼摩船长在房间的话，他一定能看到我。然而，一点声响也没有，我又往前一靠，房间空无一人。我推开门，向里面走了几步。房间里总是那样的苦行僧式的简朴。

这时，几幅挂在墙壁上的铜版画映入了我的眼帘，我记得我第一次参观这个房间时没见过这些画。这是一些肖像画，一些终生忠实地献身于人类的历史伟人的肖像画，有哥斯修斯哥这位在"波兰完了"的喊声中倒下去的英雄，波特扎理这位现代希腊的莱奥尼达斯,爱尔兰的捍卫者奥康尼德尔,美联邦的缔造者华盛顿,意大利爱国者马宁,倒在黑奴制拥护者的枪口下的林肯,最后是黑人解放运动的殉道者约翰·布朗,他被吊在绞刑架上,就像维克多·雨果笔下描写的悲惨场面一样。

那么这些英雄的心灵和尼摩船长的心灵有什么相通之处呢?我最终能否从这些肖像中发现他生平的秘密呢?难道他是被压迫民族的捍卫者,奴隶种族的解放者?难道他参加了本世纪最后一次政治动乱或社会动乱?难道他曾经是可怕的而可悲可泣的北美内战的英雄之一?

突然,时钟敲响了八点的钟声。钟锤敲在铃上的第一声声响打断了我的遐想。我颤抖了一下,房间里仿佛有一只看不到的眼睛在窥视我的心灵最深处,我急忙离开房间。

回到客厅里,我往罗盘上一看:我们的航向始终是向北,测速器标出我们的航速是中速,压力表指示在六十英尺左右。这时候真是加拿大人实行计划的好时机。

于是我回到房间,穿上了暖暖的海靴、水獭帽和海豹里皮真丝外套。一切准备就绪。我等待着,伸长耳朵聆听着。我想会不会突然传来一阵叫喊声,告诉我尼德·兰刚刚在实施逃跑计划时被发觉了呢?可是只有机轮的晃动打破了船上的沉寂。我担心不已,我想尽量保持平静,但是徒然。

九点差几分了,我把耳朵贴到尼摩船长的门边。里面一丝声音也没有。于是我离开房间,回到半黑半亮着但里面空无一人的客厅里。

我打开通向图书室的门,里面一样光线不足,冷冷清清地。我站在对着中央扶梯的门边,等待尼德·兰的信号。

这时,机轮的转动明显减弱,然后完全停下来。“鹦鹉螺号”的航速怎么会有这样的变化呢?这次停船对尼德·兰的计划是有利还是不利呢?我说不准。

在沉寂中我只听到了我的心在怦怦地跳。

突然,我感觉到一阵轻微的撞击声。我意识到“鹦鹉螺号”刚刚在海底停了下来。尼德·兰还没向我发信号。我忧心忡忡,很想去找他,让他再重新计划一下。因为我感觉到我们是在不寻常的条件下航行的。

这时,客厅的门打开了,尼摩船长出现了。他一看到我,就不加寒暄地亲切地说：

"啊！教授先生，我还在找您呢，您知道你们西班牙的历史吗？"

此时此刻，我精神恍惚，头脑一片空白，在这种处境下，即使是深知自己国家的历史的人，也会说不出一句话来的。

"怎么，"尼摩船长又说，"您听到我的问题了吗？您知道西班牙的历史吗？"

"不太了解。"我回答说。

"许多学者都一样不知道，"尼摩船长说，"那请坐吧。"

他又补充说：

"我来给您讲讲它历史上的一段奇闻轶事吧。"

船长躺在一张安乐椅上，我机械地坐到了他身边的阴影中。

"教授先生，"他对我说，"请好好听我说来。这段历史的某一方面会使您感兴趣的，因为它能回答一个您可能一直无法解释的问题。"

"我听着呢，船长。"我说。我不知道我的谈话者究竟想说什么，我测度着这件事是否和我们的逃跑计划有关。

"教授先生，"尼摩船长接着说，"如果您愿意，我们得从一七〇二年说起。您不会不知道，在那个年代，你们的路易十四，以为他一个专制君主的一个手势，就能让比利牛斯山缩到地里，于是他就让他的孙子安儒公爵到西班牙去做国王。这个号称菲利普五世的王孙，把西班牙治理得一团糟，而且在外面又与强敌发生了冲突。

"事实上，在一年前，为了把西班牙国王的王冠从菲利普五世的头上摘下来，戴到一位将被称为查理三世的奥地利亲王头上，荷兰、奥地利和英国三国皇室在海牙签订了结盟条约。

"当然，西班牙抵制这个同盟。但西班牙缺乏兵源和海军。然而只要它那些满载从美洲运来的金银的大帆船一开进港口，它就不缺钱。一七〇二年底，西班牙正等待着一支载有大量金银的船队的到来，当时因为有盟军的海军军舰在大西洋海域游弋，所以法国派遣了一支有二十三艘战舰、由夏多-雷诺海军司令指挥的舰队为西班牙的船队护航。

"这支船队本应是开往加迪斯港的，但当司令官获悉英国军舰在那一海区巡逻的情报后，便决定在法国的一个港口靠岸。

"运输船的西班牙船长们当然都反对这个决定。他们想把船队开往西班牙的港口靠岸,即使加迪斯港不能停靠,也可以停靠在位于西班牙西北海岸的维多港,因为那里还没有被封锁。

"夏多-雷诺海军司令官势单力薄,最终只好听从这个主张,把船队开进了维多港。

"麻烦的是,当时这个港口是个没有设置任何防御的开阔锚地。那么就必须在盟军舰队到达之前,赶快把货卸下。如果当时不是发生了一场毫无意义的纠纷,卸货时间还是有的。"

"您能把握这一连串的事件吗?"尼摩船长问我。

"完全可以。"我说。我还不知道他给我上这节历史课的目的在于什么。

"那我继续。当时的情形是这样的。加迪斯港的商人有一种特权,根据这一特权,来自西印度的所有商品都要由他们接收。然而,在维多港卸下这些金条银条,这和他们的利益是相悖的。于是他们跑到马德里去申诉,并从软弱无能的菲利普五世那里得到了圣旨,要求船队不能卸货,封停在维多港里,以等到敌军的舰队解除对加迪斯港的封锁后,再运回来。

"而正当他们采取这个决定时,一七〇二年十月二十二日,英国的舰队到达维多港了。夏多-雷诺海军司令官不顾敌众我寡,英勇战斗。但当他看到一船船财富将落到敌人的手里时,他便将这些装满巨宝的帆船烧毁、凿沉。"

说到这里,尼摩船长刹住了话。我得说,我还没听出这段历史有什么地方使我感兴趣。

"然后又怎么啦?"我问他。

"又怎么?阿龙纳斯先生,"尼摩船长回答说,"我们现在正在维多港,您可以了解到这里的秘密了。"

船长站起来,示意我跟着他走。我定了定神,服从了他。客厅里很暗,但透过透明的玻璃,可以看到闪亮的水波。我一眼望去。

在"鹦鹉螺号"的四周,半海里范围内,水波仿佛浸在灯光中。海底的沉沙干净剔亮。船上的一些船员穿着潜水服,正忙着在黑糊糊的船骸中间,清理一些半腐烂的木桶和已破损的木箱。这些木桶和木箱中,散落出一些金条银条,以及数不胜数的银币和珠宝。沙上铺满了财宝。船上的人背着这些珍贵的战利品回到了船上,卸下包袱,又回去捞取这些取之不尽的金银。

　　此时我明白了。这里是一七〇二年十月二十二日海战的战场。西班牙政府的运输船队也正是在这里沉没的。在这里，尼摩船长根据他自己的需要，敛集了千百万金银，装进了他的"鹦鹉螺号"船上。美洲将这些珍贵金属运出来是为了给他，仅仅是为了他。他是印加斯和费尔南多·哥尔戴的战败者的财宝的无可争议的直接继承人！

　　"教授先生，"他微笑着问我，"您知道，大海蕴藏着多少财富吗？"

　　"我知道，"我回答，"有人估计海水中处于悬浮状态的银有二百万吨。"

　　"可能是，但要提炼这些银，开销比利润还大。而在这里，恰恰相反，我只要去收集人们丢弃的东西就行，而且不止是在维哥湾，在其他上千个在我的航海地图上标出的海难上，我都只要这样干就行了。现在您明白我是个千百亿

富翁了吗?"

"我明白这一点,船长。请恕我冒昧说一句,您这样开发珍贵的维哥湾,只不过比您的对手公司先走一步罢了。"

"哪个公司?"

"得到西班牙政府允许寻找沉船特权的公司。公司股东们对这笔巨额利润垂涎欲滴,因为他们估计这些沉没的财宝价值五亿。"

"五亿!"船长回答说,"过去这里有五亿,但现在不是这个数了。"

"确实是这样,"我说,"因此,最好先给那些股东们一个通知。这或许是个仁慈之举,说不定他们会很欢迎呢。因为那些赌徒们最悔恨的,通常是他们疯狂希望的破灭,而不是金钱的损失。总之,对于他们,我毫不可怜。我可怜的是那些穷苦人,这么多的财富,如果能分给他们,本可以大加利用的,可现在对他们将永远毫无用处。”

我想我或许不应该发出这样的感叹，这会刺伤尼摩船长的。

“毫无用处！”他激动地回答，“那么，先生，您以为我收集了这些财宝，就会把它们浪费掉吗？按您的意思，我费这么大劲儿收集这些财宝，只是为了我一个人吗？谁告诉您我没把它们好好利用呢？您以为我不知道世上有受苦受难的人们和被压迫的种族，有要救济的穷人和要报仇的牺牲者吗？难道您不明白？……”

尼摩船长说了最后一句话便打住了，他可能后悔自己说得太多了。我猜对了。不论是什么原因迫使尼摩船长到海底寻找自由，他首先还是一个人！他的心还在为人类的苦难而跳动着，他会给受奴役的种族和个人送去他的仁慈的。

于是，我明白了，当“鹦鹉螺号”游弋在发生起义的克利特岛海里时，尼摩船长送出去的那几百万财富是给谁了！

第九章　沉没的陆地

第二天，二月十九日早上，我看见加拿大人走进了我的房间。我正等待着他来访呢。他看上去神色沮丧。

“怎么样，先生？”他问我。

“瞧，尼德，昨天真是机不逢时啊。”

“是啊！那个该下地狱的船长偏偏在我们想逃走的时候停船。”

“是的，尼德，他的银行有事了。”

“他的银行！”

“或者说是他的钱庄吧。我指的是海洋，他把财宝存放在这里，比存放在一个国家的保险库里更安全。”

我于是向加拿大人讲了昨晚发生的事，寄意于希望他听了这个之后，产生放弃离开船长的念头。没想到我的一番讲述却产生了另外的副作用，尼德对没能亲自到维哥湾战场走一趟表现得后悔不已。

“总之，”他说，“一切还没结束！只不过鱼叉叉个空罢了！下一次我们一定会成功的，如果行的话，今天晚上……”

“‘鹦鹉螺号’的航行如何？”我问。

“我不知道。”尼德回答。

“那好！中午时候，我们测定一下方位。”

于是，加拿大人又回到康塞尔身边去了。我穿好衣服，走进客厅。罗盘并不太准确。"鹦鹉螺号"的航向是西南偏南。我们是背向欧洲行驶的。

我有些不耐烦地把船的方位在地图上标好。十一点半左右，储水池排空了，"鹦鹉螺号"浮出了水面。我快步走上平台。尼德·兰已经比我先到达那里了。

我们一眼望去，除了一片茫茫的大海外，什么也没有，也看不到陆地。天际有几片风帆，那大概是想到桑罗克角去，再顺风绕过好望角的船。天色阴沉，准备刮风了。

尼德狂躁得很，他尽量想看透那雾气重重的天际。他还希望在这片雾后面，延展出一块他渴望已久的陆地来。

中午时分，太阳出来了一下子。大副趁着这丝光亮从船里出来测量太阳的高度。不久，海面的波涛更加汹涌，我们只好走下平台。嵌板关上了。

一个小时后，当我查看地图时，我看到"鹦鹉螺号"在上面的位置是西经十六点一七度，南纬三十三点二二度，离最近的海岸有一百五十里。看来想逃跑是没可能的了。当我把我们的方位告诉加拿大人时，我想象得出他是何等的愤怒。

至于我，我并没有大失所望。我觉得压在我心里的重担好像减轻了。我又可以以一种相对安定的状态来继续我的日常工作。

晚上，约十一点钟，尼摩船长出人意料地造访我。他非常和气地问我昨晚上熬了一整夜是否觉得累了。我说不累。

“那，阿龙纳斯先生，我建议您做一次奇妙之旅。”

“请讲吧，船长。”

“您只在白天有阳光照耀下的情况下参观过海底。您愿意在黑暗的夜晚里去看一看吗？”

“非常愿意。”

“不过我得事先提醒您，走一趟会很累的。而且必须走很久，还要爬山，路也不太好走。”

“船长，您说的这些，更增加了我的好奇心。我准备跟您走一趟了。”

“既然这样，请来吧，教授先生，我们要穿上潜水服。”

　　到了更衣室，我发现我的同伴和船上的机组人员没有一个人将陪同我们做这次旅行。尼摩船长甚至也没向我提到尼德和康塞尔。

　　几分钟后，我们就装备齐全了。我们背上了装满空气的空气罐，但没准备电灯。我提醒了一下船长。

　　"电灯对我们没用的。"他回答。

　　我觉得他没听清楚我的话，但我又不好再提醒他一次，因为他的头已经钻进了头盔里了。我也戴上头盔，我感觉到他向我手里递过来一只铁棍。几分钟后，做完了习惯性准备操作，我们就下到水深三百米的大西洋中。

　　这时是临近午夜。水里非常黑暗，但尼摩船长给我指了指远处一团浅红色的东西，那是某一大片微光，在距"鹦鹉螺号"的两海里处闪烁着。那是什么火呢？是靠什么物质燃烧的呢？为什么而且怎样在水中燃烧呢？我说不上来。总之，它照亮了我们，但光线真的很弱，不过我一会儿就习惯了这种特别的黑暗；而且我也明白了，在这种情况下，兰可夫灯是真的没用的。

尼摩船长和我，我们一前一后地直接朝那光亮走去。平坦的地面不知不觉地往上升。我们拄着手杖，大步向前走。可总的来说，我们走得很慢，因为我们的脚经常陷入一种布满海藻和石块的淤泥里。

走着走着，我听到在我的头上，有一阵噼噼啪啪的响声。这个声音有时很密集，像烧干柴发出的不断的噼啪声。过了一会儿，我就明白为什么了。这是雨点猛烈地打在水面上发出的声音。我下意识地想，我被淋湿了！在水里，被水淋湿！对于这个古怪的念头，我忍不住嗤地笑出声来。总之，不管怎么说，穿着厚厚的潜水服，是感觉不到自己身处在水中的，只是觉得自己处在一层比地面大气稍为密集的空气中，就是这样。

走了半个小时后，地面上的石头多起来了。水母，微小的甲壳动物，还有发出微微磷光的植虫动物，把海底照得有点光亮。我模模糊糊看到了一堆堆长满植虫动物和海藻的石头。在这些黏糊糊的海藻地毯上，我的脚老是打滑。如果不是带着铁棍，我恐怕不只摔倒一次。我不断地回头，望着远处慢慢暗淡下去的"鹦鹉螺号"船上的灯光。

我刚才提到的那些石头，是按一定规律排列在海底的，对此我无法解释。我还注意到了一些大裂缝，一直延伸到远处的黑暗中，长得无法估量。此外，我注意到另外一些特别之处，我感觉到我沉重的铅靴踩在一层发出清脆的噼啪声的骨质垫子上，我简直不敢相信自己的眼睛。我走着的这片海底究竟是什么呢？我本来想问问船长，可对于他和他的同伴在海底旅行用的手语，只有他的同伴才能懂，我是一窍不通的。

然而，指引着我们前进的那团浅红色的东西变得越来越大，甚至天边都被烧红了。在水里出现了火源，这使我疑惑到了极点。那是一种散电现象吗？还是我看到了一种仍不为地面上的学者所知的自然现象？或者甚至——这种想法在我脑中一闪而过——这团大火是否掺杂了人为因素呢？它是被点燃的吗？难道我在这深海层里，碰到了我们的同类——尼摩船长的朋友，像他一样以奇特的生存方式生活着——而尼摩船长是来拜访他们的？难道我在那里会见到一群厌倦了陆地上的苦难，来到这海洋最深处寻求并且找到了独立的逃亡者？所有这些疯狂的、不可理喻的念头不断地涌上我的脑中，在这种精神状态下,不断地受到眼前一系列奇怪现象的过度刺激,就是真的在这深海里碰到尼摩船长梦想中的一座海底城市,我也不会大惊小怪的!

我们前进的路被照得越来越亮。白色的光亮是在一座高约八十英尺的山峰上射出来的。但我所看见的只是水面反射过来的光线。而光点,那无法理解的光源,是在山的另一侧。

在大西洋海底纵横交错的石头迷宫中,尼摩船长毫不迟疑地向前走。看来他熟悉这里昏暗的道路。他肯定经常穿过这里,所以不会迷路。我信心十足地跟着他。我觉得他仿佛是一个海底精灵。当他走在我前面时,我欣赏着他那投射在明亮的天际背景上的黑色的高大身躯。

凌晨一点钟。我们来到了山峰的前几道斜坡处。但要走上这几道斜坡,还须冒险穿过一片广阔的伐木林中的难走的小径。

是的!这是一片死森林,没有叶子,也没有树汁,都是一些受海水作用矿化了的树,这些树丛中这里一株那里一株地站着一些巨松。这里简直是一座由树根支撑在凹陷的地面上的、站立着的煤矿,树叶像精致的黑剪纸一样,清晰地刻画在海水这块天花板上,使人不由得想起长在半山腰的阿尔特兹森林。但这是一片沉没的森林。小径上布满了海藻和黑角藻,中间蠕动着一群群甲壳动物。我走着,攀过岩石,跨过横躺的树干,折断在两棵树间摇晃的海藤,吓走了在树丛中游来游去的鱼群。我兴致勃勃,一点也不觉得累。我紧跟着我那位不知疲倦的向导。

这是怎样的景象啊!怎么描绘它才好呢!怎样描画这水中的森林和岩石的景象,它们昏暗和荒芜的地面,以及上面那一团由于海水的反射而越发红彤彤的光亮呢?我们刚刚攀过的一块块岩石,随即一大片一大片地塌下去了,像雪崩一样发出震耳欲聋的轰轰声。在右边和左边,有一些望不见底的漆黑的深坑。而这里有一片好像是人工清理出来的开阔的空地,我不由得不时地想,会不会有几个这海底地区的居民突然出现在我眼前呢。

而尼摩船长一直在往上攀,我不愿意落在后面。我大胆地跟着他走。这时我的铁棍还起了不小的作用呢。因为在这两侧都是深渊的狭窄小道上,走错一步都是很危险的。但我步伐坚定地向前走,没有丝毫眩晕的感觉。有时我跃过裂缝——这要是在陆地上的冰川间,这么深的裂缝恐怕会把我吓退的;有时我冒险跨过横在两个深渊之间的树干,目不斜视,只顾欣赏着眼前这一地

区荒野的景色。那边,有一些巨大的岩石,斜倾在样子不规则的地基上,仿佛在藐视着平衡定律。在这些岩石间,一些树以惊人的生命力顽强地生长着,相互支撑着。还有,一些天然塔楼,削尖的塔墙,像两座碉堡间的护墙一样,倾斜成一个角度,如果在地面上,按万有引力定律,是不能倾斜成这样的角度的。

　　至于我自己,我难道没感觉到由于海水强大的密度而产生的压力差吗?尽管我身着笨重的衣服,头戴铜盔,脚蹬铅靴,但跃过陡峭不好走的斜坡时却像羚羊和山羊一样轻捷。

　　一说起我在海底的这段经历,我真觉得难以置信! 我是那些表面看起来是不可能的,而确实是实实在在地、无可非议地存在的事情的见证者。我不是在做梦,我看到,并感觉的到。

　　离开"鹦鹉螺号"船有两个小时了,我们穿过了那条林带,在我们头顶一百英尺处,耸立着一座山峰,对面的强烈光线把山的影子投过来。一些石化了的灌木歪歪扭扭地东倒西歪了一地。我们脚到之处,一群群鱼像高草丛里的惊鸟一样,一哄而散。大岩石堆被凿得坑坑洼洼,很难行走,有很深的洞窟,和深不可测的洞穴,我听到了里面一些可怕的东西因蠕动发出的声响。当我发现一条巨大的触须横在路上,或者某只吓人的钳爪在黑暗的洞穴中发出的咯咯声时,我的血液便直涌上心头。而且在黑暗中,还闪烁着无数的亮点,那是缩在巢穴中的庞大的甲壳动物的眼睛。那些巨大的鳌虾像持戟卫兵一样站着,挥舞着爪子,发出铁器般的声响;大海蟹像一尊放在炮架上的加农炮一样;一些吓人的章鱼,扭动着触须,活像一团活蛇。

我尚不认识的这个超凡世界到底是什么样子的呢？这些把岩石当作它们的第二道甲壳的节肢动物是属于哪一目的呢？大自然在哪里找到了它的植物生存的秘密的呢？它们这样生活在海洋底层有多少个世纪了呢？

我思索着,可我不能停下来。至于尼摩船长,他已经熟悉了这些可怕的动物,所以对它们并不在意。当我们来到了第一层高地时,那里还有另外一些让我惊奇的东西在等着我呢。那里屹立着一些生动别致的废墟,这流露出了人工的痕迹,而不是造物主的杰作。就从那些巨大的石堆里,我可以依稀辨认出城堡和庙宇的模糊轮廓,它们上面已经盖了一层植虫动物,犹如花饰一般;而且,海藻和墨角藻,而不是常春藤,给这堆巨石披上了一件厚厚的植物外套。

地球上这部分被水淹没的地方究竟是哪里呢？是谁把这些岩石和石块砌得像史前的石棚一样呢？我到了什么地方呢？尼摩船长一时冲动把我带到什么地方了呢？

我本来想问问他。可是我不可能说话,于是我拦住尼摩船长,抓住他的手臂。但是他向我摇摇头,然后指了指山上最后一个峰,仿佛在对我说:

"走吧！走吧！一直走下去！"

我鼓足最后一把劲儿跟上他。几分钟后,我登上了比所有其他岩石堆高出十多米的峰顶。

我看了看我们刚登上来的这一侧。山高出平原不过七百至八百英尺;而山的那一边,和大西洋海底相比,高度则是另一边的两倍。我向远处眺望,强光照耀的大范围空间一览无遗。事实上,这座山是一座火山。在峰巅下五十英尺的地方,雨点般密密麻麻的石块和岩渣中,一个大火山口喷出急流般的岩

熔,在海水中散落做火瀑布。就是在这样的位置上,这座火山像一把巨大的火把,照亮了整个水下平原,一直到水下地平线尽头。

我说过,水下的火山喷出来的是熔浆,而不是火焰。火焰燃烧需要空气中的氧气,而在水里火焰是不可能燃烧起来的。但熔浆的流动本身就有白炽的可能,可以产生白色的火苗,与海水产生激烈的反应,把海水化为蒸汽。这些快速的流体夹杂着各种混合气体,随熔浆流直奔山脚下,就像维苏威火山的喷出物流入托雷德尔格雷科海港一样。

的确,在那里,在我的眼皮底下,废墟、深渊、低堤,展现出了一个被毁坏的城市,塌落的屋顶,满目疮痍的庙宇,零散的门拱,横卧在地的门柱,我从中还能感觉到一种多斯卡式建筑的坚固结构。稍远一点,还有一些大引水渠的遗址。这边是一座护城的加固高地,有那么一点帕特农神庙的味道;那边是堤岸

的遗迹,好像是某个旧港口,在它那已消失的岸边,以前曾停靠过商船和战舰。城的更远处,一道道坍塌的护城墙,一条条荒落的大街,这一切犹如整个沉没水底的庞贝城,尼摩船长让它们都在我的眼前复活了!

我在什么地方?我在什么地方?我不顾一切想知道,我想说话,我想把囚禁着我的脑袋的铜盔摘下。

但尼摩船长走上来,他打了个手势阻止我。然后,他拾起一块铅石,走向一块黑色的玄武岩,只在上面写下了一个名字:

大西洋城

我心里豁然开朗!大西洋城,第奥庞普的梅罗比古城,柏拉图的大西洋城,这一片不为奥地热纳、波菲尔、让普利、唐维尔、马尔特-勃朗、安波多等人所认可的陆地——他们都把它的消失视为神话传说,而相反,波斯多尼斯、普林尼、阿米恩-马斯林、达第里恩、安吉尔、雪列尔、杜尔夫、布封、达瓦扎克等人却承认其存在的陆地,现在就在我的眼前,还带着证明它的灾难是不容置疑的证据!那么这块沉没的陆地,是不属于欧洲、亚洲或利比亚,而是处在海居尔山柱的上端,那里曾经居住着强悍的大西洋人,古希腊的前几次战争都是因他们而起的。

历史学家柏拉图本人就曾把这段英雄时代的史迹写进自己的著作里。他的狄梅和克里提亚对话录,可以说,是受诗人和法学家梭伦的启发而写成的。

据说一天,梭伦和萨伊城——一座已有八百年历史,正如镌刻在神庙圣墙上的年表所证实的一样的古城——的几个睿智的长老谈话。其中一个长老讲述了一个比萨伊城还古老一千年的城市。那是一座雅典最早的城市,已经有九百世纪的历史了,它曾经被大西洋人侵略过,并被毁坏了一部分。这位长老说,这些大西洋人还占领了一块比非洲和亚洲连接起来还要大的陆地,面积跨南纬十二度至北纬四十度。大西洋人的领地甚至延伸到了埃及。他们还想统治希腊,但在希腊人不屈不挠的抵抗面前,他们只好退却。随后几世纪过去了。这时,一场灾祸发生了,洪水、地震接踵而来。一个昼夜间,大西洋城就消失了,最后只有几座较高的山峰,马代尔峰、阿索尔峰、加纳里峰,即现在的青角群岛,还露在海面上。

这些历史回忆就是因尼摩船长写下的那个词在我脑海中被激起的。就这样,鬼使神差地,我竟然脚踏在这块陆地的一个山头上!我居然用手抚摸着这些有十万年历史的、与地质时期同期的废墟!我甚至在最初的人类走过的地方行走!我沉重的铅靴踩碎了传说时代的动物的骨骼,而那些现在已经矿化的树林,以前还荫翳过它们!

啊!为什么我没有时间!我真想走下这座山的陡坡,走遍这一整块广袤的、无疑连接着非洲和美洲的陆地,并参观那些挪亚时代的伟大城市。在那里,在我的眼帘下,可能会展现出尚武的马基摩斯城和虔诚的欧塞贝城,它们剽悍的居民在那里生活了整整几个世纪,并且筑起了能抵御海水侵蚀的城堡。我想或许有一天,某种火山现象又会把这片沉没的废墟推出水面!曾有人指出,在这部分海域里有数不胜数的火山,很多船只要在这片苦难重重的海底上经过时,都会感觉到一阵阵特殊的颤动。还有些人听到了某种预示着底层正展开激烈冲突的沉闷响声,有人甚至收集到了一些被喷出海面的火山屑。可见这整个地带,一直到赤道地区,至今还受到深层力的作用。又有谁会知道,在将来某个遥远的时代,由于火山喷发和熔浆不断地层积,一些不断增高的山峰终将会露出海面呢!

当我正遐想联翩,想尽量地把这些壮观的场面的细节记入脑海时,尼摩船长却倚在一块长满青苔的石碑上,一动不动地,像一座石雕一样沉默入神。他在想着这些消失了的人类吗?他在向他们询问人类命运的秘密吗?这个好奇的人是来这里接受历史遗迹的熏陶的吗?他,一个不想过着现代生活的人,想来这里重温古代生活的梦吗?我多么想知道他的想法,并与他一起探讨,以理解他的思想!

就这样,我们在那里整整待了一个小时,观赏着不时惊人地爆发的熔浆照耀下的大平原。地球内部的沸腾使山的表层传来了阵阵快速的震颤。那深沉的隆隆声,受到水层的传播,反射出阵阵响亮的回音。

这时,月亮透过水层出现了一会儿,向这片沉没的陆地投来了几丝暗淡的光线。这仅仅是一丝月光,但产生了一种无法形容的效果。船长站了起来,向这片广阔的平原投去最后一瞥。然后,他向我做了个手势,让我跟他走。

于是我们迅速地下了山。当我们再一次经过那片矿化的森林时,我发觉"鹦鹉螺号"船上的探照灯像一颗星星般在远处闪烁。船长朝着船直走过去。当我们登上甲板时,黎明的第一丝曙光刚好穿透了海面。

第十章 海底煤矿

第二天,二月二十日,我起得很晚。夜晚的劳累使我一直沉睡到早上十一点钟。我尽快穿上衣服。我很想知道"鹦鹉螺号"船的航向。而仪器显示出它总是以每小时二十海里的速度,在一百米的深度向南行驶。

这时康塞尔走了进来。我向他讲述了我们晚上的旅行。刚好嵌板是开着的,他还可以眺望到那沉没的陆地的一部分。

实际上,"鹦鹉螺号"此时正贴着离大西洋城平原地面仅仅十米的水层行驶。它就像陆地草原上一只被风吹送的气球一样疾驶着,更恰当地说,我们在

客厅里就像坐在一列特快列车的车厢里一样。最初从我们眼前闪过的景象，是那些形状各异的岩石；接着是那片从被植物占据过渡为被动物占领的树林，它那一动不动的影子在水中丑态百出；还有覆盖在轴形草和银莲花地毯下的沉没的大岩石，上面竖起无数长长直立的蛇婆；然后是形状怪异的熔浆块，这些熔浆块证明了地球内部活动的强烈性。

当这些奇怪的景象在我们的灯光照耀下闪闪发光时，我向康塞尔讲述了大西洋人的故事，拜利①纯粹从想象的角度出发，为他们写下了多少动人的篇章。我向康塞尔讲了这些英雄人物的战争史。我谈论大西洋城的问题，对此我已不再有任何怀疑了。但康塞尔心不在焉，他根本没听进去，他之所以对这

_____

① 拜利（1736—1793）：法国作家和政治家。

段历史无动于衷,我很快就会做出解释的。

因为,他的眼光被无数的鱼群吸引住了。当鱼群游过时,康塞尔便开始忘我地对它们进行分类。在这种情况下,我也只好随着他,着手开始我们的鱼类学研究。

其实,大西洋的鱼类和我们以前观察过的并没什么明显不同。那是身材庞大的鳐鱼,长达五米,天生身强力壮,能跃出水面;各种各样的鲛鱼,其中有长十五英尺,长着尖三角牙的海蓝鲛鱼,身体透明,在海水中几乎看不出它来;还有栗色的萨格鱼;棱柱形,长着癞皮甲壳的人鱼;与地中海中的同类很相似的鲟鱼;长一英尺半,黄褐色,长有灰色小鳍,没牙齿又没舌头,像柔软的蛇一样爬行的喇叭鱼。

在骨质鱼类中,康塞尔记录了:浅黑色,长三米,上颚佩着一把利剑的帆船鱼;色彩鲜艳的龙,即亚里士多德时代著名的海龙,其背鳍上长着尖刺,捕捉尤为危险;还有褐色的背部缀满着小蓝纹,镶着金边的哥里菲鱼;美丽的鲷鱼;犹如一只反射蓝光的碟子的月亮金口鱼,在阳光的照射下,像一些银色的小点;最后是长八米,成群结队走的旗鱼,它们长有浅黄色、镰刀状和长剑状的鳍,这是一种无畏的动物,与其说它们是食鱼动物,不如说它们是食草动物更为恰当,它们对雌鱼发出的一个即使是最小的信号,都表现得像温驯的丈夫一样言听计从。

在观察海里各种动物种类的同时,我还不停地审视着大西洋海底广阔的平原。有时,因为海底的地表起伏不平,"鹦鹉螺号"不得不放慢航速,它像一条鲸鱼般灵巧地在这些丘陵形成的狭窄水道中穿行。遇到走不出的迷宫,它便像气球一样升起,越过障碍后,它又回到距海底仅几米的深度中行驶。多么令人羡慕、令人陶醉的航行,这使人想起了气球飞行的情形,不同的是,"鹦鹉螺号"是被动地受它的舵手的操纵。

下午四点钟左右,总是由厚厚的杂有化石枝叶的淤泥构成的地表开始慢慢地变化;石块越来越多,好像是砾岩和玄武凝灰岩,中间夹杂着一些熔岩和硫黄里曜岩。我本以为这个山区很快会连接上一片辽阔的平原的。但事实上,"鹦鹉螺号"前进了一段路程后,我发现南边的海底地平线被一堵高墙挡住,好像所有的去路都被堵住了。墙顶显然高于海平面。那堵高墙可能是一片陆地,至少是一个岛屿,可能是加纳群岛的一个小岛,也可能是青角群岛的一个小岛。这时,船的方位没被标出来——这可能是有意的——所以我不知道我们的位置。但不论如何,这么高的一堵墙让我觉得我们是走到了大西洋的尽头了,总之,我们没有走过的,应该只是很小的一部分。

夜幕降临了,可我的观察并没中断。康塞尔已经回到他的船舱去了。我独自一个人。这时,"鹦鹉螺号"放慢船速,在地面上一堆杂七杂八的东西上低旋。它有时擦地而过,好像要在上面停留似的,有时却心血来潮地浮出水面。此刻,我透过晶莹的海水,隐隐约约地看到了天上一些璀璨的星座,并清晰地辨认出排在猎户座后面的黄道带星座中的五、六颗星星。

在嵌板关闭前,我还在玻璃窗前待了相当长的一段时间,欣赏着美丽的大海和天空。不久,"鹦鹉螺号"来到了那堵高墙耸立的地方,并停下来不走了。它要做什么呢? 我猜不到。接着我便回到房间里,上床睡觉,并决定睡几个小时就起。

可是,第二天,我回到客厅时,已经是早上八点钟了。我看了看压力表,就知道"鹦鹉螺号"是浮在水面上。另外,我还听到平台上有脚步声。可是船并没有摇晃,而是一动不动地。不知道海面波浪的情况如何。

嵌板是开着的,我走上嵌板边。但是,眼前我看到的不是我期待的大白天,而是一团漆黑。我们在哪里呢? 我没弄错吧? 还是晚上吗? 不! 没有一颗星星在闪烁,再说夜晚也不是这么漆黑一团。

我干愣着,这时,一个声音对我说:

"是您,教授先生?"

"啊! 尼摩船长,"我回答,"我们在哪里呢?"

"在地下,教授先生。"

"地下!"我叫道,"可'鹦鹉螺号'是浮着的吗?"

"它是一直浮着的。"

"这我可就不明白了?"

"等几分钟,我们的探照灯就会亮,如果您愿意弄清楚情况的话,您会满意的。"

我走上平台,等待着。四周黑得伸手不见五指,我甚至看不到尼摩船长。然而,在正对着我头上的天顶,我捕捉到了一丝摇曳的光亮,一种射进圆洞里的朦胧的光线。这时,探照灯突然亮了。它强烈的光线使这丝模糊的光亮黯然失色。

强烈的灯光使我感到有些炫目,我闭了一会儿眼睛,才慢慢睁开。"鹦鹉螺号"停靠在一处像码头一样的陡岸边。它目前所处的这个海,是一个被高墙包围着的,直径两海里,周长六海里的湖泊。它的水平面——按压力表所示——是应该和外面海水的水平面一致的,因为这湖和海洋之间必然存在着一条通道。这些高墙,下部倾斜,上面成圆拱形,像一只倒扣的大漏斗,高约五百至六百米。顶上开着一个圆孔,我刚才看到的那缕光线就是从这个孔透进来的,那显然是白天的日光。

在更仔细地观察这个大岩洞的内部结构之前,以及在我自己考虑这是一个天然的洞穴还是一个人工的洞穴之前,我朝尼摩船长走去。

"我们在哪里?"我说。

"就在一座熄灭的火山中,"船长回答说,"在一座由于地震而遭海水入侵的火山中。教授先生,您睡觉时,'鹦鹉螺号'就通过海平面十米以下的一条天然水道进入了这个咸水湖。这里是船籍港,一个安全、舒适、神秘、可以避开任何风暴的港口!您能在你们的大陆海岸或海岛海岸边找到一处能与这个安全的避风港媲美,并能防御飓风的袭击的海港吗!"

"确实不能,"我回答说,"在这里您是安全的,尼摩船长。谁会到这火山中来侵犯您呢?但是在它的顶端,我不是看到了一处开口吗?"

"是的,那是火山的喷火口。以前,这是一个充满熔岩、蒸汽和火焰的喷火口,而现在,它成了为我们提供新鲜空气的通口。"

"那这座火山是怎么样的?"我问。

"它是遍布在海洋里的一个小岛。对于船只,它只是块暗礁;而对于我们,则是个大洞穴。我是无意中发现它的,而且就这样,它无意中给我提供了不少方便。"

"但人们不能从这座火山的喷火口下来吗?"

"就像我不能从这里上去一样。这座山内从下部到一百英尺高的地方是可以通行的,但超过一百英尺,山壁就很陡峭,这样的陡坡是走不上去的。"

"我发现,船长,大自然总是待您不薄。您在这个湖上很安全,除了您,没有人会进入这个水域,但这个避风港有什么好处呢?'鹦鹉螺号'是不需要港口的。"

"不，教授先生，它需要电力来发动，需要原料来发电，需要钠来补充原料，需要煤来产生钠，需要从煤矿来开采煤炭。而正是这里，海水淹没了一整片在地质时期就埋入泥沙中的森林，现在这片森林已经矿化，变成煤矿。所以对我来说，这里是一个取之不竭的矿藏。"

"那您的人在这里就成了矿工了？"

"正是。这里的矿就像纽卡斯煤矿一样在海里延伸着。在这里，我的人穿着潜水服，手拿镐铲就可以去采煤，我甚至用不着去索求陆地上的煤矿。而且当我燃烧这些燃烧物来制造钠时，烟雾就会从这个火山口飘出去，这使这座火山表面看起来还处于活跃期呢。"

"我们可以看看您的同伴干活吗？"

"不，至少这次不行。我想继续我们的海底旅行，因此，这次我只是把储存的钠拿出来用就行了。装船的时间也只是一天，然后我们就继续赶路。如果您想在这个洞里走走，在咸水湖中兜一圈，那就好好地利用这一天吧，阿龙纳斯先生。"

我感谢了船长，就去找我那两位还没离开他们的船舱的伙伴。我没有告诉他们我们现在的位置，而是请他们跟我走。

我们登上了平台。对任何事都不感到惊奇的康塞尔，认为在水下睡觉醒来却在山底下是一件很自然的事情。而尼德·兰则只顾着搜寻这个洞穴是否有某个出口。

饭后，约十点钟，我们下船到了岸上。

"瞧，我们又一次到了陆地上了。"康塞尔说。

"我不能把这个叫作'陆地'，"加拿大人回答说，"再说，我们不是在地上，而是在地下。"

在山壁脚下和湖水之间，延伸着一片沙堤，最宽处有五百英尺。沿着沙岸，我们可以自由自在地绕着湖走一圈。但陡壁的下部地势起伏不平，横卧着一些堆放得生动别致的火山岩和大浮石。这些风化了的石堆，在地下热源的作用下，镀上了一层光滑的珐琅质，在探照灯灯光照射下，熠熠生辉。岸上的云母尖粒，被我们的脚步扬起，一点点像火星似的飞扬。

离湖边的冲积地越远，地面的起伏就越明显。我们不一会儿就到了长长的曲折的斜壁边，那是一处真正的斜坡，人可以沿着它慢慢往上爬，但在这些没有用水泥黏砌起来的砾石之间行走，还需谨慎为好，而且在这些长石和石英晶体形成的玻璃质岩石上走，脚是会打滑的。

这各个方面都证实了这个大洞穴是一个天然的火山。我向我的同伴们指出了这一点。

"你们想想看，"我问他们，"当这个漏斗装满熔浆，而且当这种炽热的液体上升到山口，像熔铁在熔炉里一样时，这把漏斗会怎么样呢？"

"我完全可以想象得出是怎么样的情形，"康塞尔回答说，"可是先生能否告诉我，那位伟大的铸炼者为什么半途而废呢？而他又怎么把这个熔炉换成了一湖平静的水呢？"

"康塞尔，这很可能是因为海面下的某种变动而形成了'鹦鹉螺号'通过的那个通道口。大西洋的水便由这个通道口涌进了山的内部。于是水和火这两种东西发生了激烈的冲突，冲突以海王的胜利告终。但自那以后，经过了不知多少个世纪，沉睡的火山就变成了平静的岩洞。"

"太妙了，"尼德·兰说，"我赞同这种解释。但从有利于我们的角度出发，我真遗憾阿龙纳斯先生说到的那条通道为什么不是在海平面上呢。"

"可是，尼德朋友，如果这条通道不是在水下，那'鹦鹉螺号'就进不来了。"

"我也补充一句，兰师傅，如果这条通道不是在水下，那海水也就不能涌进山里，这座火山还是火山。那您的遗憾也就是多余的了。"

我们继续向上攀。斜坡越来越陡，越来越窄。我们把腹部贴在斜壁上向前爬。斜坡上有时凹进去了一些深深的小洞，要跃过去才行。半路还会杀出一些凸起的大石块，要绕过去才行。但是，有康塞尔的敏捷和加拿大人的帮助，所有这些困难都被克服了。

在约三十米的高度上，地表的状况发生了变化，变得更难攀行了。地面先是砾岩和粗面岩，接着是黑色的玄武岩，后者一块块摊着，上面布满气泡；前者形成一些有规则的菱形，排列得像一根根支撑着这大穹隆的拱底石的石柱，真是大自然的鬼斧神工哪。此外，在这些玄武岩中间，蜿蜒长垂着一些冷却了的熔岩，嵌着一些沥青线纹，而且到处铺着一层厚厚的硫黄地毯。一道更强烈的光线从上面的火山口射进来，炫目的光亮笼罩着所有这些将永远埋藏在这熄灭的山中的火山喷发物。

然而，不久，我们攀到了约二百五十英尺的高度处，就遇到一处无法穿越的障碍,只好停步不前了。在此处,穹隆的内部向外突出,要向上攀就得兜圈子走。在这最后的一个平面上,植物开始和矿物争相斗艳。有些小树,甚至一些大树,从石峭的坑洼处破土而出。我辨认出几株流着腐蚀性浆汁的大戟属树木。一些名不副实的向阳草——因为阳光根本照不到它们——凄凄地垂下一串串褪色的、香味散尽的花朵。一些菊花羞怯地星星点点地点缀在忧郁的病恹恹的长叶芦荟脚下。但是,在下垂的熔岩中间,我发现了一些细小的紫罗兰,还微微散发出芳香,我不得不承认,我满怀快乐地去感受它的香味。因为花香,是花的灵魂,而海中之花,那些艳丽的水草,是没有灵魂的!

我们来到一株苗壮的龙血树下,它粗壮的树根力排丛石,使树拔地而出。这时,尼德·兰喊道:

"啊!先生,蜂窠!"

"蜂窠!"我应道,做了一个完全不相信的手势。

"是的!蜂窠,"加拿大人重复说,"好些蜜蜂在周围嗡嗡飞着呢。"

我走近前,眼见为实。果真那龙血树树干上的一个洞口,有着成千上万只辛勤的昆虫。这种蜂在整个加纳群岛很常见,它们产的蜂蜜在那里备受推崇。

很自然,加拿大人就想到要储存一些蜂蜜。如果我反对的话,那就似乎不近人情了。于是,加拿大人用打火机点燃了一些夹杂着硫黄的干草,开始熏蜜蜂。蜜蜂的嗡嗡声慢慢地停息了,蜂窠被剖开了,里面有好几公斤香喷喷的蜂蜜哪。尼德·兰把蜂蜜兜进了他的背囊里。

"我把这蜂蜜和面包树的粉和在一起,"他对我们说,"就能给你们做出一道美味的糕点。"

"把蜜饯面包搁一边吧,"我说,"继续我们的有趣之旅吧。"

在沿途小径的一些拐弯处,我们看到了整个湖的面貌。探照灯照亮了整个平静的湖面,没一丝涟漪,没一点波浪。"鹦鹉螺号"也一动不动。在船的平台上和堤岸上,船上的人员正在忙碌着,光亮的空气中,清晰地映出他们黑色的身影。

我们绕过了支撑着穹隆的前几堵岩石中的最高峰。这时,我发现蜜蜂并不是这个火山里的唯一动物。还有一些猛禽从它们高筑在岩石间的窠里飞出来,在黑暗中四处翱翔、盘旋。那是一些腹部呈白色的鹰和一些叫声尖厉的隼。在斜坡上,还有一些漂亮的胖大鸨迈着长得像高跷般的脚,快速地奔走

着。我可以想象得出，一看到这些美味的野味，加拿大人又嘴馋了。他真后悔手里没有一支枪。他试图代替铅弹，几次不成功的尝试后，他终于打伤了一只美丽的大鸨。说他不惜冒二十次生命危险来弄到这只鸟，是一点也不言过其实的，而且他干得漂亮极了，这只动物终于被兜进他的包里，和那些蜂蜜放在一起。

此处的岩脊变得无法通行，我们该回到岸边了。在我们上面，火山口像一个宽大的井口一样张开着。从这里望出去，可以相当清晰地看到外面的天空。我还看到了一片片被西风吹得零乱的云块，云雾的碎片一直拖到山顶上。可以肯定，这些云彩并不高，因为这座山高出海平面也至多是八百英尺。

在加拿大人打完鸟的半个小时后，我们回到了内湖岸上。这里的植物以织成大地毯的海鸡冠草为主，这种草又名钻石草、穿石草和海茴香，泡醋很好

吃。康塞尔采了好几把。至于动物,有数不胜数的甲壳动物,像螯虾、大螃蟹、手臂蟹、苗虾、盲蛛、加拉蟹,和数量惊人的蚝蛤、磁贝、岩贝和帽贝。

这个地方还有一处奇妙的洞穴,我和我的同伴兴致勃勃地躺在洞中的细沙上。火光照亮了熠熠发光的珐琅质洞壁,洞壁上满是云母石粉屑。尼德·兰拍打着洞壁,想估出它的厚度。我忍不住笑了出来。话题又转到他那不死的逃走计划上,我想在不操之过急的情况下,我可以给他希望:尼摩船长往南行驶只是想补充他船上的钠燃料。我希望尼摩船长现在会返回欧洲或美洲海岸,这样或许可以使加拿大人更有把握地重施他那流产了的逃跑计划。

我们在这个绮丽的洞里躺了一个小时。开始谈话还很活跃,但渐渐地没生气了。我们都感到昏昏欲睡。我想没什么理由要抵制睡眠,便让自己进入沉沉的睡梦中。我梦见了——人是不能选择自己的梦的——我的身躯缩成一只植物性的普通软体动物,这个洞穴变成了我的两片介壳……

突然,我被康塞尔的叫声惊醒了。

"当心!当心!"这位老实的小伙子喊着。

"什么事?"我半坐起身问。

"水漫上来了!"

我跃起来。海水像洪水般向我们的藏身之所涌来,显然,既然我们不是软体动物,我们就应该逃走。

几分钟之后,我们安全地逃到了岩洞顶上。

"到底是怎么回事?"康塞尔问,"又是什么新现象?"

"哦不!我的朋友,"我回答,"这是海潮,只是海潮把我们吓了一跳,像华尔特·斯各脱小说里的主人公一样。海洋外面涨水,由于自然的平衡规律,湖水也跟着涨起来。我们下半身都湿透了,回'鹦鹉螺号'换衣服吧。"

四十五分钟后,我们完成了环湖旅行回到船上。这时船上的人员也完成了装钠工作,"鹦鹉螺号"船一会儿就要出发了。

然而,尼摩船长并没有发出任何命令。难道他想等天黑,再从他的海底通道悄悄地出去?有这可能。

不管怎样,第二天"鹦鹉螺号"就离开了它的港湾,它又会远离陆地,在大西洋的海面下几米处航行。

第十一章　萨尔加斯海

"鹦鹉螺号"的航向始终没有变。那么所有返回欧洲的希望暂时只能放弃了。尼摩船长一直朝南行驶。他要把我们带到哪里去呢?我想象不出来。

那一天,"鹦鹉螺号"通过大西洋一片奇特的海域。众所周知,在大西洋存在着一股名叫"海湾"的大暖流。这股暖流从佛罗里达湾出来,直逼斯匹司堡。但在流进墨西哥湾之前,这股暖流在北纬四十四度左右分为两股;主流向挪威和爱尔兰海岸流去,而分流向南迁回流到阿索尔群岛;然后,受到非洲海岸的阻挡,划成一个长长的椭圆形,又流回安第列斯群岛。

然而,这支分流——说其像一只手臂,不如说像个项圈——的暖水圈把海洋这部分冰冷、平静、静止的水域包围起来,这个水域被称为萨尔加斯海。这是大西洋中的一个真正意义的湖,暖海流绕萨尔加斯海一周至少要用三年。

萨尔加斯海,更确切地说,覆盖了整个沉入水中的大西洋城。某些作家甚至认为,海面上分布着的无数的水草,与这片古老的陆地的草原有关。然而,更有可能的是,这些产自欧洲和美洲海岸的草叶植物、海藻、墨角藻,是被"海湾"暖流带到这个水域中来的。这也是使哥伦布猜测到有一块新大陆存在的原因之一。当这位大胆的探索者的船队到达萨尔加斯海时,他的船只在这些水草中举步艰难,水手们对此谈草色变,他们整整用了三个星期才穿过这片水草。

此时,"鹦鹉螺号"漫游的海域的情况就是这样的:那有一片真正的草原,海藻、海带和热带海葡萄织出一条精致的毛毯,那么的厚,那么的结实,船只的冲角要费九牛二虎之力才能把它撕开。因此,尼摩船长不想让他的机轮陷入这堆水草中,他让船保持在几米深的水下行驶。

"萨尔加斯"这个名字是来自于西班牙语"sargazzo",意思是海藻。这种海藻、浮水藻或海湾藻,是这带海水中的主要藻类。按学者莫利——《地球物理地理》一书的作者的观点,为什么这些海产植物能聚集到大西洋这带平静的海域中来呢? 他阐述如下:

"我认为我们能提出的解释,是来源于一种众所皆知的经验。如果我们把一些软木塞碎片或其他漂浮物体的碎片放在一盆水里,并让水作周循运动,我们就可以观察到那些分散的碎片集中到水面的中央,也就是说,集中到运动最小的一点上。在我们留意的这个现象中,水盆,代表大西洋,'海湾'暖湾,就是作周循运动的水,而萨尔加斯海,就是漂浮物体的集中点。"

我赞同莫利的观点,而且我能在这片船只很少行驶进去的特殊水域中观察到这一现象。在我们上面,漂浮着各处漂来的物体,掺杂在那些淡褐色的海草中,有安第斯山脉或落基山脉上的树干,被亚马逊河或密西西比河的河水冲到这里来;还有无数的遇难船只的漂流物,残存的龙骨或船身,捅破了的船板,上面坠着沉甸甸的贝壳和茗荷贝,重得浮不出水面。总有一天,时间也会证明莫利的另一个观点,就是这样几个世纪累积下来的物质,在海水的作用下,将发生矿化,从而形成了取之不竭的煤矿。这是一份珍贵的储藏,是卓有远见的大自然为人类在耗尽陆地上的矿藏时准备的。

在这堆杂乱无章的海草和墨角藻丝中,我注意到了一些可爱的粉红色的海鸡冠,以及拖着长长的触须的海葵和绿色、红色或蓝色的水母,特别是居维埃提过的浅蓝色的伞膜上镶着紫边的大型根足水母。

二月二十二日一整天,我们就泡在萨尔加斯海里。那些爱吃海草和甲壳动物的鱼类,在这里可是丰衣足食的。第二天,海洋恢复了它往常的面貌。

从这时,二月二十三日到三月十二日,整整十九天,"鹦鹉螺号"都待在大西洋海域中,它以每二十四小时一百里的恒速载着我们前进。尼摩船长显然想完成他的海底计划,我不怀疑他绕过合恩角后,还想返回太平洋南端的海域里。

因此,尼德·兰有理由担忧。在这片没有岛屿的浩瀚大海里,根本不能有逃跑的打算。反抗尼摩船长的意志更是行不通。唯一的做法就是屈服。但是,人们不能指望靠武力或狡诈来解决的事,我希望可以通过协商来解决。我想一旦旅行结束,如果我们以我们的人格担保,发誓永不泄露他存在的秘密,尼摩船长难道还不同意让我们自由吗?但这个微妙的问题还需和尼摩船长商讨。可是,如果我要求自由,会受他的欢迎吗?尼摩船长本人,当初不就是正式宣布,为保护他生活的秘密而要把我们永远囚禁在"鹦鹉螺号"船上吗?这四个月来,他不就是把我的沉默当作对这种情况的默认吗?如果以后出现了有利于我们逃跑的良机,我现在和他提起这个问题会不会引起他的疑心,而破坏了我们的计划呢?我反复揣量着,思考着所有这些理由。我和康塞尔商量,他心里一点也不比我好受。总之,尽管我不容易丧失勇气,但我明白,再见到我的同胞的机会正日益减小,特别是在尼摩船长冒失地向大西洋南部奔走的这个时候!

就在我上面提到的十九天内,我们的旅程中没有发生任何特别的事情。我几乎见不到船长。他在工作。在图书室里,我时常看到他摊在那里的书籍,特别是自然历史书。我的海底著作,他翻阅过了,空白处注满了他的批注,其中有些看法与我的理论和体系背道而驰。但船长仅仅是这样帮助我的工作,他很少和我讨论。有时,只是在夜晚,在最寂静的黑暗中,当"鹦鹉螺号"在荒无人烟的海洋中沉睡时,我才听到他的管风琴发出的忧郁的琴声,他满怀情感地弹奏着。

在这段旅行中,我们整天在水面上航行。大海好像被遗弃了一样,偶尔才见到几只印度群岛的船,朝着好望角开去。有一天,我们遭到了一条捕鲸船的

追踪，显然，他们把我们当作某一种高价值的巨鲸。但尼摩船长不想让这些正直的人们浪费时间和精力，他让船潜入水底，结束了这次追踪。这一意外事件激起了尼德·兰极大的兴趣。我想我不会估计错，加拿大人看到我们这条"钢板鲸鱼"没有被那些渔人的鱼叉叉死，一定很遗憾。

　　在这段时期，我和康塞尔观察到的鱼类，和我们在别的纬度研究过的没多大差别。主要有几种可怕的软骨属鱼类品种，分为三个亚属，不下三十二种。其中主要是条纹角鲨，长五米，头扁而且比身体还宽，圆形尾鳍，脊上有七条平行的纵向黑纹；其次是炭灰色的珠形角鲨，有七个鳃孔，在身体稍微正中处有一个脊鳍。

　　海面上也游过一些大海狗，一种贪食无厌的鱼类。我们有理由不相信渔夫们的故事，可他们讲道，他们在一条大海狗的肚子里找到了一个水牛头和一整只牛犊;在一条大海狗的肚子里发现了两条金枪鱼和一个穿着制服的水手;在另一条的肚子里呢,有一个佩着军刀的军士;最后一条的肚子里,是一匹马和它的骑士。这一些,说实话,并不可信。加上因为一直没有一条海狗落入"鹦鹉螺号"船上的渔网,我也就无从证实它们的贪吃性。

这些天来,一群群优雅调皮的海豚陪伴着我们。它们五六只一群,无声地猎食,像田野中的狼群一样;而且,它们一点也不比海狗吃得少。我相信哥本哈根的一位教授,他曾经从一只海豚的胃里取出十三只鼠海豚和十四头海豹。海豚这种鲸类实际上是一种逆戟鲸,是已知的最大鲸类,它们身长超过二十四英尺。这些海豚家族有六属,我看见的那几条属逆戟属,特征是喙特别窄,而且比头长四倍。它们身长三米,上面黑色,下面粉白色,散布着一些罕见的小斑点。

在这带海区,我也记录下了棘鳍类和石首鱼科的鱼种。有些作者——与其说是博物学家,不如说是诗人——断言,这些鱼能唱出悦耳的歌声,它们和音合唱与人声合唱相比,有过之而无不及。对此我不能断言。但我们路经这里时,这些石首鱼并没为我们唱过任何一首小夜曲,我对此深表遗憾。

最后,康塞尔对一大群飞鱼进行了分类,以此结束考察。在这里,没有比观看海豚极准确地捕猎飞鱼更有趣的事情了。不论飞鱼飞得多远,飞成什么曲线,甚至飞到"鹦鹉螺号"上方,这些倒霉的飞鱼总是发现海豚们正张着大口等着它们。这些飞鱼不是海贼鱼,就是鸢形鲂鲱,它们的嘴能发光。在夜晚,飞鱼用嘴在空气中擦出道道火光,然后就像流星一样坠入昏暗的海水中。

我们就是在这样的情况下继续兼程的,一直到了三月十三日。那天,"鹦鹉螺号"进行了一些勘测实验,这引起我强烈的兴趣。

我们从太平洋远海出发至今,已经走了约一万三千里。我们现在所处的位置是南纬四十五点三七度,西经三十七点五三度。这里就是莱哈尔号船上的船长邓哈姆曾做过的一万四千米深的探测地,但还没探到海底的海域。也是在这里,美国驱逐舰议会号船上的帕克大尉,做过了一万五千一百四十米深的探测,但还是没探到海底。

于是,尼摩船长决定让他的"鹦鹉螺号"潜到最深的海底去,以检验一下这些不同的探测数据。我做好记录所有的实验结果的准备。船上客厅的嵌板打开着,要到达深得如此不可思议的海层的实验开始了。

我们想，用储水器充水使船下潜的办法是行不通的。也许储水器不能使"鹦鹉螺号"的比重充分增大。再说，要浮上来，还必须排掉多余的水，水泵可能无法抵御外部强大的压力。

　　于是，尼摩船长决定尝试一下船上的纵斜机板。他把纵斜机板调到与"鹦鹉螺号"的吃水线成四十五度角的位置，再让"鹦鹉螺号"沿着这条对角线潜入海底。然后，推进器开到了最大速度，它的四层机叶以无法形容的强度激烈地拍打着水波。

　　在如此强大的推动力下，"鹦鹉螺号"的船体像一根弓弦一样倏倏颤抖，匀速地潜入水中。我和尼摩船长站在客厅里，注视着飞速转动的压力表指针。"鹦鹉螺号"船一会儿就超过了大部分鱼类生活的那层海层。如果说鱼类中的某一些只能生活在河里或是海面上，那么，能生活在如此深的海层中的，数量则更少。至于后者，我观察到了六孔海狗，一种有六个呼吸孔的海狗；还有眼睛巨大的望远镜鱼；和靠浅红色的骨片胸甲来保护灰色的前胸鳍和黑色的后胸鳍的带刀甲板鱼；最后是生活在一千二百米深海处，因而要顶住一百二十个大气压的榴弹鱼。

　　我问尼摩船长，他是否在更深的海层中发现过鱼类。

　　"鱼？"他回答说，"很少。可按目前的科学水平，人们能预测到什么呢？又能知道些什么呢？"

　　"瞧，船长。人们知道，越往海洋的底层，植物就比动物消失得越快。人们知道，在底层中还能碰到一些动物，而见不到任何一种海产植物。人们还知道，肩挂贝、牡蛎类是生活在两千米的海水中，而两极海的探险英雄麦克·克林多克，曾在两千五百米深处抓到一只星贝。人们甚至知道，皇家海军'猛犬号'船上的船员，曾在两千六百二十英尺深，也就是一海里深水中，采到一个海星。可是，尼摩船长，您怎么能对我说人们什么都不知道呢？"

　　"不，教授先生，"船长回答说，"我是不能这么不客气。可是，我要问问您，怎么解释这些生命能在这么深的水中生活呢？"

　　"有两个理由，"我回答说，"首先，因为那些垂直运动的水流，受海水的咸度和密度的不同影响，产生了一种足以维持海百合类和海星的基本生活的运动。"

　　"没错。"船长说。

"再者,因为,如果说氧气是生命的基础的话,我们知道溶解在海水中的氧气是随着深度的增加而增加,而不是减少,而且底层的压力又有利于对氧气进行压缩。"

"啊!你们知道这个?"尼摩船长口气略带吃惊地回答说,"那好,教授先生,既然这是事实,人们就有理由知道,而且的确也是这样。我还要补充一句,当鱼在水面被捕获时,鱼鳔里含的氮多于氧,而在深水中被捕获时,情况恰恰相反,氧多于氮。这也为您的论点提供了论据。让我们继续我们的观察吧。"

我把目光移回压力表上。仪器指到了六千米的深度。我们的下潜已经持续了一个小时。"鹦鹉螺号"沿着纵斜机板不断地往下滑。荒凉的海水无比绝伦地清澈透明。一个小时后,我们到了一万三千米深处,即约三点七五里的海深,而海底仍然还是没有出现的意思。

然而,在一万四千米处,我发现水中冒出几座黑色的尖峰。这些山峰可能属于喜马拉雅山或勃朗峰那一类高峰,而此时海底深渊的深度还是无法估计。

"鹦鹉螺号"还是顶着巨大的水压,往更下层潜。我感觉到嵌板螺丝衔接的地方都在颤动着,船栏铁条都弯成了弧形,舱壁在嘎吱响着,客厅的玻璃在水压下好像都快翘起来了。而这架牢固的机器,如果不是像船长说的那样,像一块实铁一样坚不可摧,恐怕早就被压扁了。

在贴着那些直插海底的石壁下潜时,我还发现了一些贝类、蛇虫、活刺虫和某些海星种类。

但过了一会儿,这些最后的动物代表都消失了。在三里下,"鹦鹉螺号"超过了海底生存的极限,它就像一只上升到可呼吸的空气层以上的气球一样。我们到达了一万六千米,即四里的深度,此时"鹦鹉螺号"的两侧承受着一千六百个大气压的压力,也即它表面每平方厘米就承受着一千六百公斤的重量!

"这是怎样的情形啊!"我叫道,"穿过这片深无人烟的区域!瞧,船长,看看那些形状奇妙的岩石,那些无人居住的岩洞,地球的最后几个藏身之处,但生命却不可能在此存活!多么不为人知的景象,为什么我们只能把它们保存在记忆中呢?"

"您愿意把它们保存得比记忆更好吗?"尼摩船长问我。

"您这话是什么意思?"

"我的意思是,没有比照一张这一海区的照片更简单的事了。"

　　对于这一新建议，我还没来得及表达出我的惊奇，尼摩船长就一声吩咐下去，一台仪器被推到客厅里来了。通过宽敞地敞开着的嵌板望出去，受到电光照射的海水完全光亮，没有任何阴影，而我们的人造光也没有一丝减弱的迹象。进行这种性质的操作，阳光恐怕都不如这种光线更便利。"鹦鹉螺号"的推进器转动着，而纵斜机板固定，船停住不动了。于是这台仪器对准海底的景色，几秒钟后，我们就得到了一些极清晰的底片。

　　我这里展示的是正片。我们在上面可以看到那些从未受到阳光照射的基岩，那些形成地球坚实的基底的底层花岗岩，那些石堆中镂空的深岩洞，还有那些无比清晰的、镶在黑暗中的轮廓，就像出自某些佛兰芒艺术家的手笔。接着，在上面，山的尽头，有一道漂亮的曲线，构成了这幅风景的背景。我无法描述这堆光滑、黝黑、光亮、不长苔藓、无一斑点、形状怪异的岩石堆,它们稳稳地站在反射着电光的沙毯上。

然而,尼摩船长结束了他的操作后,就对我说:

"我们上去吧,教授先生。这种地方不宜待太久,也不能让'鹦鹉螺号'在这种压力下耽搁过长的时间。"

"上去吧。"我回答。

"您站稳啊!"

我还没弄明白为什么船长这么叮嘱我,就摔倒在地毯上了。

随着船长一声令下,"鹦鹉螺号"船上的推动器合上了,纵斜机板竖起,"鹦鹉螺号"像空气中的气球一样,闪电般迅速向上升。它冲破水层,发出响亮的颤动声。任何东西都看不到。四十分钟内,它就穿过了与海面相隔四海里的水层,像飞鱼一样跃出水面,又落回水波中,溅起了惊人的浪花。

第十二章　抹香鲸和长须鲸

三月十三日晚上到十四日,"鹦鹉螺号"继续朝南行驶。我想,到了合恩角的高纬处,它会调转船头向西走,返回太平洋,完成它的周游世界之旅。可它完全没这么做,而是继续向南极海开去。它究竟要去哪儿呢?难道去南极吗?真是发疯了。我开始相信,船长的鲁莽行动足以证明尼德·兰的担心是不无道理的。

好些时候,加拿大人不再跟我谈起他的逃跑计划。他变得寡寡无言,几乎是沉默了。我明白这种无限期的囚禁对他来说是怎样的压抑呀。当他碰到船长时,他的眼睛里燃着阴沉的怒火,我能感觉到他满腔的怒火,我总是担心他暴躁的本性会使他走极端。

那天,三月十四日,他和康塞尔到我的房间里找我。我询问他们来拜访我的原因。

"来向您提个简单的问题,先生。"加拿大人回答我说。

"请说吧,尼德。"

"您认为'鹦鹉螺号'上会有多少人?"

"我说不来,我的朋友。"

"我觉得,"尼德·兰说,"驾驶这船不需要很多船员。"

"确实如此,"我回答,"按目前的情况,顶多十来个人就够了。"

"那好!"加拿大人说,"为什么不会有更多的人?"

"为什么?"我反问道。

我盯着尼德·兰看,我不难猜出他的意图。

"因为,"我说,"如果按我的猜测,根据我对船长生活的了解,'鹦鹉螺号'不仅仅是一条船。应该是他们那些人——像他们的船长一样与世隔绝的人——的一个避所。"

"可能是吧,"康塞尔说,"可'鹦鹉螺号'最终只容纳一定数量的人,先生能估计一下它的最大容量吗?"

"怎么算,康塞尔?"

"按算术推算。一方面按先生所知的这艘船的容积,推算出它能容纳的空气,另一方面知道每个人呼吸所消耗的空气量,将这些结果和'鹦鹉螺号'每二十四小时就要浮出水面换气这一情况相比……"

康塞尔话没说完,但我很清楚他想说明什么。

"我明白你的意思,"我说,"这种推算很容易,但只能得出一个不确定的数据。"

"那没关系。"尼德·兰坚持着说。

"是这样计算的,"我回答,"每人每小时消耗一百升空气中的氧,那二十四小时就消耗掉两千四百升空气中所含的氧。因此,还须知道'鹦鹉螺号'含有多少倍的两千四百升空气。"

"正是。"康塞尔说。

"不过,"我回答,"假设'鹦鹉螺号'的容量是一千五百吨,一吨容积是一千升,'鹦鹉螺号'含有一百五十万升空气,除以两千四百升……"

我用铅笔快速地算出来:

"得到六百二十五。'鹦鹉螺号'所含的空气完全可供六百二十五人在二十四小时内呼吸。"

"六百二十五人!"尼德重复说。

"可你们要知道,"我补充说,"这么多的乘客加上水手或管理人员,我们还不足这个数的十分之一呢。"

"这对三个人来说还是太多了！"康塞尔喃喃地说。

"因此，我可怜的尼德，我只能建议您忍耐一下。"

"不仅仅是忍耐，是顺从。"康塞尔回答说。

康塞尔用词真是恰如其分。

"总之，"他接着说，"尼摩船长总不会一直向南走的。他必须停下来，哪怕是到了大浮冰前面，他也总得开回开化的海域里的！那么，我们总会有时间实施尼德·兰的计划的！"

加拿大人听了摇摇头，他用手摸摸额头，然后一言不发地退出去。

"先生，我冒昧说说我对他的看法吧。"康塞尔于是对我说，"可怜的尼德·兰老想着一切他不能有的东西。他回想起他过去的一切生活，就对我们被禁止做一切事情感到遗憾。以前的回忆老是纠缠着他，他感到很难过。我们应该理解他。因为在这里有什么可做的呢？没有。他又不像先生那样是个学者，所有不能跟我们一样对海里所有奇妙的东西有相同的品味。即便是为了能走进他家乡的一家小酒馆，他也宁愿冒一切危险！"

很显然，船上单调的生活，对习惯过自由和活跃生活的加拿大人来说，是无法忍受的。能引起他的兴趣的事情太少了。然而，有一天，一件意外的事情使他重温了他作为鱼叉手的那段美好日子。

那天早上十一点左右，在海面上，"鹦鹉螺号"撞到了一群鲸鱼中。我对遇到这些动物并不觉得惊奇，因为我知道它们受到了大肆猎杀，都躲到了高纬度的海域中。

鲸鱼在世界航海中的作用和它对地理发现的影响，是不可估量的。正是鲸鱼，先后使巴斯克人、阿斯第人、英国人和荷兰人大胆地和海洋的危险作斗争，并引导他们从陆地的一端走到另一端。鲸鱼喜欢在南极和北极海中游弋。一些古老的传说甚至说，这些鲸类动物曾把渔人引到距北极只有七里的地方。如果说这种传说有误的话，那总有一天它会成为真实的，因为当人们到北极或南极地区捕鲸时，会有可能就这样去到了那不为人知的地球极点的。

当时我们正坐在平台上，海面上风平浪静。而在这一纬度上，十月份正值美丽的秋日。是加拿大人——对此他是不会弄错的——指出在东边海平线上有一条鲸鱼。我们仔细地一看，在距"鹦鹉螺号"五海里处，有一条鲸鱼的灰黑色脊背在水波中时隐时现。

　　"啊!"尼德·兰喊道,"如果我是在一条捕鲸船上,这次相遇会让我很高兴的!这是一只大家伙!瞧它的鼻孔喷水气时多有劲!真见鬼!为什么一定要把我束缚在这块钢板上呢!"

　　"什么!尼德,"我回答,"难道您还没打消您打鱼的旧念头?"

　　"先生,一个捕鲸手能忘记他的老本行吗?他会永远厌倦这种捕猎所带来的快感吗?"

　　"您还从没在这一带打过鱼,尼德?"

　　"从来没有,先生。只是在北极海打过,在白令海峡和大卫海峡也打过。"

　　"这么说,南极鲸鱼对您来说还是陌生的。至今,您捕捉到的只是那些一般的鲸鱼,它们不敢贸然穿过赤道温热的水域。"

　　"啊!教授先生,您这是说什么?"加拿大人用相当怀疑的口气反问道。

"我说的是事实。"

"啊！我跟您说，两年半前，在北纬六十五度，我就在格陵兰岛附近捕捉到一条肋部还插着鱼叉的鲸鱼，它是被白令海峡的一条捕鲸船叉到的。那么现在我问您，这动物在美洲西岸被击中，如果它没有绕过合恩角或好望角，穿过赤道，那它怎么会在东岸被杀死？"

"我和尼德朋友的想法一样，"康塞尔说，"我等待着先生的答案。"

"我的朋友们，先生会做出回答的。根据鲸鱼的种类，它们是有区域性的，在某一海区生活，它们就不会离开。如果有一条鲸鱼从白令海峡去到大卫海峡，很简单，是因为在美洲海岸或亚洲海岸存在着一条从这个海到那个海的通道。"

"我们要信您吗？"加拿大人眯着一只眼睛问。

"应该相信先生。"康塞尔说。

"那么，"加拿大人回答，"既然我从没在这一海域捕鱼，我也就不熟悉在这里出没的鲸鱼了。"

"这我对您说过了，尼德。"

"那就更有理由去熟悉它们了。"康塞尔说道。

"瞧！瞧！"加拿大人声调激动地喊道，"它游近了！它朝我们游来了！它在嘲弄我！它知道拿它没办法！"

尼德跺着脚。他的手颤抖地挥动着一根想象中的鱼叉。

"这些鲸类动物，"他问，"和北极海的一样大吗？"

"差不多，尼德。"

"我见过的大鲸，先生，长竟有一百英尺喔！我甚至得说，在阿留申群岛的胡拉莫克岛和安加里克岛一带的鲸鱼，有的竟超过一百五十英尺长。"

"我觉得这太夸张了，"我回答说，"这些动物不过是鲸科动物，有脊鳍，诸如抹香鲸，总的来说，它们比一般的鲸鱼小。"

"啊！"加拿大人目不转睛地盯着海面，喊道，"它来了，它来到'鹦鹉螺号'附近了。"

接着，他又说：

"您说，抹香鲸就像小动物一样！可我能说出一些巨大的抹香鲸。这是些聪明的鲸类动物。有人说，有些抹香鲸身上长满海藻和墨角藻，人们还把它们当成是小岛呢。人们在它上面扎寨,在上面安居,生火……"

"还在上面建房子。"康塞尔说。

"是这样的,俏皮鬼,"尼德·兰回答说,"然后,有一天,这动物潜入了海底,把所有的居民都带进了深渊。"

"这就像水手辛巴德历险记里说的一样。"我笑着说。

"啊!兰师傅,看来您喜欢这类离奇的故事!您的抹香鲸是怎样的抹香鲸啊!我希望您不要相信这些!"

"博物学家先生,"加拿大人严肃地说,"应该相信关于鲸的一切!——您看,它会走!它会藏起来!——有人还断言这些动物能在十五天内绕地球一周呢。"

"对此我不能置否。"

"可是,您可能不知道,创世之初,鲸鱼游得比现在还快呢。"

"啊!真的,尼德!可为什么呢?"

"因为当时,它们的尾巴是横着游动的,像鱼一样,也就是说,它的尾巴是扁直的,左右、右左地拍水。但造物主发现它游得太快了,便剪掉了它们的尾巴。从那时起,它们只好上下拍水,这就影响了它们的速度。"

"好,尼德,"我做了一个和加拿大人一样的表情,说,"我们要信您吗?"

"不要太信,"加拿大人回答说,"如果我对你们说,存在一些长三百英尺,重十万磅的鲸鱼,就更不要信。"

"确实,这太离谱了,"我说,"不过应该承认,某些鲸类动物还是发育得很可观的,因为有人说,它们竟能提供一百二十吨油脂。"

"这个,我见过。"加拿大人说。

"我乐于接受这个观点,尼德,因为我相信有些鲸的重量相当于一百头大象。看看这头巨大的动物直冲过来能产生的后果吧!"

"它们真能把一些船撞沉吗?"康塞尔问。

"一些船,我不相信,"我回答,"可是有人说,一八二〇年,正是在南部海面,一头鲸直冲向爱塞斯号,使这艘船以每秒四米的速度向后退。海水涌入船的后部,爱塞斯号顷刻间沉没。"

尼德用一种嘲讽的神态看着我。他说:

"至于我,我受过鲸鱼尾巴的一次袭击——不用说,就在我的小艇里。我

304

和我的同伴被抛到了六米高。但我们遇到的鲸鱼走在先生的鲸鱼身旁，只不过是一条幼鲸而已。"

"这些动物寿命长吗?"康塞尔问。

"一千年。"加拿大人不假思索地说。

"您怎么知道,尼德?"

"因为人们都这么说。"

"为什么人们都这么说呢?"

"因为人们知道。"

"不,尼德,人们不知道,人们只是猜测,他们猜测的依据是:四百年前,当渔夫第一次捕捉鲸鱼时,这些动物的身形比他们现在捕捉到的鲸鱼的身形要长。于是人们便相当合乎逻辑地猜想,现在鲸鱼变劣的原因是它们还没有足够的时间得到完全的发育。正是如此,布封说,这些鲸类动物能够,甚至应该活上一千年。你们明白吗?"

尼德·兰没听明白。那条鲸鱼不断向我们靠近,他也不想再听下去,只管眼睛发直地盯着它。

"啊!"他喊道,"不只是一条,是十条,二十条,整整一群哪! 可我一点办法也没有! 在这里手脚都被束缚住了!"

"但,尼德朋友,"康塞尔说,"为什么不问问尼摩船长可否捕捉呢?"

康塞尔话还没说完,尼德·兰就从嵌板跑下去找船长了。过了一阵子,两个人来到了平台上。

尼摩船长观察了一下在距"鹦鹉螺号"一海里处嬉耍的鲸鱼群。

"那是南极长须鲸,"他说,"它们可以使一整队捕鲸船发大财。"

"那好! 先生,"加拿大人问,"即便不是为了不忘记我的鱼叉手老本行,我还是不能捕杀它们吗?"

"这有什么好处呢,"尼摩船长回答说,"捕杀只会导致毁灭! 我们船上要鲸鱼油做什么呀。"

"可是,先生,"加拿大人又说,"在红海,您允许过我们追捕一头海马!"

"那是因为那时能给我们的船只提供鲜肉。而在这里,是为了捕杀而捕杀。我很清楚这是人类的一种特权,但我不允许这种残害生命的消遣方式。消灭像一般的鲸鱼一样无辜善良的南极长须鲸,您的同行,兰师傅,他们的行

为是要受谴责的。他们就是这样使整个巴芬湾的长须鲸绝迹,而且他们将毁掉一种有用的物种。让这些不幸的鲸类动物平平静静地生活吧。就是您不去搅和,他们也已经有够多的天敌了,像抹香鲸、箭鱼、锯鲛等。"

不难想象出,在上这堂道德课时,加拿大人脸上的表情如何。跟一个鱼叉手讲这样的道理,简直是白费口舌。尼德·兰看着尼摩船长,显然不明白他到底想说什么。不过,船长的话是有道理的。捕鲸人野蛮无节制的杀戮总有一天会使海洋中的最后一条长须鲸都消失了。

尼德·兰把手插在口袋里,背朝着我们,用口笛吹起了美国国歌。

这时,尼摩船长观察了那一群鲸,对我说:

"我有理由这么说,除了人类,这类鲸鱼还有相当多的别的天敌。不一会儿,这群长须鲸就要碰到强敌了。阿龙纳斯先生,您有没有发现,在下风八海里处,有一些灰黑色的点在动?"

"有,船长。"我回答说。

"那是抹香鲸,一种可怕的动物。我有几次遇到过它们,一群竟有二三百条! 至于这些抹香鲸,是一种残暴有害的动物,我们有理由去消灭它们。"

听到这最后几句话,加拿大人迅速转过身来。

"那好! 船长,"我说,"从鲸鱼本身的利益出发,时间还来得及……"

"用不着去冒险,教授先生。'鹦鹉螺号'足以去驱散这些抹香鲸。它装有钢铁冲角,我想,可与兰师傅的鱼叉相媲美。"

加拿大人很自然地耸耸肩膀。用船的冲角去袭击鲸鱼! 以前有谁听说过?

"等着瞧,阿龙纳斯先生,"尼摩船长说,"我们要让您见识一下您一次还没见过的追捕。对于这类凶残的鲸类,丝毫用不着怜悯。它们只不过是嘴和牙而已!"

嘴和牙! 没有比这更形象的词语来形容这种体长超过二十五米的大脑袋动物了。这种鲸类的大脑袋占了大约三分之一的身体。长须鲸的上颚只有一缕鲸须,而抹香鲸比长须鲸武装得更好,它们的上颚镶着二十五颗二十厘米高、圆筒状而尖顶圆锥形的大牙,每颗足有两磅重。就在那颗巨大的脑袋上部,由软骨隔开的部位,装着三至四公斤被称为"鲸鱼白"的珍贵鲸油。抹香鲸是一种丑陋的动物,按弗雷多尔的观点,他认为说它是蝌蚪类比说它是鱼类更为恰当。另外抹香鲸的形体结构有缺陷,就是说它的骨骼左上部有缺陷,只能用右眼看东西。

可是,这群巨物不断地向我们靠近。它们已经发现了长须鲸并做好了攻击的准备。我们事先就断定,胜利是属于抹香鲸的,不仅仅是因为它们更善于攻击它们无辜的敌手,而且因为它们能够更长时间地待在水中,不用浮出水面呼吸。

去援救那些长须鲸的时刻到了。"鹦鹉螺号"沉入水里。我、康塞尔和尼德坐在客厅的玻璃前。尼摩船长回到领航员的身旁,以便亲自操作他那台毁灭性机器。不一会儿,我就感觉到机轮的拍动速度在加快,"鹦鹉螺号"的速度也加快了。

当"鹦鹉螺号"到达时,长须鲸和抹香鲸的战斗早已经开始了。"鹦鹉螺

号"从抹香鲸群中间冲过去。一开始,那些抹香鲸看到有新来的怪物加入战斗,并没显得很在意。但不一会,它们就不得不对"鹦鹉螺号"的进攻加以防备。

这是一场多么激烈的战斗啊!就连尼德·兰不久也狂热起来,拍手称好。"鹦鹉螺号"恰如船长手中一只妙不可言的鱼叉。它投向那些肉堆中,把它们一块一块戳穿,它所过之处,只留下两段攒动的动物躯体。那些打在船侧的猛击,它没有感觉到。它袭击抹香鲸时产生的撞击,它也没有感觉到。歼灭了一头抹香鲸,它又冲向另一头。为了不错过目标,它瞄得很准,在舵手的操纵下,它前进后退,当抹香鲸潜入深水层中时,它也潜进去,当抹香鲸浮出水面时,它也跟着上来,给它们迎头一击或侧身一击,把它们斩断或撕碎,并从各个方向,以不同的速度,用它那可畏的冲角刺穿了它们。

好一场厮杀！水面上多热闹啊！这些受惊的动物发出多么尖厉的呼啸声和特殊的吼叫声！在平时何等平静的水层中，它们的尾巴搅动出真正的波涛。

这场史诗般的屠杀持续了一个小时，那些大头怪物无一幸免。好几次，十或十二头纠集起来的抹香鲸想抱成一团把"鹦鹉螺号"压碎。透过玻璃窗，我们还看到了它们那布满牙齿的大嘴和巨大的眼睛。再也不能自持的尼德·兰，威吓着它们，诅咒着它们。我们感觉到它们像狗在矮树丛下看小猪一样，纠缠住船体。但"鹦鹉螺号"无视它们巨大的体重，也无视它们强大的压力，它加大马力，把它们带过来，拖过去，或者把它们拉到海水上层。

最后，这群抹香鲸一哄而散。水面又恢复了平静。我感觉到我们又回到了水面上。嵌板打开了，我们急忙跑到平台上。

海面上布满残缺的尸体。就是一次强大的爆炸也不可能有如此的爆炸力，把这群巨物如此地炸开、撕碎、扯烂。我们的船浮在那堆背部浅蓝、腹部灰黑、长着大疙瘩的庞大尸体中间。剩下几条受惊的抹香鲸向天边逃窜。好几海里内的水都被染红了，"鹦鹉螺号"浮在血海中。

尼摩船长上来和我们会合。

"怎么样，兰师傅？"他说。

"太好了！先生，"加拿大人回答说，他渐渐从狂热中平息下来了，"确实是一幅可怕的场面。但我不是肉店老板，我是鱼叉手，而且这里也不开肉店。"

"这是对有害动物的屠杀，"船长回答说，"再说'鹦鹉螺号'也不是一把肉刀。"

"我宁可要我的鱼叉。"加拿大人反诘道。

"人各善其器。"船长直盯着尼德·兰回答说。

我真担心尼德·兰会克制不住做出过激行为，引起不可收拾的后果。但当他看到"鹦鹉螺号"此时向一条鲸鱼靠近时，他的怒气就抛到九霄云外了。

那是一只没有逃脱出抹香鲸的牙齿的动物。我认出是一条南极长须鲸，它头部扁平，全身黑色。从解剖学角度看，它和一般的鲸鱼以及北卡彼岛的鲸鱼的区别在于，它颈部的七根脊骨是接合的，并且比它的同类多出了两根肋骨。这条不幸的鲸鱼侧浮在水上，腹部上满是伤洞，它已经死了。在它残缺的鳍部一头，还浮着一条没能从屠杀中获救的小鲸。它的嘴巴张开着，水从鲸须

中潺潺流出。

　　尼摩船长驾驶着"鹦鹉螺号"驶向那动物的尸体旁。他手下的两个人跃到了长须鲸的身侧上,我无不惊奇地看着他们把它乳房里饱含的奶水都挤出来,足足挤了二至三吨。

　　船长递给我一杯还冒着热气的奶。我不得不向他说明我对这类饮品反胃。但他一再向我保证这种奶很好喝,它和牛奶没有区别。

　　我把它喝了后,同意了他的看法。于是这便成了对我们有益的储藏品,因为,把这种奶做成咸奶油或奶酪,可以为我们的日常饮食增加一道美味的食品。

　　但自那天起,我忧心忡忡地注意到,尼德·兰对尼摩船长的态度越来越差,我决定密切留意加拿大人的一举一动。

第十三章　大浮冰群

"鹦鹉螺号"沿着西经五十度一直向南疾速行走。这么说,它是想去极地了?我想不会的,因为到目前为止,所有曾设想到极地的人都失败了。再说,季节也很晚了,因为南极地区的三月十三日即北极地区的九月十三日,春分时节开始了。

三月十四日,我在纬度五十五度处发现了一些浮冰,那只是一些二十至二十五英尺的灰白色碎冰块。它们形成了一块块暗礁,任由海水拍打着。"鹦鹉螺号"保持在海面上航行。曾经在这一带海域打过鱼的尼德·兰,对这些冰山景观早已习以为常了。而我和康塞尔则是第一次观赏这些景观。

在空气中,南边的海平线上,延伸着一条白色长带,一道炫目的景观。英国的鲸鱼手把这一景观称为"炫目冰带"。不论多厚的云层,都不能使这些冰块黯然失色。它的存在说明会有一座或一层冰层出现。

果然,过了不久,便出现了一些很大的冰块,它们的光芒随着云雾的任意变化而变化。这些大冰块中有几块呈现出绿色的纹理,就像硫酸铜在上面划下的波纹。有几块像巨大的紫水晶,光线可以穿透进去。它们的无数个切面反射出太阳的光线。而前面那些稍微带有石灰石的强烈反光的冰块,看上去足以建造出一整座大理石城。

我们越往南走,这些漂浮的冰岛就越来越多,越来越大。南极鸟类成千上万地在上面筑巢。有海燕、棋鸟和剪水𫛭,它们的叫声把我们都吵死了。有几只鸟还把"鹦鹉螺号"当作长须鲸的尸体,它们飞到上面来休憩,用嘴把钢板啄得嗒嗒响。

在浮冰中航行的这段时间里,尼摩船长经常待在平台上。他仔细地观察着这片罕见人烟的海域。有几回我看到了他平静的目光熠熠发亮。难道他在想,在这片人迹未至的海域里,他才觉得是在自己的家里,自己是这片无法跨越的空间的主人吗?或许吧。但他沉默着。他一动不动的,只有当他意识到自己在指挥这条船时,才回过神来。于是他熟练地指挥着他的"鹦鹉螺号",灵巧地避开了大冰块的撞击。其中有些冰块竟长好几海里,高从七十到八十米不等。海平线经常被整个地遮住了。到了纬度六十度上,连一条通道也没

　　有了。但尼摩船长仔细地搜索着,不久便找到了几处狭窄的出口,他大胆地让"鹦鹉螺号"从那里滑过,而且他也清楚地知道,一旦他通过后,这些出口就会在他后面封冻起来的。

　　"鹦鹉螺号"就这样由一双巧手引导着,通过了所有这些可按大小和形状精细分类的冰块。康塞尔对此很兴奋,他把这些冰块分类为:冰山或冰峰,冰地或一望无垠的冰田,流冰或浮冰,层冰或碎冰,环形的叫冰圈,很长的块状则叫冰流。

　　当时温度相当低。晾在外面的温度计指示在零下二至三度。但我们穿着暖暖的海豹皮和海熊皮衣。而且在"鹦鹉螺号"船内,有电器设备加热保持恒温,即使最低的温度也不怕。再说,只要潜入水下几米,就能找到可以接受的温度。

　　如果早两个月到达这个纬度上，我们就能享受到二十四小时的白天，而现在这里已经有三四个小时的夜晚了，再迟一些，六个月的黑夜恐怕就要笼罩在极圈地区上。

　　三月十五日，我们穿过了新西兰岛和南奥克兰岛所在的纬度。船长告诉我，以前，曾有无数的海豹居住在这些陆地上，但那些美洲和英国的捕鲸人，疯狂地把成年海豹和雌性海豹斩尽杀绝，在美洲和英国捕鲸人的身后，往日生机勃勃的陆地现在已经死一般地寂静。

　　三月十六日，早上约八点钟，"鹦鹉螺号"沿着西经五十五度穿过了南极圈。这时，冰块把我们团团围住，海平线也被封住了。然而，尼摩船长却从一条通道向另一条通道一直向上走。

　　"可是他要去哪里呢?"我问。

　　"去前面，"康塞尔回答说，"总之，当他再无法前进时，他就会停下来的。"

　　"我可说不准。"我回答说。

　　不过，老实说，这些新地区的美丽景观不知道让我多么惊叹不已、多么无法描述，我承认我对这次冒险旅行一点也不觉得烦。那些冰群气势磅礴。在这边，它们构成了一座有着无数的清真寺尖塔和寺院的东方城市。在那边，则是一座像被地震摧毁在地的坍塌城堡。在阳光的斜照下，这些景观不断地变幻，要么就消失在暴风雪和灰蒙蒙的雾中。然后，到处是爆裂、崩塌、翻了几个大筋斗的冰山，像一幅透景画一样变换着布景。

　　当"鹦鹉螺号"潜入了水下，冰群失去了平衡，巨大的声响强烈地传到水下，冰山的坍塌产生了一种一直卷到了海洋深层的可怕的漩涡。"鹦鹉螺号"于是像一条被疯狂的水流卷走的船一样，打转颠簸着。

　　我经常一看到没有出路，就想，我们完全成为囚犯了。但尼摩船长总是能出于本能，凭着细微的迹象找到新通道。对观察冰田中流淌的浅蓝色细水流这一方面，他是从不会出错的。因此，我不由得不怀疑:他曾经驾驶着"鹦鹉螺号"在南极的海洋中冒险。

　　然而，三月十六日一整天，我们完全被封锁在冰田中。但这些还不是大浮冰群，而是因严寒而冻结起来的大冰地。这一困难并未能阻止尼摩船长前进，他开足十足马力冲破冰地。"鹦鹉螺号"像楔子一样插进这片易碎的冰中,把它轧得咔咔发响。这是一只被一种无止境的力量推动着的古撞锤。于是,冰屑被高高地抛起,像雹子一样落在我们的周围。只靠本身的推进力,我们的船就凿出了一条航道。有时,因为用力过猛,船猛地冲到了冰田上,它的重量就把冰块轧碎了。有时偶尔被困在冰下,它便轻轻一晃把冰破开一条宽大的裂口。

这些天里,我们饱受着强烈的冰屑的袭击。加上大雾迷茫,在平台上,从一端都看不到另一端。有时突然狂风大作。积雪层层,坚硬得要用铁锹才能凿开。温度仅是零下五度,"鹦鹉螺号"外面无一处不被冰雪覆盖着。所有的滑轮都被冻在滑轮槽里,帆缆索具几乎都不能使用。看来只有一艘不用风帆,并且装配有不用煤燃烧的电动机的船才能到这样的高纬度来硬闯。

在这种情况下,气压计总指示在低刻度,甚至降到七十三点五度。罗盘的指针就更不准确了。越走近不能与地球南部混为一谈的南磁极,罗盘颤动的指针就越指向相反的方向。的确,汉斯顿说过,磁极大概是在南纬七十度,东经一百三十度;而据杜贝莱观察,是在东经一百三十五度,南纬七十点三度。因此,必须通过观察船上各个方位的罗盘仪,取其平均数,才能得出大概的方位。但人们也经常用这种方法来测定走过的路线,而且在这种蜿蜒曲折、标位不断变化的水路中,用这种方法也实在难以得出令人满意的结果。

最后,三月十八日,在二十几次徒劳的冲击后,"鹦鹉螺号"看来彻底无能为力了。这回它不是陷入冰流中,也不是在冰圈、冰田中,而是陷入了一片由一座座冰山冻结起来的无穷无尽的、一动不动的冰栅里。

"大浮冰群!"加拿大人对我说。

我明白,对尼德·兰和那些在我们之前的所有航海家来说,这是无法穿越的障碍。接近中午时候,太阳出来了一会儿,尼摩船长测得了一些精确的观察数据,指明我们的位置是在西经五十一点三度、南纬六十七点三九度。这已经是很深入南极地区的一点了。

这时,我们眼前没有大海,没有流水,已经不再是以前的景象了。在"鹦鹉螺号"的冲角下,延伸着一片广阔的跌宕起伏的平原,混杂着一些形状稀奇古怪的冰块,一片狼藉,使这里看起来就像一处冰解冻不久前的、但比例被大大放大了的河面。上面星罗棋布地屹立着一座座高达二百英尺,像一根根细

针般的陡峭的冰峰。更远处，一片灰白色的削尖陡崖，像一面大镜子一样，反射着那些弥漫在浓雾中的阳光。在这荒凉的自然界，只有一片可怕的寂静，偶尔被海燕和海鸭的翅膀拍打声打破。于是一切都被冻结了，甚至是声音。

那么"鹦鹉螺号"该在冰田中停止它的冒险了。

"先生，"那天，尼德·兰对我说，"如果您那位船长再走远点……"

"那又怎样？"

"他就会成为一位杰出人物。"

"为什么，尼德？"

"因为从来没有人能穿过大浮冰群。您的船长，他是万能的；但，去他妈的！他不会比大自然更强，在大自然划下界限的地方，不管你愿不愿意，都得停下来。”

“确实如此,尼德·兰,可我非常想知道在这些大浮冰群后面会是什么呢!瞧这堵墙,最让我恼火了。”

“先生说得有理,”康塞尔说,“这些墙被发明出来,只是为了激怒学者。不管在什么地方,都不应该有墙。”

“好!”加拿大人说,“在这个大浮冰后面,谁都知道有什么。”

“有什么呢?”我问。

“有冰,永远是冰。”

“这个您很肯定吗,尼德,”我反驳说,“我可不敢断定。这也就是我想去看看的原因。”

“什么!教授先生,”加拿大人回答说,“放弃这个念头吧。您已经到达了大浮冰群前,应该满足了,再说您不可能再往前走了,您那位尼摩船长也不行,他的‘鹦鹉螺号’船也不行。不管他愿不愿意,反正我们得返回北部,也就是返回老实人居住的国家。”

我应该承认,尼德·兰说得有理,如果不能制造出用于在冰原上行驶的船,那么它就不得不在大浮冰前止步。

的确,尽管“鹦鹉螺号”开足马力,尽管它用尽各种方法想把冰破开,它仍是一动不动地。要是平时,如果不能前进,按原路退回去就行了。可在这里,后退和前进一样都是不可能的,因为我们一通过,那些通口都封冻了。只要我们的船稍停一下,它就会被冻结住的。更甚的是,晚上两点左右,新的冰层以惊人的速度在船的两侧冻结起来。我不得不承认,尼摩船长的行为真是太不慎重了。

我此时正在平台上。船长观察了一会儿情况,对我说:

“怎么样!教授先生,您有什么看法?”

“我想我们是被困住了。”

“被困住!您这是怎么解释?”

“我想我们既不能前进也不能后退,也不能向任何方向走。我相信,这种情况就叫作‘被困住’,至少在有人居住的陆地上是这么叫的。”

“这么说,阿龙纳斯先生,您认为‘鹦鹉螺号’不能脱身了?”

“很难,船长,因为已经是晚冬了,您不能指望冰块解冻。”

"啊！教授先生，"尼摩船长带着讥讽的口气回答说，"您总是这样！只是看到了障碍和阻拦！我，我可以向您担保，'鹦鹉螺号'不仅可以脱身，而且它还要向前走。"

"还往南走？"我看着船长问。

"是的，先生，它将去到极点。"

"去极点！"我喊道，禁不住做出一个不相信的动作。

"是的！"船长冷冷地说，"到南极点去，到那地球各条经线相交的不为人知的点上去。您知道我要用'鹦鹉螺号'做我想做的事。"

是的！我知道。我知道这个人大胆到鲁莽！但要战胜那些遍布南极地区的困难，到达比北极——连最大胆的航海家还未能去到的地方——更难以到达的南极，难道不是一桩绝对荒谬的事情吗？只有疯子才会这么想。

于是，我突然想起问尼摩船长他是否已经了解这个自开天辟地以来人类还未驻足的极点。

"不，先生，"他回答我说，"我们一起去了解。在那里其他人都失败了，而我是不会失败的。我还从来没让'鹦鹉螺号'开到这么远的南极海中来；但我要重复一次，它还会再往前走的。"

"我愿意相信您，船长，"我用略带点讥刺的口气回答说，"我相信您！我们一起向前吧！我们没有任何的障碍！冲破这大浮冰吧！让它滚吧，如果它不滚，那我们就给'鹦鹉螺号'安上翅膀，让它从上面飞过吧！"

"从上面？教授先生，"尼摩船长平静地说，"完全不是从上面，而是从下面。"

"从下面！"我喊道。

船长的突然提示使我心里一亮。我明白了。"鹦鹉螺号"的优秀品质将再次在这次超凡的事业中为他提供服务！

"我发觉，我们开始相互了解，教授先生，"船长微笑着对我说，"您已经模糊地预感到这个计划实施的可能性，可我，我认为这个计划必是成功无疑的。那些对于一艘普通的船只来说是无法克服的困难，对'鹦鹉螺号'来说就变得很容易。假如有一块陆地出现在极地，它将在这块陆地前停下来。但如果情况恰恰相反，南极是沐浴在一片自由的海里，那它就要开到极点那里去！"

"确实如此，"我被船长的论证吸引住，说，"如果海面被冰封死，按海水的最大密度比冰高出一度的理论，下层应该是可自由通行的。而且，如果我没弄错的话，这块大浮冰沉在水中的部分与它浮在水面的部分之比是三比一。"

"差不多，教授先生。如果冰山露出海面一英尺，那在水下就有三英尺。这样，既然这些冰山在水上不超过一百米，那它们藏在水下的部分就只有三百米。三百米对于'鹦鹉螺号'来说算得了什么？"

"是不算什么，先生。"

"它甚至可以去更深的水层，寻找一片温度恒定的海水，在那里，我们将躲过海面上零下三四十度的低温而毫无损伤。"

"说得对，先生，说得对极了。"我激动地回答说。

"唯一的困难，"尼摩船长接着说，"是得潜在水里好几天，无法更新我们的储备空气。"

"不会吧？"我反问道，"'鹦鹉螺号'有巨大的储气罐，我们可以将它充满，它就能给我们提供我们需要的氧气。"

"想得好，阿龙纳斯先生，"船长微笑着回答，"但我可不想让您过分地指责我的鲁莽，我得事先向您提出不同的意见。"

"您有不同的意见？"

"只有一个。南极点可能有海，那里的海可能会完全被封冻住，这样我们就不能浮出水面。"

"好，先生，请别忘了'鹦鹉螺号'装配有威力无比的冲角，我们不能沿着对角线向冰田冲去，把冰田撞裂吗？"

"唷！教授先生，今天您可真有主意！"

"此外，船长，"我越说越激动，"为什么我们不可能像在北极一样，在南极碰到可自由通行的海呢？不论在南半球还是在北半球，寒极和陆地两极是不能混为一谈的。再说，在找到相反的证据之前，我们应该设想，在这两个极地，不是陆地，就是一片与冰分离的海洋。"

"我也赞同这种想法，阿龙纳斯先生，"尼摩船长回答，"我只是想提醒您，您提出过那么多反对我的计划的异议后，现在又提出赞同的论据来压我。"

尼摩船长说得对。我终于大胆地说服了他！是我说服他到南极去的！我走在他前面，我想得比他多……其实不是！可怜的傻瓜。尼摩船长对这个问题的正反两面想得都比你更多，不过他喜欢看你在这些不可实现的梦想中欣喜若狂而已！

然而，船长一刻也没迟缓。他发了个信号，大副便出现了。他们两个人用他们那种别人听不懂的语言快速地交谈起来，或许大副事先就得到通知，或许他觉得这个计划可行，总之他一点也没流露出吃惊的样子。

尽管他表现得如此无动于衷，但比起康塞尔来还略逊一筹。当我向这个可贵的青年述说我们想到南极的意图时，他竟然完全麻木无反应。一句"随先生的便"便把我的谈话打发了，我也只好满足于此。至于尼德·兰，如果问，自古以来谁的肩膀耸得最高，那便是他，加拿大人。

"瞧，先生，"他对我说，"您和您那位尼摩船长，你们真让我觉得可怜！"

"但我们将到极点去，兰师傅。"

"可能。但你们会回不来！"

接着尼德·兰说完"不要去自讨苦吃"这句话，就离开了我，回到他的房间。

接下来，这个大胆的计划的准备工作开始了。"鹦鹉螺号"船上的强力抽气泵用高压把空气压进了储气罐。四点钟左右，尼摩船长通知我说平台的嵌板要关闭了。我向我们将要穿超的这块大浮冰投去最后一瞥。当时晴空万里，空气相当纯净，天寒地冻，零下十二度；但风停了，这个温度似乎还不至于让人难以忍受。

十几个船组人员手持铁锹，走上船的两侧，把船身周围的冰敲碎，不一会儿船身便松开了。新冰还很薄，所以工作进展得很快。我们全都回到了船内。通常使用的储水罐盛满了浮标线两边还没结冰的海水。"鹦鹉螺号"刻不容缓地潜下水中。

我和康塞尔坐在客厅里。通过打开的玻璃窗，我们看到了南极海的下水层。温度计又往上升。压力表的指针在表盘上移动。

到了三百米左右，正如尼摩船长预料的，我们浮在了大浮冰下面的水波上。但"鹦鹉螺号"还往下潜。它一直潜到了八百米深。水温在表面是零下十二度，现在已不超过零下十一度。我们已经争取到了两度的温差。不用说，由于"鹦鹉螺号"船上的暖气机不断地加热，船内的温度一直保持在一度以上。所有的操作完成得极其精确。

"恕我冒昧,先生,我们会过去的。"康塞尔对我说。

"这我很清楚。"我带着深信不疑的语气回答。

在这片可自由航行的海里,"鹦鹉螺号"一点不偏地沿着西经五十二度直接取道极点。从六十点七度到九十度,还有要穿过二十二度半的纬度,也就是说还有五百多里的路要走。"鹦鹉螺号"保持每小时二十六海里的平均速度向前进,这相当于一列快车的速度。如果它继续保持这个速度的话,那四十八个小时就足够到达极点。

晚上有一段时间,新奇的环境使我和康塞尔一直留在客厅的玻璃窗前。海水在探照灯光的照射下闪闪发亮,但大海一片荒芜。鱼类是不居住在这片牢狱般的海区里的。它们要从南极海到极点的自由海,只能在这里找到一条通道。我们的船走得很快,从长形钢铁船壳的振动就能感觉到这一点。

凌晨两点钟左右,我得去休息几个小时。康塞尔也跟我一样。走过过道时,我没有碰到船长。我想他可能还待在领航舱里。

第二天,三月十九日,凌晨五点,我又回到客厅的位子上。电动测速器指示"鹦鹉螺号"的速度慢了下来。它正很谨慎地排出储水器中的海水,浮出水面。

我的心怦怦地跳。难道我们要浮出去,寻找南极点的新鲜空气吗?

不。一声撞击声传来,我知道"鹦鹉螺号"撞到了大浮冰的下表层了。根据浑浊的声音,我判断出冰层仍然很厚。确实,用航海术语来说,我们是"接触到了",但是在反方向,而且是在一千英尺的深度中。这说明在我们上面,有两千英尺的冰层,其中一千英尺露在水面。大浮冰此时的高度已超过我们在它的边缘测的高度。情况有些不妙。

整整一天,"鹦鹉螺号"做了好几次同样的试验,而它总是撞在它上面那层天花板般的冰墙上面。在某些时候,它在九百米处撞到了冰层,这说明冰层有一千二百米厚,其中三百米是浮在水面上。现在冰层的厚度是"鹦鹉螺号"潜入水中时的两倍。

我仔细地记录下各种不同的深度,于是便获得了这条在水下延伸的冰脉的海底轮廓。

到了晚上,我们的情形没有丝毫变化。冰层总保持到四百到五百米的深度。虽然冰层明显减薄,但我们和海面之间仍有很厚的距离啊!

此时是晚上八点钟。按船上平时的习惯，早在四个小时前，"鹦鹉螺号"船内部的空气就该更新了。然而，虽然尼摩船长还没动用储存罐补充氧气，我还是没觉得很难受。

这天晚上，我睡得很辛苦。希望和恐惧轮番折磨着我。我惊醒了好几次。"鹦鹉螺号"的试验还在进行。凌晨三点左右，我注意到大浮冰的下表层只有在五十米的深度才会被碰到。这么说，我们离水面只有一百五十英尺了。大浮冰逐渐地又变成了冰田。冰山又变成了冰原。

我的眼睛一刻也没离开过压力表。我们的船朝着电光照射下闪闪发亮的水面，沿着对角线一直向上浮。大浮冰像一处延伸的斜坡一样，上下都在变薄。它一海里一海里地不断变薄。

最后，三月十九日这值得纪念的一天，凌晨六点，客厅的门打开了。尼摩船长出现了。

"自由海到了！"他对我说。

第十四章　南极

我急忙冲上平台。是的！自由海。上面偶尔散落着几块冰块和一些浮动的冰山，更远处，是一片辽阔的大海。按深度不同，颜色由深蓝色逐渐转为橄榄绿色的海水中，漫游着成千上万种鱼类。天空则是鸟类的世界。北面的天边勾画着一群远远的大浮冰的轮廓，此时船上的温度计指示在零上三摄氏度，这里就像封闭在大浮冰群后面的相对的春天。

"我们在极点了吗？"我的心跳个不停。

"我不知道，"他回答我说，"中午我们测一下方位。"

"可太阳能穿过这些云雾吗？"我看着灰沉沉的天空说。

"只要它能出现一会儿，就够了。"船长回答。

在"鹦鹉螺号"南面十海里处，浮着一座孤零零的小岛。我们小心谨慎地朝着它走去，因为这片海中可能散布着暗礁。

一个小时后，我们到了小岛边。然后我们环岛走了一圈，这用了两小时。岛的周长是四至五海里。有一条狭窄的水道把小岛和一片很大的陆地隔开——那可能是一片大陆，我们一眼望不到尽头。的确，这个小岛的存在好像在为莫利的假说提供论据。这位有才干的美国人曾经指出,在南极和六十度纬线之间,海面上遍布着一些体积巨大、在北大西洋从没见过的大浮冰。接着他又由这个事实得出这样的结论:冰山不可能在大海中而只能在海岸边形成,所以南极圈应该圈着一大片陆地。根据他的推算,覆盖着南极的冰群形成了一个宽达四千公里的圆拱。

可是,"鹦鹉螺号"怕搁浅,它在距离一个上面堆满巨石的沙滩前六百米处停了下来。船上的小艇被放到了海里。我、船长、康塞尔和两个带着工具的船组人员登上了小艇。现在已是早上十点钟,我还没有看到尼德·兰。这个加拿大人,他可能不愿意承认南极就在他的面前。

桨手划了几下桨,小艇就搁到了沙滩上。康塞尔刚想跳到地上,我一把拽住他。

"先生,"我对尼摩船长说,"第一次把脚踩在这块陆地上的荣誉应是属于您的。"

"是的,先生,"船长回答说,"我之所以毫不犹豫地踩在这片极地的土地上,是因为迄今为止,还没有任何一个人曾在这里留下过他的脚印。"

说完这句话,尼摩船长就轻轻地跃到沙地上。可以看出他的心里一阵激动,心跳剧烈。船长攀上一块倾斜成一个小岬角的石头上。他站在那里,交叉双臂,目光炽热,一动不动,一言不发,他仿佛据有了这片南极的土地。他这样心醉神迷地站了五分钟后,才转过身来,对我喊道:

"先生,请上来吧。"

我跳下小艇,康塞尔尾随着我,那两个船组人员却留在小艇里。

这里大部分的泥土是一种淡红色的凝灰岩, 地上像是用碎砖砌成的, 覆盖着火山的岩渣、熔岩和浮石的石屑。由此可知, 这里是一个火山源。在某些地方, 还飘着一股轻微的火山气体, 散发着硫黄味道, 证明内部的熔岩仍具有强烈的爆发力。我们都知道, 在南极地带, 詹姆斯·罗斯曾经在东经一百六十七度, 南纬七十七点三二度处发现过正处于活跃期的莱里布斯和第罗尔火山。然而, 攀上了一座高高的峭壁后, 我放眼看去, 可是几海里内都没发现有火山。

在这片荒凉的大陆上,植物看起来非常有限。一些单条黑色的地衣铺在黑色的岩石上。某些微生植物,像一些退化的硅藻类,一些堆积在石英质介壳

中间的细胞植物，一些贴在鱼鳔上的、任由海浪冲到岸上的紫红色和深红色的长墨角藻，构成了这个地区整个贫瘠的植物界。

海岸边遍布着软体动物：小贝、帽贝、心形光贝，特别是无数长方形、膜状、头部由两片圆形的耳叶构成的触须贝。我还看到了成千上万长三厘米的北极触须贝，鲸鱼一张口就能吞下它们一大群。这些可爱的翼足动物，是海中真正的蝴蝶，它们给在海岸边缘流动的海水带来了生机。

至于其他的植虫动物，有一些在深海底中生存的乔木状珊瑚树，根据詹姆斯·罗斯的观察，这类珊瑚树生长在南极海中直至一千米深处；还有一些属于海胞类的小海鸡冠和大量这种气候下特有的海盘车，以及散在地上的海星。

但在这里，最有生命力的地方当属天空。在天上，飞翔着成千上万、各种

各样的鸟，叫声震耳欲聋。另外有一些鸟挤在岩石上，毫不畏惧地看着我们经过，甚至亲热地挤到我们的脚边。那是一些在水中行动敏捷机灵，而在陆地上就显得笨手笨脚、行走不便的企鹅。它们在水里时，人们有时会把它们误认为是金枪鱼。企鹅们发出古怪的叫声，成群地聚在一起，它们不好动，但叫得很凶。

在鸟类中，我还看到了涉禽科的南极水鸟，它们像鸽子一般大小，身上呈白色，锥形短喙，眼眶上有一圈红圈。这类飞禽如果烹调得当，便是一道可口的佳肴，所以康塞尔就捉了一些南极水鸟，作为储备食物。天空中飞过一些翼宽四米的煤烟色信天翁，这类鸟，把它们叫作海鹭就更确切了；此外还飞着一些巨大的海燕，诸如翼成拱状的弓形海燕，它们可是吃海豹的大食家；还有鸭子属的海棋鸟,它们的上身是黑白色;最后是一群群海燕,有些是翼端栗色的灰白色海燕,有些是南极海特有的蓝色海燕。我对康塞尔说:"前者有很多油脂,费罗艾群岛的居民只要在它们身上绑上灯芯,就可以点燃。"

"只差一点,"康塞尔回答说,"它们就成了一盏完美的灯!这样看来,人们只好请大自然在它们的身上预先绑上一个灯芯。"

走了半里路后,地面上出现了许多潜水鸟的鸟巢。这是一种专门用来产卵的巢穴,里面飞出不少鸟,它们发出驴叫一般的声音。这种鸟身上黑色的肉很好吃,于是稍后,尼摩船长便下令打了几百只。这些个头像鹅一样大,身上是深灰色,下腹是白色,颈上镶有一道柠檬边儿的动物,并不设法逃走,而任由你用石头猎杀。

然而,雾还不散,到了十一点钟,太阳还没有丝毫出来的迹象。它的缺席使我的心中焦虑不安。因为没有它,就不能做可能的观测。那怎么样才能确定我们是否到达南极了呢?

当我碰到尼摩船长时,我看到他正一声不吭地倚在一块石头上,望着天边。他显得有些不耐烦和烦躁。但有什么办法呢?这个大胆万能的人可没办法像操纵大海那样操纵太阳。

正午到了,可太阳依旧没露出来。我们甚至无法知道它是躲在这片云幕后的哪个位置。不一会儿,这片雾终于变作了雪花。

"明天再说吧。"船长简短地对我说。于是我们又回到了正处于大气漩流中的"鹦鹉螺号"船上。

当我们不在时,船上的渔网已经撒下了。我饶有兴趣地观察着人们刚拉上甲板的鱼。南极海是大量回游鱼的庇护所,鱼类躲开了低纬度的风暴区,但说真的,却掉进了海豚和海豹的牙缝里。我注意到几条长十厘米的南极杜父鱼,这是一种灰白色的软骨鱼,带有淡白色的斜纹,并长着刺;还有一些长三英尺的南极银鲛,它们身子很长,皮白,银光闪闪而且很光滑,头圆,背上长有三只背鳍,喙上有一只向嘴部弯曲的喇叭筒。我品尝过它们的肉,觉得没什么味道,可是康塞尔的看法就与我不大一致。

暴风雪一直持续到第二天。站到平台上是不可能的了。于是我就在客厅里记录了这次在南极大陆旅行的遇险经历,这时,我听到了在暴风雪中嬉戏的海燕和信天翁的叫声。"鹦鹉螺号"并没有停着不动,而是沿着海岸行驶。在斜阳掠过天边留下的余晖中，它还往南前进了十几海里。

第二天，三月二十日，风雪已经停了。天更冷了一些。温度计指在零下两度。这时雾霭散开了。我希望这一天我们可以进行观察。

但尼摩船长还没出来，小艇载着我和康塞尔到了陆地上。陆地上的泥土状况还是老样子，都是火山土，到处是熔岩、火山岩渣、玄武岩，但我还是没发现喷出这些东西的火山口。这里跟前面一样，成千上万种鸟活跃在南极大陆这片土地上。可是它们是与一大群用温顺的眼光看着我们的海洋哺乳动物一起分享这个帝国的。那是些不同种类的海豹，它们有的平躺在地上，有的睡在漂流的冰块上，还有好几只从海里出来，又走回去。它们从来没与人打过交道，看着我们走近，它们也不害怕。我估计这里的海豹足以装满几百条船。

"我的上帝，"康塞尔说，"幸好尼德·兰没跟我们一起来。"

"为什么，康塞尔？"

"因为这个疯狂的猎人可能会把它们全都杀光。"

"全都杀光，未免太夸张了。可确实，我相信我们无法阻止我们的加拿大人朋友叉死几只这种漂亮的鲸类动物。这样可能会使尼摩船长不高兴，因为他不会让这些无辜的动物的血白白流掉。"

"他是对的。"

"当然，康塞尔。不过，"我说，"你难道不是已经对海洋动物的高级品种进行了分类吗？"

"先生很清楚，"康塞尔回答说，"在实践这方面我并不内行。如果先生愿意告诉我这些动物的名字的话……"

"这些是海豹和海象。"

"这两类属于鳍脚科，"我的康塞尔学者急忙说，"食肉动物目，节脚动物类，海豚亚纲，哺乳动物纲，脊椎动物门。"

"对，康塞尔，"我回答说，"但这两种动物，海豹和海象，如果我没弄错的话，又分为几种，我们就在这里实地考察一下，走吧。"

现在是早上八点。离太阳可供我们有效观察的时间还有四个小时。于是我们朝着一处凹在岸边花岗岩悬崖中间的宽阔海湾走去。

到了那里，我可以说，放眼周围，地上、冰上，都挤满了海洋哺乳动物，我下意识地用眼光去寻找老蒲罗德，那位在神话中，给海神看守大群大群家畜的牧人。这里海豹特别多。它们分成不同的群体,群体中雄的和雌的都有,父亲照看着家庭,母亲哺育着小宝宝。里面有几只已经长得相当强壮的年轻海豹,可以自个儿走路了。当这些哺乳动物行走时,它们身体一收一缩,相当笨拙地靠着它们不发达的鳍,小步小步地向前跃。它们的鳍,对于它们的同类海牛来说,则是一双真正的前臂。我要说,在这水里,环境优美,这些脊骨会动、骨盆狭窄、毛短而密、脚成蹼形的动物,正惬意地游动着。它们一回到地面上休息,就摆出一些十分优雅的姿态。因此,古人观察了它们温柔的容貌,和它们富于表情——就连最漂亮的女人也无法与之媲美——的眼神,以及它们的明眸和可爱的姿态之后,就以他们的方式赞美了它们,他们把雄的比作半人半鱼的海神,把雌的比作美人鱼。

此时,我向康塞尔指出,这些聪明的鲸类动物的脑叶特别发达。除了人类,没有任何哺乳动物能有如此丰富的大脑组织。因此,海豹能够接受某些训练,易于驯养。我和某些博物学家的想法一样,我认为通过适当的训练,它们就能像捕鱼犬那样大有用处。

这些海豹大部分睡在岩石上或沙滩上。确切地说,在这些没有外耳——不同于耳郭明显的海狗——的海豹里面,我注意到其中有好几种海獭的变种。它们长三米,皮毛呈白色,头像猎犬头,两颚各有十颗牙,上下各有四颗门牙和两颗百合花形的大虎牙。在它们中间,夹杂着一些海象,那是一种长着灵活的短鼻子、身形巨大的海豹类,它们身子的一圈就有二十英尺,身长就有十米。它们看着我们走近,动都不动一下。

"这是不是些危险动物?"康塞尔问我。

"不是危险动物,"我回答,"除非人们攻击它们。当一头海豹保护它的子女时,它发怒起来是很可怕的,把渔人的船撞成碎片可不是稀罕的事。"

"它有理由这么做。"康塞尔说。

"我并没说它们不能这么做。"

又走了两海里,我们被一座为海湾抵挡南风的岬角拦住了去路。这座岬角直插海中,海潮涌来时溅起阵阵浪花。岬角那边传来了一声声吓人的咆哮,就像反刍动物发出的吼叫声一样。

"好一场水牛音乐会。"康塞尔说。

"不,"我说,"是海象音乐会。"

"它们在打架吗？"

"它们可能在打架，也可能在玩耍。"

"如果先生愿意的话，应该过去看看。"

"是应当去看一看，康塞尔。"

于是我们穿过灰黑色的岩石，走在一堆始料不及的乱石堆和结着冰块的滑脚的石头上。我不止一次摔倒、闪了腰。康塞尔比较谨慎，或者说比较结实，几乎没摔过，他一边把我扶起来，一边说：

"如果先生叉开双脚走，就能更好地保持平衡。"

到达岬角的脊梁，我望到了一片白色的广阔的平原，上面满是海象。这些动物相互嬉戏着。可见那是欢乐的叫声，而不是愤怒的吼声。

海象在体形和四肢分布上很像海豹。但它们的下颚没有虎牙和门牙，至于它们上颚的虎牙，那是两颗长八十厘米、牙槽周长三十三厘米的门牙。这些由坚实无瑕的象牙质形成的牙齿，比大象的牙齿还硬，又不容易变黄，所以非常受青睐。因此，海象成了意想不到的猎取对象。猎人屠杀时不分怀孕的雌象和年轻的海象，他们每年就猎杀超过四千头的海象，所以不久，海象的数目就会所剩无几。

当我走过这些好奇心重的动物旁边时，它们并不挪开，我可以随心所欲地观察它们。它们的皮厚而粗糙，颜色浅黄，近乎橙黄，毛短而少。有些海象长四米。它们比它们的北极同类还要安详胆大，它们并未派出精选的哨兵来看守它们营地的四周。

考察了海象城之后，我想到该往回走了。已经十一点了，如果尼摩船长找到观察方位的有利时机，我想在操作现场。然而，天边堆积着云层，挡住了太阳，我对出太阳并不抱太大的希望。这颗多疑的星球似乎不愿意在地球上这个人踪难及的地方向人类露面。

不过，我想回到"鹦鹉螺号"船上。我们沿着悬崖顶上的一条狭窄的斜坡往下走。十一点半，我们就到达了我们下船的地点。靠岸的小艇已经把船长送到陆地上来了。我看到他站在一块玄武岩上。仪器就放在他身旁。他的目光盯着北边的天空，太阳在那里划出一条长长的曲线。

我走到他身旁，一声不吭地等着。中午了，可还是跟昨天一样，太阳没出来。

观察还是不能进行。这是命中注定的。如果到了明天还不能观察，那我们只好完全放弃测定方位的打算了。

因为那天恰好是三月二十日。第二天便是二十一日春分，如果不考虑阳光的折射作用，那太阳将在以后六个月中消失在地平线下。随着它的消失，极地的长夜便开始了。从九月份的秋分以来，它一直从北边的天边出现，呈长长的螺旋线形上升，一直到十二月二十一日。那时候，正是北冰洋地区的夏至，而在南极，太阳又开始下降了，明天该是它投下最后的光线的日子了。

我把我的想法和担忧说给尼摩船长听。

"您说得有理，阿龙纳斯先生，"他对我说，"如果明天我不能测得太阳的高度，那在六个月内我将不能进行这项操作。不过，也恰好是我这次航行的偶然性在三月二十一日这一天把我带到这里来，假如明天中午太阳不出来，我可以在这片海区里轻而易举地测得我的方位。"

"为什么，船长？"

"因为，当太阳划出这么长的螺旋线时，是很难测出它在天际上的准确高度的，仪器也会暴露出这些严重的错误的。"

"那您怎么做呢？"

"我只要用我的精密时计就行了，"尼摩船长回答说，"如果明天三月二十一日中午，算上阳光的折射作用，太阳的圆盘正好被北地平线切开，那我就是在南极点上了。"

"当然可以这样做，"我说，"但这个论断从数学角度上看是不严密的，因为春分不一定是落在中午那一刻。"

"可能是吧，先生，但误差不会超过一百米的，而且我们也不需要很精确。明天见吧。"

尼摩船长返回船上。我和康塞尔则留在沙滩上漫步考察和研究，我们一直待到了五点钟。我没有收集到什么新奇的东西，只是捡到一个大得引人侧目的企鹅蛋。蛋的颜色是浅栗色，上面有一些线条和图纹，像象形文字一样，这使它成为一件罕有的珍玩。我想收藏家可能会为它付出不止一千法郎的价钱。我把它交到康塞尔的手中，这位谨慎的小伙子，像捧着一件珍贵的中国瓷器一样，一步一稳，毫无损缺地把它带回到"鹦鹉螺号"船上。

一回到船上，我就把这个罕有的蛋放在陈列室的一个玻璃橱里。晚餐时我胃口大开,吃了一块鲜美的海豹肝,它的味道让人想起猪肝的味道。然后我就上床,睡觉前我像印度人那样,祈求光亮的太阳施恩,明天出来。

第二天,三月二十一日,早上五点,我就登上了平台。在那里我碰到了尼摩船长。

"天气有一点好转,"他对我说,"我是充满希望的。吃过早餐,我们就回到陆地上选择观察的地点。"

我和尼摩船长说定后,就去找尼德·兰。我想带他跟我一起去。但固执的加拿大人拒绝了,我也清楚地看出,他的沉默和他的坏脾气一样,正与日俱增。总之,对他在这种情况下表现出来的犟脾气,我并不觉得后悔。的确,地上有太多的海豹,但不应该以此来引诱这个不善于动脑的渔夫。

吃过早餐,我就回到陆地上。"鹦鹉螺号"在夜里还往上走了几海里。它现在正在海中,离岸边足足有一里路,那边岸上矗立着一座高四五百米的尖峰。我、尼摩船长和两个船组人员坐上了小艇,并带上了工具,即一个航海时计、一架望远镜和一个晴雨表。

当我们在海上路过时,我看到了大量的鲸鱼,它们是南极海中特有的三种鲸类:第一种是没有脊鳍的平鲸或英国人说的"直鲸";第二种是驼背鲸,一种腹部有皱褶的鲤鲸,它们长有灰白色的大鳍翼,虽然叫作鳍翼,但不是翅膀;第三种是黄褐色的鳍背鲸,它们是最好动的鲸类动物。这类强大的动物向高空中喷出犹如蒸汽旋般的汽水柱,人们老远就可以听到它们的叫声。这些不同种类的哺乳动物在平静的海水中成群结队地嬉耍着。我很清楚南极海成了这些备受猎人穷追恶杀的鲸类动物的避难所了。

同时我也注意到了一些灰白色的长条硝带鱼,那是一种爱缠在一起的软体动物;还有一些身形巨大的水母,在海浪的漩涡中荡秋千。

九点钟,我们上岸了。这时天空晴朗,云流向南面的天边,雾气在冰冷的水面上散去。尼摩船长径直走向那座尖峰,他无疑是想在那里进行观测。在尖利的熔岩石和浮石层中行走,在经常含有火山硫气体的大气中攀行,真的很艰辛。但船长,一个不习惯在陆地上行走的人,这时却动作敏捷地登上了最陡峭的斜坡。他敏捷的身手我是不能与他相比的,就连专门捕捉岩羚的猎人看了也会自愧不如的。

我们花了两个小时才到了这座云斑岩和玄武岩混合的尖峰顶上。站在那

里,我们望见了一个辽阔的大海,一直延伸到北边天水交融的地方。我们的脚下是一片耀眼的冰田。在我们的头上,云雾中透出一丝淡蓝色。在北边,像一只火球一样的太阳圆盘,已被地平线削去了一角。海水中,喷出上百束美丽的水花柱。远处,"鹦鹉螺号"像一只沉睡的鲸鱼。在我们后面,南方和东方,是一片辽阔的土地,一片望不到边的乱岩石堆和冰垛。

尼摩船长一到达峰顶,就仔细地用晴雨表测量出它的高度,因为他在观测中必需考虑到这个因素。

十一点四十五分,只从折光作用看,太阳像一轮金盘一样出现了。它向这块荒凉的大陆和这片人类还未涉足的海域撒下它最后的光芒。

尼摩船长举起那副有一块纠正折光镜片的网形线望远镜,观察那轮沿着长长的对角线渐渐逝入地平线下的太阳。我拿着航海时计，心跳得厉害。如果航海时计指到正午时，太阳的圆盘刚好消失了一半，那我们就是在极点上。

"正午！"我喊道。

"南极！"尼摩船长庄严地回答，他把望远镜送给我，我看到了太阳正好被地平线对半切开。

我看着最后几缕阳光落在尖峰上，阴影沿着斜坡慢慢地爬上来。

这时，尼摩船长把手搭在我的肩膀上，对我说：

"先生，一六〇〇年，荷兰吉里克在海流和风暴的驱动下，到达了南纬六十四度并发现了新谢特兰群岛。一七七三年一月十七日，著名的库克沿着东经三十八度，到达了南纬六十七点三度；而一七七四年一月三十日，在西经一百零九度上，他到达了南纬七十一点一五度。一八一九年，俄罗斯人白林哥森走到了南纬六十九度；一八二一年，在西经一百一十一度处，他到达了南纬六十六度。一八二〇年，英国人布恩斯菲尔德停在了南纬六十五度的地方。同年，美国人莫拉尔在他不可靠的叙述中记录，他沿着西经四十二度，在南纬七十点一四度发现了自由海。一八二五年，英国人鲍威尔没能越过南纬六十二度。同年，一个普通的海豹猎人，英国人威德尔，沿着西经三十五度一直走到了南纬七十二点一四度，又沿着西三十六度走到了南纬七十四点一五度。一八二九年，英国人福斯特驾驶着香提克利号占领了南纬六十三点二六度、西经六十六点二六度的南冰洋大陆。一八三一年二月一日，英国人比斯哥恩在南纬六十八点五度发现了安德比陆地；二月五日，他在南纬六十七度发现了阿代拉依德陆地；二月二十一日，他在南纬六十四点四五度发现了格拉恩陆地。一八三八年，法国人杜蒙·杜尔里在南纬六十二点五七度的大浮冰前停下来，揭示了路易－菲利普陆地的存在；两年后，在南部的一个新点上，他到达了南纬六十六点三度；一月二十一日，他命名了阿代利陆地；而八年后，在南纬六十四点四度，他发现了克拉利海岸。一八三八年，英国人威尔克斯前进到南纬六十九度，西经一百度。一八三九年，英国人白尔尼在极圈发现了纱布里那陆地。最后，一八四二年一月十二日，英国人詹姆斯·罗斯在西经一百七十一点七度、南纬七十六点五六度的维多利亚陆地上登上了艾列布斯山和代罗尔山；同月二十三日，他测定了南纬七十四度，当时能到达的最高纬度；二月二十七日，

他到达了南纬七十六点八度;二十八日,南纬七十七点三二度;二月二十九日,南纬七十八点四度;一八四二年,他回到了无法超越的南纬七十一度。瞧!我呢,尼摩船长,在一八六八年三月二十一日,我到达了九十度的南极点上,我占领了这块地球上相当于已知大陆的六分之一的土地。"

"以谁的名义呢,船长?"

"以我自己的名义,先生!"

说完这句话,尼摩船长抖开了一面黑色平纹布旗帜,上面绣有一个等边的金黄色 N 字。然后,他转身对着在海平面上泛着斜晖的太阳喊道:

"再见吧,太阳!消失吧,光辉四射的太阳!在这自由海下安息吧,让六个月的黑夜阴影降临到我的新领地上吧!"

第十五章　意外还是事故

第二天,三月二十二日,早上六点,我们准备出发了。这时,最后的几丝晨曦融进了黑夜之中,天冷得很。天空中群星璀璨。那在天极上闪烁的那颗耀眼的南宿,就是南冰洋地区的南极星。

这时温度计指在零下十二度,寒风凛冽刺骨。漂流在自由海上的浮冰越来越多。海面上到处都快冻结了。无数灰黑色的冰块排列在水面上,这说明新冰层就要形成了。显然,在南极海冬季六个月的冰期内,这里是绝对无法通行的。那鲸鱼在这段时期内会怎么办呢?或许,它们会在大浮冰下寻找比较适宜的海水。至于那些海豹和海象,它们已经习惯了最艰苦的气候条件,它们还会留在冰封的海岸边。这些动物有着一种本能,它们能在冰地上打洞,并保持洞口总是通着,而它们正是通过这些洞口进行呼吸。当鸟类因为严寒迁徙到北方时,这些哺乳动物就成了南极大陆的唯一主人。

不久,"鹦鹉螺号"船上的储水器就充满了水,它慢慢地往下沉。到了一千英尺深,它才停止下沉,它的机轮拍打着水波,以每小时十五海里的速度向北前进。到了晚上,它已经来到了大浮冰这块巨大的冰壳下面了。

在大浮冰下行走,"鹦鹉螺号"的船壳随时可能撞到一些沉在水中的冰块上,出于谨慎,客厅的嵌板已关闭了。因此,我把这一天的时间都花在整理笔记上。我的整个脑海里充满了对南极的回忆。我回想着我们曾经毫不费劲地、而且毫无危险地、就像一节浮动的车厢滑过铁轨一样,到达了那个无法到达的极点。而现在,归程真真切切地开始了。旅程中还会给我保留着什么样类似的惊喜呢?我想会有的,海底有着那么多层出不穷的奇观!然而,五个半月以来,自从偶然的机会把我们抛到这条船上来,我们已经走了一万四千里路了,这比地球赤道一周还要长,而旅途中充满了多少惊奇或恐怖的事情啊:克利斯波森林狩猎,托里斯海峡搁浅,珊瑚墓地,锡兰采珠人,阿拉伯隧道,桑多林海底之火,维哥湾的亿万财宝,大西洋,南极!那天晚上,所有这些回忆,一个梦接一个梦地在我的脑中掠过,使我的大脑得不到片刻安宁。

凌晨三点,我被一声强烈的撞击声惊醒了。我从床上一跃而起,站在黑暗中倾听。这时,我突然被抛到房间中央了。显然,"鹦鹉螺号"刚刚发生了碰撞,并出现了严重的倾斜。

我扶着墙,沿着通道走到亮着灯光的客厅。里面的摆设都翻倒了。好在那些玻璃柜的脚很稳当,还好好地站在那里。船右舷的挂画垂直掉了下来,贴在地毯上,而左舷的那些从框架下端脱出来了一英尺。"鹦鹉螺号"是靠着右舷倒下的,而且,完全动弹不了。

这时,我听到船内传来了脚步声和嘈杂的说话声。但尼摩船长没有出来。当我想离开客厅时,康塞尔和尼德·兰进来了。

"出了什么事?"我立刻问。

"我们正想问先生呢?"康塞尔回答。

"见鬼!"加拿大人喊道,"我,我明白了!'鹦鹉螺号'触礁了。从它目前的情况看,我不相信它能像第一次在托里斯海峡那样脱身。"

"但至少,"我问,"它已经回到了水面上吧?"

"我们不知道。"康塞尔回答说。

"这很容易证实。"我回答说。

我看了一下压力表,不由得大吃一惊,它竟然指在三百六十米的深度上。

"这意味着什么?"我喊道。

"应该问问尼摩船长。"康塞尔说。

"但去哪里找他呢?"尼德·兰问。

"跟我来。"我对我的两个同伴说。

我们离开了客厅,来到图书室里,但里面空无一人。中央扶梯上,船员工作室里,也没有人。我猜尼摩船长应该是在领航舱里。那最好还是等他出来。于是,我们三个人又回到了客厅。

在客厅里,我默默地听着加拿大人指责我。这可是他发泄的大好机会。我没有回敬他,而是让他任意发泄他的坏情绪。

我们就这样度过了二十分钟,同时尽力捕捉着"鹦鹉螺号"船内发出的最轻微的声响。这时,尼摩船长走了进来。他好像没有看到我们,他那平常没有表情的面孔上露出了一丝不安。船长默默地观察了罗盘和压力表,然后指着平面地图上的一点——代表南极海的那部分。

我不想打断他的思路。只是,几分钟后,当他向我转过身时,我才用他曾在托里斯海峡时用过的一句话来反问他:

"意外事件吗,船长?"

"不是,先生,"他回答,"这回是一桩事故。"

"严重吗?"

"可能。"

"马上就有危险吗?"

"不。"

"'鹦鹉螺号'触礁了吗?"

"是的。"

"这次触礁是……"

"是由于大自然的任性造成的,并非人为的。我们的操作没有丝毫的错误。然而,我们无法阻止平衡规律发生作用。我们能战胜人类的法规,而不能违抗自然的法则。"

尼摩船长选择在这个时候发表这一通哲学性思考,真是离奇。总之,他的回答我一点也没听明白。

"我可以知道吗? 先生,"我问他,"这次事故的原因是什么?"

"由于一块巨大的冰块,也就是一座冰山,完全翻转了过来。"他回答我,"当冰山下部由于水温比较高而融化,或受反复撞击而磨损时,重心就会上移,这样,它们就会一整块地翻倒过来,翻了个筋斗。就是这样。这些冰块中的一块翻倒时,撞到了浮在水中的'鹦鹉螺号'船上。然后,这块冰从船身滑下去,以无法抗拒的力量把船翻顶起来,推到浅水层里,然后冰块顶在船侧不动了。"

"可是我们不能通过排空船上的储水器,让船重新获得平衡的方法来使船脱身吗?"

"我们现在正在试着这个办法,先生。您可以听到水泵工作的声音。看看压力表的指针。它指示着'鹦鹉螺号'正在上浮,但冰块也跟着上浮。要等到有一个障碍物挡住冰块上浮,我们的处境才会好转。"

的确,"鹦鹉螺号"船身一直向右舷倾斜。可能只有当冰块自个儿停下来时,船才能重新站起来。但在这时,谁知道我们会不会撞到上层的大浮冰,被可怕地挤压在两块冰块之间呢?

我考虑着我们目前的情况能产生的所有后果。而尼摩船长不停地看着压力表。"鹦鹉螺号"受到冰山撞击以来,已经向上浮了一百五十英尺左右,但它还是与垂直线保持着同样的角度。

突然,我们感觉到船身有一阵轻微的颤动。显然,"鹦鹉螺号"浮起来了一点。客厅里悬挂的物品很明显地移到正常的位置上。板壁慢慢地直立起来。这时,我们当中没有一个人讲话,我们心情激动地观察着,感觉到船浮起来。十分钟后,我们脚下的地板又恢复了水平状态。

"我们终于浮起来了!"我喊道。

"是的。"尼摩船长说着,朝客厅门口走去。

"但我们会浮到水面上吗?"我问他。

"当然,"他回答,"因为储水池还没排空,一旦排空了,我们就会浮出海面的。"

船长出去了。一会儿,我就感觉到他下了命令,停止"鹦鹉螺号"上浮。的确,不久,"鹦鹉螺号"就可能撞到上层大浮冰的下部,还是让它保持在水里好。

"我们侥幸脱险了!"于是康塞尔说。

"是的,我们可能会被这些冰块压扁的,那至少是要被困住的。这样一来,由于缺少新鲜空气,那就……不错! 我们是侥幸脱险了!"

"要是完蛋才好呢!"尼德·兰喃喃地说。

我不做声,我不想跟加拿大人进行无益的争论。再说,这时嵌板打开了,外面的光线从没有遮挡的玻璃窗透射进来。

正如我说过的一样,我们正在水中。但在距"鹦鹉螺号"两侧十米的地方,矗立着一道道耀眼的冰墙。上方和下方也一样是冰墙。在上方,大浮冰的下层就像一块大天花板一样延伸着。在下方,渐渐下滑、翻了筋斗的冰块,保持着支在两侧的冰墙上。"鹦鹉螺号"被困在一条宽二十米左右、充满着静水的真正的冰隧道里头。因此,它只有向前走,或者向后走,然后再往下走几百米,就很容易在大浮冰下找到一条自由的通道脱身。

这时,天花板上的灯关了,然而,客厅里却还是灯火通明。这是因为冰壁强大的反光作用把探照灯的光线强烈地反射进来。我真的无法形容电灯光在这些任意雕琢的大冰块上产生的效果。冰块的每个角度,每条棱,每个面,根据冰上遍布的纹路特性,反射出不同的光芒。那真像一座令人炫目的宝石矿

山，尤其像一座交织着蓝色光芒和翡翠绿色光芒的蓝宝石矿山。在这些犹如眼睛不能正视其光芒的火红钻石般的炽眼的耀点中间，弥漫着一种无限柔和的乳白色色调。探照灯的能量呈百倍增加，就像一座一流的灯塔透过凸透镜所射出的光一样。

"这多美啊！这多美啊！"康塞尔喊道。

"是的！"我说，"真是令人神迷的景象，不是吗，尼德？"

"哎！见鬼！是的，"尼德·兰答道，"美丽无比！我对不得不承认这一点感到恼火。人们从没看过这样的景象。但这个景象对我们来说代价太高了。如果还要我把这景象全部描述出来的话，我想我们在这里看到的是上帝不想让人类的眼睛看到的东西。"

尼德说得有理。这太美了。突然，康塞尔一声惊叫，我转过身去。

"什么事？"我问。

"先生快闭上眼睛吧！先生千万别看！"

康塞尔说完这句话，赶快用手遮住了眼睛。

"你怎么了，小伙子？"

"我眼花了，看不见了。"

我不由自主地把眼光射向玻璃窗，可我也承受不住那吞噬了玻璃窗的火光。

我明白发生了什么事了。"鹦鹉螺号"刚刚全速前进，顷刻，冰壁上所有平静的光亮霎时间变成了道道闪光。成千上万道钻石火光交织在一起。"鹦鹉螺号"在机轮的推动下，在光芒的熔炉中前进。

于是，客厅的嵌板重新关上了。我们把手挡在眼睛上。当光线强烈地照在眼睛上时，我们的眼里便满是游离在视网膜前的高度集中的光线。我们视觉的纷乱要平息下来还需一段时间。

终于，我们可以把手放下来。

"我的天哪，我真不敢相信。"康塞尔说。

"我呢，我现在还没相信呢！"加拿大人应道。

"当我们重返地面时，"康塞尔补充说，"已经饱览了这么多的自然奇观，我们对那贫乏的大陆和那些出于人工的小活计真不知道会怎么想呢！不！人类居住的世界已不值得我们注目了！"

这样的话出自一位生性冷淡的佛兰芒人之口，说明了我们的狂热到了何等高涨的程度。但加拿大人仍不忘对此泼一盆冷水。

"人类居住的世界！"他摇摇头说，"放心吧，康塞尔朋友，我们是回不去了！"

此时是早上五点钟。这时，在"鹦鹉螺号"的前部又发生了撞击。我知道它的冲角刚刚又撞到了冰块上。这回应该是错误操作导致的吧，因为在这条堵着冰块的海底隧道里航行并不容易。我于是想，尼摩船长是在改变航线，绕过障碍物或者沿着隧道的转弯处走。总之，前进的道路是不会完全被堵住的。然而，出乎我的意料，"鹦鹉螺号"明显地在往后退。

"我们往回走了？"康塞尔说。

"是的，"我回答说，"隧道的这头应该是没有出口。"

"那怎么样？……"

"那么，"我说，"很简单。我们沿旧路退回去，从南边的出口走出去。就这样。"

我之所以这么说，是想说明我心里真的很镇定。然而，"鹦鹉螺号"的倒退动作在加速，机轮在倒转，载着我们全速后退。

"这会耽搁时间的。"尼德说。

"不论怎样，迟几个小时或是早几个小时，只要能出去就行了。"

"是的，"尼德·兰重复说，"只要能出去就行了。"

我从客厅到图书室来回地踱了一阵子。而我的同伴们，坐在那里，一声不吭。过了一会儿，我扑倒在沙发上，拿起一本书，眼睛机械地浏览起来。

一刻钟后，康塞尔走近我，说："先生读的书很有趣吗？"

"太有趣了。"我回答说。

"我相信。先生正在读先生自己写的书呢。"

"我的书？"

的确，我手里拿的是那本《海底探秘》。我还真没想到呢。我合上书本，又踱起步来。这时，尼德和康塞尔站起来想退出去。

"留下来吧，我的朋友，"我挽留他们说，"我们一起待到走出这条死胡同吧。"

"如果先生愿意的话。"康塞尔回答说。

可是几个小时过去了。我不停地观察着挂在船壁上的仪器。压力表指出"鹦鹉螺号"还停留在三百米的深度，罗盘总是指向"南"，记速器记录的速度是每小时二十海里，在如此狭窄的空间里，这个速度真是太快了。而且尼摩船长也知道他并不能太着急，可是在目前的情况下，几分钟就像几个世纪。

八点二十五分，第二次撞击出现了。这回是在后部。我的脸色骤然苍白，我的同伴走近我。我抓住康塞尔的手，我们用眼光互相交流，这比用言语来表达我们的想法更直接。

这时，船长走进客厅，我向他走过去。

"南面的路被堵住了？"我问。

"是的，先生。冰山翻倒时堵住了所有的出口。"

"我们被围困了？"

"是的。"

第十六章 缺氧

就这样,在"鹦鹉螺号"的上方、下方,都是无法穿透的冰墙。我们成了大浮冰的囚徒了!加拿大人用他粗大的拳头捶打着桌子,康塞尔一声不吭。我盯着尼摩船长,他脸上又恢复了平常的冷漠神情。他交叉双臂,思索着。"鹦鹉螺号"再也动弹不了了。

终于,船长发话了。

"先生们,"他语气平静地说,"在我们这种情况下,有两条死路。"

这个不可理喻的人物好像是一个在给学生做论证的数学老师。

"第一,"他接着说,"是被压死。第二,是窒息而死。我还没说到有饿死的可能性,因为'鹦鹉螺号'船上的食物储备肯定坚持得比我们还久。那让我们考虑一下被压死和窒息而死的可能性吧。"

"对于窒息,船长,"我回答,"是不足为患的,因为我们的储气罐储备是满的。"

"说得对,"尼摩船长说,"可它只能提供两天的空气。然而我们目前已经潜入水中三十六小时了,'鹦鹉螺号'船上的浑浊空气已经需要更换了。在四十八小时以后,我们的储气就会耗光。"

"那好!船长,我们一定要在四十八小时前脱身。"

"我们至少会试一试凿穿包围着我们的冰墙的。"

"凿哪一边?"我问。

"探测器会告诉我们的。我将让'鹦鹉螺号'停在下面的冰层上,我的人穿上潜水服,就可以打穿冰山上最薄的冰壁。"

"我们可以打开客厅的嵌板吗?"

"没什么大不了的。我们再也不走了。"

尼摩船长出去了。过了一会儿,一阵笛声传来,我知道储水器正在充水。"鹦鹉螺号"慢慢地往下沉,最后在三百五十米深的一块冰面上停下来,这是下层冰层沉在水中的深度。

"我的朋友们,"我说,"情况严峻,但我相信你们的勇气和你们的能力。"

"先生,"加拿大人回答我说,"在这种时候,我不会指责非难您,使您烦的。我时刻准备着为大家脱险贡献一切。"

"好,尼德。"我握着加拿大人的手说。

"我补充一句,"他接着说,"我拿铁镐就像拿鱼叉一样得心应手,如果我对船长有用的话,他可以吩咐我干活。"

"他是不会拒绝您的帮助的。请到这边来,尼德。"

我领着加拿大人来到"鹦鹉螺号"船员正在穿潜水服的房间里。我向船长转达了尼德的提议,船长马上就接受了。于是加拿大人穿上海底工作服,一会儿就和他的工友一样准备妥当了。他们每个人背上背着一个充满着大量纯净空气的卢卡罗尔空气箱。"鹦鹉螺号"船上的储气罐已经抽出了不少空气,但这是必要的。至于兰可夫灯,在这片灯光通明的水中是毫无用处的。

当尼德穿备完毕后,我就回到客厅。玻璃窗打开着,我站在康塞尔旁边,观察着支撑"鹦鹉螺号"四周的冰层。

几分钟后,我们看到了大约有十二个船组人员走到了冰层上,其中有尼德·兰,他身材高大,容易辨认出来。尼摩船长也跟他们在一起。

在凿墙之前,为了保证工作方向的正确性,尼摩船长让人做了一些探测。船员把长长的探测针钉进每侧的冰壁中,但钉到十五米处,探测针还是受到厚厚的冰墙的阻挡。开凿上面的天花板是没用的,因为大浮冰本身的高度就超过四百米。于是尼摩船长探测了脚下的冰层。结果是在那里,有十米的冰层把我们和水隔开了。这片冰地的厚度就是这样。从这以后,我们就要凿开一块与"鹦鹉螺号"从浮标线处算的面积一样大的冰块。也就是要挖出约六千五百立方米的冰,才能凿开一个我们能由此下沉到冰田下面的水中的大洞。

工作立即开始,并以一种不知疲倦的乐观精神进行着。但我们不能在"鹦鹉螺号"的周围挖掘,这可能会带来很大的困难,于是尼摩船长让人在距船左舷后部八米处画了一个大圆圈。然后,他的人就同时在这个圆圈里的几个点上挖掘。一会儿,铁镐就开始猛烈地敲击着这块坚硬的物质,一些大碎冰从大冰块上被挖了出来。由于特殊的重力作用,这些比水轻的冰块,浮到了隧道的顶部去。于是下方的厚度在变薄,而上方的厚度不断加厚。这无关要紧,只要下面的冰壁随着上面的冰壁变厚而减薄同样的厚度就行了。

经过了两个小时的奋战,尼德·兰精疲力竭地回来。他的同伴由新的工作人员换下来,我和康塞尔也加入了新的工作人员行列。这回是"鹦鹉螺号"

的大副指挥我们。

　　我觉得海水出奇的冷，但我挥舞起铁锹，一会儿就暖和了。尽管是在三十个大气压下干活，我的行动却很自如。

　　干了两个小时的活后，当我准备进去吃点儿东西和休息一下时，我感觉到卢卡罗尔空气箱提供的空气与"鹦鹉螺号"中的空气有明显的不同："鹦鹉螺号"船上的空气中已经充满了二氧化碳。船上已有四十八个小时没有更新空气，空气中的氧气明显地很稀薄。然而，在十二小时里，我们只从画出的范围内挖掉了一层厚一米的冰块，大约是六百平方米。如果按每十二小时完成同样的工作量算，那要彻底完成这项工作还需五夜四天的时间。

　　"五夜四天！"我对我的同伴们说，"而我们只有两天的空气储备。"

　　"且不提一旦逃出这个该死的监狱后，我们还可能被囚禁在大浮冰下，还可能和上面的空气接触不到呢！"尼德说。

　　他考虑得对极了。那谁能预测出我们脱身需要的最少时间呢？在"鹦鹉螺号"能够重新浮出水面之前，我们难道不会因缺氧而窒息死亡吗？难道和这冰墓中所有的一切一起葬身在这冰墓中是命中注定的吗？情形显得很可怕。但每个人都正视它，而且所有人都决定尽自己的义务，坚持到最终。

　　根据我的预测，在夜间，又有一层一米厚的冰层从这个大洞穴中被挖掉。但早晨，当我穿上潜水服走到温度为零下六至七度的海水中时，我发现两侧的冰墙正在逐渐合拢。由于里面的海水与外面的海水隔离，人的工作和工具的作用不能使它恒温，所以出现了冻结的趋势。面对着这个迫在眉睫的新危险，我们获救的机会还有多少呢？而且怎样阻止中间的海水冻结呢？这会使"鹦鹉螺号"的壁板像玻璃杯一样爆裂的。

　　我丝毫不敢跟我的两个同伴提起这个新危险。这除了会打击他们为了自救而作的艰苦工作的积极性外，还会有什么用呢？但我一回到船上，就向尼摩船长汇报了这个严重复杂的情况。

　　"我知道了，"他用他那种即使在最可怕的情况下都不会改变的镇定口气对我说，"这又多了一个危险，可我想不出任何办法来逃避它。唯一的获救机会，就是我们的工作必须干得比海水冻结快。关键是谁抢在前面。就是这样。"

　　谁抢在前面！最终，我还得接受这种说法！

　　这一天的好几个小时里，我鼓足干劲地挥动着铁镐。工作一直支持着我。再说，干活，就是离开"鹦鹉螺号"，就是能直接呼吸从储气罐里抽出来储在空气箱里的纯净空气，就是离开"鹦鹉螺号"船上的稀薄浑浊的空气。

　　到了傍晚，冰坑又被挖出了一米。当我回到船上时，我差一点因空气中饱含的二氧化碳窒息而死。啊！为什么我们没能找到一些化学方法把这种有毒的气体清除掉呢！氧对我们来说是不缺乏的。所有的水中都含有大量的氧，我们可以用强力电池把氧气电解出来，水说不定能为我们恢复生机。我美美地想着这个，但有什么用呢？我们呼吸出来的二氧化碳已经充满了船里的所有角落。要把二氧化碳吸收掉，就得把苛性钾盛在接收器中不断摇动。可是，船上没有这种物质，而且也没有其他替代物。

　　那天晚上，尼摩船长不得不打开储气罐的闸门，在"鹦鹉螺号"船内放出

344

几股清新的空气。如果没有这种预防措施，我们就都会醒不过来的。

第二天，三月二十六日，我又继续干我的挖矿活，挖掘第五米的冰层。两侧的冰壁和大浮冰的下部明显地增厚了。显然，在"鹦鹉螺号"脱身之前，它们会合拢到一起的。失望一下子攫住了我，铁镐差点从我的手中飞出。如果我就要被这些凝结得像石头一般坚硬的海水挤压得窒息而死——这是一种连凶残的野蛮人还没发明的肉刑，那挖下去还有什么用呢？我仿佛掉进了一只怪兽那正无法抗拒地合拢上的大嘴中。

尼摩船长指挥着工作，他本人也加入干活的行列中。这时，他从我身边走过。我用手碰碰他，给他指了指我们的监狱的两侧墙壁，船右舷的冰墙至少向"鹦鹉螺号"的船壳靠近了四米。

船长明白了我的意思，他向我打了一个跟他走的手势。我们回到了船上。我脱下了潜水服，跟着他走进了客厅。

"阿龙纳斯先生，"他对我说，"应该表现出一些英雄气概，否则我们就会被封冻在这冻结的海水中，就像被封在水泥中一样。"

"是的！"我说，"可该怎么做呢？"

"啊！"他喊道，"如果我的'鹦鹉螺号'能顶住这种压力，不被挤碎，那会怎么样呢？"

"什么？"我没听明白船长的意思。

"您不明白，"他回答说，"水的凝固作用会帮我们的忙的！您没发现，由于水的固化，它会把囚禁着我们的冰田绷裂，就像它凝固时会把最硬的石头绷裂一样！难道您没意识到它是拯救的力量，而不是毁灭的力量。"

"是的，船长，可能吧。但'鹦鹉螺号'对挤压的承受能力有多强呢？它是不可能承受如此惊人的压力的，它会被压成一张铁皮的。"

"这我知道，先生。那就不能指望自然的援助，而要指望我们自己。所以我们必须采取措施对付这种冻结。现在不仅船两侧的冰墙在收紧，而且后部和前部也只剩下十英尺的水了。冻结正朝着各个方向向我们逼来。我们必须消除它。"

"储气罐的空气能供我们在船上呼吸多长时间呢？"我问。

我和船长面面相觑。

"过了明天，"他说，"储气罐就会空了！"

我身上冒出了一层冷汗。可是,对他的回答我难道还感到惊讶吗?"鹦鹉螺号"在三月二十二日就潜入了南极的自由海中,而现在是二十六日。五天来,我们一直靠着船上的储气罐维持生命!这样一来,剩下来的空气应该留给干活的人用。当我记录这些事情的那一刻,我仍清晰地记得当时那种情形,一种不由自主的恐惧攫住了我的整个身心,我的肺里仿佛都缺氧了!

　　然而,尼摩船长默默地思考着,一动不动地。显然,在他的脑子里刚有一个念头闪过,但他仿佛想把它推开:他自己在否定自己。终于,从他的嘴唇里蹦出这几个字:

　　"滚开水!"他喃喃地说。

　　"滚开水?"我喊道。

　　"是的,先生。我们被困在一个相当有限的空间里。如果'鹦鹉螺号'船上的水泵不断地泵出滚开水,这难道不会使水层的温度上升并推迟它的冻结吗?"

　　"应该试一试。"我坚决地说。

　　"我们试一试吧,教授先生。"

　　温度计显示出当时外面是零下七度以下。尼摩船长把我带到厨房里,里面有许多为我们提供饮用水的大型蒸馏器正在运作。蒸馏器装满了水,电池的所有电热通过浸在水中的蛇形管传送出去。几分钟后,水温就达到了一百度。随着滚水被抽到水泵里,又有一些新的水补充进来煮。电池发出的热力相当的强,从海中抽进来的冷水只要一通过这些蒸馏器进入水泵中,就变成了沸水。

　　滚水注射开始了。三个小时后,温度计显示外面的温度是零下六度。赢回了一度了。两个小时后,温度计指示在零下四度。

　　随着工作的进展,我被这项操作的许多显著效果折服了。我对船长说:"我们会成功的。"

　　"我想会的,"他回答我说,"我们不会被压碎了。我们担心的只是会窒息。"

　　夜里,水温上升到零上一度。注射开水再也不能使温度上升了。但因为只有再低两度海水才会冻结,所以我最终确信海水冻结的危险过去了。

　　第二天,三月二十七日,已经有六米的冰层被挖开了。只剩下四米要挖掘。可这是四十八小时才能干得完的活。"鹦鹉螺号"船内的空气再也不能更新了。因此,这一天的情况一直越来越糟。

一种无法忍受的沉重感压抑着我。到了下午三点钟,这种忧虑的情绪在我身上发展到了一种强烈的程度。打哈欠时我的颌骨都歪了,我的肺喘息着寻找那种可燃的、呼吸必不可少的、而且越来越稀薄的气体。我处于一种麻木的精神状态,毫无气力地摊着,几乎没了知觉。我老实的康塞尔也出现了同样的症状,忍受着同样的痛苦。但他一刻也没离开过我,而是握着我的手,鼓励着我,我还听到他喃喃地说:

"啊!如果我可以不呼吸而留点空气给先生呼吸就好了!"

听到他这么说,我禁不住热泪盈眶。

我们的情形对所有在船内的人来说,是多么的难以忍受。所以每当轮到我们干活时,我们是多么迅速,多少幸福地穿上了潜水服啊!铁镐在冰层上回响。手臂累了,手掌也破了,但疲劳算得了什么,这点伤痛又算得了什么!生命的气体进入了肺中!我们呼吸着!我们呼吸着!

然而,却没有人延长自己在水中工作的时间。任务一完成,每个人都把维持生命的空气箱交还给气喘吁吁的同伴。尼摩船长身先士卒,他第一个遵守这条严格的纪律。时间一到,他就把空气箱让给另一个人,走进船内浑浊的空气中。而他总是很镇定,没有一声怨言,没有丝毫消沉的表现。

那天,正常的工作更有效地完成了。整个范围内只剩下两米厚的冰层要挖。只有两米厚的冰层把我们与自由海隔开了,但储气罐中的空气也几乎空了。剩下的一点空气要留给干活的人,一点也不能再供给"鹦鹉螺号"船上了。

当我回到船上时,我几乎喘不过气来。多么难熬的夜晚啊!我简直无法表达。这样的痛苦是无法描述出来的。第二天,我的呼吸受阻,头痛夹杂着晕眩,看起来就像个醉汉一样。我的同伴也经受着同样的症状。船组的几个船员也不断地喘气。

那一天,我们被困住的第六天,尼摩船长发现用铁镐铁锹挖太慢了,便决定压碎把我们同水层分隔开的那层冰层。他这个人靠着精神力量抑制住肉体的痛苦,总保持着镇定和十足的精力。他不断地思考、计划、行动。

于是按船长的指示,船轻减了重量,也就是说,通过改变自身的重心,从冰层上浮起来。当船浮起来时,我们就准备把船拖到根据它的浮标线画出来的大坑上,让它的储水器充满水,再把船往下一沉填进坑里。

这时,所有的船组人员都回到了船上,两道与外面相通的门都被关上。"鹦鹉螺号"于是停在一米厚、被探测器钻了上千个洞眼的冰层上。

储水池的闸门完全打开,一百立方米海水涌了进来,"鹦鹉螺号"的重量一下子增加了十万公斤。

我们充满希望地等待着,聆听着,忘记了自己的痛苦。我们把获救的宝押在这最后一招上。

尽管我的脑袋在嗡嗡作响,但过了一会儿,我就听到了"鹦鹉螺号"船体下传来了一阵颤动。撞击开始了。随着一声奇特的、像纸被撕破一样的声音,冰层被撞开了,"鹦鹉螺号"往下沉。

"我们穿过去了!"康塞尔附在我的耳边小声地说。

我不能回答他的话。我紧紧地抓着他的手,不由自主抽搐起来。

突然,由于吓人的过度负重,"鹦鹉螺号"像一发炮弹一样陷进水中,像在真空中一样往下掉。

于是所有的电力都又输送到水泵上,水泵立即开始把储水池里的水排出来。几分钟后,船的下滑停止了。几乎同时,压力表就指示出船在上升。机轮全速地转动,从船壳到铁钉都在颤抖,船载着我们向北疾驶。

但从大浮冰到自由的海水中,还有多少航程呢?还要一天吗?那我会在到达之前早就死掉了。

我半躺在图书室的沙发上,喘不过气来。我的脸色发紫,嘴唇变蓝,我的机体丧失了一切功能。我再也看不见,听不见。时间的概念已经在我的意念中消失了。我的肌肉也不能收缩了。

我不知道这样过去了几个小时。但我意识到我已经到了垂危之际,我知道我快要死了……

突然,几丝空气渗进了我的肺部,我苏醒过来。我们回到了水面上吗?我们穿过了大浮冰吗?

不!是尼德和康塞尔,我的两个忠诚的朋友,他们牺牲了自己来救我。空气箱底还剩下几丝空气,但他们没有把它呼吸掉,而是留下来给我。而且,当他们喘不过气来的时候,他们却一点一点地给我注入了生命之源!我想把空

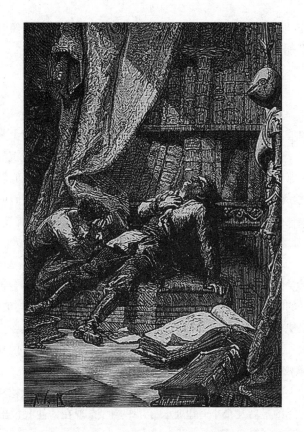

气箱推开。但他们按住了我的手,就在那几分钟内,我痛痛快快地呼吸了几口。

我的眼光移到时钟上。是早上十一点,应该是三月二十八日。"鹦鹉螺号"正以每小时四十海里的速度发疯般地疾走着,在海水中挣扎着。

尼摩船长在哪呢?他死了吗?他的同伴与他一起死了吗?

这时,压力表显示我们离水面仅有二十英尺。可是有一片薄薄的冰层把我们和水面隔开。我们不能把它撞开吗?

应该是可以的!总之,"鹦鹉螺号"会试一试的。的确,我感觉到它采取倾斜的位置,后部下沉,冲角仰起——这时要是有一股水灌进来就会打破它的平衡。然后,在强大的机轮推动下,它像一头强壮的公牛一样向冰地下部顶去,然后再往后退,再全速向冰层冲去,渐渐地把冰层撞开。终于,冰层裂开了,"鹦鹉螺号"猛地一冲,冲到了被它的重量撞破的冰层上面。

此时,嵌板一下子打开,我们可以说是解脱了,纯净的空气像潮水般涌进"鹦鹉螺号"船内的各个角落。

第十七章　从合恩角到亚马逊河口

我不知道我是怎么到平台上来的。可能是加拿大人把我背上来的。我呼吸着,我吸着海上的新鲜空气。我的两个同伴在我身边,他们也沉醉在这清新的空气中。那些长时间缺乏食物的不幸的人们,别人第一次给他们提供食物时,他们不能无节制地吃。而我们却相反,我们没必要节制,我们可以大口大口地呼吸大气中的氧气。是微风,正是微风给我们送来了这份神迷的陶醉!

"啊!"康塞尔说,"多好啊,氧气!先生不用担心呼吸了!人人都可以呼吸了!"

尼德·兰呢,他没有说话。但他的嘴张得很大,鲨鱼看了都会害怕。他那是多么充分的呼吸啊!加拿大人就像一座熊熊燃烧的火炉一样,消耗着氧气。

我们很快就恢复了元气,我看了看周围,发现就我们三个人在平台上。没有一个船组人员,尼摩船长也不在;没有人出来享受这外面空旷的空气。这些奇怪的"鹦鹉螺号"水手,他们只要船内流通着空气,就满足了。

此时我一开口便向我的两个同伴表达我的谢意和感激。尼德和康塞尔曾在我弥留之际的最后几个小时里延长了我的生命,现在即使我说出所有感激的话语,也报答不了这种奉献。

"好啦!教授先生,"尼德·兰回答说,"这不值一提!对此我们有什么值得称道的地方呢?没有。这只是一个算术的问题。您的生命比我们的生命更有价值。那么就应该把空气留给您。"

"不,尼德,"我回答,"我的生命并非那么有价值。没有什么比一个慷慨善良的人更有价值,您就是这类人。"

"好啦!好啦!"加拿大人局促不安地重复着说。

"而你,我忠实的康塞尔,您也受了不少苦。"

"跟先生您说白了,我没受多少苦。我只是少呼吸了几口空气,但我相信我能顶过去。再说,我一看到先生晕过去,就一点儿想呼吸的欲望也没了。这就像人们说的,我断了呼吸……"

　　康塞尔觉得自己说得太平庸了,有些不好意思,于是停嘴不说了。

　　"我的朋友们,"我非常激动地说,"我们永远心连心,而且你们有权发落我……"

　　"我会使用这个权力的。"加拿大人马上说。

　　"什么?"康塞尔说。

　　"是的,"尼德·兰接着说,"当我要离开这地狱般的'鹦鹉螺号'时,我有权拉着您跟我一起走。"

　　"好了,"康塞尔说,"可我们的方向走的对吗?"

　　"是对的,"我回答说,"我们正朝着有太阳的方向行驶,我说的太阳,是指北边。"

"可能吧,"尼德·兰回答说,"不过还必须知道我们是返回太平洋还是大西洋,也就是说是有人烟的海域还是没有人烟的海域。"

对于这问题,我无法回答,我担心尼摩船长更宁愿把我们带到濒临亚洲和美洲海岸的那片辽阔海洋中。这样他就可以完成他的海底环旅,然后回到一处"鹦鹉螺号"觉得最自由自在的海域中。但如果我们回到太平洋,远离人类居住的陆地,那尼德·兰的计划将怎么实施呢?

不过不久,我们就会明确这重要的一点。"鹦鹉螺号"正快速前进。一会儿,它就穿过了南极圈,把船头朝着合恩角开去。三月三十一日晚上七点,我们到了美洲的岬角。

到了此时,我们过去所有的痛苦都被忘记了,被困在冰层里的记忆已经被我们从心里抹掉了,我们现在关心的只是未来。尼摩船长不再在客厅里露面,也不再出现在平台上。每天都由大副出来测定船的方位并把它记在平面地图上,我由此知道了"鹦鹉螺号"的确切位置。而且那天晚上,我们又沿着大西洋的原路返回,这使我非常满意。

我把我观察到的结果告诉了加拿大人和康塞尔。

"好消息,"加拿大人回答说,"但'鹦鹉螺号'要去哪里呢?"

"我说不来,尼德。"

"去了南极后,船长难道想去北极,再从著名的西北通道去太平洋?"

"我们不能忽视这一点。"康塞尔说。

"那好!"加拿大人说,"我们再也不能像以前那样奉陪他了。"

"总之,"康塞尔补充说,"尼摩船长是个杰出的人物,认识他我们并不后悔。"

"特别是在我们离开他之后。"尼德·兰揶揄道。

第二天,四月一日,"鹦鹉螺号"在正午前几分钟浮出了水面。我们在西面看到了海岸。那是火地岛,早期的航海家看到岛上土著的茅屋上飘起无数的浓烟,便给它起了这个名字。火地岛是一个三十里长、八十里宽的大岛群,处在南纬五十三度到五十六度、西经六十七点五到七十七点一五度之间。我觉得这个岛的海岸很低,但在远处矗立着一些高山。我甚至相信我看到了海拔高度为两千零七十米的萨尔眠图山,那像是一个片岩金字塔,峰顶很尖。尼德·兰跟我说,人们根据山上是云雾缭绕还是没有云雾,就能预报是坏天气还是好天气。

"真是一个好晴雨表，我的朋友。"

"是的，先生，这是一个天然的晴雨表，当我行船通过麦哲伦海峡时，它就从来没有预报错过天气。"

这时，这座尖峰似乎清晰地从天底上显露出来。这是好天气的预兆。会有好天气的。

不久，"鹦鹉螺号"重新回到了水中。它向海岸靠近，但只是沿着海岸走了几海里。这时，通过客厅的玻璃，我看到了一些长长的海藻和一些巨大的墨角藻——梨形藻的一种，南极的自由海中就有几种梨形藻，它们算上黏性光滑的根须，长度竟可达到三百米，它们可是一种真正的铁缆，比拇指还粗，非常坚韧，经常用来做船缆。另外还有一种名叫维尔普的海草，它的叶子长四英尺，黏在珊瑚的分泌物里，铺在海底上；这种草是上千万种甲壳动物、软体动物、螃蟹和乌贼的窝巢和食物。在那边，海豹们和水獭们正按照英国人的饮食方式，把鱼肉夹上海草，美美地大吃特吃呢。

在这片动植物繁多的海底，"鹦鹉螺号"以特别快的速度行驶着。傍晚，它就接近了马鲁因群岛。第二天，我便可以观察到岛上的峻峰。马鲁因群岛可能是著名的约翰·大卫发现的，他把这个群岛命名为大卫南群岛。后来，理查德·霍金把它叫作梅当岛，即贞女的意思。后来，十八世纪初，圣马洛的渔夫又称它为马鲁因岛。最后，它被英国人占有了，现在英国人又叫它为福克兰群岛。这里海并不太深，我于是想——这不是没理由的——这两个周围遍布着大量小岛的岛屿，以前曾是麦哲伦陆地的一部分。

在海岸边上，我们船上的渔网拖上来了一些美丽的海藻种类，特别是一种根部拖着世界上最美味的贻贝的墨角藻。同时，有十几只海鹅和海鸭被我们打了下来，它们在平台上挣扎着，一会儿就被送进了船上的厨房。至于鱼类，我除了特别注意到一种属于虾虎鱼类的骨鱼外，还尤其注意到一些长两分米的球鱼，它们全身布满着黄色和白灰色的斑点。

我还欣赏了无数的水母。马鲁因海中特有的茧形水母是世上最漂亮的水母。它们有时看起来像一把非常光滑的半球形太阳伞，滚着几道红褐色的花边，缀着十二朵规则的小花；有时却像一个翻转的花篮，花篮中优美地伸出一些大红叶子和红色的长细枝条。它们摆动着四条叶状触足游动着，丰富的触须四处飘散着。我本来想保存这类美丽的植虫动物的几个种类;但它们是游云,是掠影,是影子,离开了生它们养它们的大海就会融化、消失的。

当马鲁因群岛的最后几座高峰在海平面消失时,"鹦鹉螺号"又潜入了二十至二十五米深的海中,沿着美洲海岸行驶。此时尼摩船长还是没露面。

四月三日之前,我们的船一直没离开过巴塔哥尼海域,它时而潜在海中,时而浮出水面。不久,"鹦鹉螺号"就驶过了普拉塔河河口的大喇叭形海口。四月四日,它来到了乌拉圭附近,但距离海岸还有五十海里。它沿着南美洲曲折漫长的海岸线始终向北行驶。这样,我们从日本海出发至今,已经走了一万六千里路了。

早上约十一点,我们沿西经三十七度穿过了南回归线,走过了佛里奥岬的海面。令尼德·兰最为不满的是,尼摩船长不喜欢让船靠近有人居住的巴西海岸,他让船以吓人的速度向前开去。这样,不论是鱼、小鸟,还是速度最快的别的动物,都跟不上我们的船,这一片海里的自然奇观全部逃过了我们的视界。

这样飞快的速度一直保持了好几天。四月九日晚上,我们已经望到了南美洲最东点的圣罗克角海岬。但这时"鹦鹉螺号"又重新躲起来,它潜入了更深的海底,去寻找位于圣罗克角和非洲海岸边塞拉利昂之间的一座海底山谷。这座山谷在安第列斯群岛的同一纬度上分叉,一直延伸到北面一片九千米长的大洼地。在这个地方,海底的地质断层形成了一处长六公里、一直延伸到小安第列斯群岛的非常陡峭的断崖;而且,在青角岛的同一水平线上,还有另一座不可忽视的断壁,这两个断崖就这样把沉没的大西洋城围了起来。这片海底大山谷里点缀着几座风景如画的海底山峰。至于这些情况,我主要是根据"鹦鹉螺号"船上图书室收藏的一张手绘地图来讲述的,这张地图显然是尼摩船长个人的观察,出自于他的手。

这两天,我们用纵斜机板潜入这片荒芜、深邃的海区里参观。"鹦鹉螺号"能沿着它的对角线做曲线形运动潜到海底的任何深度。但四月十一日,它突然浮出水面,我们发觉陆地在亚马逊河口——河水输出量非常大、把海洋好几里内的咸水都冲淡的大河口——重现了。

我们穿过了赤道。在西面二十海里处,是法属圭亚那群岛,我们可以很容易地在上面找到一处藏身之所。但风一阵阵地吹,汹涌的海涛并不容许一只

普通的小艇去冒险。尼德·兰可能明白这一点,所以他什么也没跟我提。我呢,我也不对他的逃跑计划做任何暗示,因为我不想怂恿他去尝试那必定会流产的计划。

我很容易地通过一些有趣的研究来弥补这次迟误的遗憾。在四月十一日和十二日这两天里,"鹦鹉螺号"一直浮在水面上,船上的渔网战果赫赫地拖上来了大量的植虫动物、鱼类和爬行类动物。

有些植虫动物是被渔网的绳索拖上来的。里面大部分是一些海菟葵科的漂亮的须形海藻;而在其他的种类中,有源于这片海域的被带须形海藻,它的圆筒状茎很小,装饰着一些直纹和红斑点,头上冠着一片艳丽的触须花饰。至于软体动物,都是一些我已经观察过的种类,像锥螺;身上有规则交叉条纹、底壳有明显突出的红点的岩蛤;活像被吓呆了的蝎子的任性的蜘蛛螺;半透明的石英螺;船蛸;非常好吃的墨鱼;某类枪乌贼——古代博物学家曾在飞鱼中捕捉过这类枪乌贼,它们主要是用来做捕捉鳕鱼的诱饵。

在我还没有机会研究的这一海域的鱼类里,我记录了几个不同的种类。像软骨鱼类,有:化石花斑鱼,鳗鱼的一种,长十五英寸,头灰绿色,鳍紫色,背部灰蓝色,腹部白褐色,布满显目的斑点,眼膜周围有一圈金边,这类奇特的动物肯定是被亚马逊河水带到海中来的,因为它们一般是生活在淡水中的;多瘤鳐鱼,喙尖,尾长而细,有一根齿形利刺;长一米的小角鲨,皮灰白色,排成好几列的牙齿像后部弯曲,俗名是拖鞋鱼;蝙蝠鲛鱼,一种等腰三角形的淡红色鱼,半米长,胸鳍长在突出的肉上,使它看上去有点像蝙蝠,但它们长在鼻孔附近的角质触须,使它又有三角鱼的绰号;最后是几类鳞鲀,两侧闪着鲜艳的金黄色斑点;还有鲜明的紫色酸刺鱼,它的色泽柔和,像鸽子喉部的颜色一样。

我现在要用我观察到的一组多骨鱼来结束这些有些枯燥、但十分准确的分类:属无翼鳍属的巴桑鱼,喙很圆而且雪白,皮是美丽的黑缎,长着一条非常细长的肉带;长刺的齿状鱼,一种长三分米的沙丁鱼,身上银光闪闪的;卵形鲭鱼,长着两根肛鳍;浑身黑色的黑牙刺鱼,人们要打着麦秆火把才能钓到的鱼,它长两米,肉肥白结实,新鲜时的味道有点像鳗鱼,晾干后就像熏鲑鱼;半红色的隆头鱼,只有脊鳍和肛鳍下面长着鱼鳞;身上交错闪着红白光泽和金银鱼的光泽的茧鱼;金尾鲷鱼,肉特别鲜嫩,它们身上的磷光在海水中闪闪发亮;舌头细小,浑身橙黄色的波普鲷鱼;尾鳍金黄色的石龙鱼,黑色的硬鳍鱼,苏里南群岛的突眼鱼,等等。

"等等"这个词并不能阻止我还想举出一种让康塞尔记忆犹新的鱼,这里头是有原因的。

当时,我们的渔网拖上来了一种很扁平的鳐鱼。这种鱼如果割掉尾巴,就是一只完美的圆碟。它重达二十几公斤,下部白色,上部浅红色,有深蓝色的大圆点,圆点外圈着黑色的圆圈,皮很光滑,尾部是一支分成两叉的鳍。它被摊在平台上,不断地挣扎,抽搐着想翻过身来,它费了很大的劲,最后一跃,差点蹦到海里去了。但看管着鱼的康塞尔扑了上去,我还没来得及拦住他,他就两手把鱼捉住了。

一下子,他就被打翻在地,四脚朝天,半个身子都麻了,嘴里叫道:

"啊！我的主人啊，我的主人啊！快来救我。"

这是这个可怜的小伙子第一次不用"第三人称"来跟我讲话。

我和加拿大人赶紧把他扶起来，用力给他按摩。当他缓过神时，这位热衷分类的人便结结巴巴地低声说道：

"软骨纲，软鳍目，固定鳃，横口次目，鳐鱼科，电鳐属。"

"是的，我的朋友，"我回答说，"这是一条把你电成如此地步的电鳐。"

"啊！先生相信我，"康塞尔马上说，"但我一定要报复这只动物。"

"怎样报复？"

"把它吃掉。"

当天晚上他真的这么做了，但这是出于纯粹的报复之心，因为坦率地说，那肉简直啃不动。

不幸的康塞尔是受到了一种最危险的电鳐的袭击，这条鱼叫伞形电鳐。这种古怪的动物，在诸如水这样的导体中，在几米远就能电击其他的鱼，它发电的器官功能无比的强大，身体主要部位的带电面积绝不小于二十七平方英尺。

第二天，四月十二日一整天，"鹦鹉螺号"向荷兰海岸靠近，接近马罗尼河口。那里生活着好几群以家庭为单位的海牛，这些海牛像海马和大海马一样，属于人鱼目。这些美丽、安详、温顺的动物，长六至七米，体重至少有四千公斤。我告诉尼德·兰和康塞尔，有远见的造物主赋予这些哺乳动物一个重要的角色。的确，正是它们，像海豹一样，以海中的海草为食，把阻塞热带河流出海口的大面积海草消灭了。

"你们知道吗，"我补充说，"当人类差不多将这些有用的动物种类统统消灭时，会有什么后果呢？那就是，腐烂了的海草就会毒化空气，而有毒的空气，会导致黄热病，使这个富饶的地区变得一片荒芜。而有害的植物就会蔓延滋长在这片酷热的海里，疾病就会不可抵制地从普拉塔的里约河口一直蔓延到佛罗里达。"

但如果按杜斯耐尔的观点，这种灾难，比起海里的鲸鱼和海豹数量减少而带给我们的后代的灾难来说，那还不算什么。因为现在海里不再存在着那些"上帝派来清扫海面的大胃口动物"，海洋里到处充斥着章鱼、水母和枪乌贼，海洋将变成一个巨大的疾病传染源。

然而，尽管明了这些道理，"鹦鹉螺号"船上的人还是捕捉了六只海牛。

　这其实是为了充实船上的食品储备,这种美味的海牛肉比牛肉和小牛肉还好吃。但这样的打猎并没有什么意思,因为这些海牛面对捕捉丝毫不做反抗。就这样,几千公斤的肉被晾得干干的,被放进船内存起来。

　这一带海域的物产丰富,那一天,另一次大规模的捕鱼又使"鹦鹉螺号"船上的食品储备大增。船上的渔网捞上来了很多头上隆起一块椭圆形肉边骨片的鱼。那是属于亚鳃软骨目第三科的鲫鱼。它们身上的扁平圆盘是由活动的横软骨组成的,这种鱼可以在这些软骨之间造成真空,使自己能像吸盘一样吸在物体上。

　我在地中海观察过的印头鱼就属于这一类。但这里的这一类,是这一海区特有的软骨鲫鱼。我们的水手一捉到这些鱼,就把它们放进盛满海水的桶中。

　捕鱼结束了,"鹦鹉螺号"就向海岸靠近。在那个地方,有不少海龟睡在水面上。但要想捉到这些珍贵的爬行动物是很困难的,因为稍微有动静,它们就会醒过来,而且它们坚硬的甲壳不怕鱼叉攻击。但用鲫鱼就可以特别有保障并准确地捕捉到海龟。实际上,鲫鱼是一个活渔钩,它会给淳朴的钓鱼人带来好运和财富。

"鹦鹉螺号"船上的人在鲫鱼的尾巴上结了一个足够大、能保证鲫鱼自如活动的环,环上系上长绳,绳的一端系在船上。

然后这些鲫鱼就被投进海里。立刻,它们就开始发挥作用了,它们游过去吸在海龟的胸甲上。鲫鱼是非常固执的,它们宁愿被撕烂,也不愿意松开吸盘。于是,船上的人就把它们和被它们黏住的海龟一块拖回船上。

我们就这样抓到了好几只宽一米、重二百公斤的卡古安海龟。这种海龟的龟甲上布满一层层很薄,透明,褐色,带有白色、黄色斑点的角质骨片,这使它们变得更为珍贵。另外,从美食的角度来看,这种海龟像普通的甲鱼一样味道极佳。

我们在亚马逊河口海域的停留以这次捕龟行动结束而告终,夜幕降临,"鹦鹉螺号"又回到深海中。

第十八章 章鱼

几天来,"鹦鹉螺号"总是一直避开美洲海岸,它显然不愿意出没在墨西哥湾或安第列斯海海面的水波上。然而,既然这一带海水的平均深度有一千八百米,那就并不是因为这一带海水浅得淹不到船的龙骨而使它却步;而可能是这一带海域布满岛屿,又有汽轮来往,这对尼摩船长不适合。

四月十六日,我们望见了在三十海里远处的马提尼克岛和加得鲁岛。有一阵子我还望见了岛上的高峰。

加拿大人本来指望在墨西哥湾实施他的逃跑计划,他打算或是逃到一块陆地上,或是爬上众多在两个岛屿之间沿海航行的船只中的一艘,但此时他非常沮丧。如果在墨西哥湾,尼德·兰能趁尼摩船长不备夺取那只小艇,那逃跑计划是可以实现的。但现在在海洋里,他就想都不用想了。

我、加拿大人和康塞尔对这个问题已经谈论了很久。六个月来,我们一直是"鹦鹉螺号"船上的囚徒。而且我们已经走了一万七千里,就像尼德·兰说的,没有任何理由不结束这一切。于是他向我提出一个我意料不到的请求。那就是明确地向尼摩船长挑明这个问题:船长他想把我们永远留在他的船上吗?

但我不赞成这种做法。依我看,这种做法是不会奏效的。我们不应该对"鹦鹉螺号"船上的指挥官抱任何希望,一切只能靠我们自己。再说,这段时间以来,这个人变得更阴沉,更深居简出,更不爱与人交往。他好像在躲避我。我很少碰到他。以前,他很乐意向我解释海底的奇观;可现在他对我的研究撒手不管,也不再到客厅来了。

他到底发生了什么变化?是因为什么呢?可我并没有什么需要自责的地方啊。可能是我们在他船上出现使他为难了吧?然而,我却不会希望他是那种想给我们自由的人。

于是,我请求尼德在行动之前让我好好地想一想。如果这一步没取得任何效果的话,不仅会引起他的疑心,而且会使我们的处境变得更艰难,甚至破坏加拿大人的计划。我补充说我们无论如何也不能以我们身体的健康状况为由提出离开这里。因为既然我们能忍受得住南极大浮冰下的艰苦考验,那我们——不论是加拿大人、康塞尔,还是我——就什么都能挺得住。像现在这种卫生的饮食,这样有益于健康的空气,这般有规律的生活,如此恒定的温度,是不会让人生病的。而且对于一个离开了陆地生活而心中无悔的人来说,对于尼摩船长来说,他现在是在自己的家里,来去自由,可以行踪诡秘地——对于其他人来说是的,而对于他自己来说则不是——去他想去的地方,我理解这样的生活。但我们,我们不能与人类隔绝。至于我,我不愿意把我如此奇特新颖的研究和我一起埋葬掉。我现在有权利写一部关于真正的海洋的书,而且这本书,我更愿意让它早些问世。

目前我们还是在老地方,在安第列斯群岛的水波下十米处。透过打开的嵌板,我看到了多少我应该记入我的日记的有趣海产啊!在植虫动物中,有一些名叫海扁筒的船形腔肠类动物,这是一种肥大的长方形囊袋状动物,闪着螺钿质光泽,在风中展开它们的膜,蓝色的触须像丝线一般浮在水面上,用眼看是迷人的水母,用手摸却是分泌着腐蚀性汁液的真正荨麻。在节肢动物中,有一些长一米五,有一条玫瑰色的鼻子和一千七百个运动器官的环节动物,它们在水中蛇行着,经过时闪着阳光般的微光。在鱼类动物中,有一些蛇鲭鱼,这是一种长十英尺、重六百磅的巨型软骨鱼，它的胸鳍是三角形的，背部中间有点驼，眼睛挤在脸部的前顶端上；它们像一条船骸一样浮在水面上、有时又像一块不透明的窗板一样，挡在我们的玻璃窗前。还有一些大自然给它们涂上黑白颜色的美洲箭鱼；一些长十六公分、鳍部黄色、颏部突出、牙齿尖短、覆盖着小鳞片的身长肉丰的鲭鱼，它们属于白脂鲭的一种。此外，还出现了成群结队的羊鱼，它们从头部到尾部缠着一条条金带，摇动着闪亮的鳍，真像以前珠宝店奉给狄安娜的精品，罗马的贵族们对其尤为热衷，曾有一句谚语说："捉到了就别吃了！"最后是披着翠绿色带纹的金黄色苹果鳍鱼，它们披着丝绸外衣，像维罗尼德斯笔下的老爷们一样从我们眼前掠过；还有迅速摆动胸鳍、匆匆而过的多刺鲷鱼；长十五英寸、被自己发出的磷光包围着的磷光鱼东鱼；用多肉的大尾巴拍打着海水的鳐鱼；好像在用尖利的胸鳍把水波切开的红色鲑鱼；名副其实的银白色月亮鱼。它们从海平面上跃出来，宛如一弯射出淡白色月光的月牙。

如果不是"鹦鹉螺号"慢慢地潜入深海层中，我还能观察到无数其他新异的鱼类呢！船的纵斜机板把船带到了两千至三千五百米的深海中。在那里，有生命的动物就只有海百合，海星，头像水母、修直的茎上长着一片小萼的可爱的五角海百合，马蹄螺，血红的齿鱼以及属于大种的沿海软体动物的裂纹鱼。

四月二十日，我们又浮到一百五十米的中层海水中。当时离我们最近的陆地是留卡斯群岛，它像一堆石堆一样散在海面上。在那里屹立着一些高高的海底悬崖，那是一些由粗糙石块砌成的、座基宽大的高墙，在它们之间，有一些我们的灯光照不到底的黑乎乎的坑洞。

这些岩石上铺着大海草，大型的昆布和巨大的墨角藻，真是一道道海生植物做成的墙壁，这里称得上是巨人泰坦的世界。

我、康塞尔和尼德一说到这些大型海洋植物，就自然而然地谈到了大型的海底动物。大型的海底动物显然是以这些大型的海洋植物为食。然而，透过几乎是纹丝不动的"鹦鹉螺号"船上的玻璃窗，在长长的海草叶子上，我只看到了一些腕足类的主要节肢动物，像长爪海蜘蛛、紫海蟹和安第列斯海特有的翼步螺。

大约十一点时，尼德·兰提醒我注意大海藻丛中有一阵阵可怕的骚动。

"没什么!"我说,"那是真正的章鱼洞,在这里看到几只这样的怪物,我并不引以为奇。"

"什么!"康塞尔说,"是枪乌贼,属于头足纲的普通枪乌贼吗?"

"不,"我说,"是身体巨大的章鱼。但刚才我什么也没看到,尼德朋友可能弄错了。"

"我感到遗憾,"康塞尔接着说,"我想面对面地欣赏这类章鱼,我多次听人家说过这类鱼,听说它们能把一条船拖到海底深渊里。这种动物,真被吹剩……"

"吹得够剩吧。"加拿大人嘲弄地回答说。

"吹神了。"康塞尔不理会他的同伴的嘲笑,赶快纠正读音,把话说完。

"但我从不相信世上真有这样的动物。"尼德·兰说。

"为什么不信?"康塞尔回答说,"我们就很相信先生说的独角鲸。"

"我们错了,康塞尔。"

"可能! 但可能还有些人会相信。"

"有可能,康塞尔。但对于我来说,我只有亲手抓到这些怪物,我才会相信它的存在。"

"那么,"康塞尔问我,"先生也不相信有大型章鱼吗?"

"哎! 鬼才相信呢!"加拿大人喊道。

"有很多人相信呢,尼德朋友。"

"渔人就不会相信。学者就可能会相信!"

"不好意思,尼德。一些学者和一些渔人都相信。"

"但我跟您说,"康塞尔神情无比严肃地说,"我清楚地记得,我曾经见过一艘大船被一只头足类动物的爪子拖到水里去。"

"您看过吗?"加拿大人问。

"是的,尼德。"

"您亲眼看到的?"

"亲眼看到的。"

"那请问,在哪里看到?"

"在圣马洛港。"康塞尔冷静地回答说。

"在一个港口?"尼德·兰嘲讽地说。

"不,在一座教堂里。"康塞尔回答说。

"在一座教堂里!"加拿大人喊道。

"是的,尼德朋友。是一幅描绘章鱼的图画。"

"好啊!"尼德·兰说着,放声大笑,"康塞尔先生在跟我开玩笑呢!"

"事实上,他是对的,"我说,"我听说过这幅图画;虽然它取材于一个传说,但您知道应该怎样看待与博物史有关的传说! 再说,一说到这种怪物,人们就会突发奇想。人们不仅说这些章鱼能把船只拖走,而且还有一位名叫奥拉乌斯·马纽的人说过,有一种长一海里的头足类动物,说它是动物,还不如说它是小岛。人们也说过,尼德罗斯的主教有一天在一块大岩石上设了一个祭坛,他一做完弥撒,这块岩石就移动起来,沉入海里。原来这块岩石是一只章鱼。"

"说完了吗?"加拿大人问。

"还没有,"我回答,"另一个主教,篷多比丹·德·柏乐根,也同样说过一只章鱼,在它上面还能操练一队骑兵呢!"

"他们可真会说啊,这些从前的主教们!"尼德·兰说。

"最后,古代的博物学家也记载过这种怪物,它们的嘴就像一个海湾,身体大得连直布罗陀海峡都走不过去。"

"真神!"加拿大人说。

"可在所有的记载中,有真实的吗?"康塞尔问。

"没有,我的朋友们,从上升为神话或传说要超出真实界限这个角度看,是完全没有的。但是,神话作者的想象必须有一个原因,或者至少要有一个假托。我们不能否认存在着一些非常巨型的章鱼和枪乌贼,但它们应是比鲸类动物小的。亚里士多德曾经确证过一条长三米一的枪乌贼。我们现在的渔夫也经常看到一些长超过一米八的枪乌贼。特里艾斯特和蒙特普利的博物馆里就收藏着一些长两米的章鱼骨骼。此外,按博物学家的推算,一只这样的动物,长只有六英尺,它的触须就可能长达二十七英尺。这就足以让它成为可怕的怪物。"

"现在有人捕捉过吗?"加拿大人问。

"即使没人捕捉过,水手至少也会看到过。我的一个朋友,哈夫尔港的保罗·保斯船长,他经常向我肯定地说他在印度海里碰到一只身体巨大的怪物。

但最令人吃惊、最让人不能否认这种怪物存在的事实,是发生在几年前,一八六一年。"

"什么事实?"尼德·兰问。

"是这样。一八六一年,在特内里夫岛东北方,与我们现在所处差不多的纬度上,护卫舰阿利敦号船上的一个船员看到了一只巨大的枪乌贼在海水中游动,他用鱼叉和枪去打它,但没什么大用,因为鱼叉和子弹穿进它软绵绵的肉里,就像穿进松软的果冻中一样。好几次无效的尝试之后,船员终于用绳结扣在这只软体动物的身上。这个绳结一直滑到尾鳍,才停了下来。于是人们尝试着把这只怪物拉到船上,但它重得吓人,以至于在绳子的拉力下把尾巴都揪断了,它就拉着没尾巴的身体消失在水中。"

"这总算是个事实。"尼德·兰说。

"一个无可争议的事实,我老实的尼德。因此人们建议把章鱼叫作'布格尔的枪乌贼'。"

"那它有多长?"加拿大人问。

"它不是长约六米吗?"康塞尔靠到玻璃窗上说,重新审视着那凹凸不平的悬崖。

"准确无误。"我回答。

"它的头,"康塞尔回答说,"上面不是长着八根在水中犹如蛇群般的触须吗?"

"准确无误。"

"它的眼睛,长在花丛般的脑袋上,而且眼睛很大,是吗?"

"是的,康塞尔。"

"它的嘴巴,不是真的一只鹦鹉嘴,而是大得吓人,是吗?"

"确实如此,康塞尔。"

"那好!请先生原谅,"康塞尔平静地回答说,"如果这不是'布格尔的枪乌贼',那至少是它的兄弟。"

我看了看康塞尔。尼德·兰急忙跑到玻璃前。

"吓人的怪物!"他喊道。

我上前一看,忍不住感到一阵恶心。在我的眼前,游动着一头可怕的、完全配得上载入那些离奇怪诞的传说中的怪物。

　　这是一条八米长的巨大章鱼。它非常迅速地往"鹦鹉螺号"的同一方向倒退。它那巨大的海绿色眼睛盯着我们。那八只长在头上、使它被称为头足动物的爪子，或者说八只脚，伸展时相当于身体的两倍，像复仇三女神的头发一样扭动着。我们清楚地看到它的两百五十个吸盘，呈半圆球状排列在触角的内侧。有时，这些吸盘内形成真空紧紧地吸住客厅的玻璃。这头怪物的嘴——像鹦鹉的喙一样是骨质的——垂直地一张一翕。它的骨质舌头上武装着好几排尖牙，颤动时活像一把真正的大铁剪。大自然是多么离奇怪诞啊！一只软体动物竟然长着一只鸟喙！它的身体成菱形，中间部位鼓起，形成一块重可达两万到两万五千公斤的肉。它身上的颜色不稳定，极其迅速地随着这头动物情绪激动的程度变化而变化，从灰白色一直变到红褐色。

　　是什么激恼了这只软体动物呢？可能是由于比它更巨大的"鹦鹉螺号"的出现，而且它的吸盘或者下颚又抓不住这只船的缘故吧。然而，这些章鱼是怎样的怪物啊！造物主赋予了它们怎样的生命力，它们竟然有三个心脏，它们的动作是多么有力啊！

　　偶遇把我们带到这只枪乌贼面前，我不想失去一次对这种头足类动物进行仔细研究的机会。我克服了由于它的外貌而引起的心理恐惧，拿起一支铅笔，开始画下它的样子。

　　"这可能是那艘阿利敦号遇到的那只章鱼。"康塞尔说。

　　"不是，"加拿大人回答说，"那只失去了尾巴，而这只身体完整。"

　　"这不是个理由，"我回答说，"这类动物的爪子和尾巴能慢慢重新长出来,已经七年了,'布格尔的枪乌贼'的尾巴大概有时间重新长出来的。"

"再说,"尼德接着说,"如果这只不是'布格尔的枪乌贼',那么那些里面可能有一只是它。"

果然,在船右舷的玻璃窗前又出现了另一些章鱼。我数了一下,共七只。它们在给"鹦鹉螺号"护航呢,我听到了它们的嘴巴啃着船壳的铁皮发出的咯咯声。我们成了它们希望中的食物了。

我继续工作。这些怪物非常准确地保持在船的水域中,以至于它们看上去好像一动不动,我简直可以在玻璃窗上把它们缩小临摹下来。再说,船是中速行驶的。

突然,"鹦鹉螺号"停了下来。一阵撞击使整个船体都颤动了。

"我们触礁了吗?"我问。

"总之,"加拿大人回答说,"船是浮在水面的,我们已经脱身了。"

"鹦鹉螺号"可能是浮在水面的,但它走不动了。它的推进器轮叶没有拍打出水花。一分钟后,尼摩船长走进客厅,大副跟在他身后。

我已经有一段时间没见到船长了,他看起来神色暗淡。船长没跟我们说话,可能是没看到我们。他径直走到嵌板前,看了一下章鱼,然后对他的大副说了几句话。

大副走出去。过了一会儿,嵌板关上了,天花板的灯亮了。

我朝船长走过去。

"一群好奇的章鱼。"我口气轻松地对他说,就像一个鱼类爱好者站在一个透明的鱼缸前说话一样。

"没错,博物学家先生,"他回答我说,"不过,我们要跟它们进行肉搏。"

我看了看船长。我想我没听明白他说什么。

"肉搏?"我重复说。

"是的,先生。推进器不动了。我想是一条枪乌贼的下颚骨绞进了轮叶中,使我们走不动了。"

"那您想怎么做呢?"

"浮出水面,宰了这些害人虫。"

"这不好办。"

"确实如此。电气弹对于这堆软绵绵的肉来说毫无办法,因为打在上面没有足够的阻力来引发爆炸。但我们可以用斧子砍它。"

"用斧子,先生,"加拿大人说,"请您别拒绝我的帮助。"

"我接受您的帮助,兰师傅。"

"我们陪你们去。"我说着,跟着尼摩船长走向中央扶梯。

在中央扶梯那里,已经有十几个人手里握着斧子,准备出击。我和康塞尔也拿了两把斧子,尼德·兰抓着一把鱼叉。

于是"鹦鹉螺号"浮出水面。一个水手站在最上面一级台阶上,他正在把嵌板上的螺丝拧开。但螺母刚刚被拧开,嵌板就猛地一下子被掀开了,显然是被章鱼的一只爪子上的吸盘拉开的。

立刻,一条像蛇一样的长爪子从开口处滑了进来,其他二十几只爪子在上面蠕动着。尼摩船长一挥斧子,把这条可怕的触须斩断,被斩断的触须卷成了一团滑在阶梯上。

当我们正争先恐后挤上平台时,另外两根须爪,从空中打过来,缠在了尼摩船长面前的水手身上,猛地把他卷走。

尼摩船长大叫一声,往外面冲去。我们也急忙跟上他。

多么惊心动魄的场面啊!那个不幸的水手,被触须缠住,被吸盘吸住,被那只大爪子卷到空中任意地摔来摔去。他喘息着,透不过气来,他叫喊着:"救救我!救救我!"这几句话,是用法语喊出来的,这让我感到震惊!船上竟然有我的一个同胞,或许还有好几个!这撕心裂肺的叫声,我将一生铭记!

这个不幸的人快不行了。有谁能把他从这么大的束缚中救出来呢?尼摩船长向这只章鱼冲过去,他斧子一挥,又把章鱼的另一条胳膊斩下来。大副怒火冲天地跟另一只攀上船侧的怪物搏斗。船员们挥舞着斧子。我、加拿大人和康塞尔,我们也把我们的武器插进这些肉堆里。空气中弥漫着一阵浓浓的麝香味。真是可怕极了!

那只章鱼的八只爪子有七只被斩断了,只剩下那只把遇害者像一支笔那样抓住挥舞的爪子,在空中扭动着。我想那个被章鱼缠住的不幸者应该可以摆脱这强大的束缚了。但当尼摩船长和大副向这只爪子冲过去的那一刻,这只动物喷出了一柱从它的腹部内的一个液囊中分泌出来的墨黑液体。我们一下子都瞎了,什么也看不清了。当这团乌云消失时,章鱼不见了,我们不幸的同胞也跟着一起消失了!

　　于是我们对这些怪物愤怒至极！我们再也忍无可忍。十几条章鱼侵入了"鹦鹉螺号"的平台和船侧，平台上，在血浪和墨汁中，扭动着像蛇一样的肉段，我们在这些肉段中间上砍下滚。这些黏糊糊的触须就像多头蛇的头一样，不断地长出来。尼德·兰的鱼叉每投一次，都叉进枪乌贼海绿色的眼睛里，把眼珠挖出来。但我这位大胆的同伴突然被一只他来不及逃避的怪物的触须打翻在地。

　　啊！我激动和恐惧得心都提到了嗓子上！那只枪乌贼把大嘴对着尼德·兰张大;这个不幸的人就要被咬成两段了。我要冲过去救他，但尼摩船长已经抢在了我的前面。他把斧子卡进那两排巨大的牙骨之间，加拿大人奇迹般地获救了，他站起来，把鱼叉整个叉进章鱼的三个心脏中。

"这是我应该报答您的!"尼摩船长对加拿大人说。

尼德点点头,没说话。

这场战斗持续了一刻钟。这些怪物被打败了,死的死,伤的伤,最终撤退了,消失在水波下。

尼摩船长被血染红了,他一动不动地站在探照灯旁,凝视着吞没了他的一个同伴的大海,大颗大颗的泪珠从他的眼里滚出来。

第十九章　海湾暖流

四月二十日那可怕的一幕,我们任何人都永远忘不了。我心情澎湃地把它记录下来。以后，我又看了一遍这个记录。我把它念给康塞尔和加拿大人听。他们觉得写得文如其事，但效果不够生动。可是要绘声绘色地描述这样的情景，只有我们当代最杰出的诗人、《海上劳工》的作者①的笔下才能做到。

我说过，尼摩船长对着水波垂泪。他的痛苦是巨大的。自从我们到船上以来，这是他失去的第二个同伴。他死得好惨啊！这位朋友被章鱼巨大的爪子勒住、窒息、揉碎，碾碎在它钢铁般的牙齿下，他不能和他的同伴一起安息在珊瑚墓地平静的水中！

至于我，在这次战斗中，不幸者发出的绝望的求救声撕裂了我的心。这位可怜的法国人，忘记了船上约定的交谈语言，又用他的祖国和母亲的语言发出了最后一声呼唤！在"鹦鹉螺号"船上，在那些和尼摩船长手牵手、心连心，和他一样回避人类的船员们中，竟然有我的一个同胞！在这显然是由不同国籍的个人组成的神秘集体中，他是唯一代表法兰西的吗？这仍是那些不断出现在我的脑海里悬而未解的问题之一。

尼摩船长走进了房间，后来一段时间我再也见不到他了。但我能从这艘代表他的灵魂、接受他所有感受的船判断出，他应该很伤心、失望、徘徊！"鹦鹉螺号"不再保持明确的方向，它来回徘徊，就像一具尸体一样随波漂流。推进器上的章鱼爪被解开了，但推进器几乎不能用了。船盲目地漂流着。它不能从这最后一场战斗的场所——从这片吞没了它一名成员的海中——自拔出来。

就这样过去了十天。到了五月一日，在巴哈马运河出海口望见了留卡斯群岛后，"鹦鹉螺号"才果断取道向北。我们于是顺着海洋中最大的暖水流向前行驶，这一海区有自己特有的海岸、鱼类和温度。我把它称为海湾暖流。

那实际上是一条在大西洋中自由奔流、不跟海水掺混的大河。海湾暖流还是一条咸水河，它的河水比四周的海水咸，它的平均深度是三千英尺，平均宽度是六十海里。在某些地方，暖流的流速是每小时四公里。它的水流量比世界上任何一条河流都稳定。

如果你愿意知道的话，海湾暖流的真正源头，也就是说，它的出发点，是莫里船长发现的，就在加斯哥尼湾。在那里，尽管水温很低，水的颜色还很淡，但

---

① 指法国大文豪雨果。

暖流已开始形成了。在热带阳光的照射下，水波逐渐变热，水流开始向南流，然后沿着赤道非洲前进，横穿大西洋，到达巴西海岸的圣罗克角。在圣罗克角，水流分成两股，其中一股还不断地从安第列斯海中吸收热量。所以说，海湾暖流作为调节器，有着调节平衡温度的作用，以及掺和热带海水和北极海水的责任。由于在墨西哥湾被晒到白热化，暖流又沿着美洲海岸向北方流动，上溯到纽芬兰岛。此时，海湾暖流和戴维斯海峡的寒流汇合，在寒流的作用下，水流沿着等角线绕了一个大圈，流回大西洋。在北纬四十三度处，水流又分为两支，其中一支在东北信风的帮助下，流回加斯哥尼湾和亚索尔群岛；另一支给爱尔兰和挪威海岸带去温暖后，便继续上溯到斯匹兹堡。在那里，它的温度下降至四度，融入了北极的自由海中。

现在"鹦鹉螺号"正沿着这支海洋河流行驶。从巴哈马运河出来时，海湾暖流在十四里宽、三百五十米深的范围内以每小时八公里的速度流动。随着它向北推进，这个速度就有规律地减慢，但愿这种规律性永远保持下去，因为正如有人指出，如果它的方向和速度稍有改变，欧洲的气候就会受到很大的影响，由此导致的后果不堪设想。

中午时分，我和康塞尔在平台上。我向他讲述了一些有关海湾暖流的特征。当我讲述完，我请他把双手放进水流中。

康塞尔照着我的话做了，但他很奇怪感觉不到有任何冷热的差别。

"这是因为海湾暖流刚从墨西哥湾出来，现在的水温和人血的温度没什么差别。"我对他说，"这股海湾暖流可是一个保证欧洲海岸四季常绿的大暖炉。而且，如果莫利说得对的话，这股水流的热量如果能完全地被利用，那它就能提供足够的卡路里，使亚马逊或密苏里河这样的大河保持熔铁熔点的温度。"

这时，海湾暖流的速度是每秒二点二五米。它的水流与周围海水显然有差别，它的水流因受周围海水的挤压而在洋面上突起，和海洋的冷水之间形成不同的层次。另外，它的水色偏暗而且含有丰富的盐，纯靛蓝色的水流和周围绿色的海水形成了鲜明的对比。当"鹦鹉螺号"行驶到卡洛林岛的同一纬度，它的冲角已经切进暖流的水波中，而推动器还在拍打着海洋的冷水时，海洋冷水流和暖水流之间的分界线就更加明显了。

这股暖流带着全世界所有的生物。地中海中很常见的船蛸，就在这里成群结队地游玩着。在软骨鱼类中,最引人注意的是尾巴纤细、几乎占身体三分之一的鳐鱼,它们结成长二十五英尺的菱形队伍游动着;然后是一些长一米的小角鲨,它们头大,喙圆短,尖利的牙齿排成好几列,身上覆盖满鳞片。

在骨质鱼中,我注意到了这一海区特有的隆头驴鱼,虹膜像火一样闪亮的黑三棱鱼;长一米,大尾巴上竖着一些小齿,发出轻轻的叫声的石首鱼;我已经描述过的褐色鱼;黄白相间的蓝底高里费鱼;身上的颜色能与热带最美丽的鸟类媲美,堪称海洋中真正彩虹的鹦嘴鱼;头成三角形的灰白丛鱼;没有鳞片的浅蓝色菱形鱼;文着一条条形如希腊字母 t 的黄绑带的两栖鱼;身上长着许多小褐点的小虾虎鱼;头银白色,尾巴黄色的双翅鱼;各种各样的沙丁鱼;身材修长,闪着柔光,被拉塞拜德视为终生伙伴的鲻鱼;最后是一种美丽的美洲高鳍石首鱼,这种鱼挂着所有的勋章和绶带,经常出没在这个勋章和绶带并不太受重视的大国度的海岸边。

我得补充说,在晚上,特别是暴风雨威胁着我们的时候,闪着粼光的海湾暖流的水流和我们的探照灯交相辉映。

五月八日,我们还处在北部卡洛林岛的同一纬度上,与哈特拉斯角相望。海湾暖流在那里的宽度是七十五海里,深度是二百一十米。"鹦鹉螺号"继续冒险前进。船上似乎失去了一切监督。我想在这种条件下,逃跑是有可能成功的。的确,有人居住的海滨到处都可以很容易地为我们提供藏身之所。再说,海面上不断交错来回着一些航行于纽约或波士顿和墨西哥湾之间的汽轮,日夜穿行着一些负责到美洲海岸各地巡逻的小双桅帆船。我们可以希望他们收留我们。所以,尽管"鹦鹉螺号"现在离美联邦海岸还有三十海里,这仍是一个有利的机会。

但天气非常糟糕。这个令人讨厌的情况完全打乱了加拿大人的计划。我们现在接近的这一带海域经常有暴风雨,确切地说,这是一处由海湾暖流孕育出来的飓风和旋风的发源地。如果此时在一只脆弱的小艇上与时常有惊涛骇浪的海洋做斗争,那肯定是白白送死。尼德·兰自己也同意这一点。因此,饱受疯狂的思乡病折磨,只有逃跑才能医治好的他,此时只好咬咬牙关忍一忍。

"先生,"那天他对我说,"这一切该结束了。我对此心知肚明。您的尼摩避开陆地向北行驶,但我得跟您说,我在南极已经受够了,我不想跟他到北极去。"

"既然这时逃走是行不通的,那怎么办呢,尼德?"

"我还是那个主意,向船长挑明好了。以前我们在您的国家的海里时,您什么也没说。现在我们在我的国家的海里,我可是想说。当我想到,没过几天,'鹦鹉螺号'就要到新苏格兰的同一纬度上,而那里接近纽芬兰岛,敞开着一个大海湾,圣劳伦斯河就是注入这个海湾的,圣劳伦斯河,是我的河,我的故乡魁北克的河。当我想到这些,我便怒发冲冠,我的头发都竖起来了。瞧,先生,我宁可跳到海里去,也不愿意留在这儿!我快闷死了!"

加拿大人显然忍耐到了最大的限度。他刚烈的天性不能适应这种遥遥无期的囚禁生活。他一天天消瘦下去,性格越来越忧郁。我感觉得到他忍受着怎么样的痛苦,因为我也一样,饱受着思乡病的折磨。差不多过去了七个月,而我们却得不到一点陆地上的消息。此外,尼摩船长的孤僻,特别自从与章鱼搏斗以来,他的情绪改变了,沉默寡言,所有这一切使我以不同的方式来看待事物。我再也感觉不到最初的那种热衷。只有像康塞尔这样的佛兰芒人才会接受这种专为鲸类动物和其他海中动物保留的环境。说真的,这个诚实的年轻人,如果没有肺,而是长着鳃,我想他会是一条了不起的鱼的!

"那该怎么办呢?"尼德·兰看到我不回答,就问。

"好吧,尼德,您希望我问一问尼摩船长他对我们有什么打算吗?"

"是的,先生。"

"尽管他曾经说过,我们还要再问吗?"

"是的。我想最后一次确认一下。如果您愿意的话,您只要替我说一说,只以我的名义就行了。"

"但我很少碰到他,他甚至在回避我。"

"那就多了一个去看望他的理由了。"

"我去问问他,尼德。"

"什么时候?"加拿大人固执地问。

"当我碰到他时。"

"阿龙纳斯先生,您是不是想让我自己去找他?"

"不,让我来。明天……"

"今天。"尼德·兰说。

"好吧。今天,我去看看他。"我回答加拿大人说。要是他自己去做,那肯定会把事情都弄糟了。

我一个人待着。一旦打定主意，我就想马上把事情做完。我宁可速战速决，也不想拖拖拉拉。

我走进我的房间。在房间里，我听到了尼摩船长房间里有脚步声。不能错过这次找到他的机会。于是我敲敲他的门。但没人应答。我又敲了一下，然后转动门把手，门开了。

我走进去。船长在里面。他趴在他的工作台上，没听到我的敲门声。我决定不问清楚就不出去，于是向他走去。船长突然抬起头来，双眉紧蹙，口气相当粗鲁地对我说：

"是您在这里！找我干什么？"

"想跟您谈谈，船长。"

"可我正忙着，先生，我在工作。我给了您单独的自由，难道您就不能让我自己单独静一会儿吗？"

这样的待客真令人泄气。但为了等会儿能一吐为快，我决定先洗耳恭听他说的话。

"先生，"我冷静地说，"我想和您谈一件不能再拖延下去的事情。"

"什么事，先生？"他嘲弄地回答说，"您难道有了某个我还没察觉到的发现吗？大海向您展示了它的新秘密吗？"

我们俩的想法牛头不对马嘴。但在我回答之前，他指了指摊开在桌上的手稿，口气较为严肃地对我说：

"瞧，阿龙纳斯先生，这是一部用好几国语言书写的手稿。它包容了我对海洋的研究总结，如果上帝允许的话，这本手稿大概不会随同我一起消失。这本手稿署上了我的名字，加上了我一生的经历，它将被装在一个不透水的小盒子里。我们'鹦鹉螺号'船上的最后一个生存者将把这个盒子投入海中，让它随波逐流而去。"

以这个人的名义！他自己撰写自己的一生经历！那么他神秘的一生总有一天会被揭示了？但这时，我只把他这番话当作一个开场白。

"船长，"我回答说，"我只能赞成您这么做的想法。因为不应该让您的研究成果毁于一旦。但您使用的方法我觉得原始了些。谁知道风会把这个小盒子吹到哪里去呢？小盒子又会落入谁的手里呢？难道您不能找出一个更好的办法吗？您，或者你们中的一位不死……"

"绝对不行，先生。"船长急切地打断了我的话。

"但我，我的同伴，我们随时准备着保护这本手稿，如果您让我们自由的话……"

"自由！"船长说着，站起来。

"是的，先生，我来正是想跟您谈谈这个问题。我们在您的船上已经待了七个月，今天我以我和我的同伴的名义问您，您是否想永远把我们留在这里。"

"阿龙纳斯先生，"尼摩船长说，"我今天的回答和我七个月前对您说过的那些话一样：进了'鹦鹉螺号'，就再也不能出去。"

"您正向我们施加奴隶制。"

"随便您怎么说好了。"

"可奴隶有恢复自由的权利！不管以什么方式获得自由，他都会认为自己是对的！"

"这个权利，"尼摩船长回答说，"谁说过您没有？我有想过用誓言把你们约束住吗？"

船长看着我，双手交叉在胸前。

"先生，"我对他说，"我们第二次回到这个我本不想谈您也不想谈的问题上吧。既然我们已经谈到了，就让我们说个痛快吧。我向您重复一次，这是一个不仅仅涉及我个人的问题。对于我来说，搞研究就是一种救助，一种有效的消遣，一种动力，一种能让我忘掉一切的情愫。我像您一样，是一个不求人知，只求默默无闻地生活的人。我们都抱着一种微弱的希望，希望有朝一日把自己的工作成果放进一个不可靠的小盒子，托付给风浪，随风而去，留给后人。一句话，我很佩服您，您可以毫无顾忌地扮演您的角色，那个我在某些方面了解的角色；但您生活中还有一些方面还蒙着一层复杂和神秘的色彩，对此我和我的同伴们，我们一无所知。甚至，当我们的心为您而跳动，为您的某些痛苦而激动，为您的天才和勇敢行为而鼓舞时，我们还必须尽可能地控制由于看到善和美或碰到敌或友而应该流露出来的情感，我们丝毫不能表露出来。啊！正是我们对于有关您的一切的这种陌生感，使我们的处境变得有些不可接受，不可容忍，甚至连我也感觉无法忍受，对于尼德·兰就更不用说了。但每个人,只要他是一个人,就值得别人为他着想。您有没有想过,对自由的热爱,对被奴役的憎恨,可能使加拿大人那样性格的人产生报复的念头,您有没有想过,他会怎么想,会怎么策划,会怎么做呢……"

我缄口不言了。尼摩船长站起来。

"让尼德·兰想他乐意想的,图谋他想图谋的,做他想做的事情去吧,这跟我有什么关系?这又不是我给他找来的!我又不是乐意留他在我的船上!至于您,阿龙纳斯先生,您是个明白一切的人,不说您也是这样的。我再也没什么可回答您了。但愿这是您第一次谈这个问题,也是最后一次,因为如果还有第二次,我就连听都不想听了。"

我只好退出来。从那天起,我们的处境就变得非常紧张。我向我的两个同伴汇报了我的谈话。

"我们现在知道,"尼德说,"对于这个人没有任何可指望的了。'鹦鹉螺号'正在向长岛靠近。不论天气如何,我们逃走吧。"

但天气变得越来越糟,出现了一些大风暴的迹象。大气灰沉沉的。天际边,一层层散开的卷云后面,紧随着团团乌云,还有一些低云飞快地掠过。海水高涨,海浪澎湃。除了暴风雨的朋友海燕外,其他的鸟儿都不见了。晴雨表明显下降,说明空气中湿度极高。在大气中饱含的电离子的作用下,雷鸣电闪:暴风雨就要来了。

五月十八日,确切地说,当"鹦鹉螺号"浮在与长岛同一纬度上,距纽约水道几海里时,暴风雨发作了。我之所以能描绘下这场暴风雨,是因为尼摩船长,由于不可解释的任性,不是让船潜入海底避雨,而是正面与暴风雨对抗。

当时风从西南面刮来,先是阵阵每秒十五米风速的凉爽大风,到晚上三点钟,刮到了每秒二十五米。这是台风的速度。

尼摩船长站在平台上,迎风傲然不动。为了预防汹涌澎湃的巨浪,他的腰间系着一根缆绳。我也登上平台,系上绳子,欣赏这场暴风雨和这个昂首挺立的、无与伦比的人。

浸在水波中的大块乌云横扫过海涛翻滚的水面。我再也见不到那些大漩涡中的小浪花了,只见一阵阵煤烟色的低矮长浪头,一浪接一浪而来,慢慢地浪峰越来越高,相互推拥激荡。"鹦鹉螺号"时而侧身卧倒,时而像桅杆一样屹立,发疯地翻转摇晃。

　　五点钟左右，一场暴雨降临了，但海浪和狂风并没因此平息。暴风以每秒四十五米，即接近每小时四十里的速度脱缰而来。在这种情况下，它可以掀翻房屋，把屋瓦吹进门里，折断铁栏栅，让一架二十四厘米的大炮挪位。然而，在风暴中间，"鹦鹉螺号"证实了一个工程师的话："没有不能纵横大海的构造完美的船体！"这不是一座海浪能够冲毁的坚石，而是一只驯良、活动的钢铁纺锤，它不用工具，不用桅樯，就能在狂风暴雨中丝毫不损。

　　然而，我认真地观察起扑面而来的海涛。它们蹿至五米高，宽幅是一百五十至一百七十五米，推进的速度是风速的一半，即每秒十五米。它们的水量和强度随着海水深度的增加而增加。于是我明白了，这些海浪把空气包抄起来压缩进海底，同时，它们也带走了生命和氧气。它们的极限压力——有人曾经算过——在它们冲击的表面上可以达到每平方英尺三千公斤。正是这样的海

浪,在赫布里德岛上,推起了一块重八万四千磅的岩石。也正是这样的海浪,在一八六四年十二月二十三日的暴风雨中,在日本掀翻了一部分横滨城后,以每小时七百公里的速度,在同一天内击向美洲海岸。

随着夜幕降临,暴风雨的强度增大了。晴雨表像一八六〇年联合岛发生飓风时一样,降到了七百一十毫米。日落时,我看到了天边走过一艘正在苦苦挣扎的船。它减弱蒸汽动力,减速航行,以保持行驶在浪峰脚下。这应该是一只从纽约开往利物浦或勒阿弗尔港的汽船。它一会儿就消失在黑暗中。

晚上十点,天空中雷鸣电闪,大气被猛烈的闪电划出道道条纹。面对这样的霹雳雷鸣,我再也忍受不了;而尼摩船长,他正视着它,就好像要把暴风雨的灵魂吸进他的体内似的。一阵可怕的声响充斥空中,这是一声由压碎的海浪吼声、风啸声和炸雷声组成的完整的响声。风从天边各个方向吹来,从东边来的台风,吹向北边、南边,又吹回东边,和北半球回旋风暴形成逆向流动。

啊!海湾暖流!它完全称得上暴风雨之王!正是它的水流中的空气层温度差造成了这可畏的飓风。

一阵闪电跟在大雨的后面。雨滴变成了带电的羽饰。尼摩船长站在那里,好像在期望着让雷劈死似的,他觉得只有这种死亡才能配得上他。一阵吓人的摇晃后,"鹦鹉螺号"的钢铁冲角冲向天空,像一支避雷针一样,上面溅出长长的火花。

我精疲力竭,瘫到地上。我向嵌板爬去,打开嵌板下到客厅里。这时的暴风雨最猛烈,在"鹦鹉螺号"船内,站都站不住。

而尼摩船长等到午夜前后才回到船里。我听到储水器慢慢地装满了水,"鹦鹉螺号"缓缓地潜入水中。

透过客厅打开的玻璃窗,我看到了一群惊慌失措的鱼,像一群幽灵一样在着火的水中穿过。有几条竟在我的眼皮底下被雷击死!

"鹦鹉螺号"一直往下沉。我想它会在十五米深处找回安宁的。但不!上层的水摇晃得太猛烈,它不得不下沉到五十米的深海里才能找到宁静。

而此时,深海里是多么的安宁,多么的寂静,好一片平静的世界!有谁会相信现在海面上正展开着一场可怕的暴风雨呢?

第二十章　北纬四十七点二四度,
西经十七点二八度

风暴过后,我们已经被抛到了大西洋的东边。所有在纽约或圣劳伦斯海岸上逃走的希望都破灭了。可怜的尼德垂头丧气,变得像尼摩船长一样孤僻。我和康塞尔,我们再也不分开。

我说了,"鹦鹉螺号"偏离到东边去了。我应该更准确地说,是偏离到了东北边。几天来,在这片令航海家们进退两难的大雾中,"鹦鹉螺号"时而漂浮在水波上,时而行走在水波下。大雾的形成主要是因为冰雪融化,大气中的湿度很大。而这片浓雾,曾经引起了多少海难!曾经有过多少船只在寻找海岸上模糊的航灯时,沉没在这片海域里!在这里,又曾经有过多少船只撞在了那风声掩盖了浪击礁石声的暗礁上！尽管有航标灯，船只之间有汽笛鸣叫，有警报声，但船与船之间仍然发生了多少次相撞！

因此，这一带海底展现着战场的一幕，那里还横躺着所有的海洋失败者。有些已经陈旧腐烂；有些还是新的，它们的铁船具和铜船底反射着我们的探照灯光。在这些船只中，有多少是和它们的船员、旅客和财物一起，在统计表中标出来的危险地点，如拉斯角、圣保罗岛、白令海峡和圣劳伦斯河口等处，葬身大海！仅几年来，列进这本失事年谱的船只就有皇家邮轮号、伊曼纳号、蒙特阿尔号、苏尔威号、伊斯号、巴拿马特号、匈牙利号、加拿大号、盎格鲁－撒克逊号、汉堡号、美利坚合众国号，以上的船只全部是触礁沉没的；而北极号、里昂号，是被撞沉的；总统号、太平洋号、格拉斯城号则失踪原因不明，"鹦鹉螺号"航行在这些阴暗的残骸中，犹如在翻阅一本死亡画册！

五月十五日，我们到达了纽芬兰岛暗礁脉的最南端。这条暗礁是海水冲积而成的，堆积着大堆有机体的残骸，这些残骸可能是海湾暖流从赤道带来的，也可能是沿着美洲海岸的逆向北极寒流带来的，还堆积着一些由于雪崩而冲刷下来的岩石。那里变成了一处亿万只死亡鱼类、软体动物或植虫动物的巨大尸骸堆。

纽芬兰岛暗礁脉的海水并不深，至多几百米。但往南部突然深陷进一个深三千米的坑洞。海湾暖流就在这里扩展，它的水流失去了原有的速度和温度，四处扩散，形成了一片汪洋。

"鹦鹉螺号"驶过那些骚乱的鱼群中时，我记录下了一种一米长的硬鳍海兔，它们的背部呈浅黑色，腹部橘黄色，它们是同类中对配偶忠实的模范，但它们树立的这个榜样并不太被同类效仿；还有大个子尤内纳电，一种翡翠色的海鳝，味道好极了；以及大眼睛，头部有几分像狗头的卡拉克鱼；像蛇一样卵生的畸形鲫鱼；长两分米的黑色虾虎鱼或河沙鱼；长尾巴，闪着银光的长尾鱼，这是一种游动速度很快的鱼，它们敢跑到很北的海域里冒险。

船上的渔网也拖上来了一种大胆、冒失、强壮、多肉的鱼，这种鱼头上有针，鳍上长刺，活像二至三米长的真蝎子，是畸形鲫鱼、鳕鱼和鲑鱼的天敌；它就是北方海水中的杜父鱼，身上长着瘤，呈褐色，鳍红。"鹦鹉螺号"船上的人费了好些劲才抓到这只动物。这只动物的鳃盖骨构造特殊，接触干燥的空气后还能保持呼吸，因此离开水后还能存活一段时间。

为了备忘，我现在要列举出：丛鱼，一种陪伴着北极海中的船只的小鱼；北大西洋特有的银白色尖嘴鱼；伊豆鲉鱼；我还注意到一种原则上属于鳕类的鳕鱼，在纽芬兰岛连绵的沙滩上和在这一带它们偏爱的水域里，我都能意外地见到它们。

听说鳕鱼是山里的鱼，因为纽芬兰岛就是一座海底山峰。当"鹦鹉螺号"在鱼群密集的地方开辟出一条路时，康塞尔禁不住评论说：

"哦！这些鳕鱼！我还以为鳕鱼像盖蝶和箬鳎鱼一样扁平呢？"

"天真！"我喊道，"只有在杂货店里的鳕鱼才是扁平的。在杂货店里，人们把它们破膛摊开。但在水里，这种鱼像鲻鱼一样是梭形的，很适合在水中穿行。"

"我相信先生，"康塞尔回答说，"一块多密集的云啊，像蚂蚁一样密密麻麻！"

"哎！我的朋友，如果它们没有天敌——伊豆鲉鱼和人类，那还会更多呢！你知道一只雌鳕鱼能产多少卵吗？"

"我尽量说吧，"康塞尔回答说，"五十万颗。"

"一百一十万颗，我的朋友。"

"一百一十万颗。这我可不会相信，除非我自己数过。"

"数吧，康塞尔。不过你很快就会相信我。再说，成千上万的法国人、英国人、美洲人、丹麦人、挪威人，他们都在捕捉鳕鱼。人们消费鳕鱼的数量是惊人的，如果没有惊人的产出，海里的鳕鱼恐怕就要绝迹了。只是在英国和美洲，就有五千艘由七万五千名水手驾驶的船只，被遣往捕捉鳕鱼。每只船平均约带回四万条，这总共就两千五百万条。而挪威一带的海域也是一样的情形。"

"好，"康塞尔回答，"我就相信先生的话，不数了。"

"不数什么？"

"一百一十万颗卵。但我要指出一点。"

"哪一点？"

"就是如果所有的卵都能孵化，那四条雌鳕鱼就能满足英国、美洲和挪威的供给了。"

当我们穿过纽芬兰暗礁时，我清楚地看到了一些长长的钓鱼线，每条线上都有二百个渔钩,而每条船上都垂下十来根这样的线。每条线的一头都拖着小钩,用固定在软木浮标上的浮标索拉在水面上。在这张海底渔网中行走,"鹦鹉螺号"不得不灵活地操作。

此外,"鹦鹉螺号"在这片船只来往频繁的海域中并没停留多久。它向上开到北纬四十二度。而在纽芬兰岛的圣约翰港和赫尔斯堪敦港所在的纬度上,就埋着越洋海底电缆的终端。

这时,"鹦鹉螺号"没有继续向北走,而是取道向东,它好像想沿着这片铺设有电缆,经过多次探测,地形情况极为精确的电线高原走。

那天是五月十七日,在离赫尔斯堪敦港五百海里的两千八百米深处,我看到了横卧在地上的电缆。因为我事先没跟康塞尔说过,所以康塞尔一开始以为那是一条巨大的海蛇,还准备按他的老一套对它进行分类呢。我提醒了这位老实的年轻人,为了安抚他的失望情绪,我告诉了他铺设电缆的各种特殊性。

第一条电缆是在一八五七年和一八五八年铺设的。但传送了大约四百次电报后,它就失灵了。在一八六三年,工程师们又制造了一条长三千四百公里、重四千五百吨的新电缆,由大东方号装船。但这次试验还是失败了。

而五月二十五日,"鹦鹉螺号"潜入了三千八百三十六米的深海底,正好是在电缆中断而导致工程失败的地点。这里距爱尔兰海岸有六百三十八海里。那时有人发现,下午两点钟时,和欧洲的电讯联系刚刚中断。于是船上的电工决定,把电缆打捞出来之前,先把它切断。晚上十一点,他们就把损坏的部分拉了上来。人们又重新做了一个联轴和接口,然后再把电缆沉入海中。但几天后,它又断了,而且再也不能从深海中打捞上来。

但美国人并不泄气。勇敢的塞路斯·菲尔德,这项工程的倡导者,冒险投入自己所有的财产,发起了又一次募捐行动。他不久就筹足了款项。这样,另一条电缆在更好的条件下制造出来了。它的绝缘导线束裹在马来树胶皮中,由一条套在金属套管的纤维带保护起来。一八六六年七月十三日,大东方号又一次起航。

操作进行得很顺利。然而,这时意外发生了。好几次,铺开电缆的时候,电工发现电缆上被新钉进几颗钉子:有人蓄意破坏电缆的芯线。大东方号的安德森船长、船上人员和工程师们聚集在一起讨论了这件事,最后决定贴出布告说,如果在船上抓到了罪犯,那他就会被不经审判投入海中喂鱼。从那以后,这样的犯罪行为再也没发生过。

七月二十三日,大东方号距离纽芬兰岛只有八百公里。这时,有人从爱尔兰向船上致电说,萨多瓦战役后,普鲁士和奥地利达成了停战协议。二十七日,船出现在赫尔斯堪敦港的大雾中。工程顺利地完成了,年轻的美洲用第一份电报向古老的欧洲致来了几句圣明但令人费解的贺词:"荣誉属于天上的上帝,和平属于地上善良的人们。"

现在我并不指望还能看到那条电缆原来刚被拿出制造车间时的样子。这条长蛇,覆盖着介壳碎片,孔虫动物丛生,外层被包上一层石质黏糊,这层黏糊保护着它,不让软体动物在上面凿洞。它静静地躺着,不受海水运动的骚扰,处在一种很适合于以百分之三十二秒从美洲向欧洲传送信息的电压下。电缆的寿命可能是无限期的,因为人们发现,马来树胶皮在海水中随着泡浸时间增长而变得越来越坚韧。

此外,在这片选择得很得当的高原上,电缆绝对不会沉入更深的水层里,以致拉断。"鹦鹉螺号"沿着电缆到了海洋最底层,即位于四千四百三十一米的深海处。在那里,电缆还是没出现任何收缩现象。然后,我们向一八六三年发生事故的地点接近。

此时,海底出现了一座宽一百二十公里的山谷。如果把勃朗峰放在这里,它的峰顶也不会露出水面。这座山谷东面被一堵高两千米的陡壁封住。五月二十八日,我们到达了那里时,"鹦鹉螺号"距离爱尔兰岛仅有一百五十公里。

尼摩船长会浮出水面在大不列颠群岛登陆吗?不。令我深感意外的是,他调头向南朝欧洲海开去。绕过翡翠岛时,有一阵子我望见了克里尔角和法斯特内岛上的航标灯,它照亮了从格拉斯哥或利物浦出来的上千万只轮船的航程。

这时,我想起了一个重要的问题。"鹦鹉螺号"敢不敢驶向芒斯海峡呢?自从我们接近陆地后,尼德·兰又出现了,他不停地问我这个问题。怎么回答他呢?尼摩船长还是一直不露面。让加拿大人遥望了美洲海岸后,难道他也想让我望一望法国海岸吗?

然而,"鹦鹉螺号"一直南下。五月三十日,在船右舷,我们望见了英格兰岛极端和索尔林格岛之间的终极岛。

如果"鹦鹉螺号"想进入芒斯海峡,这时它就该直接向东行驶。可它并没有这么做。

五月三十一日一整天,"鹦鹉螺号"一直在海上兜圈子,这使我深感纳闷。它似乎在寻找一个不太容易找到的地方。中午,尼摩船长亲自出来测定了方位。他没跟我说话,我觉得他变得比以前更阴沉。谁使他这么忧愁呢?是因为接近了欧洲海岸吗?难道他对那被他抛弃了的祖国产生了几丝感触吗?那么他有何感想呢?是后悔还是遗憾呢?这种想法在我的脑海中盘踞了很久,而且我有一种预感:不久,偶然的机会会把尼摩船长的秘密泄露出来的。

第二天,六月一日,"鹦鹉螺号"还是老样子。显然,它想尽力找到海里某个确定的地点,尼摩船长就像前天那样出来测定太阳的高度。当时海面很美,晴空万里。在东面八海里处,一艘大汽轮出现在天际边。船帆上没有挂任何旗帜,我无法辨认出它的国籍。

在太阳经过子午线的前几分钟,尼摩船长拿着六分仪,十分仔细地观察起来。海上风平浪静,十分有利于他进行观察。"鹦鹉螺号"一动不动,不摇晃,也不颠簸。

这时,我也在平台上。当观测完成时,尼摩船长只吐出这几个字:

"就是这里!"

他走下嵌板。难道他看到那艘海轮改变了方向,好像正朝我们开过来吗?这我说不准。

我回到客厅。嵌板关上了,我听到储水器里海水发出的咝咝声。"鹦鹉螺号"开始垂直潜进水中,这时成了绊脚绳的推进器并不能为它提供任何动力。

几分钟后,"鹦鹉螺号"在八百三十米深的地方停在地面上。

这时,客厅天花板上的灯都熄灭了,嵌板打开着。透过玻璃窗,我看见了方圆半海里内的海水都被探照灯的灯光照得通明。

我看了左舷一眼,除了宁静的海水,什么也没有。

右舷呢,海底地面上,有一大堆东西,引起了我的注意。这似乎是一堆裹在灰白色介壳糊下的废墟,像裹在雪白外衣下一样。我认真地观察了这堆东西后,认为那是一艘船的沉重船壳,桅杆是折断的,船应该是从前部沉没的。

这桩海难肯定是发生在遥远的年代。因为船骸上落满了这么多的海中灰尘，说明船在海底已经度过了好些年。

这是一艘什么样的船呢？为什么"鹦鹉螺号"要来参观它的坟墓呢？难道不是海难才导致这艘船沉入海底吗？

我一直想着这个问题。这时，我听到尼摩船长走到我的身旁，缓缓地说：

"以前，这艘船名叫马赛号战舰。它装配有七十四门加农炮，一七六二年下水。一七七八年八月十三日，在拉波普–威尔特利的指挥下，它勇敢地与普莱斯通号战舰进行了战斗。一七七九年七月四日，它协助德斯坦海军司令的舰队攻下格莱那德港。一七八一年九月五日，它在契萨彼得湾参加了格拉斯伯爵指挥的战斗。一七九四年，法兰西共和国给它改了名字。同年八月十六日，它在布莱斯与维亚列–若约斯舰队会合，负责为凡·斯塔贝海军上将指挥

的从美国发出的一支小麦运输船队护航。共和国二年元月十一日和十二日，这只运输船队碰上了英国的舰队。先生，今天是一八六八年六月一日，即共和纪年元月十三日。七十四年前的这一天，在这同一个地点，北纬四十七点二四度，西经十七点二八度，这艘船经过英勇的战斗后，折断了三支桅杆，海水涌进了船舱，三分之一的船员丧失了战斗力，但它宁愿与它三百五十六名水手一同沉入大海，而不愿意投降，于是它的船员把旗帜钉在了船尾，船在'法兰西万岁！'的喊声中沉入了大海。"

"复仇号！"我喊道。

"正是！先生。复仇号！一个好名字！"尼摩船长环抱双臂，喃喃地说道。

第二十一章　大屠杀

尼摩船长这位怪人在这个意外的场合,首先平叙了这艘爱国船只的历史,然后充满激情地说出最后几句话。复仇号,这个名字的意思不言而明,所有这一切合在一起,深深地打动了我的心,我的眼睛一直凝视着船长。尼摩船长把两手伸向大海,目光炽热地注视着那艘光荣的船骸。这时,我想,或许我从来没有知道过他是谁,他从哪里来,要到哪里去;但我越来越清楚地看出,这个人不是一位学者;而且,不是一种普通的愤世嫉俗的情绪,而是一种时间无法磨逝的崇高的深仇大恨,把他和他的同伴关在"鹦鹉螺号"船里的。

这种仇恨还在寻求报复吗? 不久的将来我会知道的。

然而,"鹦鹉螺号"慢慢地浮出水面,我看着复仇号模糊的身影慢慢地消失了。过了一会,一阵微微的晃动说明我们浮到海面上了。

这时,我听到了一声沉闷的爆炸声。我看了看船长。他纹丝不动。

"船长?"我说。

船长没有回答。

我于是离开他,登上平台。康塞尔和加拿大人已经在我之前到了那里。

"爆炸声是哪里来的?"我问。

"一声炮响。"尼德·兰回答说。

我朝我先前看到的那艘船的方向望去。那艘船已经向"鹦鹉螺号"靠近,我们可以从它喷出的蒸汽看到它正加大马力。我们之间相隔只有六海里。

"那是什么船,尼德?"

"从帆缆索具和桅杆高度看,"加拿大人回答说,"我敢打赌那是一艘战舰。它能追上我们,而且在必要时,将这该死的'鹦鹉螺号'击沉!"

"尼德朋友,"康塞尔回答说,"它能对'鹦鹉螺号'造成什么损害? 它能在水下攻击吗? 它能在水下开炮吗?"

"告诉我,尼德,"我问,"您能不能辨别出这艘船的国籍?"

加拿大人紧蹙双眉,耷下眼睑,眼睛眯成一条线,全神贯注地盯了一会那艘船。

"不,先生,"他回答,"我看不出它是属于哪个国家的。它的旗没有挂起来。但我能肯定那是一艘战舰,因为它的大桅杆顶端飘着一面长长的战旗。"

我们继续观察了一刻钟这艘正朝着我们开过来的船只。然而,我不相信它在这种距离就能认出"鹦鹉螺号",更不相信它知道这艘潜水艇是怎么回事。

过了一会儿,加拿大人告诉我说那艘船是一艘大战舰,在冲角有双层装甲板。一股浓浓的黑烟从它的烟囱里冒出来。绷得紧紧的船帆紧挨着桅杆。斜桁上没有挂任何旗帜。因为距离太远,还看不清那像一条薄带子一样飘扬的旗子的颜色。

那艘船迅速地前进。如果尼摩船长让它靠近的话,那我们就可能获得一次获救的机会。

"先生,"尼德·兰对我说,"那船离我们一海里时,我就跳进海里,我建议您也像我一样做。"

我没有回答加拿大人的建议,而是继续望着那艘在视野中变得越来越大的船。不论它是英国、法国、美国还是俄罗斯的船,如果我们能到它的甲板上,它肯定会欢迎我们。

"请先生好好想一想,"康塞尔于是说,"我们有过游泳的经验。如果先生觉得跟尼德朋友一起走合适的话,您可以搭在我的背上,我把您托到那只船上。"

我刚想回答,那战舰的前部就射出一道白烟。接着,几分钟后,海水被一块沉重的物体击起阵阵水花,溅到了"鹦鹉螺号"的后部。紧接着,一声爆炸声在我的耳边响起。

"怎么?他们朝我们开炮!"我喊道。

"勇敢的人们!"加拿大人小声说。

"这么说他们没把我们当作攀附在船骸上的遇难者!"

"先生别生气……好,"康塞尔甩了甩另一发炮弹溅在他身上的水珠,说,"先生别生气,他们以为这是一头独角鲸,他们在炮轰独角鲸呢。"

"但他们得看清楚,"我喊道,"他们是在和人打交道啊。"

"或许正是因为这样呢。"尼德·兰盯着我说。

我茅塞顿开。毫无疑问,人们现在知道了怎样对付这只所谓怪物的存在。可能,当"鹦鹉螺号"和林肯号船相撞,加拿大人用鱼叉攻击它时,法拉古指挥官就认出这头独角鲸是一艘潜水艇,一艘比神奇的鲸类动物更危险的潜水艇。

　　是的,应该是这样的,毫无疑问,人们目前正在所有的海域里追寻这只可怕的破坏性潜艇!

　　如果正如我们能想象到的一样,尼摩船长把"鹦鹉螺号"用于进行一项报复行为的话,那的确太可怕了!那天晚上,当他把我们囚禁在那间小房间里时,他难道不是在印度洋上攻击了某条船吗?那个现在埋在珊瑚墓地里的人,不就是"鹦鹉螺号"引发的冲撞的受害者吗?是的,我重复一遍。事情应该是这样的。尼摩船长神秘存在的一部分被揭示了。如果他的身份还没确认,但至少,那些联合起来反对他的国家现在正在寻找他,他们不再是在寻找一个凭空设想出来的怪物,而是一个与他们有不共戴天之仇的人!

　　可怕的往事历历在目。在这艘向我们接近的船上,我们碰到的不是我们的朋友,而只是一些无情的敌人。

　　这时,我们周围的炮弹越来越密集。炮弹落在水面上,弹跳起来落到更远的地方。但没有一颗击中"鹦鹉螺号"。

　　那艘装甲船离我们只有三海里了。尽管它猛烈地轰击,但尼摩船长却不走上平台。不过,要是这些锥形炮弹中的一颗正常地击中了"鹦鹉螺号"的船壳,那它可就要受致命伤了。

　　加拿大人于是对我说:

　　"先生,我们应该尽一切努力摆脱这种危险。我们发出信号吧!管他三七二十一!他们或许会明白我们是些老实人!"

　　说完,尼德·兰掏出一块手帕想在空中挥动。他刚把手帕展开,就被一只铁一般的手打翻在地,尽管他平时力气惊人,但还是摔倒在平台上。

　　"混账!"船长骂道,"你是不是想在'鹦鹉螺号'冲向这艘船之前,把你钉在它的冲角上。"

　　尼摩船长的声音听起来很可怕,脸色看上去更可怕。他的脸色由于心脏的抽搐而苍白,瞳孔吓人地收缩着,他的心跳大概停了一下。他此时的喉咙不再是在说话,而是在吼叫。他的身体向前倾,双手攫住加拿大人的肩膀。

　　接着,船长松开加拿大人,朝着炮弹像雨点般落在他身旁的战舰转过身去,用尽全身力气吼道:

　　"啊!你知道我是谁,你这该死的国家的船!你就是烧成骨灰我也能认

出你！瞧吧！我让你看看我的旗帜！"

　　说完，尼摩船长在平台前面，展开了一面跟他先前插在南极点的那一面相像的黑旗。

　　就在这时，一颗炮弹斜斜地击中了"鹦鹉螺号"的船壳，弹过船长的身旁，落到了海里，但没有伤害到船。

　　尼摩船长耸耸肩膀。然后，口气生硬地对我说：

　　"请下去吧，您和您的同伴，请下去。"

　　"先生，"我喊道，"您想攻击这艘船吗？"

　　"先生，我要击沉它。"

　　"您不能这么做！"

　　"我要这么做，"尼摩船长冷酷地说，"用不着您来对我指手画脚，先生。

命运让您看到了您不该看到的事情。进攻要开始了，反击是很可怕的。请进去吧。"

"那艘船是哪个国家的?"

"您不知道? 好啊! 太好了! 它的国籍，至少对您来说，是个谜。请下去。"

我和加拿大人、康塞尔，我们只好服从船长的命令。这时，"鹦鹉螺号"船上的十五位水手围在船长身边，用一种不共戴天的仇恨眼光看着这艘向他们逼近的船。我们感觉到一种同仇敌忾的复仇情绪煽动着所有这些灵魂。

我下去时，又有一颗炮弹落在了"鹦鹉螺号"的船壳上，我听到船长喊道:

"打吧，发疯的船! 把你那些没用的炮弹都打出来吧! 你是躲不过'鹦鹉螺号'的冲角的。但你不应该葬身在这里！我不会让你的残骸玷污了复仇号的骸骨的！"

我回到房间里，船长和他的副手还待在平台上。"鹦鹉螺号"的推动器启动了，它全速开到了战舰炮弹的射程范围外。但追击还在继续，尼摩船长与那艘战舰一直保持着一定的距离。

下午四点钟左右，我再也抑制不住内心的焦急和不安，走到中央扶梯。嵌板是打开着的，我斗胆走上平台。船长还在那里激动地踱着方步，他看着下风处那艘距他五至六海里的船，像一只猛兽一样在它周围兜转，把它引向东边，让它追赶。然而他还没攻击它，或许他还犹豫不决？

我想做最后一次调解。但我刚一喊尼摩船长，他就让我住嘴。

"我就是公理！我就是正义！"他对我说，"我是被压迫者，那就是压迫者！全是因为它，我曾钟爱过、珍爱过、尊敬过的一切，祖国，妻子，儿女，父母，我眼睁睁地看着他们死去！我憎恨的一切，就在那里！您住嘴！"

我向喷着蒸汽的战船投去最后一眼。然后，我找到尼德、康塞尔。

"我们逃走吧！"我喊道。

"好，"尼德说，"那艘船是哪个国家的？"

"我不知道。但不管它是哪个国家的，它在晚上前会被击沉的。总之，宁可和它一道殉难，都好过做这场不知道是否正义的复仇的同谋。"

"我也这样想，"尼德·兰冷静地回答说，"我们等到晚上吧。"

夜幕降临。船上笼罩着深深的寂静。罗盘指示出"鹦鹉螺号"仍然没有改变航向。我听到它的推动器快速有规律地拍打着水波的声音。它保持在水面上，轻微的晃动使它时而向右摆，时而向左摆。

三天后可能是满月，所以这时月亮洒下了灿烂的光辉。我和我的同伴们，我们已经决定，当战舰靠近得差不多，它或是能听到我们的喊声，或是能看到我们时，我们就逃走。一旦到了那艘船上，就算我们不能事先向它通告那威胁着它的一击，至少我们可以做情况允许我们做的一切。有好几次，我以为"鹦鹉螺号"准备攻击了，但它只是让它的敌手靠近，然后虚晃一招，摆出逃亡的架势。

夜晚过去了一段时间，但仍然没有出事。我们在伺机行动，因为太激动了，几乎说不出话来了，尼德·兰巴不得马上就冲到海里去，我强迫他等一等。

依我看，"鹦鹉螺号"应该是在水面上攻击装甲舰的，因为如果是这样，撞沉了装甲舰之后，它不仅能而且可以很容易逃离现场。

凌晨三点，我忧心忡忡地登上平台。尼摩船长还在那里，他站在前头，在他的旗帜旁边。一阵微风吹过，旗帜在他的头上飘扬着。船长的眼睛一直没离开过那艘战舰，他的目光特别闪亮，仿佛是在吸引它，诱惑它，尽可能更稳当地拖住它。

此时月亮已经移过了中天，木星在东边出现了。在这片宁静的自然界里，天空和海洋比赛宁静，海面成了一面永远反射着月亮的影子的最美丽的镜子。

当我想着这海天交融的深沉宁静，把它与微不足道的"鹦鹉螺号"船内的所有怒火相比时，我感到全身都在颤抖。

那战舰始终与我们保持两海里的距离。它一直朝着指示着"鹦鹉螺号"方位的磷光靠近。我看到了它绿色和红色的方位灯，白色的信号灯悬挂在前桅帆的大支索上。一道模糊的反射光照在它的帆缆索具上，只见一串串燃烧着的煤渣火花，从烟囱里星星点点地喷在空气中，暴露出它已经火力过猛了。

我就这样待到了早上六点，尼摩船长似乎没有看到我。战舰离我们一点五海里时，随着天空出现的第一道曙光，它的炮轰又开始了。"鹦鹉螺号"攻击它的敌手的时刻应该不远了，我和我的同伴们，我们将永远离开这位我不敢评估的人。

我正准备下去通知我的同伴，这时，大副走上了平台，他身后跟着好几个水手。尼摩船长没有看见他们，或者说不想看见他们。某些我们可以称为"鹦鹉螺号"的"战斗准备"的措施就绪了。一切很简单，平台周围用作栏杆的线网被放下来，同时，探照灯和领航员缩进船壳内，与船身保持同一水平。在这根长长的钢铁雪茄表面，连一处妨碍它行动的细小突出部分也没有。

我回到了客厅。"鹦鹉螺号"一直浮在水面上。几缕晨光渗进水里，在晃动的水波下，玻璃窗映射出红色的朝阳。恐怖的六月二日来临了。

五点钟，测速器指示"鹦鹉螺号"的速度正在减慢。我明白它在故意让敌手靠近。此外，爆炸声更加密集。炮弹撒播在四周的海水中，奇特地呼啸着掉进水中。

"我的朋友们，"我说，"时候到了。让我们握握手，愿上帝保佑我们！"

这时尼德·兰神情坚决，康塞尔很平静，而我却很紧张，勉强地控制住自己。

我们走进图书室。当我推开通向中央扶梯的门时，我听到上面的嵌板突然啪地关上。

加拿大人想跃上阶梯，但我拦住他。非常熟悉的咝咝声使我明白，水正在渗进船上的储水器里。的确，过了一会，"鹦鹉螺号"就潜入水下几米。

现在行动已经太迟了。我明白"鹦鹉螺号"的意图，它不想攻打双层装甲战舰那难以穿透的装甲板，而是想攻打它的浮标线下那金属装甲层保护不到的部位。

我们被重新囚禁了，被迫充当准备发生的悲剧海难的见证人。再说，我们几乎没有时间思考。我们躲进我的房间，大家面面相觑，说不出一句话来。我精神恍惚，思维停止活动，处在一种等待可怕的爆炸来临的艰难状况之中。我等待着，倾听着，我只能靠听觉来生活！

然而，"鹦鹉螺号"的速度明显加快：它就这样冲过去。整个船壳都在颤动。

突然，我大叫一声。撞击发生了，但相对来说，比我想象的撞得还算轻。我感觉到钢铁冲角穿透的力量，我听到划破声和刮扯声。"鹦鹉螺号"在强大的推动力作用下，像帆船的尖杆穿过帆布一样横穿过这艘大战舰！

我再也控制不住自己。我发疯了，精神失常了，我跑出房间，冲进客厅里。

尼摩船长在那里。他神情阴沉，默不作声，冷酷无情地透过左舷嵌板看着外面。

一个巨大的物体正往水里下沉，为了不错过看到它垂死的样子，"鹦鹉螺号"跟着它一起沉入深渊。在距它十米处，我看到了那被撞开的船壳，海水正雷鸣般地涌进去，很快淹没了两排加农炮和船舷。甲板上满是惊慌失措的黑影。

海水淹了上去。那些不幸的人们扑向船侧桅索，攀上桅樯，在水中挣扎。这简直是一个受海水入侵惊吓的人类蚂蚁窝！

我恐慌得瘫痪，僵硬，头发竖起来，两眼圆瞪，呼吸急促，屏着气，说不出话来，我在看着这一切哪！一种不可抗拒的引力把我紧紧地吸在玻璃上！

庞大的战舰慢慢地向下沉。"鹦鹉螺号"紧随其后，观察着它所有的动向。突然，爆炸发生了。被压缩的空气把船只的甲板掀掉，船舱里好像起火

了。海水涌得如此凶猛,使"鹦鹉螺号"也发生了偏向。

那艘不幸的船下沉得更快。它那挤满了受害者的桅楼出现了,接着是被一群群人压弯了的横木架,最后是大桅杆顶。然后,这团灰黑的东西消失了,船员们的尸体随着船体被大漩涡拖进水中……

我转向尼摩船长。这个可怕的判官,真正的仇恨天使,一直都在注视着这一切。当这一切结束时,尼摩船长走向他房间的门,然后打开门走了进去。我的眼光尾随着他。

在房间尽头的嵌板上,在他那些英雄的肖像下,我看到了一位年纪还轻的妇人和两个小孩的肖像。尼摩船长注视了他们几分钟,向他们伸出手臂,然后,跪下哽咽起来。

第二十二章　尼摩船长的最后几句话

嵌板对着这幅恐怖的画面关上了，但客厅里的灯没有点着。在"鹦鹉螺号"船外，只有一片黑暗和死寂。"鹦鹉螺号"潜在水下一百英尺处以惊人的速度飞快地离开这处令人悲痛的地方。它要去哪里呢？是往北还是往南呢？这次可怕的报复行动后，这个人想逃去哪里呢？

我回到房间，尼德和康塞尔正在那里静静地待着。此时，我对尼摩船长产生了一种无法克制的憎恶。不管他从人类那里受过怎么样的苦，他也没有权利进行这样的惩罚。可是他，如果不是让我做了同谋，至少让我做了他复仇的证人！这已经太过分了。

十一点时，电灯亮了。我走进客厅，里面空无一人。我观察了所有仪器后，知道"鹦鹉螺号"正以每小时二十五海里的飞快速度，时而浮在水面，时而潜在水下三十英尺，向北逃窜。

根据地图的标示，我看到我们通过了芒斯海峡的出口后，就以一种无可比拟的速度向北极海驶去。

这时，我勉强瞥见一些迅速掠过的长鼻角鲨，双髻鱼，经常出没于这一带海域的猫鲨，大海鹰，成群像国际象棋中的马的海马，行动像烟火蛇一样的海鳗，大群交叉着蟹甲上的螯钳横行的海蟹，最后是一大群与"鹦鹉螺号"赛跑的鼠海豚。但此时，已不再是进行观察、研究和分类的时候了。

到了傍晚时分，我们横穿了大西洋二百里。不久，阴影出现了，海面被黑暗侵吞了。等到月亮升起来，海面有了些光亮。

我回到房间里睡觉。但我一直被噩梦困扰着，那可怕的毁灭场面老是在我的脑海中重现，我一点也睡不着。

从这天起，谁能说出来在这北大西洋里，"鹦鹉螺号"要把我们带到哪里去呢？它总是以飞快的速度行驶！它总是出现在那片北方的浓雾中！它靠近了斯匹兹堡顶端，可它靠近了新赞布尔悬崖吗？它走过了那些不为人知的海，像白海、克拉海、奥比湾、里亚洛夫群岛和亚细亚沿海那人类尚未知道的海岸吗？我说不上来。这样白白流逝掉的时光，我是无法估量出来的。船上的时钟已经停止了。我们好像处在两极地区一样，黑夜和白天不再按正常的规律运转了。我感到自己被拖进了一个奇异的境界中,在那里爱德加·坡那种过分的想象力可以任意地驰骋。每时每刻,我像虚构的戈登·宾①一样,期望着看到"那个蒙面的人,他的身体比例比地球上任何一个都要大,纵身穿过那片守护着极圈的瀑布!"

我估计——可我有可能弄错——"鹦鹉螺号"这次冒险的航行持续了十五或二十天,如果不是出现了使这次海底旅行结束的灾难,我真不知道这次旅行还得持续多久。尼摩船长自那时起就再没露面,他的副手也一样,船上的人也没出现过一分钟。而"鹦鹉螺号"几乎不停地浮出水面。当它浮出水面更换空气时,嵌板就自动打开和关上。平面球图上也不再标记方位了。我再也不知道我们在哪里。

我还得说,加拿大人由于颓丧至极,也不再露面了。康塞尔因为从加拿大人那里逼不出一句话,害怕他在过度颓丧中,在吓人的思乡病驱使下,会自行了断。于是,康塞尔一刻不怠地、忠诚地监护着他。

我们明白,在这种处境下,我们再不能这样持续下去了。

一天早上——在哪一天,我也说不上来——凌晨左右,我在痛苦和病态中昏昏欲睡。当我醒来时,我看到尼德·兰俯在我身上,低声地对我说:

"我们逃走吧!"

我站起来。

"什么时候?"我问。

"今晚。'鹦鹉螺号'上好像失去了一切监控,船上似乎笼罩在恐慌中。您准备好了吗,先生?"

"是的,我们在哪里呢?"

"今天早上,在浓雾中,我刚看到在东边二十海里处,有一片陆地。"

"那陆地是什么地方?"

"我不知道,但不管是什么地方,我们都要往那里逃。"

"好!尼德。好,我们今晚就逃走,就算大海把我们吞没了也要逃。"

"海面情况很糟,风很猛,但在'鹦鹉螺号'船上那艘轻便的小艇中划二十海里,我是不怕的。而且我已经在艇上放了一些粮食和几瓶水,船上的人没

---

① 戈登·宾:爱德加·坡小说中的人物。

发现。"

"我跟您走。"

"此外,"加拿大人补充说,"如果我被发现,我要自卫,我让他们把我杀了好了。"

"要死我们一起死,尼德朋友。"

我下定一切决心,加拿大人就走了。随后,我登上平台,上面海涛阵阵,我几乎都站不稳。风雨欲来,但既然陆地就在那片浓雾中,我们就应该逃走。我们不能再错过一天或者一个小时了。

我回到客厅,又怕见又想见到尼摩船长,想见又不想见到他。我该跟他说什么呢?我能隐藏得住他使我心里对他产生的不情愿的厌恶情绪吗!不!那最好还是不要面对面地碰到他!最好把他忘掉!本来就该这样!

我在"鹦鹉螺号"船上度过的这最后一天是多么的漫长啊!我单独待着。尼德·兰和康塞尔因害怕走漏风声,所以都不跟我说话。

六点钟吃晚餐的时候,我一点也不饿。但我不想让自己虚脱了,尽管反胃,还是强迫自己吃了饭。

六点半,尼德·兰走进我的房间。他对我说:

"出发前我们不再见面了。十点钟,月亮还没升起的时候,我们趁着黑暗逃走。您到小艇里去,我和康塞尔,我们在那里等您。"

然后,加拿大人不等我说话,就出去了。

于是我回到客厅里,确定一下"鹦鹉螺号"的方向。我发现船只正以惊人的速度,在水下五十米深处,向东偏北方向行驶。

然后,我向那些自然的珍宝,那些堆积在陈列室里的艺术珍品,那些注定总有一天将随着收集它们的人一起埋入大海的举世无双的收藏品,投去最后一瞥。我想把它们深深地烙进我的脑海里。我就这样待了一个小时,沐浴在灯火通亮的天花板发出的光线里,把这些收藏在玻璃柜里的璀璨财宝浏览了一遍,然后才回到房间里。

在房间里,我穿上了结实的航海服,收拾了我的笔记,把它们小心翼翼地绑在身上。此时,我无法控制自己的脉搏跳动,我的心剧烈地跳着。如果这时碰到尼摩船长,我的慌乱和激动情绪当然是逃不出他的眼睛的。

可他现在在干什么呢?我靠在他房间的门上聆听。我听到了一阵脚步声:尼摩船长在里面,他还没上床。我倾听着他的每一个举动,觉得他仿佛会随时出现在我面前,盘问我为什么想逃跑!我老是觉得听到不断的警报声,而且我的想象力把这个声音夸大了。这种感觉使我头胀欲裂,以致我思忖着,我还是最好走进船长的房间,面对面地看着他,用手势和眼光与他对峙算了!

这真是一种疯狂的念头。幸好,我克制住自己,我躺到床上去,让体内的骚动平息一下。我的神经松弛了一点,但大脑仍然过度地兴奋。我快速地回忆着从我离开林肯号以来,在"鹦鹉螺号"船上所有经历过的所有快乐和不幸的事情:海下狩猎,托里斯海峡,巴布亚土著,搁浅,珊瑚墓地,苏伊士通道,桑多林岛,克利特岛潜水人,维多湾,大西洋城,大浮冰群,南极点,受困冰层,大战章鱼,海湾暖流的风暴,复仇号战舰,以及那被撞沉的战舰和它的全体船员一起沉没的可怕的一幕!……所有这些事件历历在目,仿佛是电影院后台那一幕幕展开的布景。而尼摩船长在这个奇异的境界里无限地放大,他的形象突出,超越常人,他再也不是我的同类,而是一个水中人,一个海底精灵。

九点半了,我双手夹住自己的脑袋,以免它胀裂开。我闭上眼睛,不愿意再想下去了。还有半个小时的等待!半个小时使我发疯的噩梦!

这时,我听到了一阵朦胧的管风琴协奏声,那是一种难以形容的绝唱的哀乐,是一颗与世隔绝的心灵的真正哀怨。我屏住气,全神贯注地聆听着,像尼摩船长一样沉浸在这把他带离尘世之外的恍惚的乐声中。

突然,一种想法把我吓坏了:尼摩船长离开了他的房间。我仿佛看到他走到了我逃跑必经的客厅里,在那里,我最后一次碰到了他。他看着我,可能会跟我说话!而且他的一个手势,就可能毁了我,他的一句话,就会把我拴在他的船上!

然而,十点的钟声敲响了。我离开房间,与同伴会合的时刻到了。

这时,就是尼摩船长站在我面前,也没什么可犹豫的了。尽管我小心翼翼地打开了房门,我还是觉得我转动门链时发出了吓人的声响。这个声音可能只存在于我的想象中吧!

我猫着腰穿过"鹦鹉螺号"船上黑暗的过道,我每走一步就停一下,以让我的心跳平息一下。

我走到了客厅的角形门前,然后轻轻地把它打开。客厅笼罩着深深的黑暗,管风琴的和音微微地响着,尼摩船长就在那里。但他没看见我,我甚至想,即使是灯火通明，他也会看不到我，因为他全身心沉醉在他的乐章里。

我在地毯上缓缓地移动着，避免发生最小的碰撞，以免发出声响暴露我的存在。我花了五分钟才走到客厅尽头那扇朝着图书室的门。

当我正准备把它打开时，尼摩船长叹息了一声，我吓得定定地站住了。我知道船长站了起来，图书室里的几缕光线渗到了客厅里，我甚至还模糊地看到了他。他双手交叉，静静地朝我走过来，说是走过来，不如说是像一个幽灵一样闪过来。他受压抑的胸膛由于抽泣而一起一伏。这时，我听到他喃喃地说了这几句话——最后几句震撼我的耳朵的话：

"万能的上帝啊！够了！够了！"

这难道就是从这个人的良心里迸发出来的忏悔吗？

我感到一阵眩晕，急忙冲进图书室里，攀上中央扶梯，沿着上面的通道，走到了小艇旁。我从入口钻进了小艇，我的两个同伴已经进去了。

"走吧！走吧！"我喊道。

"马上走！"加拿大人回答。

"鹦鹉螺号"船身铁皮上的镂孔原先是关着的，尼德·兰带了一把扳手把螺丝拧上，同时也把小艇的入口关上，加拿大人还把潜艇上固定着小艇的螺丝拧出来。

突然，船内传来一阵声响。一些声音在急促地对答。发生了什么事？他们发现我们逃走吗？我感觉到尼德·兰把一把匕首塞进了我的手里。

"是的！"我小声说，"我们不怕死！"

加拿大人停下手中的活。这时我听到了一句重复了不知多少次的话，一句可怕的话，我恍然明白了"鹦鹉螺号"船上骚动的原因。船上的人不是针对着我们！

"大漩流！大漩流！"他们在喊着。

大漩流！没有比这更可怕的名字在更可怕的情景下传到我们的耳朵里了？这么说，我们处在了挪威沿海的危险海域中了？就在我们的小艇要脱离"鹦鹉螺号"船身时，"鹦鹉螺号"被卷入了漩流中吗？

我们知道，涨潮时，佛罗埃岛和罗佛丹岛之间汹涌的水流以雷霆万钧之势猛冲过来，扭了一股股任何船只都无法走脱的猛流，滔滔巨浪从四面八方涌来，形成了这个被恰如其分地称为"海洋的肚脐"的大漩涡，它的吸引力一直

延伸到十五公里外。在漩流的地方，漩涡不仅吞噬了船只，而且吞噬了鲸鱼，还有北极地区的白熊。

　　就在这里，"鹦鹉螺号"——无意或有意地——被他的船长引了进来。我清楚地感觉到，"鹦鹉螺号"划出了一道半径越来越小的螺旋线，还附在船身上的小艇，也随着它，被飞速地卷进漩涡里。我体验着持续过度的回旋运动引起的惯性旋转，我们处于极度惊恐和骇惧中，血液停止了循环，神经反应也消失了，浑身上下一阵阵垂死前的冷汗！我们脆弱的小艇周围发出怎样骇人的声响啊！几海里内回荡着惊天动地的呼啸声！海水撞碎在海底尖利的岩石上时发出的震耳欲聋的碎裂声！在那里，连最坚硬的物体也会被撞得粉碎，按挪威人的说法，树干也变成了"茸茸皮毛"！

　　那是怎样的处境啊！我们可怕地摇晃着。"鹦鹉螺号"像一个人一样在

自卫着,它的钢铁筋骨在咔咔作响,它不时直起身,我们也跟着它竖起来。

"要好好撑住,"尼德说,"拧紧螺丝! 紧贴着'鹦鹉螺号',说不定我们还会有救……"

他还没说完,咔嚓一声,螺丝松了,脱离了巢穴的小艇,像一块被投石器射出的石头一样,坠进了漩涡之中。

我一头撞在一根铁条上。在这一重击下,我失去了知觉。

第二十三章　结尾

以下是这次海底旅行的结尾。当我恢复知觉时,我躺在罗佛丹岛一个渔民的小木屋里。我的两个同伴也安然无恙地站在我的身边,握着我的手。我们激动得抱在了一起。那天晚上发生的一切,小艇是怎么摆脱大漩流那可怕的漩涡的,我和尼德·兰、康塞尔,我们是怎么逃出那个漩涡的,我都说不

上来。

　　但此刻我们不能马上回到法国。因为挪威北部和南部之间的交通工具很少，从诺尔角出发经过这里到法国的汽轮半月只有一班，我们只好等待了。

　　于是，正是在那里，在收留我们的那些正直的人们中间，我又翻阅了一遍那些历险的记录。它是准确无误的。这是一次对人类无法达到的海底探险的忠实叙述，它看似不真实，但随着科学的进步，总有一天，海底会变通途的。

　　但人们会相信我吗？我不知道。总之，这并不重要。现在我能肯定的是，我有资格谈论那在不到十个月的时间里，我走了两万里的海洋；我有资格谈论这次海底旅行，在穿越太平洋、印度洋、红海、地中海、大西洋、南极海和北极海时，它们向我显示了那么多的奇观！

　　但"鹦鹉螺号"现在怎么样？它能挣脱大漩流吗？尼摩船长还活着吗？

他还会在海底继续他那种可怕的复仇行为吗？还是在那最后一次大屠杀后，他就洗手不干了呢？水波会不会有一天把那本记载着他的全部生活经历的手稿带到人间呢？我最终会知道这个人的名字吗？那艘沉没的战舰，能否通过说明它的国籍，来告诉我们尼摩船长的国籍呢？

我希望能。我也同样希望，在那最可怕的漩涡里，尼摩船长那强有力的船能战胜大海，"鹦鹉螺号"能在那众多船只葬身的地方幸存下来！如果事实真是如此，如果尼摩船长永远生活在他寄居的祖国的海洋里，但愿仇恨在他那颗愤世嫉俗的心中平息！但愿静观那么多的奇观能熄灭他心中的复仇之火！但愿判官逝去，而学者继续在平静的海底勘探！尼摩船长的命运固然是离奇古怪的，但他也是崇高伟大的，难道我自己不了解他吗？难道我不是亲身经历了十个月那种超自然的生活吗？因此，对于六千年前，《圣经·传道书》中提出的那个问题："谁能有一天测透这深渊的深处呢？"现在，我相信人类中有两个人有资格来回答这个问题。那就是我和尼摩船长。

郭丽娜　译